LES ANNÉES CANNIBALES

Née à Budapest, Christine Arnothy a fait de solides études à Paris et est devenue l'un des écrivains français les plus traduits (notamment onze best-sellers aux États-Unis). *J'ai quinze ans et je ne veux pas mourir* (Grand Prix Vérité du *Parisien Libéré* en 1954) est paru chez Fayard. Traduit en vingt-sept langues, devenu lecture conseillée dans les lycées et les collèges de plusieurs pays, ce journal de guerre d'une adolescente est considéré aujourd'hui comme un livre culte. Plusieurs générations ont été marquées par ce texte, des millions de volumes ont circulé dans le monde. En langue française, on compte plus de trois millions et demi d'exemplaires jusqu'à ce jour. La suite de *J'ai quinze ans...* suit les traces de ce premier grand succès. L'ultime autobiographie de Christine Arnothy, *Les Années cannibales*, est parue en 2008 chez Fayard.

Les romans de Christine Arnothy, après leur carrière dans l'édition classique, ont aussi été publiés au Livre de Poche. Juste quelques titres : *Le Cardinal prisonnier*, *La Saison des Américains*, *Le Jardin noir* (Prix des Quatre-Jurys en 1966), *Jouer à l'été, Chiche !*, *Un type merveilleux*, *J'aime la vie*, *Le Cavalier mongol* (Grand Prix de la nouvelle de l'Académie française en 1976), *Le Bonheur d'une manière ou d'une autre*, *Toutes les chances plus une* (Prix Interallié en 1980), *L'Ami de la famille*, *Les Trouble-fête*, *Vent africain* (Prix des Maisons de la Presse en 1989), *Une affaire d'héritage*, *Désert brûlant*, *Voyage de noces*, *Complot de femmes*, *On ne fait jamais vraiment ce que l'on veut. Mrs Clark et les enfants du diable* est paru au Livre de Poche au printemps 2009.

Dernières valses à Vienne est paru chez Fayard en mars 2009, *La Vie d'une manière ou d'une autre* est paru chez Flammarion en mars 2010. Pour plus d'informations concernant Christine Arnothy (biographie, résumés, éditions étrangères), consulter son site :

www.arnothy.ch

Récemment paru dans Le Livre de Poche : *La Dernière Nuit avant l'an 2000*, *Des diamants pour Mrs Clark* et *Mrs Clark et les enfants du diable*.

Paru dans Le Livre de Poche :

Autobiographies

J'ai quinze ans et je ne veux pas mourir
(Grand Prix Vérité du *Parisien libéré*, 1954)
Jeux de mémoire
Embrasser la vie

Romans

Le Cardinal prisonnier
La Saison des Américains
Le Jardin noir (Prix des Quatre-Jurys)
Le Bonheur d'une manière ou d'une autre
Toutes les chances plus une (Prix Interallié)
Une affaire d'héritage
Désert brûlant
Une question de chance
La Piste africaine
Complot de femmes
On ne fait jamais vraiment ce que l'on veut
Aller-retour, tous frais payés
Relations inquiétantes
Dieu est en retard
Donnant, donnant
Malins plaisirs
L'Homme aux yeux de diamant
La Dernière Nuit avant l'an 2000

Policiers

De l'autre côté de la nuit, Mrs Clark à Las Vegas
Des diamants pour Mrs Clark
Mrs Clark et les enfants du diable

CHRISTINE ARNOTHY

Les Années cannibales

FAYARD

ISBN : 978-2-253-12801-4 – 1re publication LGF

À mon fils, François Bellanger.
À mes petis-fils, Antoine et Adrien.

Chapitre 1

Ce mois de juillet s'annonçait compliqué. J'avais espéré des jours ensoleillés et détendus pour en finir avec mon autobiographie. Il fallait tout vérifier. Parfois le ciel était opaque et voilé d'une brume inhabituelle en Californie. Pourquoi insister ? J'avais déjà écrit des chapitres et des chapitres de ma vie, mais les faits étaient souvent incomplets. Je me mentais à moi-même par pudeur. Alors je voulais retravailler mon manuscrit loin de la France pour me sentir libre. Paris vous isole dans un cocon et on remet au lendemain rencontres, rancunes et reconnaissances.

Je revenais depuis des années à l'hôtel *Beverly Hills*, devenu familier pour moi. Devant l'une des fenêtres qui s'ouvraient sur le parc, une table m'était préparée, que, selon mes habitudes, je recouvrais de manuscrits dans l'heure suivant mon arrivée. Cette fois-ci, j'avais le texte de mon autobiographie en double exemplaire à relire.

Ce soir-là, cherchant un refuge, un peu de détente, j'ai rejoint le *Polo Bar* de l'hôtel *Beverly Hills*. On y entrait par le salon du rez-de-chaussée.

Ces lieux à la fois accueillants et neutres dénouaient mes muscles et mes nerfs. Pour le personnel, j'étais l'écrivain qui revenait chaque année d'Europe pour raisons professionnelles, sinon sentimentales. L'hôtesse du bar m'a reçue avec un sourire convenu. Comme les autres employées, elle connaissait la plupart des habitués des présentations de films et des réceptions. Les personnages célèbres du tout-Hollywood se retrouvaient au *Polo Bar*. Leurs visages, malgré les effets de l'âge, rappelaient leurs grands succès d'autrefois.

Le pianiste discret et plutôt effacé jouait des *medleys* de mélodies usées comme de la vieille soie, *Yesterday* et *La Vie en rose*. On n'apercevait que ses mains faiblement éclairées. Près de l'entrée, à droite, une banquette en cuir noir, épousant l'arrondi du mur, ménageait un coin intime. J'avais là ma table réservée. Au milieu de la nappe beige, la flamme d'une bougie vacillait dans un cocon de verre entouré de quelques fleurs. Au *Polo Bar*, il n'est pas habituel d'apercevoir une femme ou un homme seul. Un magazine, *Where*, publication sur papier glacé, renseignait sur les programmes du mois. Je n'ai même pas eu envie de l'ouvrir. Il fallait éviter la tentation d'un concert qui m'éloignerait de mon manuscrit.

Le sommelier a versé l'eau, sur fond de glaçons, dans un verre assez haut. Un garçon s'est approché pour prendre ma commande : « Juste une salade, mais plus tard. Je ne suis pas pressée. » Je commençais à me détendre.

Près de moi, un mouvement a libéré une légère odeur de parfum, l'un des classiques de Guerlain dont je m'amusai à retrouver le nom. Une jolie femme, maquillée dans le style des années 70, venait de s'asseoir sur la banquette à mes côtés. Par politesse, j'ai répondu à son sourire, remarquant ses grands yeux noirs sous des sourcils foncés, et son teint magnifique. Il était difficile de lui donner un âge. Un homme plaisant l'accompagnait, d'un mètre quatre-vingt peut-être, grisonnant, aux yeux clairs, dégageant une odeur de cigarette ; sans doute son costume en était-il imprégné. Il s'est incliné et m'a saluée d'un « *Hello ! How are you ?* » J'ai répondu par un « bonsoir ».

– Vous êtes française ? a-t-il présumé.

– En effet.

– Ma femme l'est aussi. Nous parlons souvent le français entre nous.

Ils me regardaient, attendant ne fût-ce qu'un mot de plus. Ces gens-là n'avaient sans doute pas grand-chose à se dire et voulaient créer un lien entre eux et moi. S'accrochant à ce fil si fragile qui lui permettait de continuer sur ce mode de bavardage, elle a parlé de Paris. « Lorsque nous y étions, la dernière fois... » Leur insistance m'étonnait. Les aurais-je connus à l'époque des réceptions données en l'honneur de mon mari par les éditeurs de journaux américains ? Les souvenirs de congrès et de soirées dans des country clubs me revenaient en mémoire. M'auraient-ils reconnue ici ? Je gardais le silence.

– Je crains que nous ne vous dérangions, a dit l'homme qui avait une certaine classe.

– Mon mari vous paraît peut-être familier, mais il est fraternel, a ajouté la femme. Il prend la vie avec une certaine légèreté. Il croit que l'humanité est à sa disposition.

Des bribes de discussions qu'ils avaient dû avoir me confortaient dans l'idée qu'ils avaient besoin de quelqu'un qui remplirait leur « creux ». Pour dissiper l'ambiguïté de la situation, je leur ai demandé :

– Est-ce que nous nous sommes déjà rencontrés ? Mon mari était patron de presse, nous avons beaucoup voyagé aux USA. J'y ai gardé des relations amicales, surtout sur la côte Est, en Californie aussi... mais je n'arrive pas à vous situer.

– Non, a dit l'homme, nous ne nous sommes jamais rencontrés. Ni vous seule, ni vous avec votre mari. Vous êtes juste attirante.

– C'est-à-dire ?

– Vous nous avez souri. Mélange germano-américain, j'ai une nature joviale et j'ai été sensible à ce sourire. Merci.

– Très joviale, a dit sa femme. N'est-ce pas ?

L'homme a fait mine de se lever.

– Permettez-moi de me présenter. Je m'appelle Herbert Brown, et ma femme, Judith.

Il a susurré quelque chose à l'oreille du sommelier. Quelques minutes plus tard, celui-ci revenait avec trois coupes de champagne. Quand il m'a présenté en premier le lourd plateau en argent, j'ai voulu refuser. Cependant, j'ai saisi une coupe de peur de froisser. L'homme et la femme se sont tournés vers moi et se sont levés juste pour que nous puissions choquer nos coupes comme des chopes de bière dans une brasserie viennoise. La scène était insolite mais chaleureuse.

– Herbert est la crème des hommes, a dit Judith, mais parfois il exagère. A sa décharge, je vous avoue que nous fêtons ce soir nos vingt ans de mariage. Les amis que nous attendions de San Francisco n'ont pu arriver à temps...

Je les ai félicités. Vingt ans de mariage, par les temps qui courent, une vraie réussite... Elle a dit être née dans le midi de la France et être devenue citoyenne américaine par son mariage.

– Nous retournons souvent en Europe, a-t-il dit.

En relançant la conversation, ils ont réussi à m'extorquer quelques renseignements.

– Et vous ? Etes-vous seule ?

J'ai dit que j'avais perdu mon mari. La réponse était venue naturellement, sans le nœud dans la gorge que suscitait habituellement cette question. J'étais enfin comme tout le monde.

– Je suis navrée pour vous. C'était un grand amour ? a demandé Judith.

– Oui, un grand amour.

Elle s'est mordu la lèvre inférieure.

– Une passion complique l'existence. Je parle d'expérience. Après la mort de celui qu'on croit unique, il faut se lancer dans l'humanitaire, voyager, se consacrer à une cause. Tandis qu'un mariage banal ou conventionnel laisse moins de traces.

J'ai bu une gorgée d'eau glacée pour apaiser mon agacement. L'homme est intervenu. Il semblait gêné :

– Judith, ne sois pas aussi excessive !

J'ai repris :

– Tous deux, vous êtes donc mariés depuis vingt ans ? Bravo !

L'homme a tenu a préciser :

– Nous vivons ensemble depuis vingt ans. Judith est ma deuxième femme. J'ai mis sept ans pour me libérer de ma première épouse. Nous sommes des gens rodés aux procès, parce que Judith...

Je haïssais le mot « épouse », y réagissant comme l'huître sous l'effet du citron. J'ai dû pousser un léger soupir.

– On vous ennuie ?

– Non. Mais je supporte mal le mot « épouse ».

Elle a repris la parole.

– Je crois que les hommes l'utilisent pour se donner bonne conscience. J'ai divorcé deux fois. Mon troisième mari m'a quittée et est mort aussitôt après. Ce deuil a été difficile à assumer.

J'ai regardé avec une certaine compassion Herbert. J'avais une folle envie de partir, sinon j'allais être piégée dans l'évocation de leurs aventures multiples. J'ai cherché du regard le garçon et lui ai fait signe.

– Il était français ? a demandé Herbert, curieux d'en connaître un peu plus sur ma vie.

– Français, oui.

– C'était votre premier mari ?

– Mon existence est trop compliquée pour en parler comme ça... En revanche, je peux vous livrer un élément sans doute singulier : son divorce à lui a duré dix ans.

– Dix ans... ? a répété Judith.

Le garçon s'est penché vers moi.

– Vous prenez votre salade habituelle ?

Mes voisins ont demandé de quelle salade il s'agissait.

– Leur fameuse McCarthy Salad, sans lien avec le maccarthysme. Un jour, un excellent client qui s'appelait McCarthy a imaginé une salade, ils l'ont préparée et l'ont mise au menu de leurs mets « classiques ».

– Je veux la goûter, a dit l'homme. J'aime découvrir.

– Donc, a dit Judith, vous avez eu beaucoup d'ennuis ?

– Oui. Mais je ne suis pas la seule femme à avoir vécu une situation aussi difficile.

– Et avez-vous des enfants ?

– Un fils.

Un serveur a apporté pour chacune des tables une corbeille de pains, tièdes, fondant dans la bouche. A l'orge, au maïs, à différentes farines. J'ai fait semblant de choisir pour gagner du temps.

– Que fait votre fils ?

– Il est un grand avocat international.

– Il exerce où ?

– A Genève. Il est marié et a deux enfants.

Elle était avide. Elle eût aimé entendre les anecdotes d'une famille nombreuse pour occuper sa soirée.

– Et vous ? a-t-elle insisté. Vous habitez dans quel pays ?

– En Suisse. A Genève aussi.

J'avais l'impression d'être comme un pion sur un échiquier, dont ils s'arrangeaient pour occuper les cases qui m'entouraient. J'ai fait signe au garçon d'ajouter des glaçons dans mon verre.

– Et vous êtes seule à Los Angeles ? a-t-elle repris. N'attendez-vous pas un ami qui devrait arriver ?

– Non, ai-je dit. Ce soir, je suis seule.

Herbert a surenchéri :

– Il est impossible d'avoir en permanence des amis autour de soi. Les enfants devenus adultes ont leur vie. Lors du divorce, j'ai dû lutter pour avoir la garde de mes deux fils. J'ai acheté ce droit en soudoyant tout le monde. Malgré le jugement rendu en ma faveur, ils ont tenu à retourner vivre avec leur mère.

Malgré mon absence de réaction, Herbert a continué :

– Nous avons abordé notre vie commune sans trop de promesses d'engagement... Si nous sommes unis depuis vingt ans, c'est presque un hasard.

J'ai demandé l'addition au garçon, mais l'homme voulait poursuivre :

– Nous avons surtout parlé de nous, pas de vous...

– Tant mieux. Ma personne n'a pas d'intérêt particulier.

D'un geste rapide, Judith a posé sa main sur la mienne.

– Vous êtes une femme blessée...

J'ai retiré ma main. Je haïssais ce mot. Judith s'est confondue aussitôt en excuses.

– Veuillez me pardonner. Mes paroles ont dépassé ma pensée. C'est plutôt moi, la femme blessée. Vous êtes si séduisante : j'espère que vous vous divertissez dans des liaisons et que vous utilisez votre liberté.

Le garçon venait de me glisser, dans un carnet en cuir rouge, la note à signer.

– Des liaisons ? Plutôt des histoires d'amour avec des... villes.

– Des villes ?

Mondaine lorsqu'il le fallait, j'ai tenté d'alléger l'atmosphère.

– Oui. Certaines exercent sur moi une puissante séduction. J'ai envie d'y rester, de m'y installer, d'y découvrir des coins insolites, de parler aux habitants, d'être fascinée. A Sydney, sur la terrasse de l'Opéra, un 14 juillet, j'ai écouté une cantate de Noël de Bach. Les petits bateaux illuminés défilaient devant moi. Un enchantement.

– Il faut avoir les moyens pour ce genre d'expériences : de l'argent, la liberté, et aussi un certain courage pour faire face à la solitude... Et après, quand la fascination cesse ?

– D'autres arrivent. J'ai failli me remarier avec un Américain. Pour me convaincre, il voulait m'acheter une maison étroite à San Francisco : une pièce au troisième étage donnait sur le Golden Gate, il savait que j'étais amoureuse de ce pont...

– Pourquoi ne l'avez-vous pas épousé ? a demandé Judith.

– J'aurais bien voulu de l'Amérique et du Golden Gate, mais un homme en plus aurait été de trop.

– Est-ce qu'on peut connaître votre nom ? m'a demandé Herbert qui supportait difficilement le ton de sa femme.

Sur la carte que Herbert Brown m'avait tendue, j'ai griffonné l'un de mes noms et l'adresse de mon site Internet.

– Vous avez un site ?

– Bientôt tout le monde en aura un... Ce qui sera original, bientôt, c'est de ne pas avoir d'adresse sur le Web.

– Vous passez votre vie à voyager ?

– C'est le voyage qui me fait passer la vie. Mais, au bout d'un mois, un mois et demi, je reviens à Paris et ensuite à Genève. J'écris mes articles pratiquement chaque jour. Avec Internet, il n'y a plus de distances.

– Vous écrivez ? s'est-elle exclamée.

– Je suis journaliste aussi. Vous verrez.

– Merci de votre patience...., a ajouté Herbert, gêné. Si vous permettez, nous vous invitons à déjeuner demain. A Santa Monica, après une marche au bord du Pacifique qui ne peut nous faire que du bien.

J'étais soulagée à l'idée d'avoir été à peu près agréable. Pour une raison que j'ignorais sur le moment, j'avais soudain envie de prolonger cette soirée.

– Avec plaisir. Appelez-moi demain matin. Chambre 313. Je serais contente de revoir Venice... Je ne manque jamais le coup d'œil sur Venice.

– Quand avez-vous découvert Venice ?

– Je connais chaque caillou, par ici. Enfin, presque.

Santa Monica était à trente miles de l'hôtel, et son prolongement – Venice – enchantait ceux qui découvraient cette mini-ville.

– Ma carte, a dit Herbert, vous me l'avez rendue. Je vous en donne une autre.

A la lumière vacillante de la bougie, j'ai réussi à lire : « Prof. Herbert Brown. »

– Professeur ? Vous enseignez ?

– J'expose mes théories aux étudiants.

Ma vraie nature se réveillait : plaisanter, taquiner, prendre la vie plus légèrement, revenir en société où l'on parle pour ne rien dire.

– Seriez-vous un scientifique renommé ?

– Avant de vous répondre, je désire vous découvrir sur le Web.

Il avait esquivé la réponse. Je partais déjà. Je portais l'une de ces fameuses petites robes noires parisiennes qui permettent de paraître mince. J'avais un collier de plusieurs rangées de perles, de la collection Chanel de 1940. Je l'avais trouvé dans une boutique de bijoux anciens sur Beverly Drive. Une Américaine l'avait acheté chez Chanel quelques dizaines d'années auparavant, l'avait amené ici, puis vendu. Les perles sont perverses : elles ne sont pas aussi innocentes qu'elles le paraissent. J'étais debout, sûre de ma silhouette, de l'effet de mon joli sac noir et de celui de mon mutisme. Pas d'alliance, pas de bague, une fausse nudité.

– Je suis psychiatre, a précisé Herbert presque en s'excusant.

J'ai aussitôt pensé à mon oncle qui avait été un professeur de médecine réputé et recherché aussi bien à Budapest qu'à Vienne. Cardiologue nourri de ses théories, parfois au détriment de sa science, il s'était tourné vers la psychiatrie, expliquant l'origine des affections physiques du cœur par des chocs psychologiques. C'était un savant qui connaissait si bien l'être humain qu'il en était arrivé à le détester. J'ai gardé de lui un souvenir amer.

– Et voilà, a dit Judith en se tournant vers son mari, le fait de dire ton métier va nous faire perdre notre nouvelle amie.

– Mais non..., ai-je prononcé. Le milieu de la psychiatrie est fascinant.

Je me suis empressée de leur dire quelques mots de cet oncle, de sa grande compétence, mais aussi de son tempérament difficile à supporter.

– Dans quelle ville a-t-il exercé ?

– A Vienne et à Budapest.

– Vous connaissez ces deux villes ?

– Comme si j'y étais née. Mon site vous renseignera. Faites-moi signe demain pour la promenade à Venice, si vous ne changez pas d'avis.

J'ai tendu la main. Celle de la femme était nue, comme la mienne. L'homme avait une grande main tiède, rassurante, enveloppante.

Chapitre 2

J'étais de retour dans ma chambre. J'avais déjà écrit plusieurs de mes livres dans cet hôtel ; sur « ma » table, je retrouvais avec plaisir l'écriteau de bienvenue de l'établissement : « *Welcome home* ».

Devais-je revoir le couple rencontré au *Polo Bar* ? Ils m'avaient dit qu'ils resteraient à Beverly Hills quelques jours, la date de leur départ n'étant pas fixée. Ils se trouvaient peut-être à un tournant de leur vie, comme moi.

J'ai allumé la télévision. L'écran diffusait l'un des épisodes de *24h chrono*. A vingt-deux heures, le téléphone s'est mis à sonner. J'ai décroché et ai entendu la voix de mon interlocuteur de la soirée.

– Madame, a-t-il dit en prononçant mon nom d'écrivain, je viens de découvrir votre site Internet. Nous avons une raison de plus de nous réjouir de notre rencontre...

– Tant mieux, Monsieur Brown.

– Je me souviens de votre premier livre, *I am Fifteen – And I Don't Want to Die*. Il y avait une suite dont je n'ai pas le titre en mémoire. Si je ne me trompe pas, elle se termine par la naissance d'une petite fille, non ?

– En effet.

Il a continué :

– Je ne lis que des biographies ou des autobiographies. Mais ma femme a lu *Le Cardinal prisonnier* et *Vent africain*. Elle aimerait mieux vous connaître. Elle est folle à l'idée que vous ayez aussi une fille.

– Je ne crois pas que ce soit un événement si extraordinaire.

– Pour elle, si.

« Ces gens exagèrent vraiment, ai-je pensé. Ils entrent dans votre vie, ils y picorent des détails, tout leur est prétexte à parler, à écouter... »

– Je peux mettre le téléphone sur haut-parleur ? a demandé Herbert

– Si vous voulez, mais nous n'allons pas bavarder toute la nuit.

J'ai entendue sa voix à elle.

– Ça va être superbe d'aller demain à Venice, nous trois ! Vous êtes sûre que vous n'allez pas nous oublier ?

Pleine d'abnégation, j'ai répondu :

– Oui, j'en suis sûre. Je viens. A une condition.

– Elle met des conditions ? a dit soudain la femme, ayant oublié le haut-parleur.

– C'est son droit, a rétorqué l'homme.

– Quelle condition ? a-t-elle demandé.

Sa voix me crispait. Dans une autre vie, j'avais dû être chat pour avoir une ouïe pareille.

– Ne pas vous intéresser à ce point à ma vie. Je l'écris actuellement, ma vie ; je serais contente d'y échapper, mais à condition de ne pas me soumettre à un interrogatoire.

– Mais vous êtes si intéressante.

– Si tu continues, a dit Herbert à sa femme, on va se retrouver seuls à regarder les séances de musculation de Venice Beach. Ça te tente ?

– Non, a dit Judith, je la veux. Elle.

J'ai juste ajouté :

– Vous oubliez que j'entends chacune de vos paroles !

Judith s'est exclamée :

– On est tellement excité !

– Il n'y a pas de quoi...

– Vers huit heures, ce n'est pas trop tôt ? a demandé Herbert.

– Ce sera parfait. En quelque sorte, vous me sauvez. Ce que je perdrai en nombre de pages de relecture, je le regagnerai en énergie. J'en ai presque oublié l'été... En attendant, je vous souhaite une bonne soirée. A demain.

Herbert ne voulait pas raccrocher. Il était tendu et impatient.

– Avez-vous des passages déjà dactylographiés de votre autobiographie ?

– J'ai le texte entier ici, en deux exemplaires. J'en relis et pèse chaque mot, page après page.

– Eprouvant, non ?

– En effet.

– Le début de *J'ai quinze ans...* se passe à Budapest. Vous y êtes née ?

– Par hasard.

– J'ai été à Budapest pour un congrès. Belle ville...

– Vos compliments sont inutiles. Même enfant, je n'aimais être là-bas qu'à l'occasion des fêtes de Noël. Ma mère devait avoir une complicité avec les anges.

– Jolie hypothèse, a répondu Herbert, un peu railleur. Que faisait votre maman avec les anges ?

– Mon bonheur.

– Donnez-moi quelques pages, a-t-il quémandé.

– Vous risquez d'être déçu. Vous avez lu *J'ai quinze ans...* Au début de l'autobiographie actuelle, vous retrouverez certains passages de ce journal. Mais le ton est différent, et la vision sur le monde de l'époque aussi. Mon journal de guerre était écrit par une adolescente. Quand j'ai reconstitué certaines scènes avec l'expérience et le recul que j'ai maintenant, j'ai compris que tous les dangers qui guettaient ma future vie d'adulte étaient déjà présents là-bas. Ma seule certitude, c'était l'écriture et le désir de voir mes parents vivre longtemps.

Je me suis tue.

Herbert avait le don de relancer la conversation.

– Avez-vous été aidée par votre famille ?

– Je devais plutôt les protéger. Dans ces souvenirs, j'évoque mon oncle, un visionnaire. J'étais trop jeune quand il m'a parlé de sa théorie concernant la révolution des mœurs, le rouleau compresseur qu'allait devenir le futur, la lutte à mener pour survivre aux « années cannibales ». Plus tard, j'aurais reconnu mes ennemis avec plus de lucidité, si je l'avais mieux écouté.

– Pourquoi ce terme de « cannibales » ?

– Mon oncle appelait ainsi ces années monstrueuses qui allaient continuer à faire des ravages. L'humanité avait subi une pression démesurée dont des générations entières paieraient ensuite la note.

Herbert est intervenu :

– S'il vous plaît, donnez-moi un chapitre ou deux !

J'étais toujours hésitante. Je craignais de leur part un jugement arbitraire qui me découragerait.

– Quand il s'agit d'un de mes écrits, je suis fragile, monsieur Brown.

– Herbert.

– Je serai inquiète, Herbert. Vous êtes tellement loin de ce que vous allez lire... Laissez-moi réfléchir. Je vais vous rappeler.

– Quand ?

– Ce soir même.

Après avoir raccroché, je suis allée vers la table sur laquelle se trouvaient les deux exemplaires de mon manuscrit. J'ai pris le premier chapitre, « Budapest, les derniers jours de février 1945 ». J'ai posé les feuilles à côté de moi sur le canapé face à la télévision dont j'ai coupé le son. Jack Bauer pouvait continuer à courir, mais muet.

J'avais pourtant l'impression que les commentaires du couple sur mon texte pourraient être riches d'enseignements. S'ils arrivaient à entrer dans ces pages, ce soir, et à s'installer dans un monde qu'ils n'avaient pas connu, sauf par ouï-dire, j'aurais réussi à les déplacer dans le temps. Que faire ? Leur indifférence me gênerait, et s'ils rejetaient, même poliment, ce passé, la promenade du lendemain serait compromise. J'ai réfléchi : devais-je tenter l'aventure ? J'allais trancher et foncer.

J'ai repris le téléphone intérieur.

– Herbert ?

– Oui.

– Vous voulez vraiment lire ?

– Oui.

– Alors, venez prendre le manuscrit avant que je ne change d'avis.

Cinq minutes plus tard, il recevait plusieurs chapitres.

La porte à peine refermée derrière lui, j'ai essayé de suivre sur l'écran les aventures de l'Américain pressé, mais mon esprit était trop préoccupé par mon texte. J'imaginais Herbert dans un grand fauteuil sous la lampe qui éclairait un coin de la pièce. Allait-il laisser tomber les feuilles une à une et les ranger ensuite ? Judith l'interpellerait-elle depuis le grand lit à baldaquin ? J'ai repris, presque pour les accompagner, malade de trac, la lecture du premier chapitre. En même temps, j'imaginais mon voisin d'hôtel plongé dans mon aventure.

Dès les premières pages, j'ai senti l'absurdité de la situation et j'ai rappelé la chambre des Brown.

– Herbert, renoncez à la lecture de ce texte. J'ai eu tort de vous le confier.

– Je commençais à le lire à ma femme. Je ferai ce que vous voulez, mais, s'il vous plaît, ne nous en privez pas...

Chapitre 3

Budapest.
Les derniers jours de février 1945.

Est-ce déjà la fin de la journée ou juste l'effet de l'obscurité due à l'épaisse poussière qui, après le dernier bombardement, recouvre le quartier ? Je m'oriente mal. Je devrais rejoindre mes parents dans la cave voisine pour les rassurer et me réconforter. Nous sommes encore vivants. Il y a à peine une heure, maman faisait une réussite sur un carton vide tenant lieu de petite table ; papa essayait de lire. Pendant ces journées interminables, il est souvent contraint d'abandonner ses lectures, tant ses yeux souffrent de la lumière jaune des bougies. Il a probablement déjà refermé le volume en cours pour le poser sur ses genoux. Depuis hier, nous sommes inertes. Plus personne ne propose même une sortie pour chercher de l'eau, que l'on économise. Mon journal est caché sous mon matelas.

Dans cette cave, mon profond attachement à mes parents ne fait que croître. Les premiers mots que j'ai entendus, français ou allemands, ont fixé mes racines : papa et maman sont le terrain qui me nourrit, moi, jeune pousse. Grâce à leur présence, rien de mal ne peut m'arriver. Erreur : nous pouvons être tous ensemble enterrés vivants sous les ruines. J'ai l'espoir que ma mère et mon père me déterreraient avec leurs mains et leurs ongles pour me ramener à la surface. Ils ne sont pas jeunes, mais leur amour pour moi les rend énergiques et vigoureux. Combien de fois ai-je demandé à papa, au cours d'une crise d'angoisse : « S'il te plaît, arrange les choses. N'importe quoi, mais trouve une solution ! »

Puis le choc arrive, comme une gifle colossale. Je suis projetée contre l'un des murs où je reste collée. Mon dos n'est plus qu'une masse abattue et ma tête est traversée par une douleur jusqu'ici inconnue. Comme un insecte, je me détache et, enfin à quatre pattes, je retrouve le contact du sol. L'immeuble ébranlé par la déflagration perd peu à peu des morceaux de ciment, des plaques d'enduit tombent.

Pour me relever, je m'agrippe à un tuyau fixé au mur à portée de main. Nos compagnons du sous-sol apparaissent, hagards. D'une cave à l'autre, eux aussi cherchent à comprendre les raisons de ce cataclysme. L'un de nos amis s'efforce de nous faire comprendre la situation : les Allemands ont fait sauter les wagons militaires bourrés d'explosifs qui stationnaient en partie devant notre immeuble ; ils y avaient accumulé leur réserve de munitions sur les rails de l'ancien tramway.

Avides de nouvelles, nous l'écoutons en lisant sur ses lèvres, comme devenus sourds. Et si nos tympans avaient été déchirés par le souffle de l'explosion ?

J'avance, folle d'angoisse, quand mon père et ma mère arrivent, recouverts de plâtre. Je me jette dans leurs bras, je les touche pour m'assurer de leur présence. Les yeux encore collés, je distingue deux personnes. Ils m'embrassent et tentent de m'épousseter. « Il faut un médecin, dit papa, pour voir si elle n'a rien de cassé. » Maman tourne la tête de droite et de gauche, comme pour tester la souplesse de ses vertèbres cervicales. Papa me tend une gourde d'eau, proposée par quelqu'un de compatissant. Je bois et m'apaise.

On erre, on se reconnaît, on se félicite d'être encore en vie, on ramasse les boîtes de conserve qui ont roulé ici et là. L'ordre se réorganise. Je retrouve sous une caisse les bougies à la lumière desquelles j'écris mon journal. En glissant ma main droite sous mon matelas, je me tranquillise au contact des feuilles de mon cahier à spirale. « Il faut se nourrir aussi », dit quelqu'un.

Et puis on devient intemporel. On végète. Papa a mis en veilleuse ses grandes idées et en sourdine son humour. Mes rictus se muent en sourires dès que les bruits bénis de la vie nous parviennent à nouveau : une femme tousse à côté, nous entendons ! C'est la fête. Mon dos n'est que douleur, mais je m'y habitue.

Les bombardements ont cessé, seuls quelques

tirs isolés résonnent à nos oreilles convalescentes. A en croire la rumeur, les Russes sont déjà dans les rues voisines. Un jour, une inconnue nous annonce, comme si elle était chargée d'un message : « Hé, les Russes sont là, sortez de vos trous ! » Nous nous précipitons vers ce qui reste de la porte cochère qui séparait jadis la grande cour élégante du monde extérieur. Nous les voyons enfin, ces troupes de soldats russes à la fois tant craints et tant attendus. Ils défilent au pas cadencé. Ils sont propres, portent des gants blancs, ils ont été préparés pour la grande parade de leur arrivée.

Leurs allers-retours fréquents rassurent et, à nouveau familiarisés avec le contact de la rue, nous partons avec plus d'assurance chercher de l'eau aux sources thermales. Les « bains turcs », comme on les appelle, sont en meilleur état que la dernière fois. Les Russes ont dû repêcher les cadavres des bassins pour préserver l'eau. La population a peur. Côté quai, sur les ruines, gisent des corps, ceux des soldats allemands qui n'ont pas eu le temps de se changer en civils et se sont contentés d'arracher les boutons de leur uniforme. Ils ont été abattus sur place. On devrait les recouvrir, mais avec quoi ?

Ebranlé par ces visions de cauchemar, mon père est fébrile. Il nous parle de son frère, Kalman, professeur d'université et médecin célèbre pour la sûreté de son diagnostic. Cardiologue renommé, après des années de consultations il s'est orienté vers la psychiatrie, mais pratique les deux spécialités. D'après lui, le mental dévoré par une angoisse profonde influe sur le cœur, qui refuse de supporter une telle tension, même si elle est seulement de nature cérébrale.

– Je ne comprends pas pourquoi vous hésitez à aller le consulter, répète papa. Il a un appareil de Roentgen : avec ses rayons X, il pourrait examiner les poumons de notre fille.

– Je ne veux pas de rayons X pour elle, dit maman. C'est dangereux. D'ailleurs, vous croyez qu'il existe encore un seul de ces appareils en état de fonctionner ? Le trajet pour aller chez Kalman est plus dangereux que le choc subi... Et s'il était mort ?

– Il faut y aller, réplique papa. Kalman a toujours été solide et, prudent, il a toujours su éviter le moindre danger. Notre fille tousse, il faut qu'il l'examine. En tout cas, l'hôpital où il exerçait doit encore exister...

– Hôpital ? dit maman. Les médecins doivent soigner les soldats russes blessés !

– Si vous refusez d'y aller, c'est moi qui vais partir avec elle. Je ne peux plus supporter d'incertitude sur le choc subi par la petite.

Il s'apprête à aller chercher un seau. On ne peut en effet s'aventurer dehors les mains vides, mais avancer vers un but, tête baissée, en portant un objet dont l'utilité n'est pas discutable. Sinon, les soldats russes vous interpellent : « Venez ici... », puis vous font disparaître.

– Vous ? dit maman. Même avec votre barbe,

vous n'avez pas le style « prolétaire » accomplissant son travail. C'est donc moi qui l'amènerai chez Kalman.

J'ai mal, mais je respire : et même s'il me trouve une ou deux côtes cassées, qu'est-ce qu'il pourra faire, sinon le constater ? Je ne vois pas l'intérêt d'aller à la recherche d'oncle Kalman. Comment traverser des quartiers dévastés quand on n'ose même pas monter dans son propre appartement ? Il y a des obus partout et des soldats qui pillent : la ville est devenue une décharge.

Le lendemain, à la première lumière du jour, nous marchons des heures avec maman à enjamber poutres, gravats et cadavres. Il faut du temps pour gagner les hauts de Buda. Oncle Kalman y habite un hôtel particulier cossu où se trouve aussi son cabinet médical privé.

*

La cage d'escalier est abîmée, les marches sont recouvertes de taches noires et il manque une partie de la rampe en bois épais. Au premier étage, la sonnette ne fonctionne plus ; nous frappons, sans réponse. J'imagine l'oncle étendu au sol, inconscient. Ou peut-être a-t-il quitté la ville avant les combats ?

Puis des pas, et une voix rauque : « Qui est là ?
– Nous », dit maman, comme si, dans sa logique, les seuls vivants à s'annoncer devaient être de la famille. L'oncle pousse un grognement, entrouvre la porte et « nous » contemple, perplexe, comme

s'il cherchait à nous remettre en mémoire. Puis il reprend ses esprits et tente de dominer la situation :

– Vous ? Antoine n'est pas avec vous ?

Réclamerait-il son frère pour la première fois ?

– Non, dit maman. Se déplacer à trois, ç'aurait été une caravane.

– Entrez donc..., dit l'oncle.

Nous le contrarions. Il nous avait oubliées ou croyait que la guerre nous avait rayées de son existence. Il tente d'être poli :

– Asseyez-vous dans la salle d'attente. Deuxième porte à droite dans la galerie. Je vous apporte un peu d'eau que j'ai encore en réserve.

Installées dans des fauteuils en cuir, nous l'attendons. De retour, il nous offre à boire l'eau promise et nous fixe de ses yeux bleus. Je me sens mal. Avant, il me faisait peur ; maintenant, il suscite plutôt la pitié. Il n'est plus cet homme qui venait chez nous, sûr de lui, dissuadant d'une main autoritaire une éventuelle approche des chiens de maman. Il est maintenant éprouvé, un peu sale. Je lui dis sans conviction :

– Oncle, vous êtes seul ?

Question délicate, il a une amie avec qui il vit.

– Pourquoi cette question ?

– Nous pourrions peut-être vous être utile ? vous aider...

– M'aider ? Et en quoi ?

Il essaie de reboutonner sa chemise devenue grisâtre. Ses mains ne sont pas soignées, il a une barbe de plusieurs jours et a dû perdre sa brosse à cheveux, car quelques mèches blanches se rebellent. Cette statue autrefois hiératique a maintenant l'allure d'un homme qui n'a pu prendre de douche depuis que l'eau a été coupée dans la ville. Il se sent sale.

Maman répare habilement ma gaffe.

– Nous sommes venues pour plusieurs raisons. D'abord pour avoir des nouvelles de vous et de votre amie.

La colère rosit les joues de l'oncle.

– De quoi je me mêle, chère belle-sœur ? Vous vous êtes déplacées pour cette simple raison ?

Maman hoche la tête.

– Il existe un minimum de politesse, dans la vie. Et, malgré la détestable opinion que vous avez de moi, j'ai des manières. C'est vous qui en manquez.

– La femme que vous appelez mon « amie » est morte, dit Kalman. Avec l'aide de mes anciens étudiants, je lui ai trouvé une place à la morgue d'un hôpital proche. Elle va être incinérée dans les heures à venir.

– Mes condoléances !

Maman ne peut s'empêcher d'ajouter :

– Joséphine vous était très dévouée. L'épouser n'aurait pas représenté un grand risque. Elle a sacrifié sa vie pour vous.

Kalmann est heurté.

– De sa propre volonté, et il n'est pas obligatoire de légaliser une relation.

– Même après quinze ans de vie commune ?

demande maman, ni perfide, ni malveillante : elle suit sa logique.

L'oncle voudrait se débarrasser de nous.

– Pourquoi êtes-vous venues ?

– Votre nièce a subi un choc lors de l'explosion d'un train de munitions placé par les Allemands sur les rails de l'ancien tramway devant notre immeuble. Elle a été projetée contre l'un des murs de la cave. Elle respire difficilement et tousse. Si vous pouviez l'examiner...

– L'explosion a été effrayante, reconnaît l'oncle. Mais la démolition de nos magnifiques ponts est bien pire. Des barbares...

Les ponts l'intéressent plus que mes poumons. Il me regarde et, impatient, me fait signe. Il voudrait être déjà après cet examen qui pourtant sera rapide. Il trouve maintenant son métier inutile. Il y a trop de morts partout.

– Viens, finit-il par dire.

Ma mère reste au salon. Je suis l'oncle dans son cabinet ravagé. Dans un coin, à moitié démonté, l'appareil de Roentgen. J'ai vu Kalman le manipuler un jour. Lors d'une de nos rares visites, il avait voulu faire une démonstration. Très fier de son acquisition, arrivée de Vienne, il avait ce jour-là un tablier noir et des gants remontant jusqu'aux coudes : « Les rayons sont dangereux. » Maintenant, l'imposant objet, monté comme un tableau aveugle avec ses plaques appuyées contre un mur, semble inoffensif.

– Je n'ai pas oublié votre exposé sur la radiographie, dis-je.

– Je voulais impressionner tes parents. Il n'y avait que deux appareils de ce type à Budapest.

Il prend un stéthoscope.

– Ôte ta veste.

J'enlève mon manteau crasseux et mon pull. L'oncle pose le stéthoscope sur mes clavicules, puis, en glissant vers le bas jusqu'à la cambrure de mon dos, il écoute mes poumons.

– Je n'entends rien, dit-il. Avec les rayons X, j'aurais eu plus de renseignements, même si l'image des poumons est souvent opaque.

Il cherche du regard et trouve sur son bureau une feuille blanche. D'autres sont éparpillées sur le parquet. Il me la tend.

– Crache.

– Dommage de la salir.

– Crache !

Plus qu'un crachat ordinaire, c'est plutôt une éclaboussure de mon être profond. Je suis dégoûtée de moi-même. Il examine la sécrétion, hoche la tête.

– Apparement, pas de sang... Tu as mal, quand tu respires ?

– Non, si je respire par petits coups.

– Alors, continue.

– Quand je tousse, j'ai comme un coup de couteau dans les côtes.

– Les intercostaux.

– C'est quoi ?

– Des muscles. Ils entourent la cage thoracique et s'immiscent entre les côtes. Si tu as une côte cassée, elle va se ressouder.

Il va vers une armoire à pharmacie dont les portes sont manquantes, mais à l'intérieur, sur une étagère, il reste des flacons. Il en prend un contenant des comprimés.

– Tu vas en prendre deux par jour pendant dix jours, et plus longtemps si tu continues d'avoir mal. Je te donne le flacon. Ta colonne vertébrale est mobile, tu ne craches pas de sang... Tu es solide.

Il me regarde et prononce :

– Quelle existence, n'est-ce pas ? Un jour, tu devrais avoir une vie meilleure... Ton père est toujours en adoration devant toi ?

– Oui, papa m'aime tellement...

– Il te pourrit de son amour, faisant de toi la déesse de la maison. Il vante ton intelligence comme un camelot ses articles.

– Ca lui fait plaisir.

– Quels sont vos projets ?

– Parvenir un jour à l'Extérieur.

« L'Extérieur », c'est l'Autriche. Il fait une grimace.

– Et ta mère ? Elle doit être soulagée depuis que les Allemands sont partis...

– Elle n'est plus en danger immédiat.

Il soupire.

– Ce mariage, je ne pourrai jamais m'y faire. Quelle différence de culture entre ton père et elle !

Alors que notre ville est devenue un cimetière, il a encore l'énergie d'intriguer contre ma mère.

– Maman est issue d'une famille d'artistes. Elle joue admirablement du piano. Papa ne croit qu'à la mort. Maman ne parle que de la vie, de l'avenir. Je dois beaucoup à maman.

– Je ne voulais pas manquer de politesse, ajoute-t-il. Mais ta mère m'agace.

L'oncle traîne, il n'a pas envie d'affronter de nouveau l'impertinente vivacité de maman. Il ne l'a jamais supportée. Il ne venait chez nous qu'une à deux fois par an, prévenait par téléphone de sa visite avec un message spécial à son intention : « Ayez l'amabilité d'enfermer vos chiens pendant les quelques minutes que je passerai chez vous. » Au bout de notre appartement, il y avait, du côté de l'escalier de service, deux pièces indépendantes assez grandes : l'une réservée à la femme de chambre – la cuisinière habitait à l'extérieur – et l'autre aux trois chiens de maman. L'un des trois s'appelait Grillon, je l'aimais. L'oncle avait une peur viscérale des contagions.

« Pourquoi est-il devenu médecin ? s'est étonnée un jour maman. – Cardiologue, a répondu papa. Il se disait sans doute que les maladies de cœur ne sont pas contagieuses. Je l'aurais mal imaginé soigner des lépreux, mais, pour le cœur, je veux dire le muscle, il est excellent. La psychiatrie le passionne aussi. Il était maladivement jaloux de Freud et aurait bien voulu correspondre avec lui, mais le contact ne s'est pas fait.

– Vous êtes une famille compliquée, a dit maman, et fatigante. Vous expliquez tout. Je vais avoir un jour, moi aussi, une maladie cardiaque à force de m'énerver. Chez vous, jamais d'action positive, ni de progrès... Seulement l'analyse de situations existantes, et le passé. Comment peut-on, avec tant d'hectares, être resté aussi bêtement intellectuel ?

– Tu voudrais qu'on me mette sur un char à bœufs ? » Maman a répliqué : « Avec ta maladresse, on te chercherait pendant des semaines et on te trouverait perdu dans les bottes de foin. Tu n'es bon qu'à parler, écrire, dépenser sans compter... même si ce n'est pas au sens de dépensier : tu n'es pas touché par les réalités de l'argent, ni par celles de la vie... » Craignant d'en avoir trop dit, elle est redevenue en un clin d'œil une femme douce et féminine ; elle s'est mise à sourire et a dit, câline, à papa : « Je vous aime tant..., mais je vous aimerais tellement plus dans un appartement aux USA. »

*

Nous sommes encore dans l'atmosphère du cabinet médical de mon oncle, à peine dans ce présent chaotique. Plus grand que papa, Kalman mesure un mètre quatre-vingt-deux. Il se penche vers moi. Je sens qu'il voudrait m'adresser quelques paroles aimables. Je veux lui épargner un effort inutile.

– Oncle Kalman, lui dis-je, si je restais ici un

jour, je pourrais vous aider à mettre un peu d'ordre. Je sais où trouver de l'eau. Si vous avez des seaux, nous pouvons aller en chercher. En revenant, je vous donnerai un coup de main pour nettoyer le cabinet médical. Peut-être que d'autres gens vont arriver, qui auront besoin de vous.

Il me regarde. Il écoute. Ces mots doux inattendus, même pour moi, sont étonnants pour lui.

– Toi ? Rester avec moi, ici ?

– Oui. Il y a beaucoup de chambres. On peut sans doute trouver quelque part des matelas, des draps. Chez vous c'est confortable. Si vous aviez de l'eau et l'électricité...

– En effet, si j'avais encore une vie, dit-il, ça vaudrait la peine de t'avoir ici.

Soudain, il s'appuie contre le mur, ému.

– Ta mère a dit que j'aurais dû épouser Joséphine...

En quinze ans, il n'a pas su répondre à cette attente de sa compagne. Il est pénible d'être face à quelqu'un qui souffre et de constater ses efforts inutiles pour cacher ses remords.

– Il y avait dans le couloir une petite armoire plate avec des serviettes à l'intérieur, dit-il. Va voir si tu peux m'en trouver une.

De l'autre côté de la galerie, en effet, il y a une armoire et quelques serviettes pliées sur les étagères. Les soldats n'ont pas encore dévasté l'intérieur de cet hôtel particulier. J'en apporte une à l'oncle qui s'essuie le visage et dit :

– Merci. Tu es une bonne petite fille.

– Je serai bientôt adulte.

– Adolescente, dit-il, comme s'il cherchait un compromis.

Maman apparaît dans l'encadrement de la porte de la salle d'attente et l'interroge :

– Alors, quelle est votre conclusion ? Est-ce qu'il y a un danger ? Une côte cassée ?

L'oncle l'assure que je me tirerai bien du choc. Il nous fait signe de revenir dans la salle d'attente. J'ai peur que la journée soit trop avancée. Comment pourrons-nous arriver à temps à notre refuge, à notre cave ? Il y a au moins une heure et demie de marche à faire.

– Il faut que nous partions.

Kalman a envie de parler. Sans doute, depuis la mort de sa concubine, vit-il dans le silence : il éprouve le besoin de faire part de ses pensées. Il se lance dans un inventaire des faits de guerre, accuse la mauvaise diplomatie hongroise et tente de définir la situation actuelle. Il n'a pas l'humanité de mon père, encore moins son humour. Il est toujours de mauvaise humeur, il se sent frustré de n'avoir pas été élu à l'Académie des sciences ou quelque chose de ce genre-là. Il en veut encore à ses détracteurs. Jeune et ambitieux, il avait été nommé professeur de médecine à l'université de Budapest. Ce n'était pas suffisant.

Il explique les dangers des contagions dues à la décomposition des cadavres. Maman prononce la phrase familière tant entendue : « *Nicht vor dem Kind* » : « Pas devant l'enfant. »

– Votre fille, dit Kalman, n'est plus une enfant.

– Kalman, pourquoi devez-vous toujours être si *unheimlich* ? Ça ne vous suffit pas, ce que nous voyons dehors ? Vous voulez en rajouter encore ?

Kalman se tourne vers moi.

– Tu peux demander à ta mère d'écouter jusqu'au bout ce que j'ai à dire ?

– Nous n'avons pas l'habitude d'interrompre maman.

– Vous avez tort. Elle a son tempérament hébraïque, sa manière de relier une question à une autre, sa curiosité extrême. Mais, aujourd'hui, il faut m'écouter.

Maman intervient :

– Hébraïque ? Que voulez-vous dire par « hébraïque » ? Je suis protestante.

– Ne jouez pas avec moi. N'essayez pas d'utiliser la méthode bien connue : mélanger religion et origine.

Le coup est rude. Maman a besoin de récupérer. Kalman se tourne vers moi.

– Ce que je vais dire te concerne, ma nièce. Tu es jeune, tu dois donc être informée sur les vices des êtres humains. Ce ne sont pas tes parents trop candides qui t'aideront à y voir clair... Tu subis l'épreuve d'une rude époque. Tu vois les cadavres se décomposer dans les rues. Sache que les odeurs de cette décomposition s'infiltrent dans les cerveaux et les vêtements. Les effets en sont redoutables. Ceux qui survivront à cette période, même après des décennies, jubileront de plaisir d'être encore vivants. Nous vivons de plus en plus des années cannibales. Tu es née juste avant le début de la guerre. Tu es déjà le produit humain de ces années-là. Tu es prisonnière de leurs mâchoires.

Maman tente de couper court.

– Vous me dégoûtez avec vos histoires de mâchoires et de dents. Faites imprimer vos thèses et distribuez-les, mais pas à nous !

– Ecrire ? s'exclame l'oncle. Faire imprimer ? Mais vous vous croyez dans quelle quiétude ? Par les temps qui courent, il faut utiliser chaque moment pour s'exprimer. Le Moyen Age, ses multiples épidémies, ses massacres, ce n'était rien, à côté de ce que nous avons vécu et que nous connaîtrons encore. La cruauté de ces années cannibales surpasse tout ce qu'a connu l'Histoire. On a de plus en plus d'informations sur les camps où l'on massacrait les Juifs, les Tsiganes et autres, classés par les nazis dans la catégorie des « sous-humains ». Vous avez dû entendre parler des goulags de Sibérie, où l'on fait se pétrifier de froid des êtres encore à peine humains. Ce que je déteste le plus...

Il m'attrape par les épaules, me pousse vers une des grandes fenêtres d'où on peut apercevoir le Danube. Ce fameux fleuve que je n'ai jamais vu bleu, jonché de masses de glace qui s'accumulent autour des ponts effondrés dans l'eau.

– Un ami médecin m'a raconté ce qu'ils ont fait de Dresde. Les Américains ont bombardé la ville, ont réduit en poussière l'une des plus belles villes européennes. Berlin, éventrée, n'offre d'abri que dans ses entrailles dépecées. Les humains couchent dans ce qu'il reste des cages d'escalier, des rez-de-chaussée et des caves, comme des rats.

Il se retourne vers maman et lève les bras comme un chef d'orchestre hagard.

– Je n'ai pas oublié Budapest, une si belle ville ! Et Londres est devenue un champ de ruines. Paris, seule, s'en est tirée, s'en tire toujours.

– Ecoute-moi, petite, continue-t-il alors que son regard s'éclaire. Il faudrait vingt ans pour que les villes mutilées retrouvent leur vrai visage. On n'aura pas le temps de reconstruire, parce que les anciens résistants courent après ceux qui s'étaient vendus aux occupants. Ceux-ci courent après leur fric envoyé en Amérique du Sud. Ne rêve pas de la France, petite, mais de l'Amérique. Là-bas, tu pourrais avoir une vie loin de ces ruines et de ces furies.

– Vous en avez terminé ? a demandé maman. Mon père répétait que les dictateurs se croient souvent prophètes. Vous n'êtes ni l'un ni l'autre. Si vous pouviez m'indiquer un endroit où je pourrais trouver quelques comprimés anti-douleur pour ma fille ?

– Je lui ai donné tout ce que j'avais. Evidemment, vous en voulez toujours plus. On vous donne six comprimés, vous en voulez neuf.

Maman hausse les épaules. L'oncle semble mentalement absent pendant quelques secondes.

– Vous nous épuisez, dit ma mère. Avez-vous

besoin d'emplir le cerveau de votre nièce, de tant de réflexions aussi inutiles ? Parmi les survivants, il y aura des tas de gens très bien, culpabilisés d'être restés vivants et qui essaieront de se racheter en faisant du bien autour d'eux.

Kalman devient tout pâle. Il est atterré, secoué, humilié. Et cette bonne femme qui ose le contredire ! Digne de ses origines, elle retombe toujours sur ses pieds. Il se gratte le menton, son manque d'hygiène doit le gêner, lui qui a tellement peur des microbes et des diverses contaminations. Il voudrait ne plus être avec nous. Il voudrait être nulle part.

Maman me susurre :

– C'est un vieux malade. C'est lui qui a besoin d'un médecin. Il me hait parce que je rends ton père heureux. S'il y a une personne heureuse dans la famille, c'est ton père, et c'est grâce à moi.

– Vous me parlez ?

Maman se lève.

– Pas du tout. J'ai renoncé depuis très longtemps à l'idée de vous parler. Je ne vais même pas vous écouter. Je vous remercie pour l'examen de notre fille. Nous partons.

– J'ai envie d'être franc avec vous. De votre point de vue, je suis méprisable. En effet, je déteste ces ethnies qui, depuis des siècles, imposent leurs visées...

Il s'emporte, penché vers nous, au risque de perdre l'équilibre et de tomber en avant. Son front est perlé de sueur. Maman essaie de le calmer de peur qu'il n'ait une congestion cérébrale devant nous.

– Mon cher beau-frère, dit-elle, usant du style aristocratique de la famille – interpeller élégamment pour mieux assommer ensuite –, vous êtes un frustré ! Vous n'avez pas été élu à l'Académie : cet échec vous met dans un état dangereux.

– Vous vous croyez toujours plus intelligente que les autres, dit-il à ma mère. Vous voulez toujours avoir le dernier mot. Mais c'est moi qui prononce le dernier mot : Stalingrad. Le nom de cette ville devrait vous faire frémir...

– C'est vous qui nous faites frémir. Heureusement que je ne vous ai pas connu avant mon mariage avec Antoine. J'aurais fui à l'idée d'être proche d'un personnage comme vous.

L'oncle continue, imperturbable :

– Je vais vous livrer un secret.

– Non, dit maman. Pas de secret ! Nous partons.

– Asseyez vous ! crie l'oncle. Vous n'avez pas le droit de partir sans savoir. Ne serait-ce que dans l'intérêt de votre fille. Quoi que nous fassions, l'Histoire nous rattrape, nous tous. Je vous le répète : ces années de guerre sont comme des immenses mâchoires qui nous broient. La bataille de Stalingrad était l'horreur absolue. Des témoins qui ont pu en réchapper ont parlé d'actes de cannibalisme. Certains l'ont expliqué : l'instinct de survie d'un être humain peut le conduire à consommer de la chair humaine si cet acte lui permet de survivre, de sauver sa peau. Rien de commun avec les rituels ancestraux, juste les impulsions du désespoir. Les états-majors soviétiques auraient imposé le secret, condamnant ceux qui parlaient à être fusillés. Vous m'entendez ?

– Oui, oncle, dis-je. Nous vous entendons, hélas.

J'ai froid au ventre.

– D'après ces histoires de guerre atroces dont Stalingrad n'avait pas l'exclusivité, pour ne pas mourir de faim, des individus se seraient nourris de chair humaine en réussissant à surmonter leur propre dégoût et leur mépris d'eux-mêmes. Dans leur esprit, surhumains, ils s'imaginaient assumer leur honte, ayant développé de vraies facultés de survie. Ils auraient même été soulagés de découvrir ce pouvoir d'anéantir quelqu'un, de le consommer moralement et de le dévorer psychologiquement, sans même y toucher.

Je sens son regard d'un bleu intense posé sur moi.

– Avec l'éducation absurde que vous lui avez donnée...

– Vous n'en savez rien ! s'écrie maman.

– Si. Il m'a suffi de quelques moments passés chez vous pour comprendre que cette petite allait croire que le monde n'est peuplé que de gens bien. Elle est à l'orée de sa vie. Probablement l'armistice interviendra-t-il un jour, et on osera appeler « paix » la période qui suivra. La paix ? Gagner des fortunes grâce aux reconstructions. Mais qui demandera pardon à genoux d'avoir réduit Dresde en cendres ? Les nouveaux dirigeants éviteront de parler des camps, malgré les témoignages incontestables ; il y aura même un jour ceux qui nieront la mort de ces millions de personnes. Ces voleurs de mémoire seront les pires criminels. Avec l'argent venu de tous les côtés, surtout d'Amérique, les plaies les plus vives seront pansées. D'un côté, il y aura la Soupe populaire et, de l'autre, pour les nouveaux dictateurs, aussi bien soviétiques que capitalistes, le caviar à la cuillère sorti du ventre vivant des esturgeons. Ils vont parler une autre langue internationale, celle de l'hypocrisie. Se couvrir ou s'attribuer des mérites, tout va être parfaitement combiné. C'est alors que je pense à cette petite. Elle a survécu avec vous à ces années qui nous accablent ici. Mais elle va croire qu'à l'étranger, la misère n'existe pas et que son père pourra toujours expliquer que sa fille est la plus belle et la plus intelligente au monde. Et vous...

Il pointe son doigt sur ma mère.

– Vous lui ferez comprendre le rôle de l'argent.

Maman lui dit calmement :

– On ne va plus écouter vos thèses de malade.

Kalman plaide comme devant un tribunal. Il cherche presque des témoins invisibles. Il me désigne d'un geste :

– Cette petite doit être consciente du fait qu'il lui sera très difficile de distinguer les êtres bienfaisants de ceux qui sont frappés par le syndrome des années cannibales qui flotte dans l'air, et contamine par vagues successives. Comme une épidémie, la cruauté peut coller à vous. Le malade ne se sait pas malade. Il se redresse, il commence à circuler et ressent une envie irrésistible d'anéantir quelqu'un.

– Ça y est, vous avez fini de nous raconter vos cauchemars ?

Maman se lève et se dirige vers le couloir. Je la suis. L'oncle nous interpelle :

– Attendez ! Restez encore une minute...

Il ajoute même : « S'il vous plaît ». Maman est si étonnée par ce ton nouveau qu'elle cède.

– Je vous confie à toutes les deux, à vous et à la petite, que j'ai pris des notes. Pour mieux développer ma théorie, j'aurais dû disposer de plus de temps... Vous ? Vous n'admettrez jamais les résultats de mes expériences. Vous vous êtes toujours méfiée de moi.

– Je ne vous ai supporté que par amour pour mon mari.

Maman est téméraire, elle en a assez, mais elle continue :

– Antoine est une merveille de délicatesse, de politesse, de culture, d'humour, de tendresse.

Kalman pousse un petit rire rauque. Son désir de destruction est tel qu'il ne voudrait même pas s'épargner lui-même.

– Votre comparaison est la preuve d'un immense manque de culture, belle-sœur. Nous sommes différents, mais vous ne pouvez pas nous dissocier. Nous sommes sortis du même ventre, conçus par le même homme et par la même femme, dans cet élan du sexe que vous appelez, vous, hypocritement, comme toujours : amour.

Maman lui jette :

– Vous êtes un sadique et un jaloux !

– Vous ne perdrez rien à m'écouter encore une seconde. Je reconnais vos fabuleuses qualités.

Maman regarde ce phénomène qui est son beau-frère, si peu « beau » et si peu « frère ».

– Mes qualités ? demande t-elle.

– Que vous soyez juive ou protestante, qu'importe... vous avez le don de la fête. Arbre de Noël, gâteaux selon les rites, bougies allumées et posées sur des branches d'arbre. Vous au piano : *Silent Night, Holy Night*. Jamais la comtesse – nous appelions notre mère ainsi – n'avait fait des fêtes pareilles... J'enviais mon frère Antoine. Jaloux, j'ai éprouvé des sentiments très bas à votre égard. J'ai compris alors que le syndrome des années cannibales m'avait contaminé. Tourmenté par ma bassesse, animé par une jalousie bien masculine, frustré physiquement de n'avoir pas rencontré une femme aussi vivante que vous, je vous en voulais à mort. Pour me racheter, hors de toute considération morale ou religieuse, j'allai ensuite travailler jour et nuit à l'hôpital, pas du tout en tant que médecin. Je nettoyais, j'enlevais les draps souillés d'excréments, je refaisais les lits pour les souffrants. J'avais l'impression de récurer mon âme. Pourtant il n'y a pas pire chrétien que moi.

– Quelle image vous donnez de l'humanité à ma fille...

– Peut-être, dit-il. Mais il faut qu'elle sache l'importance des ravages qui peuvent survenir à l'intérieur d'une même famille. L'adolescent rancunier découvre peu à peu comment crucifier ses propres parents, et eux en arrivent à quémander l'amour d'un tel enfant ! Il y a mille et un moyens d'exploiter les faiblesses de ceux envers qui on devrait se montrer reconnaissant. Adapté à la vie professionnelle, cela revient à rafler l'affaire d'un associé, à endormir sa vigilance, à l'inciter à avoir confiance pour mieux le priver du fruit de son travail...

Il fait deux pas en avant, titubant.

– Je vous présente mes excuses, continue-t-il en s'adressant à maman. Mais reconnaissez que vous avez été sauvée par votre mariage.

Maman est déjà dans l'embrasure de la porte.

– Ce que je ressens ne vous regarde pas. A vous entendre, on n'aurait plus qu'à mourir. Vous êtes le vrai représentant de ces années cannibales. Ce sont les individus comme vous qui en ont été la cause. Nous retournons maintenant à nos ruines.

J'admire ma mère. Elle a gardé jusqu'à l'extrême limite son sang-froid.

– Vous allez garder un exécrable souvenir de moi. J'en suis navré. J'essaie de me racheter. J'ai des boîtes de lentilles. Partageons-les.

– Partons, maman.

Kalman prend une fois de plus mon épaule droite comme s'il voulait s'appuyer, me tirer vers lui ou juste me diriger le long de cette galerie dont les morceaux de plâtre tombés du plafond jonchent les grands tapis d'Orient. Il y a deux tableaux, des portraits d'ancêtres. Je me tourne vers l'oncle.

– Est-ce que les soldats russes sont déjà venus dans cette maison ?

– Pas encore. Pour venir ici, il faut monter sur la colline, marcher. Les chars d'assaut, je crois, ne passeraient même pas dans la rue étroite.

Son regard est fixe, son front se plisse de rides d'expression. Il faut le quitter. Il me fait mal. Je m'entends dire :

– Sortons...

L'oncle se tourne vers moi et dit :

– Toi, j'aimerais bien te revoir. Au rez-de-chaussée, il y a un piano. Si tu voulais venir t'exercer...

– Non, merci. Non, non.

– Ce piano, répète-t-il, hagard, je te le donne, mais qui pourrait le transporter ?

Il délire. J'imagine ce piano déménagé par des civils hébétés à travers les quartiers qui fument encore.

– Non, oncle...

– J'étais tout pour Joséphine. Elle me donnait sa vie, elle était à ma merci, par amour... Ecoute-moi, me dit-il. Dans la salle d'attente, va vers le petit bureau non saccagé. Il faut pousser juste un bouton à droite et dans un tiroir dit secret, il y a mes notes. Prends-les. C'est écrit en allemand. Fais-le.

– Non, dit ma mère. Il faut partir.

– Tu connais maintenant l'endroit, dit l'oncle. Ne l'oublie pas. Au revoir, au revoir.

*

Nous nous retrouvons dans la rue, sur le chemin du retour.

– Sinistre personnage, dit maman. Il n'a jamais été capable d'aimer.

– Mais si, maman. Il était tendre avec sa maîtresse cachée, papa nous l'a dit. Mais c'est un homme particulier, à part.

Maman s'exclame : « Attention ! » Nous venons de passer à côté d'une femme, la bouche et les yeux ouverts. Depuis combien de temps est-elle morte ? Je suis choquée mais je dois défendre l'inconnu :

– On ne peut pas la laisser ici, comme ça... Il faut lui fermer les yeux... Moi, je ne peux pas la toucher.

Maman hésite et me dit :

– Je ne peux pas non plus.

Un groupe de trois hommes passe. Ils portent sur leurs épaules des poutres endommagées. C'est la seule manière de circuler sans être aussitôt réquisitionné pour des travaux « utiles » : les soldats russes doivent penser que les poutres sont attendues sur un chantier.

– Hé, dit maman au premier homme de la rangée. S'il vous plaît, aidez...

– Qui ? dit l'homme. Qui ?

Maman vient d'enlever l'écharpe qu'elle portait sur ses cheveux.

– Couvrez, si vous voulez bien, le visage de cette femme.

L'homme prend le carré de soie et cache l'expression paniquée de la femme morte. Ses yeux, sa bouche. Puis il reprend place dans la file.

– Merci, dit maman. Merci beaucoup.

Chapitre 4

Un mois plus tard, nous allions quitter Budapest pour rejoindre la maison près du lac Balaton. Les autorités soviétiques ne l'avaient pas encore recensée comme le bien de sales capitalistes. Les voisins n'avaient rien à nous reprocher, nous y allions comme si, au terme d'un naufrage, nous apercevions la terre ferme. Nous avons appris par un des amis d'Alain qu'oncle Kalman avait été blessé. Alain est mon frère aîné, personnage mythique dont je parlerai plus tard. Une voisine qui habitait l'hôtel particulier à côté de celui de Kalman avait donné l'alerte et il avait été transporté à l'hôpital. J'ai décidé de lui rendre visite avant de quitter la capitale. Il était d'autant moins raisonnable de retraverser les quartiers en ruine que nos relations avec Kalman étaient réduites à des rencontres superficielles. Qu'importe, je tenais à y aller. Je n'aimais pas l'imaginer attendant la mort seul. Il y avait trop d'amertume en lui, trop d'insatisfaction malgré son immense mépris pour l'humanité. J'ai pris un seau avec des morceaux de briques récupérées, j'ai caché mes cheveux sous une écharpe et j'ai entrepris l'excursion.

L'ancien secrétaire de mon frère Alain, dont la mission quotidienne était de mettre en relation les survivants, m'avait dit qu'il m'accompagnerait jusqu'à l'hôpital. Papa pensait que j'avais une question d'ordre médical à poser à l'oncle. Maman avait renoncé à me dissuader d'y aller. J'étais restée muette et étais partie avec Mike.

Avant le siège, Kalman venait dans cet hôpital public donner des consultations gratuites. Avec l'aide d'une bénévole, nous avons retrouvé l'oncle dans une petite pièce qui faisait office, il y a peu, de réserve de compresses et pansements. Il était couché sur un brancard transformé en une sorte de lit de camp. Avec sa tête magnifique, ses cheveux blancs, son grand regard clair et sa taille, il aurait pu passer aux yeux d'un soldat russe pour un général allemand habillé en civil et s'attirer ainsi des représailles.

Ses yeux étaient fermés. Quand je me suis assise au bord du lit étroit, le mouvement a fait basculer le matelas et l'a réveillé. Son regard a « bleui » la chambre. Il était perplexe en me découvrant.

– Bonjour, oncle...

– Que fais-tu ici ?

– Vous êtes de ma famille. Vous êtes mon oncle.

– La famille ? J'en ai une *pro forma*. D'ailleurs, auprès de vous, sur ce plan-là, je ne servais à rien.

– N'oubliez pas la fête de Noël, chez nous. Je

suis là, c'est une preuve que vous avez une famille. Je la représente.

– C'est insensé, ronchonne-t-il. Tu t'es mise en danger. Traverser cette ville pourrie pour moi... Tu es une idéaliste.

– J'avais envie de vous tenir compagnie.

– Tu es venue seule ?

– Mike, l'ancien secrétaire d'Alain, est avec moi. Il attend dehors.

La tête légèrement tournée vers le mur, il m'a dit :

– Je ne peux être d'aucun secours. Si les soldats l'embarquent, tu feras partie du lot.

– Oncle, ai-je dit, soyez moins amer. Vous m'avez donné, il y a longtemps, pour Noël, le fameux Noël où vous êtes venu, une poupée...

– Moi ? a-t-il dit, incrédule. J'ai fait ça ? Probablement une idée de Joséphine. Qu'importe. Tu ne l'as pas oubliée ? demande-t-il. La poupée ?

– Non.

Son visage s'est décrispé.

– Tu as toujours été une gentille fille. Si jeune dans cette vieille famille... Tu vois, a-t-il continué d'une voix méconnaissable, tu vois, quels que soient les principes, quand la fin est là, on a envie de mettre en garde ses proches, de les aider avec ses propres expériences. Effort inutile. Personne n'écoute personne. Et moi, je n'ai jamais voulu de « proches ». A tort ou à raison, je ne voulais pas de liens encombrants. Quel âge as-tu exactement ?

– Quinze ans.

– Tu n'as pas oublié ce que j'ai dit sur les années cannibales ?

– Non, mais vous vous trompez, oncle. Jusqu'ici, personne n'a voulu m'opprimer ni me blesser. Je ne crois pas qu'on puisse « ronger » quelqu'un moralement.

– Bien sûr qu'on peut ! C'est ce processus que j'ai voulu éviter. Aimer et être déçu ensuite. Pire qu'à la cocaïne, l'addiction à un lien affectif. En cas de déception, c'est le déchirement. Ma principale faute est d'avoir été hautain avec ta mère... Mais ils t'ont trop choyée. Le premier choc de non-amour t'écrasera. Tu voudras qu'on t'aime, ce sera ton point faible.

Il aurait voulu s'accouder, il ne pouvait pas.

– Il y a un peu d'eau quelque part ? a-t-il demandé. J'ai soif.

J'ai vu une bouteille à moitié remplie sur une table, et deux gobelets ; j'en ai pris un, j'y ai versé de l'eau, puis, en soutenant la tête de Kalman, je l'ai fait boire. C'était pire que la guerre dans les rues que de sentir la fin de cet homme fort, jadis sûr de lui et élégant. Dehors, je voyais les morts. Ici, je sentais l'approche de la mort, l'odeur de la mort.

– Je n'aime pas le spectacle que je donne, a-t-il marmonné. Mal soigné, mal pansé, je vais mal mourir, bientôt. A propos, je te signale, je t'annonce même, que de l'autre côté il n'y a rien. Après le dernier souffle, c'est le noir absolu. Regarde si tu trouves quelque part ma veste. Il y a des notes dans les poches intérieures. Tu dois les prendre et les lire. Les notes que tu n'as pas prises dans le petit bureau. C'est en allemand, demande à ta mère de t'aider à les lire. Tu peux encore être sauvée.

– De qui ?

– De tes proches. Je ne parle pas de tes parents, ni de tes frères, mais plus tard, tu auras une famille, un entourage, des amis... Je te le répète, à l'intérieur de chacun de nous, il y a un cocon de haine. Nous ne le découvrons que lorsque l'envie de détruire se manifeste.

– Oncle, vous êtes cruel. Vous chargez toute ma future vie de soucis, de craintes et de déceptions.

– Je te mets en garde. Tu me contredis, mais avec indulgence et tendresse. Imagine les souffrances que je n'ai pas eues. J'aurais pu me persuader que tu avais une attirance pour moi. Je serais devenu l'un de ces oncles riches et généreux qui déclarent : « Je n'ai pas eu d'enfant, mais j'ai une nièce. » Après, je me serais convaincu de n'être pas seul au monde sur le plan familial. Et si j'avais commis une telle erreur psychologique, je pourrais être ici, dans cet état, et attendre désespérément ta visite. Espérer à chaque pas entendu que c'est toi, la fameuse nièce qui sait aimer. Tu ne viendrais pas pour diverses raisons, allant de la soudaine indifférence à la paresse – « de toute façon, il va mourir ». Moi, vieux théoricien de l'ingratitude humaine, piégé par une pulsion classique, je souffrirais avec honte. J'aurais pu, avant le début des combats, te faire des reproches : « Tu ne m'as pas appelé depuis une semaine, ça m'a manqué. » En dévoilant cette attente, en faisant confiance aux sentiments que je t'aurais prêtés, j'aurais éveillé en toi, sans que tu en sois tout de suite consciente, le cannibale. « Ce fameux oncle souffre-t-il de quelque chose ? Juste de mon absence ? Sinon ce grand homme nous fait-il son cinéma ? »

Je sentais monter des larmes.

– Vous me prêtez des intentions horribles. Vous êtes injuste. Je n'ai pas traversé Buda pour entendre dire que je ne vaux rien.

– J'ai juste énoncé des hypothèses, et j'en ai honte, a-t-il dit. Mais, crois-moi, dans l'avenir, tes interlocuteurs vont repérer tes points faibles...

– Qu'appelez-vous mes « interlocuteurs » ?

– Ton entourage. Ta première vraie amie ? Sera-t-elle vraiment « vraie » ? Ton premier amant ? On t'a élevée assez vieux jeu pour ne jamais parler d'« amant ». J'en parle.

– Oncle, tu me fais fuir.

– Mais non. Tu as la dimension intérieure pour écouter. Mais pas forcément pour assumer des expériences pénibles. Tu as une lourde hérédité. Ta mère est juive. Elle s'est laissé convertir au protestantisme pour pouvoir épouser ton père.

– Et alors, oncle, en quoi ça vous dérange ? Ce n'est pas votre affaire. Quant à moi, je refuse le poids de l'hérédité dont vous me parlez. Je vais avoir ma vie à moi.

Exsangue mais tenace, il a continué :

– Ecoute-moi bien. Je te jure que j'ai raison. Quelle parfaite victime tu peux devenir, si tu as du talent ! Tu seras enviée et rongée. Méfie-toi de ceux qui aimeraient absorber tes cellules grises, ton intelligence, ta créativité...

– Personne !

– Il y en aura. Parfois l'entourage même... Lors de nos rares conversations, ton père m'a dit que tu as des velléités d'écriture. Quoi ? Pour qui ? Dans quel pays ? Ici, les communistes ne te laisseront même pas poursuivre tes études. Et ailleurs, tu seras une étrangère.

– Comme ici, mon oncle... La première phrase que maman m'a apprise en français était : « Il faut partir d'ici. » Moi, j'existerai quelque part en dehors de la politique et des guerres...

– Le seul pays où tu peux exister sans passé, c'est l'Amérique, a-t-il dit. Notre sœur, pour toi la tante Ella, a été sauvée par l'Amérique. Evidemment, on ne t'a jamais dit où et pourquoi elle avait disparu.

– Non.

– Tu veux la vérité ?

– Oui.

– Elle était tombée amoureuse, lors d'un séjour à Vienne, d'un jeune Autrichien sans fortune. Au moment où elle a avoué sa grossesse, il était trop tard pour se faire avorter. Elle a été bannie de la famille. Elle est partie pour l'Amérique.

Je me suis penchée vers l'oncle.

– Pourquoi est-elle partie ?

– Elle m'a dit ne plus vouloir appartenir à une société rétrograde, inhumaine, condamnée. Elle n'a jamais pu épouser son amant qui l'avait abandonnée. Le fils est né à Boston de père inconnu. Ella a commencé une nouvelle vie, entièrement consacrée à lui...

– Qu'est-ce qu'elle faisait là-bas ?

– Elle enseignait la biologie. Belle femme, elle a pourtant refusé les demandes en mariage d'Américains pour se consacrer à son fils, à qui elle a assuré une éducation de haut niveau. A dix-sept ans, il lui a dit : « Tu es ma mère, d'accord. Mais je n'ai pas demandé à venir au monde, encore moins à naître de père inconnu. J'aurais préféré ne pas naître. » Un riche Américain en quête d'héritier a proposé de l'adopter. Il a accepté, et après avoir reçu l'autorisation juridique, il a quitté sa mère sans plus jamais lui donner le moindre signe de vie. Pendant des années, elle a espéré qu'il allait revenir, au moins une fois. Après des souffrances morales qui l'ont presque poussée au suicide, elle a réussi à se sauver, avec mon aide, grâce à une rééducation psychologique. Je lui ai fait comprendre qu'elle était cannibalisée par ce jeune fils qui n'avait pas eu la moindre pitié pour sa mère. J'ai pu entrer en contact avec lui et je lui ai parlé des tourments qu'il lui infligeait. « Je n'ai rien demandé, je ne dois rien à personne », a-t-il répondu. Après de longues analyses et un séjour en Inde, Ella a découvert les vertus de l'indifférence, puis elle a déshérité son fils, lui interdisant d'être présent à son enterrement. L'affaire était close. Sans s'en rendre compte, sans même en connaître la notion, le fils s'était comporté comme un cannibale : il dévorait l'âme de sa mère, même à distance.

– Vous l'avez rencontré, lui ?

– Il est venu à Budapest, je lui ai interdit ma maison et la moindre tentative de contact...

– Vous avez une idée de ce qu'il voulait vous dire ?

– Sans doute quémander une réconciliation. Il n'a eu que des drames dans sa vie. Le père américain l'a laissé sans un dollar quand il a appris la manière dont le jeune homme avait traité sa mère. Ensuite il a voulu revoir Ella, comptant sur la légende qu'une mère accepte tout, pardonne tout. Le pardon ? Ce mot hypocrite a été inventé pour résoudre les conflits. Un mot-prétexte, détestable... Le fils d'Ella est mort d'une syphilis attrapée à Amsterdam. Il est mort seul.

Il a voulu s'asseoir. Pour le soutenir, j'ai arrangé l'oreiller usé dans son dos.

– Toi, écoute-moi. Tu as été conçue par amour. Tu as été mise au monde dans une tendresse folle. Si ton père a une seule qualité, c'est son adoration pour toi. Mais tant d'amour passionnel a diminué ta réserve d'anticorps. Quand on est aimé à ce degré, on n'a plus de défenses, ensuite. Quand tu perdras tes parents – inévitablement –, tu seras orpheline, écrasée par le chagrin. Supposons qu'un jour tu aies des enfants : tu les adoreras. Tes parents ont fait de toi un objet à vénérer, tu les imiteras. Il suffira que quelqu'un s'en aperçoive pour avoir les moyens de briser ton cercle d'amour. Le premier chagrin familial te mettra à nu.

Il allait m'empoisonner pour le restant de mes jours. Il fallait que je parte, mais sans le blesser.

– Comment se défendre, oncle Kalman ? ai-je dit pour donner l'impression que ce qu'il disait était utile.

– Se priver de l'illusion d'être aimé. Chasser l'idée que si tu as un enfant, il t'aimera d'office, alors que ce sera par hasard. Fais de toi-même un bunker. Ne laisse personne s'approcher des zones où à la fois ton psychisme et ton système nerveux peuvent être atteints. *L'indifférence* ! a-t-il dit en articulant. Il faut mener une haute lutte pour parvenir à l'indifférence.

– Vivre toute une vie sans sentiments ?

– Si tu as le malheur de manifester un amour sans limite pour quiconque, tu seras dévorée.

– Vous, oncle Kalman, vous avez supporté de mener toute votre vie sans un lien, sauf avec Joséphine, dans l'espoir de ne pas souffrir de manque d'amour ?

– En effet, je me suis défendu jusqu'à l'extrême limite. Une fois de plus, je te le répète, méfie-toi de l'idée attendrissante des berceaux, de l'enfant qui sera le but de ton existence. Il y a des femmes qui ont la chance d'être démunies du redoutable instinct maternel. Elles peuvent avoir un métier, voyager, ne pas dépendre d'un homme. J'espère que tu te consacreras à un métier, à un idéal, à un but à atteindre. L'enfant n'est pas un but, mais une combinaison dans le jeu de hasard des gènes. Tu peux décrocher le numéro gagnant : « il » ou « elle » t'aime – il faut voir encore si on t'aimerait, toi, supposons, sans argent et malade... Le mauvais numéro va te jeter. Il y a deux notions-clés : l'indépendance matérielle et l'indifférence sentimentale... Que veux-tu faire à l'Extérieur, si vous y arrivez, en Autriche ?

– Continuer mes études et écrire. J'ai tenu un journal pendant ces semaines passées dans la cave. Le récit me tenait en vie, me donnait l'espoir d'une vie meilleure.

J'avais la vague tentation de lui donner l'accolade.

– Non, a-t-il dit. Evitons tout contact physique. Tu pourrais m'attendrir et me faire regretter de t'avoir manquée.

Mon élan d'affection avait été repoussé. J'étais déjà à la porte quand il m'a interpellée :

– Tu m'écoutes ?

– Oui.

– Tu m'en veux ?

– Non.

– Merci d'être venue. Va chercher mes notes.

Là-bas, dans le coin, il y a une valise. Ma veste y est. Cherche dans une poche intérieure.

Ses notes étaient réparties dans plusieurs poches. Je les ai prises.

– Lis-moi la première phrase de la page 1.

Je cherchais, il était impatient. Enfin, oui, je l'avais. Il a répété :

– Lis-moi la première phrase.

J'ai regardé les caractères allemands, les lettres gothiques.

– Difficile à déchiffrer ?

– Oui.

– Essaie !

Sur la feuille froissée, les majuscules chevauchaient les phrases. J'ai articulé difficilement :

– « *Ich wollte ein glücklicher Mann sein.* »

Je n'avais plus de voix. Lui, il était essoufflé. Il a fait un geste pour que je vienne près de lui. Il m'a dit d'une voix faible, mais admirablement claire :

– Jette ces notes, brûle-les plutôt... Mais essaie de faire de ta vie une belle histoire.

Je suis partie en larmes. Je supportais difficilement qu'il meure malheureux. J'ai décidé d'oublier tout ce qu'il m'avait dit des êtres humains. Me méfier de tout le monde quand je serais adulte ? Non. Décidément, non.

*

Oncle Kalman décédé, papa semblait éprouver un peu de peine, mais comme les deux frères n'avaient jamais été dans une relation d'intimité fraternelle, cette mort était devenue une affaire d'administration familiale. L'étau soviétique se resserrant sur le pays, Alain avait conseillé une discrétion extrême : il ne fallait pas attirer l'attention sur nous. C'est Mike qui s'était consacré à résoudre les problèmes. Lorsqu'il était arrivé chez l'oncle, dans l'hôtel particulier, déjà plusieurs personnes remplissaient des sacs de ses objets et de ses papiers personnels. Ses recherches sous forme de manuscrits – il restait, paraît-il, deux dossiers – avaient pris la direction d'une section scientifique du parti communiste : on allait vérifier si ces textes n'étaient pas contre-révolutionnaires. Sous l'égide de Mike, le cercueil acheté au marché noir avait trouvé une modeste place dans un cimetière loin de la ville. Maman, qui savait que l'oncle agnostique était né catholique et baptisé, avait vaguement réclamé la présence d'un prêtre. « Moins vous faites de bruit autour de ce deuil, moins on va nous inquiéter », avait dit papa. « Et si je meurs, moi ? » avait demandé maman qui ramenait même les événements les plus tragiques à sa personne. Papa avait répondu avec son humour cinglant : « On tirera à la courte paille entre un rabbin et un pasteur. – Vous m'avez bien conseillé d'accepter ce changement de religion ordonné par votre mère. – Tout ce cinéma n'a servi de rien, avait conclu papa. – Quel cinéma ? – L'attitude de Kalman. Il nous a toujours écartés de sa vie. Il voulait prouver qu'il n'avait besoin de personne... »

Chapitre 5

J'étais mal à l'aise. Comment avais-je pu livrer une partie de ma vie à ce couple rencontré par hasard à Beverly Hills ! Je n'osais pas les appeler et reprendre les chapitres. Tourmentée, je me faisais des reproches. J'ai pris une longue douche et me suis couchée.

Tôt matin, j'ai demandé au room service un café noir. J'ai regardé le jour naître, et le rose et le mauve chasser le gris du ciel. Jusqu'à neuf heures, j'ai relu et affiné une dizaine de pages évoquant la maison près du lac et ma visite déterminante à Budapest.

Le téléphone s'est mis à sonner. C'était Herbert, ce matin plus sympathique que jamais.

– Bonjour. Comment allez-vous ? Me permettez-vous de vous appeler par votre prénom ?

– Bien sûr, ai-je dit. Adoptons les habitudes américaines : vivent les prénoms !

Il ne fallait pas montrer mon impatience et je devais feindre un certain détachement.

– Il est difficile de lire une histoire sur des feuilles volantes, n'est-ce pas ? J'ai peut-être eu tort de vous les donner ces tranches de vie.

– Tort ? Pas du tout. Je n'ai pas fermé l'œil jusqu'à l'aube, a dit Herbert. J'ai lu à haute voix certains passages à ma femme. L'oncle est saisissant... Mais nous pourrons mieux en parler sur une terrasse, à Venice. Vous venez, j'espère ?

J'étais légèrement soulagée.

– Je viens, évidemment. Je craignais tellement l'effet d'un dépaysement aussi radical dans le temps.

– Au-delà de votre histoire, c'est essentiellement l'Histoire donc...

Il s'est tu. Il voulait paraître savant. Homme de culture superficielle, il me renvoyait des banalités.

Je les ai retrouvés dans le hall où les fleuristes repiquaient des plantes dans l'arrangement floral posé sur une grande table de marbre. Judith m'a ouvert les bras. Je n'ai pas pu éviter une accolade, une manifestation de compassion en quelque sorte. Elle répétait : « Je suis saisie, je suis émue... mais l'histoire de ces "années cannibales" m'a effrayée. L'oncle a de l'allure, mais il raconte des histoires effrayantes. » Herbert réfléchissait, silencieux.

Pendant le trajet, nous avons bavardé, échangeant sur nos expériences américaines respectives. Nous sommes arrivés tôt sur place. Grâce à un généreux pourboire, Herbert a pu garer sa voiture près d'un coffee-shop. Sur une terrasse minable, un jeune homme déguisé en hippie des années 70 nous a servi un café. Judith a essayé de reparler de mon manuscrit, tout en avouant qu'elle n'avait aucune idée des ravages qu'avait faits cette guerre à la fois si lointaine et si proche. « N'empêche, a-t-elle dit, chaque génération a sa dose. Herbert et moi, nous avons subi des drames personnels que j'aurais volontiers échangés contre vos bombardements. » J'étais troublée. La phrase était lourde. Que cachait-elle ? Trop de maris dans des placards des souvenirs ?

Nous avancions sur de larges planches fixées au sol, bordées d'un côté de nombreuses boutiques vendant de la pacotille et des jeans usagés, des boucles d'oreilles fabriquées au Mexique et des chemises *made in China*, réminiscences des *flower people*. A gauche, sur la plage aménagée comme une immense salle de sport en plein air, des jeunes hommes s'entraînaient, des bodybuilders travaillaient chaque parcelle de leur corps au bord du Pacifique. En face de nous, en sens inverse, déferlaient des filles et des garçons sur leurs skateboards. Puis, à moins d'un kilomètre, se profilait la reproduction en miniature de Venise. Chaque fois, j'étais attendrie par cette perspective. La ville des Doges s'étendait devant nous avec ses canaux, ses maisons ravissantes au bord de l'eau et, amarrés devant elles, bien alignés, des bateaux à voile ou à moteur, même de simples barques. Un milliardaire amoureux de Venise l'avait fait reconstruire ici comme un dessin miniature, un modèle réduit.

Sur l'un des ponts qui chevauchaient un petit canal, appuyée à la rambarde, je suivais du regard un jeune homme qui s'éloignait en pagayant. Tout était bleu limpide, gris très clair, l'eau pure était ondulée ici et là de petites vagues émeraude. J'étais loin dans mes pensées.

– A quoi pensez-vous ? a dit Herbert pour me ramener vers eux. Vous semblez tellement distraite par cette ville gadget, que vous nous oubliez.

Puis, pour renouer le contact, voyant que je leur échappais, il a fait une allusion au récit lu dans la nuit :

– Ici, pas de ruines. Et il y a de l'eau.

J'ai répondu machinalement :

– Mon esprit n'était pas du tout occupé par un souvenir de guerre ! Lors de ma quatrième visite ici, ma fille était avec moi. Tout à l'heure, j'ai cru apercevoir sa silhouette.

Sous l'effet de la passion que mon texte avait dû susciter en elle la veille, Judith s'est exclamée :

– Enfin un mot de votre fille ! Je n'osais pas insister.

– Comment est-elle ?

– Charmante.

– Que fait-elle ?

– Des recherches.

– Dans quel domaine ?

Judith était curieuse, elle réclamait des détails. Il y a des moments périlleux, au cirque, où l'acrobate enduit ses mains de magnésie pour qu'elles ne glissent pas sur la barre qu'on va lui lancer. Ce matin, j'étais l'acrobate. Il fallait faire un choix. Mentir ou me taire. Allais-je m'embarquer dans l'histoire de la famille parfaite, ou dire la vérité ?

Je devais jouer la comédie parce que je ne pourrais jamais expliquer pourquoi ma fille m'avait exclue de sa vie.

J'ai poussé un léger soupir.

– Plutôt que de poser toutes ces questions, regardez cet étrange mini-paysage.

– Elle doit vous manquer, a dit Judith, persévérante.

– Nous sommes tous des adultes. On ne peut guère imaginer vivre soudés les uns aux autres. Dès que je le pouvais, j'invitais ma fille pour un voyage.

Fallait-il me réfugier dans l'indifférence si difficilement gagnée, ou bien jouer la mère comblée ? « On en parlera ce soir, si vous voulez. Les enfants, c'est compliqué. » J'ignorais encore pourquoi Judith s'intéressait tellement à ma fille.

Elle ne voulait pas me lâcher.

– Une fille adulte ! Quel bonheur ! Si elle vous ressemble, c'est sans doute une jolie jeune femme !

Herbert tentait de la calmer, en vain. Volubile, elle m'inondait de paroles.

– Cette fois-ci, elle ne pouvait pas vous accompagner ? Quel dommage ! Juillet, c'est aussi la période des vacances en Europe ? Mais peut-être que son travail ne lui permet pas de déplacements ?

L'affaire se compliquait.

– Je ne sais pas ce que son travail permet ou non. Elle a une entreprise...

– Quelle entreprise ?

– Des recherches, des documents rares.

– Vous l'appelez souvent ? Sinon, elle vous appelle ?

– Ça dépend des périodes.

– Est-elle mariée ? a continué Judith, curieuse.

– Elle l'a été. L'est-elle encore ?

– Vous l'ignorez ? Mais pourquoi ? s'est écriée Judith. C'est anormal. Elle ne vit pas sur une île déserte, sans e-mail ?

– Depuis un certain temps, je n'ai plus aucun contact.

Judith s'est tournée vers moi.

– Ayant lu des passages de votre texte, on présume que vous êtes habituée aux drames. Va-t-elle bien ?

– Je l'espère. Elle a toujours mené une existence indépendante. C'est tout. Je vous demande d'abandonner le sujet.

Judith a remis ses lunettes noires. Elle s'est mouchée bruyamment.

– Je ne supporte pas votre attitude.

Je me suis tournée vers son mari.

– Vous avez lu la théorie de mon oncle Kalman sur les « années cannibales » ?

– Bien sûr, a dit Herbert.

Vous lirez plus tard, si cela vous intéresse tellement, l'itinéraire d'une mère inutile.

– Vous ne sembliez pas si dure, hier soir, a dit Judith derrière l'écran de ses lunettes noires.

– Elle veut dire dure avec vous-même, a précisé Herbert, gêné.

– Je vous ai laissé entrer dans mon intimité. J'ai eu tort.

– Parlons de choses agréables, a dit Herbert. Nous avons décidé avec Judith de vous inviter, dès que les premières neiges seront tombées, dans notre chalet en Suisse alémanique, à Saanen.

Quel cauchemar d'imaginer être enfermée avec ces gens curieux qui s'intéressaient à tout sans jamais se satisfaire de mes réponses !

– Je vous en remercie, mais je refuse toute invitation. Vous pouvez me lire, si vous en avez envie.

– Alors, si je comprends bien, vous nous donnerez la suite à lire ? a demandé Herbert.

– Ce soir, oui. Si vous ne changez pas d'avis.

– Certainement pas. Quel sera le titre ? *Autobiographie* ?

– Je n'ai pas encore décidé.

Il a hoché la tête, il surveillait sa femme.

– Je crois que Judith ne se sent pas bien.

En effet, elle avait accéléré le pas. Elle a dit à mi-voix : « Je dois m'asseoir, boire quelque chose, ne pas rester sous cette chaleur... » En Californie, parfois le soleil est trop fort, il vous tourneboule. Judith ne portait pas de chapeau, moi non plus. J'étais blonde, elle avait des cheveux noirs. Nos lunettes de soleil nous préservaient. Herbert a posé son bras autour de la taille de sa femme.

– A quelques mètres d'ici, il y a une terrasse.

– Herbert, trouve-moi un taxi. Il faut que je rentre à l'hôtel.

– Prends la voiture.

– Non. Je ne suis pas en état de conduire. Un taxi, s'il te plaît, dépêche-toi.

Nous descendions la promenade qui ressemblait vraiment aux « planches » de Deauville. Cette fois-ci, toutes les boutiques étaient ouvertes, des jeunes hommes aux cheveux longs, souriants et plutôt propres, avec des anneaux accrochés au nez, aux oreilles, brodés de piercings – y compris sur leurs lèvres –, proposaient leur marchandise. Nous sommes enfin arrivés à la terrasse d'une autre cafétéria. Judith s'est pratiquement effondrée sur une chaise, Herbert est allé directement à l'intérieur pour être servi plus rapidement de canettes de Coca et d'eau minérale.

Au bord de la crise nerveuse, Judith mordillait sa lèvre inférieure. Elle avait pâli et n'était plus que l'ombre d'elle-même, refusant même le réconfort que je tentais de lui apporter.

Herbert, gêné, m'a demandé de la comprendre. Il craignait un incident de ma part, que je me lève et les quitte. Il s'est empressé d'appeler un taxi qui s'arrêterait bientôt au bout des « planches », un peu plus loin.

Judith est partie, accompagnée de son mari. Je les ai suivis du regard. Elle était grande et fine, à nouveau très droite, alors qu'elle avait failli s'effondrer quelques instants plus tôt. Je ne savais pas très bien ce que je devais faire. J'avais très chaud, moi aussi. J'ai reculé un peu ma chaise pour trouver un peu d'ombre. Le défilé humain continuait, les garçons qui allaient vers la plage, vers les différentes machines de fitness ou de musculation. Des filles en bikini et skates, virtuoses, ressemblaient à des modèles de publicité, insolentes de santé. Je me sentais fatiguée. La promenade était ratée : une femme au bord de la crise de nerfs, son mari en sueur et moi, maudissant mon erreur d'avoir accepté leur invitation.

J'en étais là de mes pensées quand Herbert est revenu.

– Je vous prie de m'excuser, mais j'ai dû attendre le taxi de Judith. Je l'ai installée. Elle est repartie à l'hôtel.

– Vous auriez dû la ramener vous-même, ai-je dit. Et moi aussi, je serais rentrée volontiers, tellement il fait chaud...

– Vous devez comprendre Judith. Tantôt votre fille voyage avec vous, tantôt vous ne savez même pas où elle se trouve. Pour le moment, le manuscrit va probablement nous éclairer... Est-ce que je peux vous apporter un autre café ?

– Si vous voulez.

Revenu avec deux cafés, il a continué :

– Ma femme m'a autorisé à parler, lorsqu'elle a pris le taxi. Elle m'a dit : « Tu peux tout dire. »

Ce ton d'aveu, de secret partagé m'énervait. Je ne voulais rien savoir. Je n'étais pas curieuse. Assis à côté de moi, Herbert transpirait et parlait vite, de façon saccadée.

– Ma femme a mis au monde deux enfants, deux filles. La première est morte parce que née trop prématurée. Nous n'avons rien pu faire pour la deuxième, morte à cinq mois d'un problème pulmonaire. Cependant, nous avions pris toutes les précautions nécessaires durant les grossesses, utilisé tous les moyens médicaux, donné beaucoup d'amour, en vain. Depuis ce double malheur, Judith a l'impression d'être « veuve » de ses deux petites filles. Une femme qui a vécu les joies des premiers mois de la maternité a pu imaginer son enfant grandissant. Elle avait trente-huit ans quand nous nous sommes rencontrés. Il était encore temps pour elle d'avoir des enfants. Une fille aurait été le bonheur de sa vie. Elle s'imaginait l'habiller, la choyer, lui offrir des voyages. D'après elle, j'aurais été certainement un père généreux. « Je te permettrai de lui acheter tout ce que tu voudras, mais pas une voiture à dix-huit ans. Plus tard. J'ai si peur pour elle... Tu vas voir, elle sera grande et mince parce que nous sommes grands et minces... », me disait-elle. La mort de notre deuxième enfant l'a perturbée pendant des années.

– Je suis triste pour vous deux, ai-je dit.

– Evidemment, la malchance nous poursuivait. Ma femme croit que vous, ayant eu la veine de mettre au monde une belle petite fille...

Je l'ai interrompu :

– Pourquoi dit-on toujours une *belle* petite fille ? Il se trouve qu'elle était belle, c'est vrai...

– Il ne s'agit pas seulement de vous particulièrement, mais d'une femme qui a eu la chance d'avoir une fille et ne semble pas profiter de ce bonheur.

– Cher Monsieur Brown, ai-je dit, vous êtes arrivé dans ma vie alors qu'elle était devenue, par sa volonté, à peine plus consistante qu'une image pastel, et que j'étais moi-même parvenue à maîtriser mes émotions.

– Vous l'avez aimée ?

– Aimée ? Adorée. J'étais *addict* de l'amour maternel, mais je me suis désintoxiquée.

– Vous pouvez en parler ?

– Ecrire. Le début remonte à la nuit des temps, à mon premier mariage. Mais il faut suivre toute mon histoire pour comprendre les origines de cette aventure.

J'ai alors parlé à Herbert de ma famille noble, du passage de la frontière, de notre arrivée à Vienne. Il écoutait, passionné. Il était intéressé aussi bien par les histoires de réfugiés d'Europe centrale que par l'évocation de ma fille qui avait occupé notre matinée.

– Vous voulez bien me donner la suite des chapitres ?

– Serez-vous capable de plonger dans une histoire qui va à la fois vous sembler si lointaine et par certains côtés si proche ?

– Bien sûr, a-t-il dit. Bien sûr.

Il a repris sa voiture et m'a dit qu'il connaissait bien Vienne.

– Vienne en 1948 et Vienne maintenant, c'est deux mondes différents.

– Je sais cela grâce aux livres d'histoire et à certains films : *Le Troisième Homme*...

– Mon histoire n'est pas du cinéma. Hors du contexte de ma vie, on ne peut rien comprendre à cette affaire. Ma fille est née dans des circonstances exceptionnelles qui ont influencé toute son existence.

De retour à l'hôtel, Herbert s'est attardé auprès de moi, au salon. Je lui ai demandé s'il ne devait pas rejoindre sa femme.

– Pas tout de suite. Avec elle, chaque minute peut virer au drame. Pour tout dire, hier soir, nous étions au bar pour parler d'une probable séparation. Grâce à notre rencontre, un lien s'est créé. Faire la connaissance d'une inconnue nous donnait la possibilité de retarder un peu notre rupture.

– Pour moi, ma fille est loin. Il y a quelques jours, j'ai vu chez Saks une veste brodée à sa taille. J'ai dit à la vendeuse : « Elle sera parfaite pour ma fille. » Quelques minutes plus tard, j'ai compris que j'avais voulu habiller quelqu'un pour qui, sans doute, je n'existais plus. Il fallait m'habituer. En désirant cette veste, j'avais obéi à un réflexe. J'avais acheté tant de choses pour elle ! Les souvenirs des hivers froids de Vienne me poussaient à lui offrir des manteaux doublés, ces fameuses « peaux retournées », luxueuses. Ma fille ne devait pas comme moi souffrir du froid.

Je sentais que notre conversation allait se prolonger, j'avais envie de sortir de ma réserve.

– Mon oncle avait raison. Chaque être humain porte au fond de soi la capacité à faire souffrir autrui. Vos ennemis à vous sont vos deux enfants prématurés. Ils ne cesseront de grandir dans l'esprit de Judith. Libérez-la, au lieu d'entretenir son chagrin !

Herbert a voulu détourner la conversation.

– Il faut reconnaître que l'oncle est fascinant, dans votre récit.

– Il était pessimiste, destructeur et génial. J'admets sa théorie sur la douleur qu'on peut provoquer chez quelqu'un pour l'anéantir. Ce phénomène est particulièrement prononcé quand il s'agit des relations entre parents et enfants. N'avez-vous jamais pensé à en adopter un ? Il existe tellement de petites filles qui attendent, bras ouverts, les caresses, les tendresses d'une famille. Pourtant, il vaut mieux se méfier dès le début.

– De quoi ?

– A l'adolescence, elle pourra vous faire des reproches. A partir de quatorze ans, si elle n'est pas de la même ethnie que vous, elle commencera à rechercher ses parents biologiques...

– Si ma femme pouvait admettre qu'au fond, au lieu de grands bonheurs hypothétiques, de probables souffrances nous ont été épargnées...

J'ai répliqué :

– Une disparition volontaire peut créer un choc mortel. Pour analyser un comportement, il est indispensable de connaître l'environnement historique et familial. Elle est universitaire, chercheuse, elle aime travailler sur toutes sortes de documents, particulièrement vive quand il s'agit d'affaires culturelles. Par périodes, elle a été une interlocutrice fort agréable. Nous passions des heures au téléphone à bavarder, même éloignées d'un pays à l'autre. Quand je l'invitais pour des voyages, elle était un peu ma vedette. Je l'« affichais ». Amener quelqu'un au *Polo Bar*, c'est comme lui décerner une décoration. Elle a eu toute possibilité de comprendre mon attitude vis-à-vis d'elle. Elle a vu trop de chagrin, trop de larmes, trop d'angoisse. Il faut connaître mon histoire à Budapest après le siège, sous le régime communiste, le départ avec mes parents vers l'Occident, l'arrivée à Vienne, la vie dans un camp de réfugiés. Ce sont des histoires dans l'Histoire. Il faut connaître tout ce background pour mesurer l'incompréhension de ma fille Dana à mon égard. Tout ce qu'elle m'a reproché était la conséquence des événements qui avaient secoué le monde, et moi avec.

Nous avons pris l'ascenseur, nous sommes montés jusqu'au troisième étage. J'ai fait entrer Herbert dans ma chambre. Ce soir, Judith allait prendre un puissant somnifère qui lui assurerait un sommeil profond. Herbert allait en profiter pour lire.

– Je voudrais connaître tout ce qui se trouve dans ce manuscrit jusqu'à la naissance de la petite fille.

– Il y a des pages et des pages à traverser. Mon histoire n'est pas celle d'une jeune femme capricieuse, gâtée, maladroite ou tête-en-l'air qui s'est retrouvée enceinte du jour au lendemain, mais celle de quelqu'un qui a vécu les événements que vous allez découvrir. Suivez-moi déjà vers le village où je me trouvais avec mes parents en 1948. Tenez, voici la suite de l'histoire...

Chapitre 6

Budapest
17 novembre 1948

Ayant quitté Budapest, nous sommes partis pour Fonyod, joli village sur une colline qui domine le lac Balaton. A l'école – une sorte de lycée –, on nous distribuait des cahiers, mais il fallait réserver le papier pour les devoirs. Alors, parfois, il m'arrivait d'écrire sur des sacs d'emballage, souvent blancs ou beige clair. Je taillais mes crayons au couteau. J'ai eu un léger flirt avec un étudiant venu de la capitale, dont les parents avaient une maison dans les environs. Il manquait de compagnie et moi d'une dose de romantisme. Parfois, nous nous retrouvions sur les hauteurs, la vue sur le lac ajoutait une touche de mélancolie à la scène. Lors de ces rendez-vous, il tentait de m'embrasser, je m'écartais, n'en ayant aucune envie. Un jour, j'ai changé d'avis et, en allant au rendez-vous, j'ai glissé mes lunettes dans ma poche. D'abord j'avais les paupières fermées, puis j'ai rouvert les yeux quand j'ai senti son haleine. De si près, il ne me plaisait plus. Par politesse, j'ai subi quand même son baiser maladroit, je n'avais pas du tout l'impression d'être Anna Karenine. Je n'ai conservé de lui qu'une nouvelle que j'ai écrite le lendemain : *Les Lunettes*.

J'aidais moralement et physiquement mes parents. Pour eux, la situation était proche du cauchemar. Durant mes nuits pénibles, le visage de l'oncle me hantait. A partir de ses conseils, j'avais formulé un souhait : « Oui, me répétais-je, oui, je ferais de ma vie une belle histoire ! » Une belle histoire romantique avec un homme. Je rêvais d'un amour-passion, de traverser des moments uniques. L'inconnu et moi, nous habiterions dans un pays libre et je lui donnerais à lire mes manuscrits. Où ? Je n'en savais rien. Nous étions derrière le Rideau de fer, sans trop d'espoir de le franchir.

Ces jours-là, l'atmosphère était particulièrement lourde. L'un de nous devait se rendre à Budapest pour récupérer un peu d'argent prêté par papa à une ancienne relation – selon mes parents, quelqu'un d'un peu « bohème ».

– Qui va y aller ?

La décision de maman était sans appel :

– La petite.

– Seule ?

– Oui. Elle est intelligente. Elle a du sang-froid. Si je me trouve en face de cet individu, moi, je l'injurierai. Ce n'est pas le but.

Une semaine de discussions. Papa résistait, mais nous ne pouvions pas attendre, nous n'avions plus d'argent. Je devais prendre le train à des horaires assez fantaisistes pour rendre visite à Zoltan, l'homme en question. L'ex-musicien de l'Opéra se faisait tirer l'oreille. J'aurais dû en effet y aller avec Mike, mais celui-ci avait appris qu'une de ses relations féminines l'avait dénoncé à la police secrète comme « confident » de mon frère Alain. A la première occasion, il risquait d'être arrêté pour être interrogé. Il ne fallait prendre aucun risque inutile.

Papa a protesté encore :

– Zoltan peut te dénoncer. Je t'accompagne, ou j'y vais seul.

– Me dénoncer ? Moi ? Je n'ai rien fait, ai-je dit.

– Vous avez l'air d'un revenant, a dit maman à mon père. Au premier coup d'œil, l'attention sera attirée sur vous. On vous arrêtera. Vous vous retrouverez avec notre fille en Sibérie.

– Je déteste cet individu, a répété mon père. Il s'est couché dès que les Russes sont arrivés. Il a réussi à se faire inscrire au Parti. Ce musicien médiocre a été soudain promu à la direction d'un important orchestre où il essaie de valoriser ses compositions sans intérêt.

– A l'époque, vous avez bien accepté ce genre de relations, a dit maman, l'invitant même en été avec sa femme, allant jusqu'à lui prêter de l'argent...

Papa l'a interrompue :

– C’était un geste d’humanité. Je n’avais jamais compté recouvrer cet argent.

Maman a passé du papier roulé en boule sur mon vêtement – nous n’avions pas de brosse à habits.

– Va, ma chérie, a-t-elle dit. Va, mon trésor. C’est le moment. Il ne faut pas rater le train.

Papa, malheureux, ne pouvait qu’accepter.

Dans le wagon, sur la banquette en bois, je rêvais d’une maison où j’aimerais vivre un jour avec mon grand amour. Serait-il un intellectuel, comme les membres de ma famille, ou un gentleman-farmer ? Je vivrais alors dans un ranch, au milieu d’une immense plaine. L’image se précisait. Assise devant une table chargée de cahiers, je regardais l’horizon et j’écrivais. J’avais des crayons, des taille-crayons. Mon chien, Grillon – transporté dans mon rêve –, circulait d’une pièce à l’autre. Au loin, là où le ciel touche la terre, se découpait en ombre chinoise un cavalier sur son cheval. Qui était cet homme ? Peut-être celui qui m’apporterait le bonheur, tellement souhaité et si peu vraisemblable. En Amérique, peut-être. Loin des ruines.

Des secousses, les grincements des freins rouillés m’ont ramenée au présent. Les voyageurs de mon compartiment quittaient le wagon, muets. Je portais un sac en bandoulière. Je me suis précipitée pour rester dans la foule. En m’y fondant, j’espérais échapper aux contrôles – « Vous allez voir qui ? Pour quelle raison ? Votre sac... »

Dehors, j'ai marché rapidement. J'ai traversé une large avenue pour m'engager dans des rues étroites. J'aurais aimé courir, je n'osais pas, il ne fallait pas attirer l'attention sur cette fille dont le manteau au col en velours mité témoignait d'une époque révolue.

« Si tu crois être suivie, avait dit ma mère, accélère et tourne brusquement dans une autre rue. Entre dans le premier immeuble et attends. Au bout d'un moment, tu vérifies qu'il n'y a plus personne et tu reprends l'ancien itinéraire. »

L'obscurité tombait. Des plaques glacées recouvertes d'une pellicule de neige se brisaient sous mes semelles. Enfin, loin de l'environnement sinistre de la gare, je suis descendue par des petites rues mal éclairées en direction du Danube. Les femmes que je croisais portaient des écharpes sur la tête. En se couvrant, elles avaient l'air humbles, proches du peuple. Maman possédait de ravissants chapeaux, des modèles viennois et parisiens. Maintenant, s'il faisait vraiment froid, elle mettait un large bandeau en fourrure plate avec la doublure beige tournée vers l'extérieur. Le seul foulard qui lui restait, elle l'avait offert pour recouvrir le visage d'une femme morte, celle qu'on avait aperçue au retour de chez oncle Kalman.

Je cherchais les plaques avec les noms des rues. En regardant vers le haut des murs, j'ai failli tomber sur un pavé de travers, un homme qui se trouvait juste derrière moi m'a saisi le bras :

– Encore un peu et c'était la chute...

Je me suis dégagée, j'ai bégayé un « merci », il a ajouté :

– On est seule ? Si tard ?

J'ai répondu :

– Tard ? Juste la fin de l'après-midi, monsieur.

Je le vouvoyais et disais « monsieur ». L'homme me suivait de près.

– Tu habites Budapest ?

– Parfois.

– Tu vas où ?

– Chez un parent.

– Un parent ?

– Oui. Un vieux monsieur comme vous...

– Va, salope ! a-t-il lancé.

Il s'est écarté de moi et j'ai continué d'un pas rapide. « Salope » ? C'était toujours moins dangereux que d'être traitée de contre-révolutionnaire, d'ennemie de l'Etat.

J'ai tourné dans la rue qui devait rejoindre le quai du Danube. Je me trouvais dans un quartier résidentiel. Les immeubles abîmés étaient restés habitables. Des morceaux de plâtre manquaient ici et là, les murs parfois fendus révélaient les entrailles des bâtiments. J'ai aperçu le numéro que je cherchais. La porte était entrouverte. Fermée, elle serait devenue une provocation. Les soldats fracassaient les portes, entraient et, en pointant leurs armes, voulaient découvrir ce qui se passait dans une maison où l'on osait se réfugier.

J'ai monté deux à deux les marches. Avant le siège de Budapest, le troisième étage leur appartenait à eux seuls. Sur la porte, trois noms affichés indiquaient que l'appartement avait dû être partagé. J'ai sonné en appuyant sur le bouton à côté de son nom à lui. Un bruit de pas à l'intérieur, des mots en allemand et en hongrois. Zoltan a ouvert la porte. Il avait le visage luisant. Je l'avais vu plusieurs fois dans notre ancienne vie, il était toujours en sueur, été comme hiver. Il a dit, désemparé :

– C'est toi ? Tu es quand même venue. Entre vite...

– Bonjour, ai-je dit. C'était prévu...

– Prévu ? Qu'est-ce qu'on peut prévoir, par les temps qui courent ?

L'entrée était divisée en trois parties. En face, un paravent cachait la porte d'un ancien salon sans doute attribué à une autre famille ; à gauche, sur le mur, une affiche collée : un poing levé sur fond rouge ; à droite, deux portes : sans doute les chambres que Zoltan avait pu garder pour son usage personnel. Lui, affolé, m'a guidée vers celle de droite. Un lit défait. Les volets sortis de leurs gonds étaient juste attachés avec des ficelles.

– Par ici, a-t-il dit.

Je me suis retrouvée dans une salle de bain. Dans la grande baignoire à l'ancienne, un tas de linge sale. Le miroir de la coiffeuse était terne. Sur le plateau, devant, juste des traces de doigts. Un pouf recouvert de velours rose tacheté prenait de la place. Il l'a désigné.

– Assieds-toi. Un commissaire va venir. Il voudra te parler.

– Quel commissaire ?

J'aurais dû enlever mon manteau. Ici, il faisait chaud.

– Un commissaire de l'Etat. Nous sommes devenus amis... Ils savent tout de vous. De toute ta famille. J'ai été obligé de dire que tu venais, et justifier ta visite. Il était étonné que je veuille rendre de l'argent à un ex-capitaliste. « Tu n'as aucune obligation, c'était de l'argent volé au peuple. »

J'ai protesté :

– Nous n'avons rien volé à personne. Nous avons besoin d'au moins une partie de la somme. Vous l'avez promis pour aujourd'hui.

Il suait. Il a saisi une serviette douteuse, s'est essuyé le front et a dit :

– J'ai quelques billets à te donner, mais, après, tu fiches le camp, parce qu'il ne faut pas que les voisins te voient ici.

– Pourquoi ?

Je voulais qu'il s'exprime. Je l'énervais, il le méritait. Quand il était invité chez nous, en été, il ne disait pas que nous faisions partie d'une société condamnée, il profitait de chaque minute. Maintenant, j'étais de trop.

– J'étouffe ici, ai-je dit. Je déteste attendre dans cette salle de bain.

– Les colocataires ne doivent pas te voir. Tu vas attendre le commissaire.

– D'abord, si ce commissaire sait que je suis ici, pourquoi me cacher aux colocataires ?

– Parce qu'il vaut mieux t'éviter. Tout est mauvais autour de toi...

Je voulais l'embarrasser, juste pour voir jusqu'où il pouvait aller.

– Mes parents ont pensé qu'en cas de retard, je pourrais dormir ici.

Il s'est exclamé :

– Ici ?

– Si vous n'aviez pas l'argent à la maison, vous m'inviteriez pour la nuit.

– T'inviter ? s'est-il récrié. Certainement pas !

J'ai voulu le rassurer.

– Ne vous affolez pas. Dès que vous rendez l'argent, je pars.

Un coup de sonnette impatient, un deuxième. Bruits de bavardages. L'épouse de Zoltan a entrouvert la porte de la salle de bain. Ni « Bonjour », ni « Ah, tu es là ? » Non. Je devais être invisible.

– Eugène est arrivé, a-t-elle dit.

J'étais inquiète. L'Etat-dictature suscitait crainte et méfiance. J'ai déboutonné le col de mon manteau. J'ai essayé un échange avec la femme de Zoltan, jadis aimable.

– Eugène ?

– Il faut tout te répéter plusieurs fois ? Eugène est le commissaire. Il veut te parler.

Cette fois-ci, elle m'a regardée bien dans les yeux. Quelques taches noires sous les siens : le rimmel avait coulé.

– Je suis juste venue chercher l'argent que Zoltan doit à papa...

– A l'époque où ton père lui a prêté cette somme, vous étiez riches. Ton père donnait à tour de bras, à tous ceux qui demandaient. Et il court maintenant après quelques billets ? Il aurait dû garder des réserves.

– Il ne l'a pas fait. Nous ne sommes plus riches. Nous n'avons plus rien.

Zoltan lui a rétorqué :

– Laisse-la. Je dois lui donner quelques billets.

Des pas. On a frappé à la porte de la salle de bain. L'épouse frôlait la crise.

– Eugène est là. Il sait que la petite est dans la salle de bain. Il ne faut pas le faire attendre.

Zoltan est sorti, je me suis levée de mon pouf rose. Je me suis aperçue dans le miroir. Je n'avais pas du tout l'air pitoyable. J'étais de taille moyenne. Très blonde, et très calme. Je constatais que j'avais l'aspect combatif.

La porte s'est ouverte et est entré un homme dans un vêtement de style militaire, juste avec un insigne sur le col de sa veste. Eugène était roux. Ses mains aussi étaient couvertes de taches de rousseur.

Chapitre 7

– Alors, c'est toi ? On a déjà vu plus costaud, comme ennemi du peuple...

Il m'a tapé dans le dos et m'a attirée à lui. L'accolade. Je sentais l'odeur de sa peau.

– Salut, jeune camarade, a-t-il dit. Nous allons bavarder.

J'ai répété en me dégageant :

– Salut...

J'ai continué :

– J'ai appris que vous êtes commissaire au service de l'Etat. Je suis contente de connaître un commissaire...

– Du peuple, a-t-il ajouté. Du peuple ! Que sais-tu du peuple, des travailleurs, de ceux qui se sont sacrifiés pour vous ?

– Je les estime. Mais pourrait-on aller ailleurs ? Ici, il n'y a pas d'air.

– Assez pour nous deux...

Avec une expression moqueuse, il a imité le style ancien.

– Tu permets ?

Il a rabattu le couvercle des w.-c. et s'y est assis.

– Pour rendre les honneurs à une classe disparue, il n'y a pas meilleure place.

Installé sur la cuvette fermée, il a écarté légèrement les jambes. J'ai reculé le pouf, mon dos touchait le bord de la coiffeuse.

– Alors, ma petite, selon les indics, ta noble famille veut quitter notre beau pays et dénigrer ainsi officiellement la révolution sociale dont ce pays archaïque avait tant besoin ?

– On vous a raconté un gros mensonge.

– Hé, a-t-il dit, attention, je représente l'Etat. Je suis susceptible. Je ne plaisante jamais. Tu comprends ? Avant, j'étais un fonctionnaire de second ordre, selon la hiérarchie établie par les autorités fascistes. Dès la Libération, on a reconnu mes qualités, je suis devenu commissaire du peuple. J'occupe maintenant une position importante. Dans le passé, j'ai rencontré ton père pour une histoire de cadastre. Il m'a accordé peu d'attention. Pour lui, je n'étais qu'un interlocuteur prolétaire, à peine évolué. Nous avons parlé des documents qui concernaient vos propriétés. Il me les a réclamés, j'ai promis des copies. Vous ne les aurez jamais. D'ailleurs, vous n'avez plus besoin de titres de propriété. Vous n'avez plus de propriétés. Riche héritière, tu aurais continué à sucer le sang du peuple. C'est fini. Toi-même, tu n'es plus rien. Socialement, tu es zéro.

Je commençais à avoir mal à la tête. L'angoisse m'enserrait le crâne.

– Regarde-moi dans les yeux.

J'ai obéi. Il a commenté :

– Tu as de beaux yeux verts. Un jour, tu seras belle... en tout cas, humble. Le destin de ta famille m'a été confié. Dès que nous aurons le temps de nous occuper de vous, tu viendras à Budapest et tu apprendras la vraie vie sur une chaîne d'usine. Tu connaîtras la cantine des travailleurs. Quand tu auras les mérites reconnus de ce milieu, tu pourras obtenir l'autorisation de t'inscrire à l'université.

Il me rendait fébrile. Je me suis levée.

– Merci de vouloir vous occuper de mon avenir. Je ne veux pas vous interrompre, mais je dois bouger. J'ai mal au dos. J'ai été projetée contre un mur, lors des derniers jours du siège. Je respire mal. Je voudrais sortir d'ici...

Il m'a attrapée par les épaules et obligée à me rasseoir.

– Pas si vite... Les gens de ta classe sociale souffrent pour peu de choses. Ecoute. D'après nos informations, ton frère contre-révolutionnaire est en relation avec le cardinal. Pour le moment, on le laisse agir : un rêveur qui nous amènera sur les traces d'autres rêveurs. Le cardinal est un traître, il prie pour que le monde occidental nous envahisse et nous démolisse. Les capitalistes préparent la guerre contre l'Union soviétique.

J'étais glacée.

– Je n'ai pas vu mon frère depuis longtemps.

Il a fait une grimace.

– Inutile de mentir. Ton frère, paralysé des deux jambes, appuyé sur des cannes, a traversé récemment la frontière. Il est revenu pour vous faire sortir d'ici – c'est ce que j'appelle l'esprit de famille. Vous devriez bientôt tenter le passage, selon ses propres indications, peut-être même avec lui. Les lieux en question, nous ne les avons pas encore identifiés. C'est lui, le personnage important. Vos parents, c'est le passé. Toi, tu arrives en deuxième position derrière ce frère.

Il s'est penché si près que j'ai reconnu malgré moi dans son haleine la nature de son dernier repas.

– Il veut vous sortir d'ici.

– Je n'ai eu aucun contact avec lui. Ici je suis venue pour chercher de l'argent.

– Tu m'énerves !

Il tapotait avec son pied le carrelage fendillé ici et là de la salle de bain.

– Je pourrais t'emmener avec moi et t'enfermer dans une cellule où il y a encore moins d'air qu'ici. Au bout de vingt-quatre heures passées dans le noir, tu ne mentirais plus. Alors, plutôt que de souffrir pour rien, tu vas tout déballer maintenant. Aie l'intelligence...

– Je ne suis pas intelligente, ai-je dit.

Son visage s'est tordu en une grimace.

– Tu es nourrie de culture occidentale. Tu crois qu'on n'a pas suivi chaque étape de l'affaire de la radio ?

J'ai reçu sa remarque comme un coup sur la tête. Je n'aurais pas dû céder à la tentation du concours. J'avais entendu un jour à la radio un appel à l'intention de ceux qui avaient « envie d'écrire ». Le premier prix, c'était la lecture du texte « primé » aux auditeurs. Je n'avais pas pu résister. J'avais envoyé un texte pour le concours, le fruit de mes premières expériences : *Les Lunettes*. Pas de politique.

Il a continué, agité :

– Pourquoi ne pas être fière de cet écrit ? Tu avais signé avec la moitié d'un de vos noms d'aristocrates – provocation ou maladresse ? Tu as du talent. Tu as été repérée comme « espoir officiel ». Nous voudrions t'utiliser et en même temps te rendre un service inestimable. Laisse partir tes vieux parents, ces épaves. Ils n'ont plus de valeur politique. Quant à ton frère, on le prendra de toutes façons. L'un de ses anciens amis va, à terme, le dénoncer. Il a un point faible qui le perdra : il croit à la fidélité en amitié. Il a toujours eu trop de talent. Compensation de son infirmité ? Qu'importe, il va être anéanti. D'abord par jalousie, ensuite pour obtenir de nous des faveurs.

Le dos en sueur, je pensais avec intensité à l'oncle Kalman et à sa théorie de l'esprit « cannibale ». Dans n'importe quel être humain, l'appétit de « posséder » l'autre peut se réveiller, disait-il. Ouvrir une brèche pour atteindre l'autre, l'abaisser, le voler. La tentation aiguise et maintient l'appétit du cannibale. Alain avait fait trop de bien autour de lui. Il avait réécrit de A à Z des pièces de théâtre de jeunes talents issus du peuple. Que de raisons de le faire taire pour toujours !

Eugène multipliait ses reproches :

– Issue d'une famille chic ? Tu peux en être fière. On remonte du côté de papa jusqu'en 1620. Faire partie d'une tribu qui, depuis toujours, a commandé, a été servie, ça t'est agréable ? Des généraux à foison, des claquements de talons, des baisemains, des hectares à perte de vue, l'exploitation des paysans... Quelle honte ! Du côté de maman, les origines sont plus modestes. On présente des documents portant souvent des noms arrangés – à la place d'un i, un y... Les années 1850-1880. Des Polonais, artistes ; un père soi-disant grand peintre. Mais que cela soit du côté de papa ou de maman, en majorité des penseurs, des créateurs... J'ai failli oublier le scientifique, ton oncle, le fameux professeur de médecine, si avide d'honneurs... Ton frère Alain ? Il sera tué un jour dans une rue de Budapest ou de Vienne. Les balles perdues, ce n'est pas ce qui manque. Tes parents croupiront en Autriche dans un baraquement américain. Mais toi, tu as un joker : ton talent. Si tu m'indiques l'endroit où vous voulez passer la frontière, ton avenir ici est assuré.

Je devais me défendre :

– Je ne suis pas responsable de mon arbre généalogique. Ce que vous appelez mon talent, ce n'est rien. Une tentative. Je voulais juste raconter une courte histoire.

Il s'est exclamé :

– Tu as un héritage intellectuel, la chance d'avoir vécu dans l'une des plus fameuses bibliothèques privées de Budapest ! Tu voulais prouver que tu existais. Tu n'as pas mesuré les conséquences de ton geste. Et, aujourd'hui, tu viens quémander quelques billets chez Zoltan ? Zoltan n'a pas de colonne vertébrale. Zoltan était antiallemand, puis antirusse, puis antitout, et maintenant il est membre du parti communiste – nous avons bien voulu l'accepter. Et c'est de lui que tu attends un geste que vous qualifieriez de correct ? Nous, nous avons besoin de ce genre de type.

Je respirais mal. Mes poumons semblaient avoir rétréci.

– Tu n'as pas grand-chose à attendre des tiens, a continué Eugène, sauf leur amour – c'est gratuit. Et ton autre frère ? Parlons-en ! Il a fait le saut en Amérique du Sud. Il s'est barré à temps. Il ne voulait pas se mouiller. Ni Allemands, ni juifs, ni Russes. Il est parti. Mais toi, tu es différente. D'un comité à l'autre, littéraire et politique aussi, on a analysé ta nouvelle. Dans *Les Lunettes*, tu décris un baiser. Avant que le jeune homme se penche sur toi, tu escamotes tes lunettes. De très près, tu le vois tel qu'il est.

– J'étais curieuse.

– Bravo ! En effet, c'est la vérité... Tu ouvres les yeux et, de près, tu découvres l'avidité dans son regard. Tu l'avais pris pour un esthète, un romantique sorti de la littérature allemande ; tu imaginais qu'il allait déjà te jurer fidélité. Tu vois les défauts de sa peau. Il n'est plus aussi séduisant, plus du tout, même. Juste un visage près du tien.

Pas un mot d'amour, ni un souffle de tendresse. Tu voulais Pouchkine, et c'est un abruti qui essaie de forcer tes lèvres avec sa langue... Tu te dégages. En quelques lignes, tu as donné une dimension remarquable à une vision à la fois intellectuelle et physique. Tu pourrais devenir un jour notre fierté. Décris ainsi la société capitaliste que tu veux quitter. Le monde de l'argent, de près... Tu es hongroise !

– Non, ai-je dit. Je ne me sens pas de ce pays. Je suis née par hasard à Budapest. A un mois près, je serais née à Vienne. Je ne me sens aucune identité nationale.

– Tu dénigres ton pays natal ?

– Je ne dénigre pas un lieu désigné par le hasard. J'aurais pu naître dans un train : est-ce que je serais considérée comme native de la gare la plus proche ?

Il s'est fâché.

– Le voilà, le côté cosmopolite ! L'idée qu'on est bien partout, c'est dû à ton ascendance maternelle. Mais les autres ? Papa et ses terres, ton frère et ses idéaux : tu en fais quoi ? Si tu es, grâce à moi, un jour autorisée à t'inscrire à l'université, tu pourras devenir l'exemple d'une jeunesse convertie à des idées sociales et à un monde neuf. Tu publieras ton premier livre à vingt ans. On en fera un succès, on obtiendra, je te le garantis, des traductions. Tu seras à la fois le modèle et l'emblème d'une jeunesse révélatrice d'une nouvelle identité sociale. Venant d'ici, tu seras aimée des Français.

Paris et sa vie littéraire sont infiltrés de communistes. Ils ont joué un rôle important dans la Résistance. Une fille et son livre arrivés d'un pays de l'Est peuvent les séduire. Pas une réfugiée aux pieds nus.

Zoltan, en proie à quelque remords, a alors frappé à la porte.

– Je peux entrer ?

Il a passé la tête. Sur sa lèvre inférieure, une légère couche d'écume. Son front était encore plus luisant qu'à mon arrivée. Le commissaire s'est levé, il s'est étiré.

– Ce n'est pas l'objet le plus commode pour s'asseoir, surtout pour un échange politique, a-t-il dit en se croyant spirituel.

Zoltan m'a tendu quelques billets roulés tenus par un élastique.

– C'est tout ce que j'ai. Tiens...

Il s'est tourné vers le commissaire. Il devait se justifier, presque demander l'absolution.

– Je devais ça à son père. Enfin, le tout n'est pas là... mais je ne pourrais pas plus. Je suis un homme d'honneur....

Le commissaire s'est mis à rire.

– D'honneur ? C'est amusant de t'entendre parler d'honneur !

Je suis intervenue :

– Je crois que je vais me trouver mal.

Eugène m'a contemplée, compatissant, puis s'est moqué de moi :

– Pâlichonne, cette fleur exotique... mélange d'adolescente et d'adulte...

Il a pris une de mes joues et l'a pincée entre l'index et le pouce.

– La belle joue devient un peu plus rose, si on la taquine...

Apparemment, j'étais impassible, mais son contact me révulsait. Nous sommes enfin sortis tous les trois de la salle de bain. L'épouse nous guettait et a dit à Eugène :

– Nous avons un excellent plat tout prêt. Des pommes de terre avec une sauce paprika. Si ça vous tente, dînez avec nous.

Le commissaire a fait non de la tête et m'a dit en écrivant sur un bout de papier qu'il venait de sortir de sa poche :

– Prends ce numéro. Appelle-moi, si tu décides de t'aligner. Nous t'aiderons à rédiger ton autocritique. Tu commenceras par l'enfance. Tu avais honte, quand tu voyais des petits gosses, pieds nus dans la neige. Bon début. Cette offre ne sera pas répétée. Si tu prenais rapidement ta décision, déjà ce soir tu pourrais passer la nuit dans un immeuble de la jeunesse communiste.

J'ai presque bégayé :

– Je dois apporter l'argent à mes parents. Si vous voulez, je reviendrai. Je sais que j'ai besoin d'une éducation politique. Vous nous avez libérés, mais je n'ai pas encore eu l'occasion d'apprendre les termes techniques. Le vocabulaire communiste...

– Tu es futée, mais pas naïve, a dit Eugène. On a ta famille à l'œil. Il s'agit d'un couvent à la frontière autrichienne, n'est-ce pas ? La région est sous surveillance. Les barbelés et les miradors sont installés presque partout. L'électricité dans les barbelés ne vous tue pas forcément, mais donne un choc pouvant provoquer un court évanouissement. La patrouille n'a plus qu'à cueillir le traître. Tu seras prise dans le lot comme membre d'une famille contre-révolutionnaire et tu te retrouveras en Sibérie. Jeune, tu resteras valide assez longtemps... Ce soir, parce que nous sommes persuadés de ton talent, je te donne une preuve de notre générosité : le choix entre la vraie vie ici et le service commandé chez les capitalistes – encore te faudrait-il y arriver. Alors, réfléchis.

Zoltan écoutait, il suait à grosses gouttes. L'épouse a proposé une fois de plus :

– Si vous vouliez rester, j'ai une soupe de pommes de terre à vous offrir.

J'ai dit doucement :

– Je peux vous poser une question ?

– Bien sûr, a dit Eugène. Je t'écoute.

– Supposons que vous ayez raison, et tous les droits. Pourquoi ne pas nous arrêter et nous déporter tout de suite ?

– Fabriquer des martyrs ? Il faut d'abord te guérir de ton environnement féodal et te convertir à nos idées. D'abord l'usine, puis des études à l'université : sociologie, histoire des peuples, littérature. Ensuite, à terme, la gloire.

Je ne sentais plus mes jambes, je me suis appuyée à une porte.

– Attention, a dit Eugène, si on l'ouvre, tu tombes... je parle de la porte. Je peux aussi plaisanter. Un jour, tu as dit en classe – cela figure dans un rapport : « Je suis la fiancée de Pouchkine. » L'avenir t'appartient, si tu sais choisir. Si tu exprimais nos idées salvatrices à l'intérieur d'une histoire, tu pourrais même remporter un jour le Prix Staline. Issue d'une société bonne pour les vide-ordures de l'Histoire, tu resteras, tu émergeras, parce que je t'assure que tu as du talent... Tu as écrit d'autres nouvelles que *Les Lunettes* ?

J'ai menti.

– Non, non. Pas du tout.

– Pourquoi ?

– Je n'avais pas de papier. Ni l'envie.

S'il trouvait mon journal relatant le siège de Budapest, il le lirait et je serais déportée aussitôt. Il saurait ce que je disais des soldats allemands, des soldats russes : pour moi, dans l'écriture, il n'y avait aucun interdit. Je disais la vérité sans jamais mesurer les conséquences.

– Donc tu n'as vraiment rien écrit après *Les Lunettes* ?

– Non.

– Et avant ?

– Un texte sur la mort de mon oncle.

– Le vieil agrégé en littérature anglaise ? Tu l'as découvert mort sur le canapé de sa bibliothèque. Il faisait la sieste après chaque repas, et un jour, il s'est endormi pour de bon avec un livre ouvert sur la poitrine. Nous avons une copie de ce texte. Il était resté dans les décombres de votre appartement avec des écrits de ton père, lui toujours dans les hautes sphères. Dialogue avec Sophocle : que dirait-il, éventuel témoin de la guerre d'aujourd'hui ?

Mon dos me faisait mal, les muscles se resserraient sur mes vertèbres endommagées. Des spasmes.

– Alors, mon offre... ?

J'ai essayé de gagner du temps.

– Si j'acceptais votre proposition, quand verrais-je mes parents ? Ils ont besoin de moi.

– Tu sauras qu'ils sont vivants, logés dans une maison pour vieux. Ta présence active ici achète leur survie.

Zoltan m'a incitée à mettre l'argent dans la poche de mon manteau. J'ai senti le bord un peu râpé de la poche, j'y ai glissé les billets.

– Salut, a dit Eugène. A bientôt... à très bientôt !

Zoltan a reculé de trois pas, il voulait se débarrasser de moi.

– Il faudra dire à ton père qu'on n'a plus d'argent pour lui.

– D'accord. J'ai compris.

J'ai remercié, j'ai reculé vers la porte, j'ai marmonné un rapide au revoir à ceux qui m'entouraient, je suis sortie et j'ai refermé derrière moi.

J'ai descendu les marches. Je me suis retrouvée dans la rue. Le sol était glissant. Je marchais sur le verglas, mais je savais où je devais aller et de quelle manière prévenir mon frère.

Chapitre 8

Dehors, j'aurais voulu précipiter le pas, mais je ne connaissais pas bien le chemin de la maison d'Otto, le vieil acteur célèbre – il jouait souvent du Shakespeare. Le trottoir ressemblait à une patinoire. Je me suis appuyée une seconde contre un mur pour m'empêcher de glisser. Soudain, j'ai senti des mains sur mes épaules.

– Tu vas où, camarade ?

C'était Eugène. Il m'a retournée comme on saisit une poupée. Il me tenait.

– Tu vas où ?

– A la gare, pour rentrer à Fonyod...

– Faux. Tu n'allais pas directement à la gare.

J'ai regardé vers le ciel noir. Un réverbère à moitié cassé attaché à la gouttière était allumé. J'allais affronter Eugène. « Tenir tête à n'importe quel adversaire, m'avait dit l'oncle. Ne jamais montrer sa peur. La peur réveille forcément le désir pervers d'exercer un pouvoir sur toi. Si ton comportement est appétissant, tu réveilles le syndrome cannibale. Mis en appétit, on te dégustera en mettant à profit tes angoisses, ta faiblesse intellectuelle. » Dans la salle de bain, le visage d'Eugène m'avait semblé nu : ni cils ni sourcils, à peine quelques cheveux. Ici, sous le réverbère, il avait des cils, des sourcils, des cheveux : tout était roux. La crainte du plus fort fausse la vision.

– Tu es persuadée de pouvoir t'échapper : tu as tort. Je t'ai mis le marché en main. Tu pourrais me dire merci, parce que je discute. Regarde derrière toi.

Une voiture noire, une Traction-avant.

– Je t'attrape, je t'enferme dedans et tu es bouclée. Personne ne saura où te chercher. Tu pourras crier sans que quiconque t'entende.

Je lui ai lancé – juste pour gagner du temps :

– C'est ainsi que vous traitez un éventuel futur Prix Staline ?

Un large sourire a barré son visage.

– Tu n'es pas bête. Je t'ai tentée, avec l'écriture. Dans ton premier roman, tu chanterais forcément les louanges des libérateurs. Pour l'étranger, ce serait parfait.

– Bien sûr, mais il faut me laisser un peu de temps de réflexion. Je verrai, pendant mes études, si on m'autorise à les continuer, si j'ai assez de souffle pour écrire plus qu'une nouvelle...

Il me regardait avec intérêt. Il s'est penché sur moi.

– Souffle.

– Je ne peux pas, je n'ai même pas assez d'air pour respirer.

– Tu plaisantes ? Souffle !

J'ai fait semblant de souffler. Il s'est mis à rire. Puis il a pris dans sa poche un bonbon emballé dans un papier qu'il a défait d'une seule main. Il a fourré le bonbon dans ma bouche en disant :

– Tu as besoin de sucreries. Tu es maigre comme un clou. Joli petit clou aristocrate...

Il me répugnait. Il m'a empoignée, j'ai essayé de m'écarter, il m'a serrée davantage.

– Pas de panique, m'a-t-il dit à l'oreille. Je ne vais pas te violer, en tout cas pas sur le verglas ni en pleine rue. La salle de bain aurait été mieux... Mais j'ai peu de goût pour les fruits verts. Tu es un fruit vert. Mais quand il va éclore, ce bourgeon bizarre, rejeton d'une espèce millénaire... Tu es vierge, n'est-ce pas ? a-t-il dit en se frottant à moi.

– Oui, ai-je répondu comme si on m'avait parlé de dents de lait ou d'une angine.

Dans ma famille réservée, l'éducation avait fait l'impasse sur une certaine partie du vocabulaire qui concerne le corps. tout le vocabulaire du corps humain lié à la « reproduction ».

– Prononce-le, a-t-il dit. Prononce : « je suis vierge ».

Je lui ai dit :

– Si ça peut vous faire plaisir... Oui, je suis vierge.

Il m'agrippait, j'ai trébuché. Il m'a rattrapée et a susurré :

– Si tu as vraiment l'étoffe, si tu sais travailler, en restant ici tu as l'espoir de devenir une gloire nationale. Si tu réussis à franchir la frontière, tu crèveras dans un centre pour réfugiés. Nous connaissons la vénération de ton vieux père et de ta mère pour la France. Quel que soit l'endroit où tu arriveras, dans votre « paradis » capitaliste, de l'autre côté, pour les Français tu seras toujours une étrangère. Arrivée de Budapest sans passeport ? Si on ne t'a pas laissé traverser le Rideau de fer avec un document, c'est que tu es de « droite », vont-ils dire.

– Je suis de quoi ?

– De droite. La gauche, c'est côté communiste ; la droite a une douteuse alliance avec le fric. Nous serons toujours présents pour te surveiller, te bloquer aussi dans une ascension éventuelle.

Il voulait s'approprier ma personne et me tenir. L'étau du mal-être se resserrait sur ma cage thoracique déjà fragilisée par l'explosion.

Eugène m'a enfin lâchée. En lui faisant de vagues promesses, j'ai tenté d'avancer. Le vieil acteur qui m'attendait pourrait être incriminé pour avoir eu des contacts avec un « ennemi de l'Etat » – moi. Mais il allait accepter de courir ce risque. J'avais trois quarts d'heure pour tout régler.

Le froid glacial montait à l'intérieur de mes jambes jusqu'à mon ventre. Je faisais des gestes comme pour me débarrasser d'une toile d'araignée. Je me jurais de chasser, une fois la frontière traversée, jusqu'au souvenir d'Eugène. Je claquais des dents. Une seconde, j'ai regardé derrière moi, il n'était plus là, la voiture noire non plus.

Il fallait me réchauffer quelque part. Ce n'était

même pas de la chaleur d'une cheminée ou d'un poêle de faïence que j'avais un besoin urgent, mais d'un bon regard, de la présence d'un être rassurant. Me caler contre quelqu'un. Il y a des oiseaux qui peuvent, la tête baissée, se frayer passage parmi les plumes et se cacher sous leurs propres ailes.

Je devais continuer. Le vieil ami de mon frère Alain était un grand acteur, remarquable interprète du roi Lear. Il habitait pas loin de la gare, au rez-de-chaussée d'un immeuble abîmé. Il vivait seul. Les différents régimes l'avaient épargné. Il était peut-être trop vieux pour qu'on veuille le tuer. Il avait choisi un nom hongrois qui aurait dû masquer ses racines judaïques. Mon père l'admirait, il m'avait amenée un jour chez lui, en quelque sorte pour une consultation. « Je crois, cher ami, lui avait dit papa, que ma fille a du talent pour la scène aussi. Pas seulement pour l'écriture. » Je devais lui jouer une scène de l'*Eurydice* d'Anouilh.

La porte d'accès sur la rue était coincée, je n'ai pas pu la débloquer. J'ai enjambé une petite barrière qui séparait le jardin intérieur en broussailles de son logement. J'ai avancé doucement, j'ai vu des filets de lumière à travers les fentes des volets fermés. J'ai frappé. Otto a entrouvert la porte. Ses grands cheveux blancs tombaient sur ses épaules. « Contourne les deux fenêtres : à côté de la deuxième, il y a une porte, je vais t'ouvrir. » Je suis entrée chez lui par la cuisine, j'ai senti l'odeur accueillante de la chicorée. J'ai tendu la main à Otto.

– Tu es glacée, a-t-il dit. Qu'est-ce qui se passe ?

– Je dois parler à Alain. Aidez-moi.

– Je sais où le trouver.

Il était parmi les privilégiés qui avaient un téléphone.

– Tu peux appeler. Mais une seule fois, m'a-t-il prévenu, et rapidement. Ensuite, le contrôle central remontera au numéro et le localisera.

– Merci.

Il avait réussi à rester gros malgré le manque de nourriture. Mais ça lui allait bien, il était majestueux.

Il a composé un numéro et a dit :

– Vite. Pas plus de cinq ou six phrases.

J'ai entendu mon frère m'interpeller par un diminutif familier inventé par lui.

– Oui, c'est moi.

– Je t'écoute.

– Je sors de chez Zoltan. Un commissaire m'a menacée. Je devrais décider de rester ici. Il connaît notre projet de passage, mais pas les lieux.

– Je préviens les parents par un ami, a-t-il répondu. Reprends le train. N'adresse la parole à personne. Le départ sera avancé, donc vous devrez tout quitter demain.

– Pour aller où ?

– La même ville, le même endroit, les mêmes

gens dont nous avons parlé. Le point de rencontre est le couvent, demain. Partez sans aucun bagage.

– Et toi ? ai-je dit. Ils te cherchent.

– J'espère vous retrouver chez les prêtres. Que Dieu te bénisse. Je t'aime.

Otto a enlevé l'écouteur de ma main, l'a remis sur le support en cuivre, puis a retiré avec beaucoup de difficulté la prise du mur.

– Je resterai au moins vingt-quatre heures avec la ligne coupée. Je vais simuler une panne. On ne pourra plus m'appeler. Va-t-en, maintenant. Ton frère est un saint homme. Pars !

Il m'a poussée vers la porte. J'ai traversé le jardinet. Le cœur lourd et les larmes aux yeux, je me suis dirigée vers la gare.

Assise sur la banquette en bois du train, j'apercevais le paysage à la faible lumière de la lune. Ma préoccupation première était le chien que nous serions obligés d'abandonner demain. A qui ? Attirer l'attention des voisins ? Exclu. Que faire du chien ? Et de mon journal du siège ? Ce que j'avais écrit avec mon cœur et mon corps pouvait se retourner contre moi et la famille. Maman devait avoir du fil et une aiguille pour recoudre la doublure de mon manteau avec mes cahiers à l'intérieur. Trois cahiers, devenus souples à force d'être manipulés.

Je suis arrivée à la gare de Fonyod, près du lac, vers vingt-deux heures. J'ai aperçu sur le quai désert une silhouette élancée, élégante, la tête tournée dans la direction du train qui ralentissait. Mon père était descendu sur le quai de la gare du village où nous habitions, pour m'attendre. J'étais la raison de son existence. Il m'aimait avec une pudeur infinie, il inventait des expressions qui me cajolaient : « Ma fille est la plus belle des belles », « l'adolescente la plus savante du passé et de l'avenir », « la plus délicieuse créature de tous les temps ». Combien de fois maman avait essayé de le freiner : « Vous allez la déséquilibrer ! Comment pourra-t-elle exister un jour dans un environnement hostile ? Adulée auprès de nous et malmenée ailleurs... » Je défendais papa : « Il me réchauffe le cœur. »

En descendant du train, j'ai couru vers lui, je me suis jetée dans ses bras. J'ai voulu sortir l'argent de ma poche pour le lui donner, il a dit :

– Non. Pas de gestes inutiles. On m'a déjà demandé pourquoi tu étais partie à Budapest. J'ai dit que tu avais mal au dos et que tu devais consulter un médecin.

– Ç'aurait pu être vrai, papa.

Un villageois venait en face de nous en sifflotant. Il a lancé :

– Monsieur le professeur, dehors ? Si tard dans la nuit ? Vous êtes allé chercher votre fille à la gare ?

– En effet. Elle est allée consulter un docteur à Budapest.

– Malade ? a demandé l'homme. Malgré le bon air que nous avons ici ?

Et puis j'ai accueilli dans mes bras une tempête d'amour : le chien venu à notre rencontre. A genou, je le tenais serré contre moi. Me séparer de lui ? Je savais pourtant que cette trahison de notre part serait inévitable.

Chapitre 9

Ce soir-là, alors que nous montions vers le village sur la colline pour retrouver la maison, papa a dû reconnaître que sans un départ immédiat, nous serions tous assignés à résidence, et, à terme, déportés en URSS. Notre lourd passé de « capitalistes » pesait sur nous. Nous devions faire admettre à maman qu'il fallait quitter la maison le lendemain dans la matinée, sans bagages pour ne pas susciter la curiosité des voisins.

Maman a écouté mon récit sans trop d'émotion. Elle n'était plus la vedette d'un drame national et familial. Son amour à elle était mon frère Alain, qui avait eu la poliomyélite à l'âge de sept ans. A l'époque, il n'existait aucun médicament pour l'aider. Il était parmi ceux qui étaient restés partiellement paralysés à vie. Après une longue discussion, maman a accepté l'imminence de notre départ, puisque Alain le voulait ainsi.

Papa était poli avec les inconnus, il pratiquait même parfois une exaspérante courtoisie, mais il n'était pas un homme de communication. Ses opinions, il les écrivait. Depuis notre exil en Hongrie même, je ne l'avais jamais vu inviter quelqu'un à prendre un verre de vin : gagner la sympathie des autres ne l'intéressait pas. La veille de notre départ, il a fallu inviter notre voisin direct, un agriculteur curieux. Papa lui a offert du vin et a dit :

– Comme c'est magnifique que le pays se transforme, que la justice s'installe enfin !

– C'est vous qui dites ça, monsieur ?

– Appelez-moi Antoine. Et vous ?

– Joseph.

– Bien sûr, Joseph... Nous vivons enfin dans une ère de justice sociale. Un monde nouveau a pris la place de l'ancien. A terme, il deviendra certes aussi pourri que celui qui vient d'être décimé...

J'ai dû arrêter le discours de papa. Encore un peu et, déjà, il enterrait le communisme. Tout cela dépassait heureusement l'entendement du voisin. Il buvait. Nous lui avons dit que nous allions au grand marché hebdomadaire de la ville proche, à une soixantaine de kilomètres, pour vendre des draps brodés qui restaient encore à maman d'une ancienne vie : nous étions à court d'argent.

J'avais demandé à papa d'offrir une bouteille de vin au voisin pour qu'il donne à manger à Grillon, mon chien, si jamais nous ne rentrions pas le soir, au cas où nos prétendus cousins nous auraient invités pour la nuit. Papa avait refusé : « Nous attirerions davantage l'attention sur nous. Quand ils verront le chien seul, sans que je leur aie rien demandé, ils le nourriront. » Je n'avais pas osé insister.

Nous ne pouvions partir qu'avec une seule valise. Lors d'un contrôle éventuel, la police y trouverait des draps à vendre. Entre les couches de lin brodé, nous avons glissé des sous-vêtements et un pull pour chacun. Maman a passé trois heures, cette nuit-là, à coudre à l'intérieur de mon manteau, entre le tissu et la doublure, mon journal du siège de Budapest.

Je suis allée vers le chien. Pendant les batailles de rues, effrayé par le bruit et la fureur, il s'était échappé de l'immeuble. Maman avait cru, tout comme moi, qu'un de nos employés l'avait ramené à la campagne. Nous avions appris qu'il avait erré dans la ville et trouvé refuge chez des amis qui habitaient un quartier plus paisible que le nôtre. Avant notre installation à Fonyod, je l'avais retrouvé chez eux. Le chien était un mélange de *puli*, le chien national de Hongrie, et de bâtard. Gris clair avec des yeux marron, couvert de poils soyeux, il était un grand cœur sur quatre pattes.

Cette nuit-là, je lui ai répété : « Ecoute, Grillon, essaie de me comprendre, je t'en supplie. Grillon, je ne t'abandonne pas. Peut-être que je pourrai revenir te chercher. » Il s'était allongé à côté de moi, la tête sur mes cuisses. « Nous allons partir demain matin, nous allons prendre le train. Tu devras rester dans la maison. Je vais te préparer plusieurs bols de nourriture, tu as un accès au jardin. Je t'en supplie, Grillon, ne crois pas qu'on t'abandonne ! Si nous t'emmenons avec nous, on devinera que nous voulons quitter Fonyod... et tout le reste. » J'ai passé la moitié de la nuit avec le chien dans mes bras, puis il s'est dégagé, s'est ébroué et est parti en balançant la queue, en montrant le bout de sa langue. J'avais l'impression qu'il riait. Il m'aimait, donc il riait.

Vers trois heures du matin, maman est venue, toute pâle, les yeux cernés, sans maquillage aucun. Elle a dit : « Ça y est. Cc que tu as écrit est cousu dans ton manteau. » Nous étions le 18 novembre.

Le lendemain 19, nous sommes descendus à la gare. Au lieu de la valise, maman avait finalement emporté un gros cabas. Il n'y avait pas beaucoup de monde dans le train, j'ai eu une place près de la fenêtre.

Le chien est apparu sur le quai de la gare. Il courait. Il nous cherchait, nous suivait. Et puis il m'a vue à la fenêtre, dont je ne pouvais baisser la vitre coincée. Le chien courait, voulait monter sur les marches, mais les portes étaient déjà fermées. Je tapais sur cette maudite vitre, j'aurais voulu me couper la main avec les brisures de verre. Je pleurais. Un cri de chagrin étouffé me déchirait la poitrine.

Maman a pris son écharpe et l'a mise devant ma bouche. « Ne pleure pas comme ça ! Tout le monde te regarde... Qu'est-ce que tu ferais si je mourais ? Tu ne pourrais pas pleurer davantage. » Maman ne pouvait s'empêcher de ramener même ce chagrin à sa propre personne. « Maman, ce chien croit qu'on l'abandonne. » Papa faisait semblant de lire un journal, *Le Bonheur du peuple* ou quelque chose comme ça. Il s'était rétracté dans son mutisme. Il ne supportait pas ma peine. Puis, à cause d'un ralentissement des wagons, le chien nous a rejoints ; ensuite il a couru jusqu'à l'extrême limite de ses forces à hauteur du compartiment. Le train a enfin accéléré et le chien a été dépassé.

« Assieds-toi, maintenant, a dit maman, et bois. » Elle a versé d'une bouteille un peu d'eau dans un gobelet. J'ai compris, malgré tous les morts dont j'avais enjambé les corps, que l'abandon est la pire des morts. Le manque d'amour. C'est ce que le chien devait ressentir : le manque d'amour. J'ai pleuré à n'en plus pouvoir. Puis, soudain, je n'ai plus eu de larmes. Papa a posé sa main sur la mienne et a dit : « Ça va. Ça va, ma très belle. Ça va. Tu vas surmonter ça. Ça va, ma chérie... »

Chapitre 10

En relisant ce passage, je ne souffrais plus, mais j'ai encore ressenti une vague émotion. Je me demandais comment ces gens rationnels, dans l'autre chambre d'hôtel, avaient absorbé ces pages. Selon mon manuscrit, ils allaient découvrir Vienne, en 1948. J'ai réfléchi en regardant les piles de feuillets devant moi. Le téléphone des Brown était occupé, alors j'ai demandé au standard de me passer leur chambre dès que leur ligne serait libérée. Quinze minutes plus tard, Herbert a pris la communication.

– J'ai su que vous nous cherchiez. J'avais une importante conversation avec un collègue de New York. Pour en revenir au texte, je reconnais que l'histoire du chien m'a secoué. Je suis fou des chiens. Judith est allergique aux poils, nous n'avons pas pu avoir d'animal chez nous.

Ma propre politesse m'ennuyait, mais j'avais des réflexes de courtoisie appris à la maison.

– Elle se remet un peu de ses émotions ?

– Modérément. Elle dort. Enfin, pour le moment.

– Je suis confuse, Herbert. Le décalage horaire entre l'Europe et l'Amérique, au lieu de m'épuiser, me rend alerte. J'ai perdu le sommeil, je n'ai plus d'heure, alors je vous ai appelé. Je voulais vous donner quelques éclairages sur la suite.

– Les informations me sont utiles, je vous écoute. Je ne dors pas non plus, je suis un attentif aux yeux rougis. Je me sens aussi, il faut l'avouer, assez inculte sur le passé récent.

– C'est normal, Herbert. Les événements que je relate ne sont pas encore assez lointains pour être étudiés, ni assez proches pour que leur importance soit aisément mesurée. Pour que vous puissiez deviner nos difficultés, il faut savoir que depuis l'armistice intervenu en 1945, une frontière presque infranchissable séparait la Hongrie de l'Autriche, partagée en zones. Comme un grand gâteau, Vienne était découpée en secteurs. Russes, Anglais, Américains et Français y jouaient à tour de rôle le gendarme. Les réfugiés n'étaient vraiment en sécurité que s'ils se retrouvaient dans un quartier administré par les alliés anglais, français ou américains. C'est après avoir réussi à passer la deuxième frontière à Linz qu'on pouvait se sentir enfin libre. Vienne était infiltrée d'agents soviétiques qui dépistaient les clandestins. Le risque était permanent. Nous avons traversé, mes parents, mon frère, qui était revenu nous chercher, et moi, la frontière austro-hongroise à pied.

*

Vienne
20 novembre 1948

Les trois premières nuits, nous avons été logés dans un bâtiment officiel de la délégation française installée dans un secteur de Vienne. Les zones changeaient d'occupants sans que les habitants en soient prévenus autrement que par l'apparition de patrouilles portant un uniforme différent. La population pouvait se coucher sous le régime anglais et se réveiller en apercevant les soldats russes dans la rue. A notre arrivée à Vienne, papa avait été reçu par les Français avec une indifférence teintée de respect.

Au milieu de la troisième journée, un officier nous a conduits au centre de Vienne dans une voiture sur laquelle flottait le drapeau français. Nous étions des privilégiés, a-t-il dit, parce que nous allions habiter dans une vieille maison proche du Dôme et de la Kärtnerstrasse. « Espérons qu'avant le prochain changement de secteur, vous vous trouverez déjà en dehors de cette partie de l'Autriche. La ville de Linz est votre nouvelle frontière. Le but, c'est d'arriver au camp de réfugiés de Kufstein, en zone américaine. »

Papa assistait presque distrait à ces conversations avec les autorités concernées. Dans sa vie, il n'avait pas eu tellement besoin jusqu'ici de mentir, sauf pour parer les coups de sa mère, l'aristocrate redoutable, morte à temps pour ne pas connaître la débâcle de l'Europe centrale dont elle était si fière.

Mon père, qui avait toujours été servi, trouvait normal que nous soyons véhiculés à travers Vienne. Le drapeau français qui flottait sur la voiture nous préservait des contrôles. En passant près du Dôme, marqué d'éclats d'armes à feu, et longeant les rues éprouvées, papa écoutait maman lui expliquer que l'un de ces bâtiments majestueux avait appartenu à la branche autrichienne de sa famille. « C'était quoi ? a-t-il demandé sans manifester le moindre intérêt. – Une banque. » Il a lâché un mot : « Evidemment. »

La Kleeblattgasse est une petite rue en forme de demi-lune. Elle part de la Kärtnerstrasse, fait un petit tour dans le passé et revient de l'autre côté vers l'artère principale. La rue décrivant une courbe donne l'impression d'une montée et d'une descente. A tort. Juste une rue en demi-lune qui ne ressemble à aucune autre rue au monde, bordée d'immeubles, dont trois ou quatre chefs d'œuvres architecturaux classés monuments historiques.

L'officier nous a ouvert une lourde porte d'entrée. Sur le fronton, la date de construction : 1575. A l'intérieur, des marches hautes en pierres de taille. Des paliers étroits. Sur le premier et le deuxième, deux portes d'entrée. L'officier s'est arrêté au troisième étage. Une seule porte. Il nous l'a ouverte et a tourné un commutateur. Une ampoule au milieu d'un plafond a éclairé faiblement une entrée toute en longueur. Plus loin, une pièce servait de cuisine. A gauche, on devinait deux chambres. Il y avait une table et quatre chaises, une cuisinière au charbon et, bien en évidence, pour usage immédiat, des assiettes, des couverts en aluminium.

Dorénavant nous étions des protégés des Français, qui se montraient généreux et considéraient avec respect mes parents, ces nobles spectres qui avaient franchi, à leur âge, à pied, le Rideau de fer. Il fallait prendre soin d'eux, leur procurer des faux papiers pour qu'ils puissent sortir du « cercle » russe.

L'officier nous a montré des étagères fixées contre le mur du couloir qui desservait des toilettes et peut-être une douche.

– Ici, il y a des couvertures et des draps, et là, des oreillers. Il y a deux lampes à pétrole aussi, en cas de coupure d'électricité. Vous êtes quatre, n'est-ce pas ? Les parents, le fils et la jeune fille. Il y a dans la pièce à côté deux lits et deux lits de camp.

Il a déposé des schillings sur la table de la cuisine.

– Pour que vous vous achetiez de la nourriture. Pour demain, on vous préparera des documents provisoires. Votre fils, monsieur, a-t-il dit en se tournant vers mon père, est d'une grande aide pour l'Occident. Nous ferons tout ce que nous pourrons pour rendre son existence plus facile. Vous, vous devrez quitter Vienne le plus rapidement possible. Le commandant essaie de vous avoir des places dans un train de nuit pour Linz et cherche à vous assurer l'hébergement à Kufstein. En accord avec les autorités américaines, la France dispose là-bas de quelques baraques. C'est tout ce que je peux vous dire pour le moment.

– Est-ce qu'il y a une salle de bain ? a demandé maman timidement. Je veux dire : ici ?

– Oui, a dit l'officier. Il y a même un ballon d'eau chaude. J'espère qu'il fonctionne. J'ai déjà placé des personnes ici, mais je ne connais pas de mémoire l'aménagement.

Aimable, il est allé lui-même à la recherche de la « salle d'eau ». Nous avons trouvé les w.-c., une douche dans une sorte de cabine ouverte près d'une vieille baignoire, un petit lavabo et un miroir terni.

Puis il est parti, nous ayant salué et souhaité « bonne chance ».

– Tu penses à quoi, mon trésor adoré ? m'a demandé papa.

Il attendait, assis, les lieux ne l'intéressaient pas. Le fait de me parler le rassurait. Sa fille était là, donc rien de mauvais ne pouvait lui arriver.

– Je vais vous préparer un bain, ai-je dit.

– Un bain ? s'est exclamée maman. Je rêve ? Un bain ? Je vais prendre le premier...

– Non, ai-je dit. Le premier sera pour papa. Entre-temps, si tu pouvais préparer une soupe... Ils ont mis ici des sachets de soupe en poudre américains.

– Des sachets ? a dit maman.

Mais elle n'a pas osé protester, elle a même ajouté : « C'est pratique ». Nous avions un toit, des lits, des assiettes et on pouvait faire une soupe chaude.

Alors j'ai commencé à m'occuper de papa, calme, mais désemparé. Je l'attachais à la vie réelle. Je lui ai ôté ses chaussures, ses chaussettes. J'ai vu ses nobles grands pieds malmenés. De grands pieds étroits qui n'avaient jamais eu d'autre problème que de franchir les distances sur ses propres terres – pas les frontières ni les no man's land. J'ai vu que l'officier avait laissé des allumettes, j'ai pu allumer le chauffe-eau, ce ballon attaché au mur. J'ai vu monter les rangées de flammes dans la fente, l'eau a coulé dans la baignoire, d'abord froide, ensuite tiède. Mon père a enlevé sa chemise, il a gardé son sous-vêtement. Puis il est entré dans la petite baignoire et, avec une infinie maladresse, y a déposé son mètre quatre-vingt. J'ai lavé son dos avec des morceaux de savon restés sur le bord de cette cuvette, sans doute laissés par d'autres rescapés. J'ai frotté ses jambes. J'ai lavé ses doigts de pieds longs et élégants.

Après, heureuse et indépendante, maman a pris son bain. Nous n'avions pas assez de serviettes, je lui ai trouvé un drap. Puis ils ont savouré leur soupe servie dans des bols. Mon père tremblait, il avait de la difficulté à tenir la grande tasse ébréchée. Je ne supportais pas que papa tremble.

– Tout ira bien, papa.

– Tu me promets de ne pas m'abandonner ?

Il y avait là ce monsieur d'un mètre quatre-vingt, propriétaire de milliers d'hectares dont il ne restait que le souvenir, sans argent, avec comme seul horizon une baraque dans un camp de réfugiés, m'avouant qu'il avait peur de la mort, ou plutôt de mourir seul.

– Jamais je ne t'abandonnerai. D'ailleurs, je hais ce mot : « abandonner ». Tu es mon père, fort et lucide.

– Je suis un père lucide, mais pas fort. Nous nous trouvons dans une situation pénible.

– Si vous pouviez vous coucher...

Maman m'a écoutée. J'ai continué à bavarder avec papa.

– Voudriez-vous parler moins ? a demandé maman. J'aimerais dormir.

Je suis allée vers elle, je l'ai embrassée. Elle m'a dit :

– Je n'ai pas de crème pour le visage. Cette eau chlorée me dessèche la peau. Malgré les conditions de vie dans la cave, je n'avais pas une ride en partant de là-bas...

– Nous trouverons une crème. L'important, c'est d'être libres.

– Libres ? a-t-elle répété. Libres ? Bien sûr. Mais l'immeuble dont je vous ai parlé en arrivant, il faudrait le visiter demain. Quand tu avais six ans, alors que nous étions à Vienne, je t'ai emmenée pour te le montrer. Il appartenait à une des lointaines cousines de mon grand-père, banquier. Si nous étions restés dans cette ville, nous aurions pu avoir un autre avenir...

– Mais non, maman. Les pro-hitlériens sont arrivés ici, la guerre a sévi à Vienne, ils déportaient. Il n'y avait pas de place privilégiée en Europe.

– La Suisse, a dit maman. Ou l'Amérique...

D'un geste assez rapide, elle a tapé sur l'oreiller.

– Personne ne m'a écoutée. Quand je pense que mon père, vieux et riche, est au Liechtenstein. Avec une femme jeune... enfin, n'exagérons pas : plus jeune que lui.

– Maman, s'il te plaît, ai-je dit en allemand, ne te plains pas. Nos hôtes français pourraient être froissés.

– Ils ne sont pas là, a répliqué maman.

J'ai commencé à organiser mon lit de camp, je l'ai ouvert et chargé de couvertures rêches. Puis, sur un coup de tête, j'ai remis mon manteau. J'avais envie d'être seule et de descendre dans la rue, humer l'air glacé de la liberté. Est-ce qu'il y avait couvre-feu ? Je ne le savais pas. Mais serais-je plus qu'une ombre vêtue de noir rasant les murs pour rejoindre la Kärtnerstrasse ? Nous n'avions qu'une clé pour l'appartement. Je suis descendue quand même au rez-de-chaussée pour m'attaquer au lourd portail juste entrebâillé.

Je me suis retrouvée dans la Kleeblattgasse. Que je descende du côté gauche ou du côté droit, j'arriverais à la Kärtnerstrasse. J'ai pensé une seconde courir à la gare, reprendre le train régional, me faire transbahuter jusqu'à notre village, à cent vingt kilomètres de la frontière, retraverser le no man's land, retrouver les jésuites, reprendre l'autre train et aller vers notre maison abandonnée depuis trois jours. J'étais sûre que le chien nous y attendait, mais peut-être la police aussi. J'ai pensé au commissaire Eugène que je pourrais appeler : « Je fais amende honorable. Je suis revenue de ce qu'on appelle la "liberté" occidentale qui, selon vous, n'est qu'un mensonge. Je suis revenue. » Je ne lui dirais pas que j'étais de retour pour un chien. Je pourrais déclarer que je voulais servir leur idéologie. Je tremblais de froid. Cette nuit, en grelottant, j'ai pleuré, mais je me suis bientôt ressaisie.

J'ai remonté la moitié de la rue en demi-lune pour retrouver le portail, rentrer dans l'immeuble et rejoindre l'appartement. Toute habillée, sans avoir ôté mes chaussures, je suis tombée de fatigue sur mon lit de camp et je me suis endormie.

J'ai dû me réveiller vers six heures du matin et me suis attaquée au manteau pour en sortir mon journal. Le manuscrit était devant moi, froissé, malmené, mais il était là : l'histoire des deux mois dans une cave de Budapest était là. Quand mes parents ont été réveillés, j'ai glissé sous le matelas de mon père le texte emballé dans une grande écharpe rescapée de notre ancienne vie. Il y serait ainsi en sécurité, ne fût-ce que jusqu'à notre départ.

Cette première nuit à Vienne avait eu le goût de la vie et de la mort à la fois. Même dans mon demi-sommeil, j'avais été prise d'angoisse pour mes parents.

Chapitre 11

Il a fallu expliquer à nos protecteurs français qu'en 1945, terrorisés à l'idée d'être arrêtés ou internés en tant qu'anciens représentants d'une classe sociale condamnée, mes parents et mon frère Alain s'étaient rendus complices d'une action pour le moins incongrue, succombant à un fantasme : quitter la Hongrie pour la France. Un ami de mon père, maire d'un arrondissement jadis élégant, avait proposé une solution insolite : « Si je trouvais un ancien prisonnier français libéré qui accepte notre offre, vous pourriez être sauvés. » Les Français dont il parlait avaient été prisonniers de guerre des Allemands et envoyés dans des camps dits "de santé" en Hongrie. L'ami avait précisé : « Il nous faudrait un homme d'une certaine culture et conscient de la situation de votre famille. Je l'assurerais que s'il épousait votre fille, il n'aurait ensuite aucune obligation envers vous. La petite deviendrait française par mariage, et vous, sa famille, vous auriez l'autorisation de partir en France à bord de véhicules de la Croix-Rouge.
– Ma fille n'a que quinze ans, avait répondu papa,

perplexe. – Qu'à cela ne tienne, avait dit le maire. Je vais lui faire délivrer un acte de naissance flambant neuf : elle aura vingt et un ans, l'âge légal du mariage. A tout hasard, nous y ajouterons votre autorisation paternelle. » L'ami avait passé vingt-quatre heures dans l'un des camps des Français. J'avais été pratiquement mise aux enchères : qui voulait être le héros qui sauverait la jeune fille et sa famille ?

Un brave jeune homme avait semblé convenir. Avant d'être mobilisé, il vivait avec sa mère dans une belle ville au bord de la Loire. Après une démarche compliquée et grâce à la compréhension d'un officier supérieur, il avait eu la permission de venir de son camp à Budapest en ruine pour se marier. C'était un Français aimable de la classe moyenne de province ; il lui manquait un an pour obtenir son diplôme de comptable ; en rentrant chez sa mère, il finirait de préparer ses examens. Je m'étais retrouvée auprès d'un militaire français dans une salle de la mairie aux vitres cassées – malgré le printemps, il y faisait froid. Il avait des cheveux noirs, des yeux noirs, pas de mégot collé à la lèvre – relevant juste d'une maladie pulmonaire, il ne fumait pas. Nous nous dévisagions, perplexes. Après nos « oui » faibles et à peine audibles, le maire nous avait déclarés unis et, dans l'heure, nous avait fait délivrer un acte de mariage. Dorénavant, la jeune fille au nom accompagné d'une particule portait la mention « épouse Hautbois ». Nous n'avions même pas pu l'inviter à déjeuner. Nous n'avions que des boîtes de conserve.

Deux jours après, maman, victorieuse, en enjambant les ruines, m'avait amenée à l'ambassade de France. Un aimable fonctionnaire nous avait félicitées d'être en vie. Nous venions du côté de la ville le plus exposé aux bombes. Il nous avait presque présenté ses condoléances pour les ponts détruits par les Allemands. Il était pratiquement seul dans l'ambassade délabrée sur laquelle flottait le drapeau français – une protection relative contre les groupes armés qui circulaient, sinon contre les pilleurs. Il avait écouté maman dans une pièce sans vitre. D'une voix teintée d'un regret poli, il lui avait expliqué que le certificat de mariage, daté d'avril 1945, donc avant la signature de l'armistice, ne me donnait aucun droit à la citoyenneté. « Mais votre fille pourrait partir avec son mari... » Il n'y avait aucune raison que je parte dans une ville au bord de la Loire avec ce Français rencontré une seule fois. Celui-ci avait déclaré qu'il serait très heureux de m'emmener et même était prêt à attendre que je sois un peu plus âgée pour exercer ses droits conjugaux ; il avait ajouté : « Evidemment, après un mariage religieux. »

Ce cauchemar m'a poursuivie pendant des années. Dès qu'il fallait produire un document officiel me concernant, le nom français apparaissait et exigeait des explications compliquées. Il n'est pas exclu que je sois l'unique personne à avoir traversé la frontière austro-hongroise en rampant sous les barbelés, à avoir un mari français, même virtuel. Lorsque je suis arrivée, des années plus tard, à Kufstein, un document m'a été remis, signifiant que j'étais une personne de sexe féminin, d'origine indéterminée. Malgré le nom français, je n'avais pas le droit de pénétrer en France, sauf à l'invitation formelle du conjoint. Mes difficultés juridiques commençaient.

*

Ici, à Vienne, à la demande de mon frère Alain, les autorités françaises ont donné leur avis juridique : le document était valide. Seul un divorce légal pourrait me sortir de cette première captivité. Il aurait fallu payer un ou deux avocats – mais avec quel argent ? – pour plaider l'argument « mariage sous contrainte politique » qui aurait pu accélérer la procédure. Le témoignage du maire « complice » aurait alors été indispensable, mais celui-ci, déporté, avait disparu. D'où l'abandon, dans l'immédiat, de l'idée même de divorce. Il restait à espérer que l'aimable Français souhaite de son côté se marier avec l'une de ses compatriotes et demande, lui, le divorce.

Mon frère Alain ne se préoccupait pas de cette histoire. Il se vouait à la Hongrie. Pourtant, dans mon enfance, j'avais souvent entendu dire qu'il avait été attaqué à cause de sa mère étrangère. Il régnait à cette époque dans le pays une fièvre nationaliste dont Alain était souvent la victime. Des années plus tard – il était resté en Autriche pour ne pas s'éloigner de la Hongrie –, les Américains lui ont demandé de diriger un des secteurs de leur fameuse radio « Free Europe » installée à Vienne. Il a fait ce travail jusqu'au jour où il a claqué la porte de son bureau en disant : « Il ne faut pas mentir aux Hongrois. Les promesses qu'on leur fait ne seront jamais tenues. Je ne peux plus supporter cette politique. » Et, d'une situation extrêmement confortable, il est tombé dans un petit logement de la banlieue de Vienne, devenu plus tard un centre de rencontre de héros fatigués. Rêveur, pur, mon frère était un idéaliste. D'ailleurs, il n'avait rien d'autre que ses idéaux.

La révolution de 1956 lui a donné raison. Alors que la radio clamait : « Tenez bon, le ciel hongrois va se couvrir de parachutistes américains qui viendront à votre aide », il ne vint aucun secours, les Hongrois mouraient écrasés par les chars russes. Sans le photographe Pedrazzini envoyé par *Paris-Match* et mort à Budapest, le monde n'en aurait guère su beaucoup plus long.

*

Avant de prendre le train qui devait traverser la ligne fatale de Linz, il fallait sortir de la zone russe dans laquelle la Kleeblattgasse s'était retrouvée en l'espace d'une nuit. J'avais l'impression que, malgré un obstacle de plus à franchir – la zone russe de Vienne –, quelque part la vraie vie m'attendait. Rester un peu, ne fût-ce qu'installée dans une illusion, avoir un coin à moi, et relire et compléter mon journal du siège de Budapest ? Mais à quoi ce texte allait-il servir ? Peut-être que mes futurs enfants liraient un jour cette histoire ? Sinon, le texte disparaîtrait dans quelque autre catastrophe. Continuer d'écrire ? Où ? Quand ? Comment ? Pour qui ? Je me sentais marginale parmi les marginaux. Seul mon père pouvait me comprendre. Lui, il croyait en moi et en mon destin d'écrivain. « Ce qui me tient attaché à la vie, m'avait-il dit, c'est l'espoir de tenir en main ton premier volume sorti de l'imprimerie. »

Une semaine plus tard, nous devions arriver à la gare. Ni trop tôt, ni trop tard. Mes parents sont partis dans une voiture sur laquelle flottait le drapeau français. Ils allaient attendre dans une pièce réservée aux militaires français. Quelques heures plus tard, un deuxième émissaire a donné l'ordre à Alain et à moi de quitter sur-le-champ la Kleeblattgasse pour les rejoindre et tenter de prendre le train de Linz.

Pour descendre l'escalier, Alain s'appuyait sur moi. Depuis l'âge de douze ans, il marchait sur ses jambes inanimées soutenues par des appareils et à l'aide de cannes.

La nuit glaciale tombait déjà. Nous étions presque arrivés au bout de notre rue quand Alain m'a forcée à entrer dans un magasin.

– Qu'est-ce que je peux t'offrir ? Regarde la belle boîte à musique.

– Alain, tu veux quoi ?

– Avance, a-t-il dit. Avance.

– Nous allons fermer, a dit la commerçante.

– Juste cinq minutes, madame.

Alain a fait semblant d'admirer les objets, a pris une boîte, l'a ouverte et les notes un peu fausses du *Beau Danube bleu* s'en sont échappées. J'ai compris alors son insistance : un détachement de soldats russes passait devant le magasin, le pas énergique, la démarche de ceux qui sont conscients de leur pouvoir.

– Combien, madame ?

Elle a dit un chiffre.

– Tenez.

Alain a dû donner ses derniers billets, mais le temps que la femme ouvre et referme la caisse, les soldats avaient déjà quitté la rue.

Chargés de la boîte à musique délicieusement emballée, nous devions retrouver le point de rendez-vous avec nos Français au coin de la Kärtnerstrasse. De dos, nous n'étions pas très intéressants pour un contrôle. Une fine silhouette féminine mal habillée et un homme avançant péniblement sur ses cannes. Que ferait-on d'une adolescente et d'un handicapé ?

Un peu d'attente en bas de la rue, puis une voiture avec une plaque française et un drapeau flottant sur le capot est arrivée.

Chapitre 12

Avec les documents que le gouvernement militaire français nous avait fait délivrer, nous allions tenter de traverser l'ultime frontière à Linz. Mes parents s'appelaient M. et Mme Schmidt, j'étais devenue Fraülein Schmidt, nous formions une famille. Il ne fallait surtout pas parler : à notre accent, les Russes auraient vite deviné que nous n'étions pas autrichiens. Alain, à l'autre bout du train, accompagné de deux de ses camarades, voyageait sous un autre nom, Stauffer, je crois, mais le souvenir reste vague. Nous étions séparés pour que la peur inscrite sur nos visages n'attire pas l'attention.

L'approche des militaires en uniforme russe nous glaçait. Ils tendaient la main vers les voyageurs, prenaient leurs papiers, les examinaient. Pourquoi ont-ils arrêté un homme assis à côté de papa ? Il ressemblait à tout le monde. Mon père aurait tout aussi bien pu être leur victime.

Le train était lent, enfumé. La lumière s'éteignait, puis se rallumait. Nous avions réussi à franchir le troisième cercle russe. Je me suis levée pour verser de l'eau à mes parents et je suis revenue à ma place. Maman a voulu dire quelque chose, papa lui a fait signe de se taire. A l'époque des déportations, mon père n'avait jamais prononcé le mot « train ». Il l'avait banni de son vocabulaire, tant il avait peur pour ma mère, sachant que de lourdes portes de wagons se refermaient sur les juifs pour les conduire à la mort.

Nous sommes arrivés à l'aube en gare de Kufstein. Un autobus nous a transportés vers la ville dominée par une forteresse, et conduits jusqu'à des baraquements : le camp de réfugiés. L'ensemble n'était ni laid, ni effrayant : juste étrange, parce qu'il n'y avait rien de commun entre nous et ces baraques. Une Américaine est arrivée vers nous et a demandé qui parlait anglais, satisfaite de trouver plusieurs personnes s'exprimant dans sa langue.

Selon les numéros et les noms qu'on appelait, nous avons été envoyés dans des baraques numérotées équipées de lits de camp, d'ustensiles de cuisine et, miracle, de robinets qui déversaient une eau propre à volonté. On pouvait boire et se laver. Quel luxe ! Il y avait une petite pièce à côté de celle de mes parents, que j'ai débarrassée de vieux outils pour y installer mon lit. C'est ainsi que, d'un réduit à l'autre – de même, plus tard, à Bruxelles –, j'ai commencé à écrire le livre sur l'Europe de l'Est et de l'Ouest intitulé *Dieu est en retard*. Mon manteau cachait toujours dans sa doublure le manuscrit du journal du siège de Budapest.

Chapitre 13

Au camp, chacun remplissait son espace vital selon ses besoins. Lors de la distribution de l'équipement pour notre cuisine, nous avions eu droit, en dehors des casseroles et des gobelets, à une assiette et une cuillère chacun. Nous ne devions pas les casser ni les perdre sous peine d'avoir à faire des démarches pour les remplacer. Seul le marché noir pouvait nous en procurer.

Alain venait parfois, nous ne savions jamais d'où, accompagné de ses amis, de ses fidèles disciples. C'était la fête lorsqu'il exposait ses projets grandioses. Nous dépassions les obstacles, franchissions les frontières virtuelles, nous rêvions – surtout moi – de territoires inconnus. Alain a annoncé que les Australiens seraient contents de l'avoir, lui, à Sydney pour y organiser la vie théâtrale, et concevoir les bases d'une vie culturelle à l'européenne. Il nous prendrait avec lui. Ces mots me touchaient à peine, tant l'Australie me semblait loin. Je parlais mal l'anglais, tandis que le français coulait dans mes veines. Après l'Australie, il a parlé d'une éventuelle installation en Islande.

Pourquoi l'Amérique ne voulait-elle pas de nous ? Mes parents étaient âgés et moi, j'aurais dû posséder des talents manuels que je n'avais pas.

En circulant dans le camp, en rejoignant des points de rencontre pour chercher de la lecture et des nouvelles du monde entier, j'ai fait la connaissance d'un jeune officier amérindien. Je rêvais qu'il me serre dans ses bras et me donne un baiser d'outre-Atlantique. Il avait les plus belles lèvres au monde. Il m'apportait des vitamines, parlait de ses parents et voulait connaître les miens. Il était Cheyenne et fier de ses origines. Il avait vingt-quatre ans. J'améliorai mon américain avec lui et lui appris quelques mots de français. J'admirais sa peau mate et ne me lassais pas de contempler ses yeux verts. Il avait été élevé dans une religion catholique si stricte que je me trouvais avec lui dans une triste sécurité. Je lui plaisais et il voulait m'épouser, disait-il – sans doute pour plaisanter, du moins au début. Toute la famille a pris la proposition pour une aimable boutade, sauf moi. Il a parlé à papa qui l'a écouté, étonné à l'idée que quelqu'un puisse m'imaginer mener une existence « normale ». Pour papa, les événements que nous vivions faisaient partie d'un interminable cauchemar. Il s'est rendu à l'administration centrale du camp pour exposer ma situation juridique. Une fois de plus, on lui a confirmé la validité de mon mariage blanc. Il avait beau expliquer sans cesse que ce faux mariage n'était destiné qu'à nous faire sortir de Hongrie, il entendait invariablement la même réponse : « Votre fille est mariée. » Il y a eu ensuite un conseil de famille.

– Tu aimes ce garçon ? m'a demandé Alain.

– Je crois. Il est si beau !

– Tu voudrais partir avec lui ? a continué papa, ahuri. Vivre avec un Indien ? Loin de nous, dans une Amérique inconnue ?

– Si je pouvais, je partirais demain. Pour changer d'existence. Je parlerais la langue américaine et deviendrais un écrivain américain.

– Elle m'étonnera toujours, a dit maman. Je touche du bois quand je l'écoute. Elle se croit invulnérable et éternelle...

Quand je fumais en secret avec lui une cigarette, je croyais à la réalité des « jeunes années insouciantes ». Le ranch de mes rêves semblait tout proche. Et si c'était lui, l'homme à cheval ? Cette délicieuse aventure cheyenne, hélas si chaste, s'est évanouie dans les difficultés. Le commandant américain avait dû déconseiller à ce garçon de se lier à ces Européens excentriques et surtout de prendre le risque d'avoir une femme si jeune et apparemment peu faite pour la vie rurale, mariée, qui plus est, même si, à en croire ses parents, cette union était fictive. Il a disparu du jour au lendemain en laissant un mot gentil et une boîte de café en poudre.

Mais l'impulsion m'avait été donnée de tenter de me libérer pour de bon. A ma demande et après une longue discussion, Alain a écrit à M. Hautbois pour s'assurer qu'il avait bien compris nos souhaits. Celui-ci a répondu que si jamais j'acceptais de devenir vraiment sa femme, il en serait ravi. « Il est comptable, a dit papa, ayant lu la réponse. Ma fille, femme d'un comptable ? » Alain a essayé de le convaincre : « Imaginez, père, sa vie dans une ville de province. Vous aimez Giraudoux. Dans *L'Apollon de Bellac*, il suffit de dire à un homme qu'il est beau pour qu'il le devienne... Je reconnais que ce Français n'est pas un Apollon, mais s'il aime ma petite sœur, quelle extraordinaire expérience ce serait pour elle que de se fondre dans la France éternelle ! La vallée de la Loire, chef-d'œuvre de la nature ! Quelle chance pour sa formation linguistique et donc pour l'écriture... »

J'avais parfois l'impression d'écouter les pensionnaires chic d'un asile. Pour eux, tout était vraisemblable et moi, apte à tout. L'ancienne vie avait disparu. Il nous fallait nous comporter comme de nobles aventuriers heureux partout à condition de ne plus être sous l'occupation russe. Après le huis clos hongrois, j'aurais pu devenir la femme d'un officier cheyenne et citoyenne américaine, ou bien m'installer en bord de Loire auprès d'un homme que je n'avais vu que deux fois.

L'Australie a renoncé aux services d'Alain : Sydney voulait de lui, mais de lui tout seul. M. Hautbois continuait d'écrire au camp, je regardais les timbres sur les enveloppes bleues. Sans sa demande expresse, je ne pouvais pas obtenir de laissez-passer. Ce mariage blanc était néfaste, et le Français n'était pas pressé.

Dans un centre culturel où l'on pratiquait le français et l'anglais, j'empruntais des livres. Je rêvais de la Sorbonne. J'écrivais, tous les jours, des pages de mon roman, *Dieu est en retard*, difficilement, recommençant plusieurs fois le même passage.

Par deux fois, j'ai dû me rendre seule à Innsbruck. Ma mère insistait, elle avait ses raisons. Je devais assister à des cérémonies œcuméniques pour les réfugiés. J'y étais de plus en plus énervée. J'aurais fait n'importe quoi pour tout bousculer. Et un jour, j'ai fait n'importe quoi.

*

Puis j'ai commencé à vomir. A l'infirmerie du camp, on m'a proposé une pincée de bicarbonate de soude dans un demi-verre d'eau pour que je digère mieux. Un vieux généraliste autrichien bénévole m'a offert des comprimés de magnésium. Maman a décidé de m'amener chez un médecin, à Innsbruck.

Au premier rendez-vous, je n'ai eu droit qu'à une prise de sang en vue d'une analyse. La deuxième fois a été plus pénible. Je me sentais coupable : à cause de moi, maman puisait dans nos maigres réserves d'argent. Un train de province reliait la ville de Kufstein, jadis célèbre pour sa prison, à Innsbruck, lieu privilégié pour les rescapés de tous horizons qui se retrouvaient souvent, le dimanche, dans la cour d'une église. Ce jour-là, maman et moi avons marché d'un pas rapide vers la rue où se trouvait le cabinet médical, dans un immeuble éprouvé. Appuyée contre le tronc d'un des arbres qui bordaient le trottoir, j'ai vomi de la bile. « Je me demande quelle infection tu as attrapée, a dit ma mère. Tu n'étais pas si fragile, à Budapest. » J'ai respiré profondément, l'air m'a soulagée.

La cage d'escalier de la vieille maison autrichienne dégageait une forte odeur chimique. Avec quelle matière les marches en bois étaient-elles cirées pour m'incommoder à ce point ? J'avais un carré de coton blanc qui me servait de mouchoir. Je me suis appuyée contre la rampe et j'ai vomi encore. Au deuxième étage à droite, la porte était entrouverte, maman a sonné, la voix du médecin a retenti : « Entrez. » Puis il a ajouté : « Refermez la porte derrière vous. » Il s'est levé pour nous saluer avant de se laisser retomber dans son fauteuil.

A travers les verres impeccables de ses lunettes, son regard était bleu comme celui de l'oncle Kalman. Il aurait voulu être détaché, il ne l'était pas. Embarrassé, il ne savait comment nous parler. Il me regardait, perplexe, jusqu'à ce que je ressente une nouvelle montée de nausée. Il m'a tendu un morceau de papier détaché d'un rouleau et m'a indiqué les toilettes. Après quelques spasmes au-dessus d'une vieille cuvette, je suis revenue dans le cabinet. Maman m'a regardée avec bienveillance, tandis que le médecin prenait des notes sur un bloc. Il fallait maintenant entendre son diagnostic à partir des résultats des différentes prises de sang. « Elle manque de fer, de vitamines aussi », allait-il dire.

Il tournait le dos à la lumière qui inondait la pièce. Il a déplacé quelques dossiers – l'un à côté de l'autre, l'un sur l'autre. Pour éviter d'en venir à l'essentiel, il voulait gagner du temps. Avions-nous des nouvelles de la Hongrie ? Maman a balayé la question tant de fois entendue par quelques phrases lapidaires :

– Des ruines, *Herr Doktor*. Après les Allemands, c'est maintenant les Russes. D'ailleurs, sur le plan ethnique, nous ne sommes pas hongrois. Je suis née d'une mère polonaise et d'un père allemand. Ma fille est née à Budapest parce que nous nous trouvions à Budapest. Son père, ancien propriétaire de plus de deux mille hectares de terres, descend d'une noblesse à soixante-quinze pour cent autrichienne. Il n'a que vingt-cinq pour cent de hongrois. Dans tout cela, il y a aussi un peu de juif...

Elle a hésité.

– ... de mon côté.

N'ayant eu aucun mot de compassion du style « Vous avez dû souffrir, mais vous êtes là », maman a interpellé le médecin sur un ton que j'ai trouvé un peu agressif :

– Ne nous ménagez pas. Vous devez être pressé. Ma fille ne mange plus rien. Elle réussit à vomir même ce rien. C'est à peine si elle retient un verre d'eau. Elle va maigrir, devenir trop fragile. Dites-nous si elle a un problème de santé grave. Les Américains ont installé un service sanitaire dans le camp, mais le médecin, un généraliste âgé, n'est là qu'une fois par semaine. D'où notre visite chez vous.

Le médecin nous observait. Face à lui, je réfléchissais. Que lui aurais-je dit si nous avions été en tête-à-tête ? Je ne le savais pas. J'avais l'habitude d'être accompagnée, de mentir ou de me taire.

Il a pris deux feuillets dans un étroit classeur et les a relus. Il se méfiait de ma mère : cette jolie femme, malgré sa situation précaire, gardait un peu du ton hautain d'une classe jadis dominante. Il aurait aimé être ailleurs, *Herr Doktor*. Ou bien annoncer une maladie inguérissable qui nous laisserait dans un désarroi muet. Il aurait préféré que nous partions tout de suite. Qu'importaient ses maigres honoraires, il nous offrirait la visite pourvu que nous disparaissions.

– Madame..., a-t-il prononcé.

– Cancer ? a répliqué maman.

Elle me voyait sans doute déjà transportée en avion sanitaire aux Etats-Unis. Là-bas, on sauvait tout le monde.

– Votre fille est enceinte.

Maman a gardé le silence pendant une lourde minute. Aurait-elle mieux supporté l'annonce d'un cancer inguérissable ? Puis, combative, elle a répliqué :

– Vous vous trompez, docteur. Vous avez certainement les résultats d'examens de quelqu'un d'autre. Ma fille n'a jamais eu de relation moralement répréhensible. Elle n'a aucune notion de ce qu'est l'intimité entre un homme et une femme, alors, de là à avoir l'expérience du sexe...

Elle avait prononcé le mot « sexe » comme si elle avait parlé de la peste. Le médecin était de plus en plus incommodé.

– Madame, votre fille est enceinte. La preuve est là.

Il a soulevé le dossier en ajoutant :

– L'Immaculée Conception est un dogme religieux, ce n'est pas encore un fait scientifiquement avéré...

– Ne plaisantez pas avec la religion ! s'est insurgée maman. Surtout pas devant moi. Je me suis convertie au catholicisme il y a peu de temps, et mes convictions religieuses sont profondes.

Juive, maman était devenue protestante à cause de sa belle-mère et pour échapper aux persécutions nazies. Lors d'une opération de la vésicule biliaire, soignée par des bonnes sœurs, elle était ressortie de leur hôpital fervente catholique, ayant enfin trouvé la religion qui la comblait. Elle nous harcelait, mon père et moi, avec les messes et tentait de nous faire jeûner le Vendredi saint. Papa était un athée paisible – plutôt agnostique. Il n'était pas militant, il désirait juste qu'on le laisse en paix. « Abstinent quand il s'agit de l'Église », disait-il pour ne pas agacer trop ma mère.

Le docteur a répété :

– Madame, votre fille est bien enceinte. De

plus, ses carences en vitamines et minéraux doivent être compensées. Elle a besoin d'un suivi médical, car sa constitution laisse à désirer. Elle a des hanches étroites, son corps n'est pas fait pour la maternité. A mon avis, elle ne pourra même pas allaiter. Il faudra ajouter aux biberons du nouveau-né des sels minéraux. Le service médical du camp doit avoir ce qui est nécessaire, les Américains distribuent des vitamines. Vous avez un peu d'argent ?

Même s'il se défendait de compatir aux problèmes personnels de ses patients, il ressentait la double détresse de ma mère : sa fille n'était plus vierge et elle n'avait pas d'argent.

– J'ai quelques échantillons de vitamine B en comprimés. Cadeau des Américains. Je peux vous dépanner en attendant.

– En attendant quoi ? a dit ma mère.

– Des aides. Adressez-vous aux services sociaux du camp... Il y a peut-être aussi un père biologique quelque part... sauf si elle a été violée.

Je suis intervenue :

– Non, je n'ai pas été violée.

– C'est déjà ça, a dit le médecin. Je vous mets en garde, madame : la fragilité de votre fille est telle qu'elle pourrait faire une fausse couche.

Dans mon ventre petit et plat, la vie future était déjà incertaine de son avenir.

– Fausse couche ?

Le médecin a cru que j'exprimais le désir d'une hypothèse de secours.

– N'espérez pas trop... Souvent les embryons, malgré la mauvaise condition physique de leur mère, se cramponnent aux parois de l'utérus. L'instinct de survie... N'hésitez pas à revenir. Vous ne me devez rien.

Il espérait que nous n'abuserions pas de sa générosité.

Dans la cage d'escalier, maman restait silencieuse. Un calme glacial. J'attendais l'attaque – indignation moyennement sonore ou amorce d'une légère crise de nerfs. Avant de sortir de l'immeuble, elle s'est tournée vers moi.

– Tu m'as fait ça ! C'est qui ? Et c'était quand ?

– Qu'importe, ai-je dit. *C'est*.

– Et que vas-tu faire de cet enfant ?

Cette seule phrase m'a enfin fait réaliser le diagnostic du médecin. J'avais quelqu'un dans mon corps. Le sexe ? Je l'avais appris dans les romans. Depuis l'âge de huit ans, je lisais tout ce que je pouvais prendre dans notre impressionnante bibliothèque. Je volais des « interdits » dans les parties fermées à clé désignées comme « l'Enfer ». Selon mes lectures, le mot « enceinte » pouvait être synonyme de scandale. Des phrases me revenaient en mémoire : « Enceinte, elle alla se jeter dans la rivière » ou « Enceinte, donc fragile, la comtesse haletait. » Dans la plupart des histoires que j'avais lues, c'était un drame que d'être « tombée » enceinte. Chez Maupassant, les filles mères, vouées aux gémonies, choisissaient souvent la fuite, puis se tuaient dans les étangs proches des villages. Je me sentais maintenant double. La fille « enceinte » devait être quelqu'un d'autre, ce n'était pas moi. Je n'avais aucune solution.

J'avais lu la description détaillée d'un accouchement dans un des romans de Pearl Buck : *La Mère*. Une Chinoise mettait au monde son enfant dans une rizière. Debout, les cuisses écartées, ensanglantée, elle expulsait l'enfant. Elle coupait le cordon ombilical avec une feuille acérée. A la lecture de cette scène, affolée, j'avais décidé de ne pas avoir d'enfant, si c'était là le prix à payer.

*

Nous étions assises sur les bancs de bois d'une troisième classe et le train nous secouait sur les rails rouillés.

– Si le médecin ne se trompe pas, c'est le drame, a dit maman. Je ne pourrai pas avouer ce désastre à ton père. Tu lui parleras : il t'adore, quoi que tu fasses... Je t'aime aussi de toute mes forces. Pourtant, je suis tourmentée. Comment as-tu pu nous cacher une liaison ? et avec qui ?

– Pas une liaison. Un seul après-midi. Non. Une heure, peut-être.

– Où ?

– Dans un hôtel, à Innsbruck, où il habitait. Tu avais exigé que je me rende à une cérémonie organisée pour les réfugiés. Je l'ai connu dans la cour de l'église.

Maman était malheureuse. Sa fille avait perdu ce qu'elle appelait son innocence à cause d'une rencontre dans la cour d'une église ?

– Qui ?

– Je te le dirai. Laisse-moi réfléchir.

– À d'autres mensonges ?

– Quels mensonges ? M'avez-vous interrogée une seule fois sur mes désirs d'avenir ? Vous m'avez coupée de la vraie vie... Depuis toujours, je ne suis nourrie que de littérature et de politique. J'ai voulu avoir une expérience concrète.

– Tu n'avais aucun soupçon quant à l'origine de tes malaises ?

– Je me sentais trop mal pour réfléchir. Il y a des maladies qui traînent partout.

Avais-je eu de vagues soupçons ? En vérité, non. L'affaire me semblait – et encore maintenant – absurde. Un moment inconfortable passé avec un jeune homme ne pouvait pas avoir pour conséquence une telle épreuve.

Maman insistait :

– Il a fallu un examen du sang et une analyse d'urine pour que tu comprennes ?

– Mais oui.

Puis, sur un ton confidentiel, elle a demandé :

– Tu es amoureuse ?

– Non. Du tout.

– Alors, pourquoi ?

– Curiosité.

Maman ne tenait pas en place.

– De qui s'agit-il ? Quel genre d'aventurier ? Il t'a accostée ?

– Accostée ? Dans la cour de l'église, tout le monde se parlait, et se présentait si nécessaire. Lui, il était poli, portait une cravate et une chevalière, du style de ceux qui venaient à la maison à Budapest.

– Hongrois ?

– Mère lituanienne, père d'origine allemande devenu diplomate. Le père est un héros.

– Qui est ce héros ? Qu'est-ce qu'il a fait ?

– Je te le dirai plus tard.

J'ai dû sortir pour vomir. Au retour, j'ai juste dit à maman :

– Tu m'épuises.

– Et il est où, maintenant, ce jeune homme ? Nous devons le savoir.

– Je crois qu'il est parti pour Paris.

– Paris ? Il avait de quoi aller là-bas ? Passeport, argent ?

– Sans doute.

– Mais pourquoi avoir dormi avec lui ?

– Pas « dormi », « couché ». Pour savoir comment ça marche.

Nous parlions en français : dans le compartiment, on ne nous comprenait pas.

– Quoi ?

– L'acte dit « d'amour ». En vérité, j'ai eu juste mal ; j'ai été déçue. Si ce n'est que ça... Je ne me sentais ni Anna Karenine, ni Juliette.

– Tu me tues avec tes références littéraires.

– Je n’ai connu que ça à la maison.

– Comment vas-tu le prévenir ?

– Il doit m’envoyer une carte postale de Paris avec son adresse, il partait à la recherche d’un hôtel bon marché.

– Et s’il n’écrit pas ? Tu ne pourras plus jamais le retrouver.

– Non. Mais je ne chercherai pas non plus.

– Et l’enfant ? s’est écriée maman.

– Vous m’aiderez.

– Sept mois..., a dit maman. Si les projets d’Alain aboutissaient quand même, si on acceptait toute la famille avec lui, l’enfant naîtrait en Australie.

– Non. A Paris. Je ne veux pas aller en Australie.

– Il faut que ce garçon t’écrive et qu’il t’épouse.

J’avais envie de pleurer, je ressentais une profonde colère.

– Tu oublies le mariage blanc. Légalement, j’ai un mari français. Combien faut-il d’échecs, d’explications et d’avertissements pour que vous compreniez enfin ?

– Je vais prouver que ce mariage n’était qu’un artifice juridique, a dit maman, pour pouvoir sortir de Hongrie dans les camionnettes de la Croix-Rouge. Je vais témoigner sous serment.

Dans ma famille, personne ne prenait au sérieux ce document qui prouvait bien mon mariage et qui marquerait le début de mon impossible calvaire juridique.

*

Ayant quitté la gare de Kufstein, nous marchions vers le camp.

– Il fait beau, a dit maman.

Soudain, les traits tirés, les larmes aux yeux, elle s'est arrêtée et m'a serrée contre elle.

– Comme tu as été bête... On va s'organiser, mais tu dois tout me dire. N'as-tu pas eu l'instinct de te défendre ? On ne peut pas se laisser toucher sans en garder des signes indélébiles. Quand je pense à cet individu qui a osé...

– J'étais curieuse. Lui aussi. Ce n'était rien de plus.

Maman a répliqué :

– Essaie de me comprendre. Si tu avais été amoureuse, cela aurait été différent. Un amour irrésistible justifie tout, ou presque. Un exemple : ton père et moi. Tu m'écoutes ?

– Je t'écoute.

– Je l'ai connu dans un salon de thé, chez Gerbaud, à Budapest. Il était avec des amis, moi aussi. Il y a eu des présentations, comme il se doit. Il m'a retrouvée deux jours plus tard devant le Conservatoire, après ma leçon de piano. Il était beau. J'étais à peine plus âgée que toi quand je suis tombée dans ses bras. Nous étions éperdus d'amour. Son meilleur ami lui avait prêté une chambre dans son hôtel particulier.

Pour reprendre des forces, elle a gardé un peu de silence, puis a continué : « Le monde a cessé d'exister, nous ne pouvions plus nous séparer.

Quand j'ai constaté les premiers signes d'une grossesse – moi, j'ai vite compris –, j'étais morte de peur et de joie. Il m'a présentée à sa mère. Une femme élégante, riche et sévère. Elle n'a accepté l'idée du mariage que par peur du scandale et à la condition que je me convertisse au protestantisme. Elle nous a fait nous marier dans la maison communale d'un village dont la moitié lui appartenait. Puis Alain est né. « A sept mois, a-t-elle dit à ses amis. Mais le bébé va bien. » Ensuite, il a fallu des années d'efforts pour que leur belle société m'accepte, mais plus il y avait de difficultés à surmonter, plus nous nous aimions.

J'ai failli être attendrie. Epuisée, je lui ai dit :

– Rentrons, maman. Je ne supporte plus rien aujourd'hui.

– Rassemble toutes tes forces. Nous ne sommes qu'au début d'une dangereuse aventure.

Chapitre 14

Il fallait rentrer dans notre baraquement et attendre le moment propice pour parler à papa qui ignorait que nous étions allées à Innsbruck pour une visite médicale. Nos déplacements ne l'intéressaient pas du tout. Grâce à une institution américaine, il y avait une bibliothèque itinérante au camp. Papa avait pu y trouver deux livres en grec moderne et leur traduction en allemand : cette lecture comparée l'absorbait et le rendait presque heureux.

Ce soir-là, deux visiteurs bavardaient avec papa qui faisaient partie de l'élite hongroise du camp, comme les savants, les professeurs, les déçus du communisme. Ils aimaient venir chez nous où ils étaient toujours bien reçus. Mon père avait dissuadé ma mère de leur expliquer qu'elle n'était pas hongroise de naissance, que leur fille aurait dû naître à Vienne, sinon à Cracovie, n'importe où ailleurs qu'en Hongrie. Ce genre de commentaires rendaient certains Hongrois prudents d'abord, hostiles ensuite. « Comment pouvez-vous parler de la sorte, madame ? Vous portez le titre de noblesse de votre époux, vous avez un fils admirable... » J'aurais alors aimé être ailleurs.

Ils sont partis après avoir partagé un casse-croûte frugal et maman a saisi l'occasion pour parler à mon père.

– Voulez-vous m'écouter attentivement ? Votre fille a des problèmes...

Contrarié dans ses réflexions, papa a pris un air doux, une expression peinée. Rien d'important ne pouvait ébranler son amour pour moi. Sa fille ne pouvait être qu'une source de joie et d'espoir, l'assurance de ne pas être seul à la fin de son existence. Il n'avait confiance qu'en moi. J'étais la seule avec qui il pouvait échanger un coup d'œil complice. J'étais l'Interlocutrice. Il ne se sentait pas à l'aise avec son fils aîné qui n'apportait que des nouvelles de drames et de bouleversements. Alain était un patriote, mais l'idée de la grand-mère maternelle effacée de notre passé le tourmentait. Il était obsédé par ses origines maternelles. Il écrivait des textes politiques et des pièces de théâtre dont les sujets tournaient souvent autour de problèmes d'héritage génétique ou d'ethnies. Des ébauches de pièces, comme celle intitulée *Pluie de cendres*, étaient consacrées au martyre juif. Il agaçait papa. « C'est toi qui portes tout mon espoir, me disait-il souvent. Je suis persuadé que tu auras un destin international grâce à l'écriture. Tu seras écrivain dans la langue que tu choisiras. Le français ? Grâce à ta mère, tu l'as appris au berceau, j'y ai contribué aussi. L'anglais ? Tu es encore jeune, tu peux le posséder en t'y consacrant à fond, et continuer tes études aux USA. L'allemand ? Je n'y crois pas. Le hongrois ? Encore moins... »

– Votre fille a fait la connaissance du jeune...

Maman a prononcé le nom du ministre.

– Ah bon ? a dit papa, soulagé.

Les mondanités l'amusaient. Il s'est tourné vers moi.

– Il paraît qu'il est revenu d'une visite à Auschwitz gravement malade. Lorsqu'il était ministre des Affaires étrangères, il a protesté contre les déportations, les Allemands l'ont expédié dans un camp dès le lendemain. Ils lui ont dit que s'il aimait à ce point les juifs, il n'avait qu'à les rejoindre.

– Il en est revenu, a dit maman. Sa femme le soigne. Mais notre problème n'est pas son existence à lui !

– Tant mieux... Si je comprends bien, m'a-t-il dit, tu as connu son fils. Où ?

– A Innsbruck, lors de la messe pour les réfugiés.

– A la prochaine occasion, invite-le. Il sera sans doute content d'être reçu dans un milieu qui lui convient.

Maman s'est tournée vers moi.

– Vas-y, parle...

– Il est à Paris.

Impatiente, maman est intervenue :

– Il est temps que vous le sachiez, votre fille,

cette adolescente de rêve, la merveille que vous vénérez, est enceinte.

Le mot n'a pas fait plus d'effet à papa qu'une pierre tombée à côté de sa cible. Il regardait maman comme si elle s'était exprimée dans une langue inconnue.

– Vous êtes agressive. Ça veut dire quoi, « notre fille est enceinte » ?

Maman a insisté :

– N'essayez pas de transformer cette nouvelle en une anecdote inventée ou irréelle. « Etre enceinte » signifie « attendre un enfant ». Elle va avoir un enfant.

– Votre plaisanterie est d'un rare mauvais goût.

– Un médecin d'Innsbruck nous l'a annoncé. J'ai les résultats d'analyses. Vous voulez les voir ?

– Non, a dit mon père, choqué à l'idée d'une indélicatesse pareille. Je ne veux rien voir... D'ailleurs, ce diagnostic ne peut être qu'une erreur.

J'ai toujours été gênée quand je pensais à la vie sexuelle de mes parents, une énigme. Je ne les avais jamais aperçus dans la même chambre à coucher. Dans le grand appartement de Budapest, une galerie desservait plusieurs chambres. Parfois je voyais papa sortir de chez lui ou maman de chez elle. Chacun avait sa salle de bain. Etais-je, moi, le fruit d'un élan d'amour, d'un désir irrésistible ou bien le résultat d'une maladresse ? En tout cas, j'étais là et j'aurais donné cher pour posséder une qualité que je n'avais pas : l'insolence.

Après avoir écouté maman raconter l'histoire avec verve et une indignation modérée, papa a dit :

– Si je comprends bien, il y aura un petit enfant ici. Qu'il soit le bienvenu, garçon ou fille, qu'importe...

L'amour de mon père englobait déjà l'enfant que je portais.

– Ici ? a dit maman, de plus en plus irritée. Ici ? C'est tout ce que vous trouvez à dire ?

Je n'en pouvais plus, je suis partie dans mon réduit, ma chambre. Mon respect me paralysait, ainsi que le leitmotiv : « Ils n'y sont pour rien. Ce sont les meilleurs parents au monde, mais d'un autre siècle. » Vers minuit, ils s'étaient mis d'accord sur le fait qu'il fallait prévenir le futur père et trouver une solution pour donner une existence légale à l'enfant annoncé. Quand je suis revenue chercher de l'eau, j'ai entendu maman :

– Ta fille s'appelle Mme Hautbois. L'enfant va s'appeler Hautbois. Tu imagines ce Français apprenant qu'il est devenu père ? Au bord de la Loire, un honorable comptable donnera, malgré lui, son nom à notre futur petit-enfant !

En hochant la tête, papa raisonnait à sa manière :

– Ce mariage avec le Français n'était qu'un artifice de procédure. Jeune homme aimable, il comprendra la situation et demandera tout de suite le divorce. Notre fille retrouvera son nom de famille et pourra épouser le jeune... Quel est son prénom ?

– Georges.

Papa a voulu clore le sujet, au moins pour ce soir-là.

– Il faut prendre contact avec ses parents, ils seront sans doute heureux d'apprendre que la vie continue. Un enfant de leur fils va transmettre leur nom...

– Papa, tu n'as pas encore compris que l'enfant devra s'appeler Hautbois ?

– En effet, a-t-il dit, gêné. Mais on enverra au comptable une belle lettre lui expliquant que ce mariage était – il le sait bien – fictif. Il a accepté de nous rendre service pour nous sauver. Il faut le prévenir délicatement et en même temps demander son accord pour le divorce. De notre part, il ne serait pas digne de le brusquer.

– Attention, il sera peut-être content, a déclaré maman, toujours pragmatique. Mettez-vous à sa place. Prisonnier de guerre pendant quatre ans en Allemagne, il arrive en Hongrie pour soigner ses poumons. Piégé par les paroles émouvantes d'un maire concernant une famille noble en détresse, il épouse une jeune fille dont l'âge est falsifié dans les documents officiels. Il se retrouve marié. On le rapatrie en France. Ensuite, des années plus tard, on lui annonce la future naissance d'un enfant qui portera son nom. J'espère qu'il a suffisamment de sang-froid. Il a fondé une famille malgré lui...

– Vous trouvez sans doute tout cela romanesque ? a prononcé mon père. Vous vous trompez.

Il détestait la moindre légèreté dans la façon de

traiter les autres. Il y avait quelque chose de tragique et de comique à la fois, d'héroïque et d'admirable dans cette indignation. Il cherchait, de son côté, une sortie honorable et légale à une situation pour le moment sans issue.

Chapitre 15

« Bonjour Georges, à la suite de malaises, ma mère m'a menée chez un médecin. Je suis enceinte. » La réponse à ce message ne s'est pas fait attendre. Georges s'est dit surpris, mais s'est montré responsable et solidaire. Il vivait à Paris dans un petit hôtel où nous pourrions être logés tous les deux. Après la naissance, nous improviserions ; nous pourrions peut-être compter sur sa mère et son père, s'ils pouvaient nous rejoindre. Il devait aussi trouver du travail. Il ne se doutait pas de ma situation administrative, pas plus du mariage blanc que de mon impossibilité à passer les frontières de façon légale.

Sans lui en avouer la vraie raison, j'ai obtenu de M. Hautbois une lettre réclamant ma présence à Paris, et permettant de me délivrer un *Ausweis* temporaire.

A Paris, il m'attendait sur le quai de la gare. Je l'ai déçu quand je suis partie avec Georges en improvisant quelques excuses. Or je devais le convaincre rapidement d'accepter le divorce. Je me sentais tellement coupable que je n'osais pas lui rendre visite chez sa mère en province. J'ai gagné un peu de temps en lui envoyant une lettre polie.

Pour respecter les formes, Georges et moi sommes revenus à Kufstein. Maman a exhumé de ses relations pieuses un prêtre hongrois qui allait défroquer. Il s'appelait Joseph et lui avait fait partager ses tourments. Honorée d'avoir la « confession »... d'un prêtre, maman lui a demandé de nous marier à l'église. Même s'il ne se sentait pas vraiment habilité à bénir une telle union, cette situation l'amusait plutôt, lui qui prenait déjà personnellement des libertés avec le droit canon : « Je peux les marier, si ça vous fait plaisir, mais l'acte sera sans doute frappé de nullité si vous l'exhibez. »

L'esprit vif de maman et la culture élégante de mon père attiraient chez nous l'élite de Budapest, dont des avocats. Maman a confié l'histoire du mariage blanc à l'un d'entre eux. Celui-ci ne voyait d'autre solution que d'obtenir le divorce et un désaveu en paternité de M. Hautbois, sinon l'enfant ne pourrait porter le nom de son vrai père.

A notre surprise, Alain se réjouissait de l'annonce de cette naissance. Cet avènement devenait un événement historique, fortement symbolique. A ses yeux, l'enfant que je portais était déjà emblématique de la renaissance d'un pays, descendant de Georges, lui-même fils d'un ministre déporté pour avoir protesté contre les déportations de juifs.

Alain se passionnait pour notre arbre généalogique qui remontait, selon ses dernières recherches à la bibliothèque nationale de Vienne, jusqu'en 1600. Je m'en souviendrai toujours, quand j'avais sept ans, on m'a amenée en train dans le nord de la Hongrie, devenu en 1918 une partie de la Tchécoslovaquie, où, dans un très lointain passé, notre famille avait eu une forteresse. J'ai admiré sur commande les ruines recouvertes de lierre. Avec l'enfant qui s'annonçait, étais-je devenue une héroïne malgré moi ?

Tout cela était trop lourd à porter pour Georges et moi qui souhaitions d'abord être ailleurs. Désemparée, je me suis tournée vers papa, pour demander de l'aide.

– Tu connais Alain, a-t-il dit. C'est un héros, mais nous sommes saturés de ses rêves patriotiques. Toi, tu dois devenir indépendante, tu dois écrire. Un jour, tu auras un succès international, j'en suis persuadé. Mais je ne te vois pas passer toute ta vie avec Georges. Il va te freiner à chaque instant. Il ressemble déjà à un très vieux jeune homme.

– Il est aussi le fils d'un héros, ai-je dit.

– Et alors ? Sois libre ! Résiste ! L'âge me menace, tu dois t'habituer à cette idée, mais ne te laisse pas accaparer par le passé, pense à ton avenir... Même en vivant avec lui, tu seras condamnée à la solitude. En revanche, il faut prendre soin de l'enfant... Les ombres du passé sont encombrantes. Il faut que tu écrives les histoires que tu me racontes...

En effet, Georges s'intégrait difficilement à notre famille. L'humour de mon père le désarmait. Sa qualité de champion de tennis junior de Hongrie ne suffirait pas à lui obtenir un emploi susceptible de subvenir aux besoins de sa femme et de son enfant.

Elevé dans la religion catholique pour la forme, il n'a pas trop cherché à comprendre comment maman avait obtenu de Joseph qu'il nous marie et a accepté le projet de cette cérémonie. Ses parents se sont bien demandé pourquoi nous allions nous marier religieusement et pas civilement, mais c'étaient des gens trop préoccupés par les difficultés du quotidien pour poser ce genre de question.

Maman avait donc préparé avec le prêtre complice la cérémonie qui me verrait figurer sous mon nom de jeune fille sur le registre de l'église – condition pour obtenir un extrait d'acte de mariage. Avec ses sourires et ses clins d'œil complices, le prêtre ne prenait pas au sérieux sa liturgie. Maman fermait les yeux, plongée dans une prière profonde.

Avant d'être grand-père, le courageux ministre des Affaires étrangères a été emporté par une maladie des poumons attrapée au camp. Sa veuve se plaignit modérément. Elle était prête à nous rejoindre « dès qu'elle le pourrait », « nous », le jeune couple installé nulle part. Pour gagner du temps, Georges l'a assurée que tout allait bien.

J'ai obtenu un deuxième laissez-passer pour la France portant les mentions « épouse Hautbois » et, toujours, « d'origine indéterminée ». En arrivant avec Georges à Paris, j'ai pu vomir à mon aise, appuyée contre un mur crasseux de la gare de l'Est dont le haut était occupé par une affiche géante : « DU BO, DUBON, DUBONNET ».

*

Nous habitions au deuxième étage d'un hôtel dont la moitié des chambres étaient louées à des prostituées. J'ai obtenu du gérant une petite table sur laquelle je pouvais écrire. Georges me disait qu'il était inutile de me fatiguer comme ça. « Il vaudrait mieux que nous ouvrions un restaurant avec le seul plat que tu sais faire, le poulet au paprika. » Heureusement, ce projet n'a pas eu de suite, l'homme d'affaires hongrois qui aurait dû le financer étant parti du jour au lendemain pour la Nouvelle-Zélande.

En dérangeant timidement les concierges dans les rues élégantes du 16e arrondissement, j'ai pu trouver une chambre de bonne au huitième étage d'un immeuble de la rue Schaeffer, contre quatre heures de travail par jour chez la propriétaire d'un grand appartement. Mais quand celle-ci a constaté mon état physique et surtout entendu mes hoquets et vomissements dans les w.-c. visiteurs, elle a déclaré aussitôt qu'elle préférait recevoir un loyer modeste plutôt que de se faire servir par moi.

Dans la France de l'époque, les « réfugiés » étaient moins que rien. La grande bourgeoisie nous écartait d'un geste comme on balaie des insectes sur un vêtement blanc, et je ne trouvais pas plus de compréhension auprès des « simples gens ». Un jour, j'ai été prise d'un malaise près de l'escalier de service. La concierge m'a aperçue, appuyée contre le mur et m'a lancé : « Ne perdez pas les eaux ici, il ne faut pas salir. » Avec un geste vulgaire, elle a ajouté : « Ça rentre plus facilement que ça sort, hein ? » J'ai vomi, mais dans la rue.

J'ai passé dans cette chambre de bonne des heures épiques à lutter contre les nausées. Allongée sur le lit étroit, à peine suffisant pour deux personnes prenant peu de place, je parvenais, à condition de ne pas bouger, à retenir quelque nourriture. Dès que je me levais, je vomissais ma propre vie.

Un jour où Georges était parti cirer le parquet dans un hôtel particulier, je me trouvais devant la petite fenêtre de la chambre qui permettait d'apercevoir les toits de ce 16e arrondissement riche, fermé, rigide. En regardant cet horizon urbain planté de cheminées, j'ai posé mes mains sur mon ventre et j'ai dit : « Que tu sois une fille ou un garçon, je te jure que tu ne manqueras jamais ni d'un toit, ni de nourriture. Je serai là pour te défendre et t'organiser une vie superbe. N'aie pas peur de naître ! » J'ai fait ce serment à l'être qui habitait mon utérus. Mais je me sentais responsable et presque heureuse d'être deux.

Ce même jour, Georges m'a dit qu'il avait rencontré un médecin hongrois, exclu du conseil de l'Ordre, mais qui s'était proposé pour pratiquer un avortement. Il serait facile de supprimer cet embryon qui allait gâcher non seulement notre présent, mais aussi notre avenir.

A l'époque, il était entendu que l'« avortement » démolissait un ventre, une âme, allait à l'encontre de la religion, et non seulement laissait des traces psychologiques, mais aussi empêchait physiquement une femme d'avoir d'autres enfants. L'idée même de ce massacre, de cette mutilation, me révulsait. J'étais responsable de cet enfant, de cet être humain que je portais.

Georges avait attaqué ce qui était le plus sacré : une vie en moi. J'avais enjambé des cadavres pour aller chercher de l'eau pendant le siège de Budapest, jamais je ne laisserais supprimer cette vie à venir. Après avoir connu les morts de la guerre, je voulais porter ce symbole de la paix : un enfant. Personne ne le tuerait. Il ou elle aurait un jour un appartement, de la nourriture, des amis et des parents compréhensifs et modernes.

Emue par notre situation que lui avait exposée le médecin, une comtesse belge, catholique fervente, nous invita dans son château, à cent kilomètres de Bruxelles. Nous sommes arrivés, angoissés, Georges avec sa raquette de tennis, qu'il avait gardée contre vents et marées, et moi, un bagage à moitié rempli de livres. Un couple délicieux nous a accueillis comme si nous avions été des invités attendus depuis longtemps. Pendant les repas, je me retrouvais à la droite du maître de maison, Georges à côté de la comtesse. Le mot vie reprenait un sens.

La comtesse d'A. a consulté le curé du village en lui montrant notre certificat de mariage religieux. Nous étions autorisés à partager la même chambre à coucher. A leurs yeux, nous ne relevions pas de l'état de péché, mais formions un couple émouvant sorti des décombres.

Pour la naissance de ma petite fille à Bruxelles, Alain m'a offert en cadeau une photo jaunie d'Adeline Bonaparte, femme du général Türr qui devait être un de mes arrière-grands-oncles. Comment ne pas être désarmée devant tant de noble ferveur ?

Chapitre 16

Ayant relu ces passages avec émotion, je me sentais en Californie, mais mon corps ressentait encore le souvenir du froid de l'Europe centrale et de Paris. Avais-je eu raison de confier mon histoire à mes nouvelles relations ? Que savaient-elles de la misère humaine de ces années, de ce passé complexe, comme des traumatismes subis par mon pays et par ma famille ? Ce couple déchiré voulait-il vraiment se séparer ? Pourquoi avais-je eu droit à leurs confidences ? Pour se soulager, pour tenter de comprendre leur situation, malgré le confort de leur vie ? Je craignais d'être déstabilisée par quelque phrase maladroite de leur part.

Quand le téléphone a sonné, j'ai répondu, angoissée :

– C'est vous, Herbert ? Bonjour. Je vous écoute.

– Bonjour. La lecture de votre texte nous a plongés dans un monde parfois irréel. Nous sommes curieux maintenant d'en savoir plus long sur vous.

Il semblait gêné. J'ai voulu l'aider.

– Je n'ai pas envie d'en parler. Tout est dans le texte que vous pouvez me rendre sans commentaires. Je n'attends de vous ni flatterie ni jugement. Je vous ai donné ces pages dans un moment de faiblesse, je serais contente de les récupérer.

– J'ai pris des notes, je vous demanderai, si vous le permettez, des précisions sur tel ou tel épisode que je trouve parfois incroyable. Voulez-vous venir prendre un thé avec moi ? En détente.

– Seulement si c'est, comme vous l'entendez, en guise de détente.

– Merci. Je vous attends au grand salon.

Plutôt que de rester seule, l'idée m'était agréable de prendre place au côté d'un homme apparemment compréhensif, à une table préservée des regards curieux.

Quinze minutes plus tard, Herbert commandait le thé. Les tasses en fine porcelaine, l'eau bouillante. Juste une grande théière en argent massif. Herbert a demandé s'il pouvait me verser mon thé et nous nous sommes prêtés à la petite cérémonie de style anglais. Je tenais ma tasse, le thé juste assez infusé avait pris une couleur *gold* foncé.

Il a dit, hésitant :

– Ma femme voudrait vous revoir. Elle n'a pas su se dominer, elle a pleuré et s'est fâchée. Elle n'a pas votre maîtrise intérieure.

– Elle supportera alors mal la suite...

– Je ne comprends pas pourquoi vous n'avez pas été plus agressive. Votre passivité est agaçante. Par exemple, pourquoi ne pas avoir dit à l'officier cheyenne que vous vouliez passer une nuit avec lui ?

– Ce n'était ni l'époque, ni notre milieu. Je suis née dans une société où chacun tenait sa place, avec son vocabulaire et le respect de certains usages. Même si j'avais eu l'envie de passer une nuit avec lui, je n'aurais pu prononcer, la moindre phrase suggérant l'idée d'une aventure de ce genre. Quel est votre milieu de naissance, Herbert ?

– Une classe moyenne intelligente, obligée d'accepter les mélanges de races et de couleurs.

Il s'est penché vers moi.

– J'ai l'impression que, même maintenant, vous n'avez pas tout fait pour casser le mur qui vous isole.

– Si, je l'ai cassé. En écrivant.

– Vous n'avez jamais connu des moments de révolte ?

– Comme adolescente ? Non. Contre quoi et contre qui ? Les Russes ont eu la moitié de l'Europe. L'autre moitié – en commençant par l'Autriche – rêvait de l'Amérique. Témoin des convulsions mondiales, j'ai assisté à l'écroulement de toute la partie orientale de l'Europe, et bénéficié d'une semi-liberté, même si je devais assumer un nom français. Surtout, nous avions faim et froid.

– Justement, a dit Herbert. Vous songiez à une intégration...

– Pour savoir dans quelle langue je pourrais

écrire, je voulais savoir dans quelle langue j'allais vivre.

Herbert a fait un geste d'impatience.

– A votre place, j'aurais passé un ou deux ans avec le Français. Ne plus entendre une autre langue que le français. Comprendre ce peuple.

– Non, je n'avais aucune vocation d'ethnologue.

Il est revenu sur son couple :

– Je souffre de sa frustration depuis des années, sans pouvoir la consoler. C'est la vraie raison de notre séparation à venir.

Il avait l'air agacé et a repris :

– Mais pourquoi ne pas accepter l'offre de ce médecin de vous libérer en même temps d'un enfant et de votre compagnon qui n'avait aucun intérêt ? Vous auriez pu quitter cette chambre de bonne. Libérée dans votre corps, vous auriez pu écrire, vivre, vous envoyer des hommes, rire !

Ce ton qui se voulait léger et moderne lui allait mal, comme un jean troué à un vieux.

– Je vous le répète, ce n'était ni ma nature, ni l'époque. Je me sentais responsable de mes proches.

– Accepteriez-vous de me répondre franchement ? Quel est votre plus grand regret, où est votre frustration ? Qu'est-ce que vous regrettez le plus de votre jeunesse ?

– N'avoir pas dansé le rock. N'avoir pas couché avec l'officier cheyenne.

– C'est tout ?

– C'est suffisant. C'est toute une jeunesse que j'ai manquée. Mais il y a eu une année fabuleuse en France : 1968, où je me suis « éclatée », j'étais enfin avec des gens de mon âge, je manifestais pour changer le monde. Je gardais même un pavé sur mon bureau dans le chic arrondissement où je vivais.

– Avec qui ? a-t-il dit.

– Avec un homme essentiel. Vous le verrez dans les prochains chapitres. Sachez déjà que je n'ai pas été élevée – ou que je ne suis pas née – pour la fête.

– Quelle fête ?

– Celle de l'insouciance, des flirts. Je suis passée du chaudron politique de l'Europe centrale à celui de la France où je me suis trouvée auprès d'un homme dont le journal exerçait une influence considérable sur l'opinion publique. J'avais vingt ans quand je l'ai connu ; lui, quarante-cinq. Même jeune, il n'a jamais dansé le rock. Avec lui je retrouvais la gravité des enjeux politiques entendus dans mon enfance. J'aurais adoré être insouciante, ne fût-ce que pour un soir, pour une nuit, mais il y avait toujours en moi ce frein, ce scrupule à laisser transparaître ma vraie nature, mes vrais penchants. Me préservant des écarts, il fallait que je suive ma vraie ligne, directe, celle qui m'assurait l'accès à l'écriture. Où que j'aille, je devais trouver une table pour écrire...

– Mais vous n'auriez pas renversé cette table pour aller danser le rock ?

– Bien sûr que si... Pour vingt-quatre heures. Mais je n'ai jamais eu un partenaire qui m'aurait enlevée sur une piste de danse, qui m'aurait communiqué la « fièvre du samedi soir ». Herbert, je m'en vais maintenant. Vous devenez fatigant. Je suis navrée de vous le dire, mais je suis saturée de votre présence à tous deux.

Je me suis levée. Il m'a raccompagnée jusqu'à l'ascenseur.

– Je vous comprends. L'impatience me rend insupportable. Est-ce que je peux avoir la suite de votre récit ?

– Attendez...

Je suis allée chercher quelques chapitres dans ma chambre.

– Tenez... Au revoir.

Il m'a regardée.

– Encore une question.

– Je vous écoute.

– Votre petite fille ? La fille... votre fille...

– Dès la première page du prochain chapitre. Au revoir, Herbert, au revoir !

Chapitre 17

A Bruxelles, la veille de mon accouchement, la comtesse m'avait installée dans une clinique chic aux chambres tapissées de bleu. Après seize heures de souffrances, la délivrance ne pouvait intervenir que par une césarienne, une opération lourde en 1951 : plus de trois heures et demie d'anesthésie et une entaille qui vous traverse. Au réveil, une infirmière m'a tapoté les joues et m'a parlé. Elle voulait me convaincre de vivre ; « j'avais une petite fille », m'a-t-elle annoncé.

L'enfant avait attendu trop longtemps sa libération. Nous étions toutes deux éprouvées. Il m'a fallu plusieurs jours pour que mon corps accepte de fonctionner.

Georges était abasourdi, il avait une fille qui portait dorénavant le prénom de la comtesse, Dana. Etait-il heureux, fier, intimidé ? Je ne le saurai jamais.

Il travaillait comme traducteur temporaire et j'ai été engagée comme vendeuse dans une librairie. J'étais parmi les livres : je recommandais les titres que j'aimais et confectionnais avec soin des paquets cadeaux.

Au deuxième étage d'une étroite maison d'Ixelles, le logement que la comtesse nous avait aidés à obtenir disposait d'une dépendance, d'un réduit avec une fenêtre. J'y ai installé un lit de camp, une table et une chaise : j'avais un bureau où je me réfugiais. Je relisais mon trésor sauvegardé : les cahiers de mon journal du siège de Budapest, emballés dans un vieux pull-over et cachés sous le lit pliant dans une pochette en plastique.

Pour être présentable, ce journal devait être dactylographié. Sur une Remington d'occasion trouvée au marché aux puces, j'ai commencé à taper avec deux doigts ; je devais pousser le chariot pour retourner au début de la ligne suivante. Je me suis équipée de papier carbone et j'ai dactylographié *J'ai quinze ans...*, en restant fidèle à chaque mot, chaque virgule du manuscrit. J'ai repris aussi la difficile et lente écriture de *Dieu est en retard*, mon roman.

La vie s'écoulait entre les biberons, la librairie, l'écriture.

Le temps passait avec une lenteur exaspérante. L'acte de naissance de ma fille portait un nom français. Georges et moi avons dû nous rendre sur les bords de la Loire pour demander à M. Hautbois d'accepter enfin le divorce et le désaveu en paternité. Il a donné son accord à condition que nous nous chargions de toutes les démarches, à nos frais.

Nos amis belges invitaient Dana qui faisait ses

premiers pas dans les jardins du château d'A. Un nounours dans les bras, elle regardait rouler les ballons à côté d'elle sans manifester l'envie de jouer. Dans son parc en bois, elle s'amusait silencieusement avec ses premiers Lego. Elle était pensive, ni gaie ni turbulente. Parfois, en la serrant sur mon cœur, je lui disais : « Si tu voulais rire un peu ! » J'essayais des jeux d'enfants : la petite bête qui monte, qui monte... ; je me cachais pour soudain rebondir en miaulant ; je me faisais des oreilles de lapin. Avec elle, je voulais apprendre l'enfance que je n'avais pas eue – jouer, c'était quoi ? Rarement, j'ai pu lui arracher un sourire. J'ai consulté un pédiatre : « Pourquoi cette enfant ne rit-elle jamais ? – C'est sa nature, madame. Vous ne pouvez pas changer sa nature. »

Je n'avais lu à l'époque ni Mélanie Klein ni Anna Freud, ni d'autres pédopsychiatres aux savantes explications. J'avais mis au monde une enfant triste, et sa mélancolie me fendait le cœur. Ma grossesse avait commencé par des nausées, et s'était poursuivie par des vomissements. Des années plus tard, un médecin m'a dit : « Les nausées à répétitions sont les signes d'un corps qui refuse le fœtus. Incompatibilité. » C'était faux, archi-faux, je le lui avais dit. Il a hoché la tête, j'étais la patiente qui énerve ; je ne l'ai plus revu.

Les avocats belges amis nous ont soutenus dès qu'ils ont eu connaissance de notre mariage religieux en Autriche. Nous étions hors la loi des mortels, mais sous protection divine. Malgré ces égards, la communication entre les avocats français et belges était laborieuse, compliquée par les différences de législation. Enfin libérée de mon mariage blanc, divorcée à mes torts, j'ai épousé Georges, uniquement pour que l'enfant soit reconnu et porte son nom.

Pour sortir de mon travail à la librairie, je rêvais de reportages. J'ai obtenu un rendez-vous avec le directeur de la radio belge francophone. Ayant évoqué mon expérience des pays d'Europe centrale, j'ai demandé, téméraire, à interviewer M. Spaak, ministre des Affaires étrangères. Par miracle, il a accepté. J'ai réussi mon interview.

Le directeur de la radio, qui avait pris au sérieux mon envie de journalisme, avait les yeux clairs, les cheveux châtain et le corps élégant. Il me rappelait un peu notre ancien milieu réservé et passionné. Je n'avais pas osé lui parler, malgré ses questions insistantes, de ma vocation d'écrivain. Un jour, il est venu nous rendre visite.

« Où travaillez-vous ? » Je lui ai montré mon bureau-débarras avec la machine à écrire. Je lui ai parlé du journal du siège de Budapest et avoué que j'avais commencé un roman que j'intitulerais *Dieu est en retard*.

– Je crois qu'un jour vous changerez de vie, m'a-t-il dit. Votre jeune mari ne comprend pas votre vraie personnalité.

Je n'ai pas répondu. Déjà, je supportais mal Georges et je rêvais de fuir avec l'enfant, en France ou en Californie ; ce genre d'affirmation ne faisait qu'alourdir l'atmosphère.

– Vous êtes une jolie jeune femme triste, vous m'impressionnez. Ma vie privée à moi est déjà compliquée. Nous évader ensemble même pour seulement vingt-quatre heures pourrait vous faire du mal... et à moi aussi.

J'étais plus sidérée que flattée. Il était cultivé, attirant, mais je n'aurais pas pu m'accommoder de doubles vies et encore moins de sous-vies

– Vous êtes séduisant et infiniment agréable. Restons-en là... ai-je dit, comme une femme vertueuse, sortie d'un roman russe.

– Sans doute avez-vous raison, a-t-il dit. Mais n'oubliez pas : vous êtes faite pour susciter des passions...

Moi ? Je portais n'importe quoi, mais toujours foncé. Je ne m'aimais qu'en noir. Les tissus fleuris, pas pour moi, merci. Grâce à ma jeunesse et à une certaine allure qu'on me prêtait, paraît-il, tout m'allait. La qualité des fréquentations durant mon enfance, mon expérience de la vie, des événements liés à l'Histoire, m'avaient appris les caprices comme les pièges des enjeux politiques et des drames de la société. Mais on ne m'avait rien enseigné concernant le sexe ni, bien sûr, la contraception.

Je redoutais d'avoir un autre enfant avec Georges et de voir se refermer sur moi la porte de cette prison conjugale. Un gynécologue belge m'avait recommandé de prendre ma température chaque soir avant d'aller au lit pour savoir si j'étais en période d'ovulation. « Mais l'abstinence est la seule vraie sécurité », m'avait dit le bon docteur. Je ne pouvais disposer ni de mon corps, ni de mon temps, à peine de mon esprit. J'étais destinée à végéter dans une redoutable médiocrité physique et intellectuelle. Quand ma fille me regardait, je lui disais : « Je vais me sauver d'ici. Et tu seras toujours avec moi. »

Ma nostalgie profonde pour l'Amérique grandissait. Grâce à une bourse de la CIMADE, si j'avais une confirmation officielle, j'espérais pouvoir gagner les USA avec ma fille et me séparer pour toujours de l'Europe, – et de Georges. Allait-il laisser partir sa fille ? Je n'en savais rien, mais je l'espérais fort.

Chapitre 18

Dans mon hôtel californien, je me relisais, libre du poids du passé pendant quelques minutes. Je me réjouissais à chaque instant de ne plus être sous la chape de plomb politique de la Hongrie, ni dans une interminable procédure de divorce à Paris. Je me dégageais des épreuves passées. Ce jour-là, dans le parc, un mariage se préparait. L'aristocratie juive de Los Angeles choisissait souvent le *Beverly Hills* pour ses unions chic. Sur un tapis de pétales de roses, de jolies demoiselles d'honneur en robe blanche parcouraient un petit chemin qui passait sous ma fenêtre. En me penchant légèrement, je pouvais apercevoir la fiancée accompagnée de deux ou trois femmes qui s'affairaient autour d'elle pour arranger sa longue traîne blanche. Je ne voyais pas le fiancé, mais j'entendais le rabbin et ses incantations. Quelqu'un qui avait passé une grande partie de sa vie à vouloir divorcer et attendu une décennie pour se marier aurait pu demander à changer de chambre pour échapper au spectacle de ces unions fastueuses, mais je m'y étais habituée. Je profitais de la vue si belle du parc fleuri, de ses azalées rouges, quand Herbert m'a appelée pour me dire que sa femme voulait me parler.

– Hello, a-t-elle dit d'une voix fragile. Il ne faut pas m'en vouloir. Je suis impressionnée. Pour la première fois je lis un livre qui n'est pas encore publié. On a le sentiment que tout peut encore changer... En écrivant, peut-on influencer le passé, du moins le rendre moins amer ?

– Non, ai-je répondu. Mais je comprends votre réaction. Au fait, vous vouliez me demander quelque chose de précis ?

– Oui. Malgré l'épreuve physique de l'accouchement, l'arrivée au monde à Bruxelles de ce petit bout de chou a dû être pour vous un bonheur. Ce qui s'est passé après n'a peut-être pas l'importance que vous lui prêtez. Vous avez dit à Venice que vous *aviez* une fille. Ce « j'avais » m'a bouleversée.

Elle n'aurait pas dû dire « bout de chou ». J'ai réprimé mon agacement.

– N'essayez pas de me faire tout un discours portant sur les relations mère/fille. Ces clichés ou ces théories m'agacent, mais ma vie vous est inconnue.

Judith revenait à la charge.

– J'imagine que le jeune papa était content.

– Plutôt étonné. Il est parfois aussi difficile d'être père, pratiquement d'un jour sur l'autre, que d'accepter la maternité.

– Quel est le prénom de votre fille ?

– Si vous m'aviez bien lue, vous le connaîtriez – celui de la femme exceptionnelle qui nous a sauvés : Dana.

– Et son nom de famille ?

– Celui de son père.

Herbert a repris le combiné.

– Judith pleure. Elle est si sensible. Elle a du mal à écouter vos explications, elle ne voit que l'enfant dans son berceau.

Je me suis laissée emporter.

– Elle fait surtout du cinéma, votre Judith. Et vous marchez...

Il a esquivé la réponse. Cet homme se savait prisonnier de sa bonté et de sa patience.

– Sur votre site apparaît le nom de Claude Bellanger. Vous avez donc réussi à vous marier...

Je l'ai interrompu.

– Après dix ans de divorce.

– Comment une femme aussi forte et aussi brillante que vous peut-elle devenir aussi vulnérable dès qu'il s'agit d'un homme aussi séduisant soit-il ? Dans vos écrits, vous semblez vouloir vous détruire. Pouvons-nous espérer avoir le récit du parcours de ces dix années difficiles ?

– Vous ne voulez pas attendre la parution ?

– Non, on veut lire votre vie dès maintenant.

Il paraissait sincère.

– Je vous donnerai le texte. Je laisserai un paquet pour vous à la réception. A condition que votre femme m'épargne ses commentaires d'enfant gâtée. Peut-être qu'elle n'a pas eu ses « bouts de chou » ni l'expérience qui va avec...

Herbert s'est exclamé :

– Quelle colère !

– Non, juste une saute d'humeur. On peut beaucoup aimer un pays tout en le critiquant.

Une demi-heure plus tard, j'ai déposé chez le concierge de l'hôtel quelques chapitres glissés dans une enveloppe à l'intention de mes étranges et précieuses relations. Une Lincoln town-car m'attendait avec le même chauffeur depuis des années, un Asiatique au nom français, troisième génération après le Vietnam. Il m'a ouvert la portière.

– Allons vers San Diego, s'il vous plaît. Par le front de mer...

– Jusqu'où ? Vous ne voulez pas traverser la frontière.

– Non, il est trop tard. Roulez. Merci.

Chapitre 19

Après un trajet insignifiant, même le Pacifique semblait avoir perdu de sa séduction, déçue, j'ai regagné l'hôtel. De retour dans ma chambre, en apercevant les liasses de papier sur la table, j'ai été saisie d'une envie de tout balancer dans la corbeille à papiers : stylos-feutres, gomme, scotch, effaceur, mes outils. Et surtout, jeter, jeter, jeter les pages dont j'étais la prisonnière. Prudemment, je me suis écartée de la fenêtre, je me suis installée devant le grand écran de télévision vide et silencieux. Peu à peu, en modulant ma respiration, j'ai pu me raisonner. Pour me guérir d'une histoire qui m'avait à la fois donné des ailes et paralysée comme un gaz asphyxiant, pour enfin sortir de cette cage d'amour qui m'emprisonnait depuis si longtemps, je devais replonger dans le passé.

J'ai commencé à relire les passages que mes voisins allaient découvrir. Je n'étais plus seule, ils lisaient dans la chambre voisine sans rien connaître du directeur de la radio belge qui avait relancé ma vie. S'il ne m'avait pas prévenue, je n'aurais rien su d'un journal qui s'appelait : *Le Parisien Libéré*.

*

Une fin d'après-midi de septembre, quelques semaines après l'interview que M. Spaak m'avait accordée, le directeur m'a demandé s'il pouvait passer à la maison. Je venais de rentrer avec Dana. « Bien sûr, ai-je dit, surprise et presque heureuse. Je vous présenterai ma fille... » La petite, qui semblait méfiante, a regardé le visiteur. Mémorisait-elle le visage étranger ?

– Quelle jolie fillette ! a-t-il dit.

J'étais heureuse du compliment.

– N'est-ce pas ? Elle commence à parler. Elle aime les livres. Elle n'en a jamais déchiré une seule page.

– Quand il s'agit de votre fille, vous parlez. Mais quand il s'agit de vous, c'est le silence...

L'homme soucieux de mon avenir était venu pour attirer mon attention sur un quotidien français fondé par un journaliste connu pour son passé de résistant, Claude Bellanger.

– Pour le Grand Prix Vérité décerné par le journal, il cherche des témoignages, des documents relatant des faits de guerre. Il souhaite des textes d'une grande qualité d'écriture. Vous m'avez parlé de votre « journal » du siège de Budapest : vous devriez le leur envoyer. Voici les renseignements utiles.

Ma vie ne m'avait pas appris jusque-là à croire à la chance, et je n'aurais pas espéré plus en jetant une bouteille à la mer.

– Une inconnue envoie un manuscrit de Belgique. Croyez-vous qu'ils liront son texte ?

– Déjà Spaak s'est intéressé à ce récit quand je lui en ai parlé...

Il s'est penché sur les jouets de ma fille, puis, à genoux, a rajusté deux pièces de Lego.

– Que faites-vous pendant ce week-end ? a-t-il demandé.

– Mon programme ? Enfant, landau, poulet au paprika.

– Vous n'avez pas envie d'un petit moment de révolte ?

– Contre quoi ?

– La routine.

– De quelle manière ?

– Pourriez-vous laisser la petite à quelqu'un ?

– A la comtesse.

– Il faudrait inventer une raison qui vous obligerait à vous absenter.

– Pour quoi faire ?

– Je voudrais vous emmener à Knokke-le-Zout. Superbe hôtel, superbe lit, le vent, l'odeur de la mer. Vingt-quatre heures avec moi.

Quelle perspective enivrante ! Un bord de mer, un homme adulte et sûr de lui. Devenir pour quelques heures une femme-objet, légère. Mais comment retourner ensuite à notre vie conjugale ?

J'ai répondu sans réfléchir :

– Je vous dis non. D'ailleurs, vous avez reconnu vous-même que dans votre vie, il n'y a plus de place disponible...

Il m'a interrompue :

– J'ai changé d'avis.

– Non. Je ne suis pas une bête dont on décroche la laisse et qu'on regarde courir sur la plage...

– Je voudrais vous faire plaisir...

– Le premier plaisir à me faire, c'est de lire mon texte et de me donner votre avis.

Il était presque soulagé par mon refus.

– Où est-il, ce fameux manuscrit ?

– Je vous le donne, mais l'exemplaire est mal dactylographié.

– Je peux vous aider, a-t-il dit. Une de mes secrétaires reprendra le travail pour que vous ayez une copie correcte.

J'ai mesuré, peut-être pour la première fois, mon orgueil.

– Non. Le manuscrit a été écrit au crayon et à la lumière des bougies. Le mot que je ne peux pas déchiffrer, je le devine, sinon je m'en souviens. Je suis imprégnée par l'atmosphère de la cave et de la guerre. Il n'y a que moi qui puisse faire ce travail. Il me faut juste un peu de temps. Dans dix jours, je pourrai vous le remettre.

Il a hoché la tête.

– Vous êtes têtue. Faites-le, mais rapidement. Ne ratez pas la date limite pour l'envoi. Je crois que ce concours est une chance pour vous.

Georges venait d'arriver. Les deux hommes se sont salués. Chacun trouvait l'autre antipathique.

– Qu'est-ce qu'il voulait ?

J'ai parlé du *Parisien Libéré* et de l'annonce. Enervé, Georges s'est mis à fumer.

– Pas la peine de te fatiguer avec ça. A Paris, tout se passe par relations. Personne ne va lire ton manuscrit. Pense plutôt à promener l'enfant. Le parc est proche. Marcher un peu te fera du bien, à toi aussi.

– En effet, ai-je dit, tu as raison.

J'ai quitté le soir même le pénible lit conjugal où nous dormions déjà aussi indifférents que des passants qui se croisent sans se regarder. Georges était anéanti par la paternité et ses responsabilités familiales. Sans la guerre, il aurait pu être golden boy, champion de tennis et diplomate dans le sillage de son père. Mais il était devenu réfugié avec une étrange fille pas très gaie, et avait une enfant silencieuse. Il était obligé de se rendre chaque matin dans un bureau, mais l'atmosphère y était sans doute plus agréable que chez lui. De retour, il n'avait pas d'autre envie que de lire des livres d'histoire. La petite était à côté, dans la pièce que nous appelions le salon.

Ma fille habitait ma conscience, son sourire pouvait me rendre heureuse. Sa passivité me culpabilisait. J'avais l'impression d'avoir mis quelqu'un au monde au mauvais moment. Elle aurait mérité un meilleur décor, des copines. J'aurais peut-être dû l'inscrire dans une garderie ? Manquait-elle de la compagnie d'autres enfants ? Dans notre petit appartement peu clair mais d'une propreté impeccable, la vie ressemblait sans doute pour elle, comme pour moi, à un parcours dans un tunnel. Quand la vieille radio diffusait un peu de musique, elle esquissait des pas de danse. « Dès l'école primaire, je l'inscrirai dans une école de danse », pensais-je.

Mes parents n'avaient pas pu encore embrasser leur petite-fille. Mon père voulait tout le temps savoir quand nous allions venir avec elle. « Est-ce que tu écris ? Est-ce que tu écris ? » répétait-il. Je ne lui ai pas dit que parfois, très tôt le matin, l'enfant entrait dans mon bureau-débarras et, accroupie sur mon lit de camp, me regardait travailler.

Chapitre 20

J'ai gagné le Prix Vérité. J'ai reçu une lettre le 16 décembre 1954 en fin de soirée, me conviant pour le lendemain à midi dans un célèbre restaurant parisien. Je n'avais pas d'autorisation pour me rendre en France, le sénateur N. m'a fait passer la frontière en fraude dans sa belle voiture. Les douaniers l'ont salué. « Je passe souvent en famille. On ne me demande jamais de document », a-t-il dit.

Je suis arrivée à Paris dans ce luxueux restaurant où j'ai été fêtée dans une ambiance chaleureuse. Vêtue d'une petite robe noire, j'étais la révélation fragile arrivée d'Europe centrale via Bruxelles. Aux journalistes qui accouraient, j'ai donné les premières interviews de ma vie. Tout le monde s'intéressait à moi. Mais je n'ai vu que lui : grand, mince, cheveux foncés, yeux marrons sous des lunettes d'intellectuel qui se fiche de la mode. Je lui ai tendu la main, il ne l'a plus lâchée. L'effet a été instantané. J'avais la certitude d'être en face de l'homme que je pourrais aimer jusqu'à la fin de ma vie. J'ai aperçu son alliance. Il était marié, comme tout le monde. Je l'étais aussi ! Comment me percevait-il ? Nous en avons parlé plus tard. Le choc physique, psychologique et intellectuel était réciproque. Une des rares réussites d'un destin magicien – malicieux aussi. Tout était contre nous, à commencer par les réactions de ceux qui avaient deviné que quelque chose se passait.

Nous ne nous sommes pas quittés du regard. Plus de quarante photos ont été prises, paraît-il, de ce coup de foudre. Sa future ex-femme se les est procurées pour les présenter au tribunal : notre culpabilité avait commencé par des « regards ». Je n'étais plus libre : quelques mois avant l'attribution du Prix Vérité, j'avais épousé Georges ! Dans l'intérêt juridique de ma fille, je m'étais enfermée dans un lien redoutable.

Après avoir connu Claude Bellanger qui ne voulait pas perdre un instant, la présence de Georges m'est devenue insupportable. On peut vivre avec quelqu'un qu'on n'aime plus, supporter le poids de ses erreurs, on peut tout traverser tant qu'il n'y a personne d'autre. Mais dès l'apparition foudroyante de l'homme avec qui l'existence pourrait être le bonheur, celui à qui vous êtes attachée juridiquement devient à vos yeux un obstacle absolu. L'obstacle élégant, blond, champion de tennis junior amaigri, n'était pourtant pas plus fait pour le mariage que pour moi. Il a senti qu'il y avait eu rupture depuis ce voyage à Paris. Je n'ai plus accepté qu'il me touche, il n'en avait pas envie non plus. Mon éloignement physique et affectif étant indiscutable, Georges a compris que notre histoire se terminait. Nous avons parlé de divorce et il y a eu une première comparution. Quand je me rendais à Paris, deux merveilleuses femmes belges gardaient ma fille. « Déplacements professionnels. » Ce n'était même pas faux, les contrats pleuvaient autour de moi.

Après la mort du père de Georges, sa veuve avait reçu la permission de quitter la Hongrie. Lorsqu'elle nous a annoncé son arrivée, les feux de l'enfer se sont allumés autour de nous. Georges lui-même était effrayé de la bonne nouvelle.

– Divorçons rapidement, Georges. Tu étais d'accord. A son arrivée, ta mère sera ainsi mise devant le fait accompli.

– Elle voudra garder sa petite-fille avec nous. Elle ne la laissera jamais partir avec toi à Paris. Rien ne résiste à ma mère.

– Je résisterai.

Le succès en France du Prix Vérité m'a valu en quelques mois de nombreux contrats étrangers. Les portes s'ouvraient pour d'autres manuscrits. J'avais tous les prétextes pour me rendre à Paris.

Entre-temps, la mère de Georges est arrivée à Bruxelles, révoltée à l'idée que je veuille quitter son fils. Elle était plutôt froide avec Dana, sa petite-fille. Pas d'effusions, pas d'amour délirant. Un style « *ein*, *zwei*, *drei* ». Elle était d'origine prussienne ou lituanienne, je crois.

La tristesse apparente de ma fille m'inquiétait. Quand j'improvisais un théâtre de marionnettes, la main gauche vêtue en gendarme, la main droite en voleur, et qu'elle ne souriait même pas, je la suppliais : « Dis-moi ce que tu veux... A quoi veux-tu jouer ? Si tu ne me dis rien, je serai triste. » Son silence me culpabilisait. Elle manifestait une meilleure humeur lorsque son père revenait le soir. Avais-je le droit de la séparer de ce père qui l'aimait, même de manière peu démonstrative ? Pour me rendre disponible dans la journée, j'écrivais dès cinq heures du matin.

Ma fille savait comment m'émouvoir. De mon côté, il aurait sans doute été nécessaire de feindre sinon l'indifférence, du moins quelque réserve. Je ne le savais pas. J'avais baigné depuis ma naissance dans le fleuve d'amour de mes parents, je transmettais naturellement un sentiment équivalent.

Devant ma fille, je fondais d'amour et de culpabilité. Il a fallu lui expliquer le divorce avec des mots simples.

– On va vivre à Paris avec un gentil monsieur qui t'aime déjà et qui va t'acheter beaucoup de jouets.

Elle me regardait.

– Tu veux des jouets ?

Pendant ces années d'après-guerre, les jouets avaient encore une valeur sentimentale et matérielle.

– Des livres, a-t-elle dit.

Ce désir n'était pas difficile à satisfaire au pays

de Tintin. Travaillant dans une librairie, je pouvais acheter les volumes avec remise.

– Tu veux quoi ?

– Juste lire.

Ensuite, muette, elle prenait un petit morceau de tissu, genre velours, et le frottait contre son nez. Je lui ai acheté un jour ce que je croyais être la plus belle des petites poupées en tissu. Je la lui ai offerte. Elle l'a déposée à côté d'elle. Elle n'en voulait pas. Qu'est-ce que je faisais mal encore ? Les crêpes ? Non, elles étaient bonnes, mes crêpes. La lecture ? Les constructions en Lego ? Mes chefs-d'œuvre étaient un peu difformes. Je maudissais ma maladresse. Je lui racontais la belle vie que nous aurions à Paris : « Le bois de Boulogne, les manèges... Mes parents, grand-mère et grand-père, viendront te raconter des histoires. Le monsieur qui t'attend t'achètera un beau vélo rouge... Ne t'inquiète pas, tu verras souvent papa... »

Je passais ma vie dans les trains entre Paris et Bruxelles où ma fille restait avec sa grand-mère et son père, tandis que l'homme providentiel et moi vivions notre amour absurde, foudroyant. Chaque moment de bonheur était cher payé.

Au début, nos rencontres avaient lieu dans un hôtel chic pas loin de l'ancienne Bibliothèque Nationale. Claude venait me chercher à la gare, il m'attendait, élancé et souriant, sur le quai. Ses premiers mots étaient toujours : « Tu es là ! » « Oui. » Je tremblais, il n'osait pas m'embrasser au cas où quelqu'un aurait pu le reconnaître. S'il ne pouvait pas s'absenter du journal, j'arrivais à l'hôtel en taxi, seule. On m'y recevait avec un sourire condescendant. Ma modeste valise, si peu digne de ces lieux, était déposée dans la chambre retenue au nom de Claude Bellanger. Lorsqu'il arrivait, il me serrait dans ses bras, nous avions devant nous la fin de l'après-midi et la moitié de la nuit. Il rentrait chez lui pour dormir – dans son bureau, sur un lit escamotable entre deux bibliothèques. Il déjeunait le dimanche chez lui pour voir ses fils de dix et quatorze ans et il me retrouvait à l'hôtel vers quatorze heures trente. A dix-huit heures, je quittais l'établissement et il m'accompagnait à la gare. J'ai toujours détesté les trains, mais le Paris-Bruxelles m'achevait.

Les Belges qui s'étaient montrés si accueillants pour Georges et moi à l'époque de notre arrivée misérable de Paris m'étaient devenus hostiles. Je voulais quitter Georges ? Scandale, péché. Et quelle ingratitude ! N'avais-je pas détruit l'image de ce jeune couple d'origine aristocratique – surtout elle – venu de l'autre bout de l'Europe qu'on avait entouré, hébergé, choyé, aidé, et qui avait eu une charmante petite fille, si sage ? J'avais tout brisé pour avoir succombé, le succès aidant, à la tentation d'un Français séduisant, marié. L'enfer ! J'étais bannie.

Un jour, à Bruxelles, je me suis retrouvée confrontée à un tribunal d'anciens amis transformés en juges. Après une de mes ripostes, on m'a lancé : « En divorçant, vous voulez avoir la garantie de finir en enfer ? Nous aiderons Georges pour que vous n'obteniez jamais la garde de l'enfant. » Avant, ces gens-là m'aimaient. Comment les conventions nourries de religion pouvaient-elle les influencer à ce point ?

Qu'aurais-je dû faire ? Dire adieu à l'homme que j'adorais, qui m'attendait, qui quittait sa famille pour moi ? Mais était-ce encore une famille ? Il voyait sa femme une fois par semaine et emmenait ses fils dans les musées le mercredi après-midi. Cet homme était malheureux sur le plan personnel. Il s'en était accommodé. Après des années de servitude conjugale, il était devenu indifférent au fait d'être prisonnier, le travail comblait sa vie. Dix à douze heures par jour pour son journal et à consolider les relations avec des fédérations de presse étrangères. Il m'a avoué : « J'étais persuadé que quand on a réussi une vie professionnelle brillante, il est normal de ne pas être heureux dans sa vie privée. Depuis que je te connais, je sais que le bonheur existe. »

Le quitter ? Lui dire que j'allais rester à Bruxelles pour garder et élever ma fille, et attendre le retour de Georges chaque jour à la même heure ? Regarder la vie de loin ? Depuis que j'avais commencé à lire, j'avais tout absorbé, tout entendu, j'étais saturée de littérature, de musique et de politique. Entre Rainer Maria Rilke et Giraudoux, peu d'écrivains me restaient inconnus. Grâce à mon père, je connaissais les personnalités d'un Jules Vallès ou d'un Zola et les éléments essentiels de l'histoire littéraire et journalistique de la France. Claude en était ravi. « Même Vallès ? » Nous parlions de *L'Enfant*, mais je connaissais aussi *L'Insurgé*. Notre différence d'âge était effacée par mes connaissances et mes mensonges. « Tu ne voudrais pas danser ? Je pourrais t'amener dans une boîte. – Oh non, disais-je. Je préfère t'écouter. » Je pouvais lui répondre, il venait de trouver une interlocutrice inespérée et une partenaire de vie qui l'écoutait et le comprenait.

Les humiliations ont commencé au moment où le directeur de l'hôtel est intervenu auprès de Claude Bellanger en lui demandant avec respect et insistance de ne plus amener « la charmante jeune femme » : l'hôtel risquait d'avoir des désagréments avec la police. Le directeur n'a pas osé prononcer le mot, mais j'étais coupable d'un adultère punissable par la loi. Notre bonheur légal n'était, selon Claude Bellanger, qu'une question de temps. Le temps ? Notion relative. Nous étions pris dans le piège des « délais ». L'incident de l'hôtel où ma présence était jugée importune m'a rappelé les paroles de mon oncle : « Les années cannibales vont contaminer beaucoup de personnes. L'arme numéro un contre quelqu'un comme toi, c'est l'humiliation. »

Chapitre 21

Depuis 1955, notre histoire ressemblait à une série... française ! Un téléfilm en technicolor, en technilarmes, en technifolies, en succès aussi. Nous ne pouvions qu'espérer passer d'un épisode à l'autre. Mon journal de guerre m'avait valu, de la part du public, une immense vague de sympathie. Cette reconnaissance des lecteurs me donnait de la force. Dans son impatience à se libérer de son carcan conjugal, Claude Bellanger accumulait maladresse sur maladresse. Je n'avais aucune idée des lois françaises – ni de celles d'autres pays, excepté mon expérience de la loi belge. J'ai compris la cause de l'indignation de ses adversaires quand j'ai appris que Claude avait abandonné le domicile conjugal sans aucun préavis officiel. Il avait fait déménager sa bibliothèque et pris ses effets personnels, tout cela sans l'accord du tribunal, sans attendre le jugement qui lui aurait permis d'emménager ailleurs. Deux ans plus tard, sans l'ombre d'un marchandage et d'appréciation de valeur, il avait laissé à sa future ex-femme une maison achetée près de Paris où il n'avait même pas passé une nuit depuis son acquisition.

Pour abriter notre vie future, Claude avait trouvé un appartement délicieusement désuet avenue Victor-Hugo, au deuxième étage d'un ancien hôtel particulier. Il voulait commencer là une nouvelle vie, sans attendre le déroulement des procédures et leurs résultats. Nous habitions dorénavant ensemble, Claude Bellanger et moi, avec ma fille. Dans une improvisation d'étudiants, nous nous étions équipés d'ustensiles de cuisine et d'assiettes achetés dans des supermarchés. Nous étions installés le plus simplement possible avec des meubles premier prix. Lorsque sa mère lilloise a appris l'aventure de Claude, qui lui avait rendu visite, elle a commencé à nous envoyer des cadeaux. Les couverts en métal côtoyaient une lourde argenterie gravée d'initiales, et une commode d'époque Louis XV avec son ventre bombé et ses dorures occupait toute l'entrée. J'écrivais sur la table ronde de la salle à manger, je rangeais mes papiers avant le repas du soir. Le bureau de Claude était intouchable, dans la seule pièce spacieuse, avec une partie de ses bibliothèques. Sa collection de presse attendait, emballée, dans les caisses d'un garde-meuble de luxe.

Avais-je envie de vivre dorénavant dans les bouleversements perpétuels ? Franchement, je ne le savais pas. Avant tout, il ne fallait ni chagriner, ni inquiéter l'homme qui avait bouleversé sa propre vie pour moi. Je supportais tout le poids du passé de Vienne et de Budapest, je devais prendre soin de mes parents comme je le pouvais, encourager et écouter mon frère Alain et essayer de faire sourire ma petite fille. Parfois, j'avais l'impression que les mâchoires de l'année cannibale que nous vivions se refermaient sur moi.

En effet, l'humiliation me guettait. Même la boulangère savait que je vivais avec un homme marié. Je devais apprendre le nom des différents pains ; plusieurs fois elle m'a interpellée : « Mademoiselle, hé, vous m'entendez ? Je n'ai plus de baguette, voulez-vous un bâtard ? » Entendre ces mots, c'était comme marcher pieds nus sur des cailloux.

Pratiquement chaque jour nous apportait une assignation différente. Les attaques incessantes de la future ex-femme nous tenaient sous pression, elle avait fait en sorte que tout Paris soit au courant de l'affront qu'elle avait subi. L'histoire de l'étrangère qui avait fait perdre la tête à un grand patron de presse intéressait tout le monde. Nous étions « people » avant l'heure. Ma fille disposait d'une chambrette dont la fenêtre ouvrait sur l'unique arbre de la cour. Elle est devenue un enjeu pour lequel son père et sa grand-mère me harcelaient depuis Bruxelles.

Claude me prenait dans ses bras les soirs où je frissonnais de dégoût devant tant d'intrigues. « Ça va passer. C'est juste la première vague », disait-il. Fallait-il lui parler des années cannibales ? Pour le décourager ? Il aurait à peine écouté la « philosophie » de l'oncle Kalman. Sa théorie aurait fait apparaître l'Europe centrale comme un monde arriéré.

Mon frère Alain venait assez souvent à Paris, sans prendre la mesure des audaces juridiques de Claude. Alain vivait dans sa bulle politique et avait de longues conversations avec Claude. Nos péripéties ne l'intéressaient que vaguement. Il ne s'étonnait même pas de ce nouveau foyer, les questions matérielles ne l'avaient jamais préoccupé. La haute idée qu'il se faisait de la France ne pouvait pas être anéantie par de basses intrigues matrimoniales. Alain avait aimé mon roman *Dieu est en retard*, il espérait que ce livre allait servir une bonne cause en éclairant une situation historique mal connue.

Dieu est en retard, paru chez Gallimard, a fait le tour du monde et un tour plus modeste dans les rédactions parisiennes. Selon le goût des pays qui l'avaient traduit, il a eu des titres différents. En Allemagne, le roman est devenu best-seller sous le titre flamboyant : *Sur les grandes eaux du temps*. En Hollande, il a été intitulé : *Les Moulins de Dieu*. Il a été salué aussi bien en Angleterre qu'en Amérique tant comme roman que comme document marquant son époque. En France, j'étais en butte à des critiques parfois chargées de rancœurs idéologiques. Qui était cette fille surgie du néant qui osait parler d'occupation russe, de chape de plomb, de Rideau de fer ? Elle n'était pas politiquement correcte. D'ailleurs, si elle était partie de là-bas pour traverser à pied la frontière, c'est qu'elle était peut-être de « droite ». Je pensais souvent au commissaire de Budapest qui m'avait expliqué que j'aurais plus de succès en venant légalement de derrière le Rideau de fer qu'en débarquant à Paris en tant que réfugiée. Je ne me sentais pas du tout coupable pour avoir écrit ce que j'avais vu. Je ne savais pas qu'à cette époque, pour faire carrière à Paris et être acceptée par la presse, il valait mieux ne pas être étrangère, mais se plier aux schémas politiques et, même maladroitement, pratiquer déjà la langue de bois.

J'ai eu de grands éditeurs, célèbres pour leur exigence littéraire. Aucun d'eux ne m'a demandé, pour aucun de mes écrits, des changements dans des textes brûlant d'actualité politique. Lors de ces mois de persécutions juridiques visant d'abord Claude Bellanger – j'arrivais en numéro deux –, Julliard m'a « enlevée » de chez Gallimard. J'ai présenté à René Julliard mon prochain sujet, fondé sur un fait réel : le cardinal Mindszenty s'était réfugié à l'ambassade américaine de Budapest pour ne pas être arrêté et déporté. J'ai expliqué à mon nouvel éditeur le fil conducteur de cette histoire projetée vingt-cinq ans après les faits intervenus dans un roman peuplé de personnages fictifs. Il m'a dit : « En vous accueillant chez nous, je n'ai pensé qu'à faire de vous un auteur choyé. Le Goncourt va à Gallimard, vous auriez dû l'avoir pour *Dieu est en retard*. Mais je vais essayer d'obtenir le Femina pour *Le Cardinal prisonnier*. » Ainsi, pendant que j'écoutais les difficultés de Claude avec son journal et essuyais les assauts de la guérilla depuis Bruxelles, le Cardinal, le vrai, est devenu mon héros de fiction dont je modelais l'avenir en écrivant parfois sur la table de la cuisine.

Auprès de Claude, j'ai vécu des années d'acharnement des huissiers sans cesse sur nos talons, tout en décrivant les persécutions politiques « fictives » dont souffraient ceux qui vivaient de l'autre côté de l'Europe et subissaient pire que nous. C'était un destin étrange, mais illuminé par des moments de bonheur qui justifiaient nos efforts. Nous vivions dans une rare hypertension intellectuelle. Claude me comprenait, m'encourageait. « Quand tu me racontes un sujet, un passage que tu viens d'écrire, je me sens transporté dans un autre monde. » Il me donnait des ailes. Seule la mort mettrait fin à notre relation, pensais-je. Depuis l'enfance, maman m'avait appris qu'il n'y a pas de bonheur gratuit, je trouvais alors presque normal que les épreuves soient à la hauteur de notre félicité. Parfois, je trouvais le prix à payer trop élevé, mais j'acceptais. Claude partageait avec moi les problèmes de sa vie professionnelle et moi, le destin de mes personnages.

Oui, avec une impatience étonnante, Claude voulait que je connaisse tout de sa vie, triste sur le plan personnel et professionnellement passionnante. Depuis la cave de Budapest, après avoir traversé les camps de réfugiés en Autriche et vécu la période d'attente à Bruxelles, je suis tombée dans le chaudron de la politique française. Je devais tout comprendre, et vite. Claude m'expliquait comme si j'étais en mesure de tout assimiler. Je découvris le sigle OCM : Organisation civile et militaire, puis son nom de résistant, ses écrits parus dans la clandestinité. Sa volonté féroce de s'opposer à l'occupant allemand en France plutôt que de rejoindre de Gaulle à Londres ou de faire partie d'un éventuel gouvernement fictif qui se serait formé à Alger. « Ma place était ici, en France », m'a-t-il expliqué. Je devais être capable d'endosser rétrospectivement le rôle de celle qui aurait pu être sa partenaire pendant l'Occupation. J'assumais le poids de son passé, mais pour intégrer son présent, il ne devait y avoir aucune faille. L'Est et l'Occident se concentraient en moi.

J'avais eu droit évidemment à l'histoire du *Parisien Libéré*, à celle de ses origines. Alors que les barricades étaient encore dressées dans Paris, Claude avait eu l'ordre du général De Gaulle d'occuper avec des ouvriers et quelques soldats l'immeuble de l'ancien *Petit Parisien*, journal collabo. « Faites votre journal, Bellanger. Je suis navré, je vous avais promis *Le Monde*, mais j'ai dû le donner à Beuve-Méry. » Claude Bellanger avait agi selon les consignes du Général. En effet, ayant occupé l'immeuble avec les hommes qui lui étaient fournis, il avait bâti la structure d'un quotidien populaire de grande qualité, il en avait fait une coopérative ouvrière. Dès le début, chaque membre avait eu un certain nombre d'actions, à ne pas revendre sans l'autorisation du conseil d'administration.

Claude Bellanger voulait créer un quotidien à la fois proche du public et d'un niveau intellectuel élevé, mais il partait avec un handicap originel : le mot « Parisien » avait souffert de la mauvaise réputation du *Petit Parisien*. Claude avait recherché pour son journal dit « populaire » une distribution de journalistes brillants. Il avait engagé Pierre-Aimé Touchard, administrateur de la Comédie Française, pour les critiques de théâtre, André Bazin pour le cinéma, un illustre critique, Henri Petit, pour les lettres, et, comme rédacteur en chef, un jeune résistant, Claude Desjardin.

Sur le plan administratif, Claude Bellanger avait d'abord dirigé une équipe restreinte. Il y avait un comptable, un avocat et un employé qui s'occupait de la publicité. Claude tenait essentiellement à garder au journal son statut de coopérative ouvrière. Il avait des liens politiques étroits avec les Ouvriers du Livre. Ces communistes avaient un passé de résistants glorieux. Sous sa direction, ils avaient composé une nuit dans une imprimerie clandestine la première page recto verso dont Claude Bellanger avait écrit une grande partie et qu'ils avaient distribuée ensemble sur les barricades aux premières heures de la Libération. Les profits éventuels du journal seraient distribués comme dividendes aux porteurs d'actions, aux ouvriers.

Lorsque j'insistais, Claude m'évoquait les interrogatoires qu'il avait subis à Fresnes pendant six mois. Les Allemands voulaient connaître les noms de ceux qui avaient organisé la presse clandestine, dont il était un des fondateurs. Sa compréhension de la langue allemande lui avait sauvé la vie. En les écoutant, il pouvait préparer ses réponses. A la fin de l'Occupation, pendant la dernière année de présence allemande, un personnage versé dans les affaires publicitaires était venu lui proposer du papier pour des publications clandestines. Le papier, il l'avait obtenu des Allemands, puis en avait cédé une partie aux résistants, gagnant ainsi la confiance de Claude. Celui qui était alors devenu l'Associé avait proposé la contribution de l'un de ses amis, banquier, pour prendre en main les finances du journal. Tous ceux qui faisaient la moindre référence à la Résistance trouvaient d'emblée auprès de Claude Bellanger un crédit moral. Il avait été d'accord avec cette formule qui le déchargeait d'une partie de l'administration.

Au moment de cette prise de participation, un document avait été signé sous seing privé, selon lequel Bellanger, l'Associé et le banquier devaient posséder le même nombre d'actions. L'Associé en avait racheté pendant des années un grand nombre, devenant ainsi majoritaire.

*

En 1966, Claude Bellanger s'est retrouvé du jour au lendemain dessaisi du pouvoir réel. Une nuit, fort de sa position devenue inattaquable, l'Associé a donné l'ordre au rédacteur en chef de changer le titre de « une » prévu par Claude Bellanger. Le choc a été redoutable. J'ai vécu avec Claude ce matin où il s'est trouvé face à la une de son journal qui comportait une photo et un titre autres que ceux qu'il avait prévus. Que dire ? Je n'avais aucune connaissance juridique, je vivais juste auprès d'un homme qui avait bâti son œuvre. Je ne pouvais que me taire et constater amèrement que l'époque des promesses d'amitié était révolue.

Je me montrais alors apparemment impassible. Peut-on en vouloir à celui pour qui vous avez eu un coup de foudre, qui vous a révélé vos qualités d'écrivain, qui a tout abandonné et s'est libéré pour vous, qui, en dépit des complications juridiques, a donné un sens à votre vie ? De quel droit, moi, beaucoup plus jeune, aurais-je pu lui signaler tout ce que j'avais ressenti de néfaste, dès le début, dans son entourage ? Les événements absurdes que nous avions traversés, je les imputais à toute une nation dont il était l'un des héros. Le Code Napoléon régentait encore les Français.

Alors que le journal pour lequel Claude avait accompli un travail parfois surhumain glissait – malgré lui – vers la droite, mes livres militant à gauche payaient l'addition.

Chapitre 22

Relire le passé, en être saturée jusqu'à la nausée. Même avec le recul, tout cela était de trop.

La voiture venue à l'heure précise pour me prendre venait de s'arrêter sur Santa Monica Boulevard, devant un hôtel avec un accès direct à la plage. J'ai traversé le hall pour me retrouver dehors, j'ai enlevé mes chaussures pour marcher dans l'eau presque glacée du Pacifique

Comme j'avais été naïve de penser qu'en Californie, je pourrais mettre de la distance entre mes souvenirs et ma personne si vulnérable ! Quant à Herbert et Judith, ils allaient probablement refermer le chapitre concernant le journal, tant ces mésaventures par trop françaises pouvaient paraître absurdes à des spectateurs étrangers.

Dès mon retour au *Beverly Hills*, Herbert m'a appelée. Je lui ai dit, avant même qu'il se lance dans ses commentaires habituels, qu'il pouvait être direct. Franc.

– Vos méthodes européennes, du moins françaises, m'épatent.

– Qu'est-ce qui vous surprend, Herbert ?

– L'histoire elle-même ! Claude Bellanger survit aux interrogatoires des Allemands, il sort de Fresnes, il crée son journal, il travaille jour et nuit, il bâtit sa publication et se fait avoir dans une opération de prise de contrôle aussi simple !

À l'époque je n'osais même pas commenter. J'étais l'étrangère qui ne connaissait pas le contexte politique de l'époque. J'ai appris et découvert au fur et à mesure le passé. Le comportement basé sur l'honneur, primordial pour Claude Bellanger, m'était familier ; mon père fonctionnait de la sorte, mon frère aussi. Je crois que cette attitude était propre à une génération...

– L'Associé était habile et excellent stratège : mon mari avait joué perdant dès le début. Ce qui est significatif, c'est qu'après le décès accidentel de l'Associé, pour ne pas laisser sombrer le journal, mon mari a accepté d'en être le président et a passé les derniers mois de sa vie à le sauver du déclin. Après cinq ans de procès avec sa sœur, le fils de l'Associé est entré dans ses biens en toute légalité. Je n'étais pas responsable du passé...

J'étais lasse de toute cette histoire.

*

Connaître la France auprès de Claude Bellanger était un vaste programme. Claude était vice-président de l'Agence France-Presse. C'est en grande partie grâce à ses incessantes démarches que l'Agence a pu se libérer de la tutelle de l'Etat.

Quand je lui ai demandé pour quelle raison il

en avait refusé la présidence, qu'on lui avait proposée, il m'a dit : « J'ai cédé cette place à une autre personnalité issue de la Résistance. » En vérité, Claude ne voulait pas non plus abandonner sa création, son journal, où les luttes d'influence avec l'Associé engendraient trop de tensions. Plus les orages le menaçaient, plus ma situation d'écrivain était minée. Je subissais les conséquences de l'emprise partisane imposée au journal. Plus je versais dans mes écrits dans un militantisme de gauche, plus j'étais attaquée par la presse de droite qui ne comprenait pas l'engagement de la femme de Bellanger. L'immense malentendu avec Paris avait commencé.

Lorsque les dérives politiques du journal commencèrent à me gêner, j'ai eu la tentation de me dégager. Mais je n'avais aucun champ d'action. J'avais participé au rêve d'un homme. Comment imaginer que, trahi par tout le monde, il soit aussi abandonné par la femme pour qui il avait combattu une société archaïque ? C'était sans doute le seul homme courageux en France, sur ce plan-là. Le divorce était aussi une forme de guerre. Un jour, je lui ai dit : « Mais pourquoi n'as-tu pas voulu me garder comme maîtresse ? » Il a répondu : « Est-ce que tu serais restée ? » Je lui ai dit : « Non. » L'affaire était à la fois réglée et claire.

Des relations mondaines nous invitaient à des dîners très parisiens pour satisfaire leur curiosité à mon égard. Une vedette étrangère de la littérature française vivait avec le directeur d'un journal puissant. Il fallait voir cette fille qui avait « fait perdre la tête » à un tel homme, qui l'avait littéralement enlevé à sa femme et à ses deux fils.

Pour me désigner, les hôtes pataugeaient dans les incertitudes de vocabulaire. Tout le monde connaissait Claude Bellanger. En prononçant son nom, on ajoutait : « et sa ravissante... » « Epouse » ? Sacrilège. Mot réservé aux politiquement et moralement corrects. « Concubine » ? Ç'aurait été un peu gras. « Amie » ? Trop peu. « Compagne » n'était pas encore répandu. On s'en tirait parfois avec « sa ravissante conquête » ou « l'écrivain maintenant si connu ». Lorsque nous avons été annoncés dans un salon pour la première fois, lui et moi, chacun par notre nom, Claude m'a dit à l'oreille : « Tu as gagné, mon amour. Ils t'acceptent. »

Depuis le début de sa révolte conjugale, Claude voulait se dresser contre les règles de cette société rigide et me montrer au « tout-Paris ». Il m'a amenée à des réceptions à l'Elysée. La première fois, il a dû demander l'autorisation à Mme de Gaulle, qui n'admettait pas la présence d'invités divorcés ou se trouvant dans quelque autre conflit avec la loi divine. Elle a sans doute compris qu'en cette occasion, un refus à Bellanger, trop influent, aurait créé plus de désordre que d'ordre lors des présentations. J'ai eu un échange de regard avec le Général qui a dit en se tournant vers Claude : « Vous avez raison, Bellanger. »

Sans avoir de permis de séjour valable plus de

trois mois – ne parlons même pas de « carte d'identité » –, grâce à mes livres, je jouais sur le plan littéraire un rôle international. *Le Cardinal prisonnier* avait été choisi comme livre du mois aux USA, tandis qu'à Paris, il m'était fortement déconseillé de rencontrer, même par hasard, les fils du premier mariage de Claude Bellanger. On voulait les préserver du choc de voir de près une femme de « mauvaise vie ».

Il y avait à l'époque un aimable sous-préfet qui était poète à ses heures et qui comprenait les maux des cœurs et des âmes. Il écrivait des chansons pour des chanteurs célèbres et j'ai appris de lui que « l'important, c'est la rose ». Il nous protégeait. Quand je suis partie pour les Etats-Unis pour la première fois avec Claude, ce haut fonctionnaire au cœur tendre me fit prêter pour dix jours un passeport français. C'était le seul moyen pour que nous pussions arriver là-bas ensemble et occuper la même chambre d'hôtel.

Plus tard, disposant enfin de documents en règle, j'allais souvent aux USA. J'étais sollicitée de tous côtés pour y résider. Un éditeur m'a promis un traducteur pour mes futurs romans écrits en français afin que je devienne un écrivain américain. J'ai dit que je réfléchirais. Puis je me suis faufilée dans la salle où Claude présidait une réunion internationale et, extrêmement brillant, exposait ses synthèses imparables.

Si cette autobiographie déverse les événements en vrac, c'est que telle était notre vie. Chaque jour nous réservait une surprise désagréable, une traîtrise inattendue, une profonde mesquinerie qui pouvait m'atteindre par lettre anonyme chez mon éditeur, et il y avait toujours le risque que notre employée espagnole nous quitte parce qu'en bonne chrétienne, elle aurait été offusquée d'apprendre que nous n'étions pas mariés.

Rien n'était jamais anodin et chaque fois que je disais à Claude : « Toi qui peux obtenir tant de choses... au moins si j'avais une carte de résidence valable dix ans... », il me répondait d'un ton sec, blessé dans son amour propre : « Tu n'en auras pas besoin, mon amour. Tu auras la citoyenneté française par mariage. » Alors je n'osais plus insister.

Après des journées aussi difficiles, nos soirées passées dans une admirable harmonie nous aidaient à reprendre des forces. Elles avaient un rituel. De retour du journal, après vingt ou trente minutes de décompression, Claude me racontait ses luttes de la journée. Puis, autour de dîners légers très français servis sur une table dressée avec amour, nous redevenions nous-mêmes, étrangers aux persécutions et aux coups bas, nous interdisant d'évoquer nos problèmes juridiques pendant ces instants de trêve. « Si tu veux bien me raconter tes histoires, ou l'histoire que tu écris en ce moment... » Je lui parlais. Mes personnages devenaient les membres d'une grande famille qui ne nous auraient pas été hostiles. J'expliquais au fil des soirées l'évolution des caractères de mes héros. J'offrais à Claude mon monde pour qu'il se repose du sien.

Des vies glorieuses en ricochets ? J'ai eu ma dose de grands hommes. Le président Coty a été le premier président de la République que j'aie connu. Avec lui, pas de problème de moralité. Coty, adorable grand-père, recevait le directeur d'un journal important, sa femme me considérait sans faire de commentaire. Puis il y a eu la réception chez le Général avec l'autorisation de Mme de Gaulle. Le chef de la France libre ne m'impressionnait pas vraiment. Le troisième président de la République que j'aie rencontré était M. Pompidou. Il ne s'intéressait pas à l'Europe Centrale et encore moins à moi. M. Giscard d'Estaing nous invita à plusieurs occasions. Lors de repas fastueux, je me trouvais souvent à côté d'ambassadeurs ou de ministres allemands, nous parlions la langue de Goethe...

Par son désordre chronologique, ce récit de ma vie en venait à reposer mon esprit. En y repensant, je me demandais comment j'avais pu faire s'enchaîner tous ces événements – et ce n'était pas fini ! Pourquoi donner ainsi raison à mon oncle de Budapest qui prétendait que, pour les années cannibales, je serais un mets de choix ?

Je ne saurais dire que tout le monde était mauvais – comme ce serait exagéré ! –, mais personne n'était totalement correct. J'étais entourée de tant de personnes frustrées, que j'étais le plus souvent jalousée. « Si j'avais votre talent... » Le pire était :

« Si j'avais du temps, comme vous... » Le couple que nous formions, la fille de l'Est et l'homme du Nord, était sans doute profondément agaçant, parce que fondé sur quelque chose que peu connaissaient vraiment : la passion.

Chapitre 23

« Cher Herbert,

Vous avez lu l'histoire de la fondation du journal appelé *Le Parisien Libéré*. Avec le chapitre que je vous donne ici, je tente de remettre de l'ordre dans notre histoire personnelle. Vous lirez dans ces pages une analyse de la nature de Claude Bellanger. Qui, voulant ménager mes parents, avait accompli ses devoirs de futur gendre parfait pour son époque. Il avait honte de la bataille juridique engagée, tant il la trouvait injuste. S'accusait-il de maladresse ? J'en doute. Il avait épargné à son ex-femme de graves reproches : cette délicatesse nous a coûté dix ans d'attente. »

*

Respectueux des règles établies, considérant son mariage raté comme un passage pénible dont il devait s'échapper, Claude voulait rencontrer mes parents. En quelque sorte pour les assurer de ses intentions honorables et leur expliquer qu'une fois libre, il commencerait une nouvelle vie avec moi.

Dans ces moments, je n'étais pas la « maîtresse », mais la « fiancée ». Cette mise en scène d'une autre époque, destinée à mes parents, lui convenait tout à fait... J'ai adoré le voyage en avion de Paris à Munich. Ma fille regardait les nuages. Claude avait fait des démarches auprès des autorités de Bruxelles pour que ce déplacement soit autorisé.

Nous avons retrouvé mon père, merveilleusement distrait, et ma mère, légèrement boudeuse : elle aurait aimé se faire coiffer avant de voir son futur gendre et paraître plus à son aise dans le restaurant chic de Munich où Claude nous avait conviés.

Lors de ce déjeuner, mes parents parlèrent du monde en général, des différents pays et de leur politique, de mon avenir et de notre futur mariage, comme s'ils avaient été en face d'un homme libre. Maman l'a félicité d'avoir deux fils et l'a assuré que j'allais organiser de belles fêtes pour Noël. Je vivais, docile, ces moments, parlant tout naturellement de notre avenir. Pourtant, ce n'était pas encore l'époque des familles recomposées. Il n'était même pas question de réconciliation ni de tristesse : j'étais persécutée à Bruxelles par ma future ex-belle-mère, suivie par les détectives privés engagés par la future ex-femme de Claude à Paris – elle recevait un rapport toutes les quarante-huit heures sur mes déplacements, signatures, radios, déjeuners avec des journalistes, etc..

Ici, à Munich, ma fille était assise sur une chaise à côté de moi. Elle était l'emblème de la vie qui renaît sans cesse. Ecrasée sous les compliments, ma fille subissait, étonnée, les effusions, et moi, je restais lucide. Claude était charmant et généreux. Il jouait avec conviction le rôle du futur gendre qui devait obtenir de ses parents la main de sa belle fiancée. Cauchemar ou rêve ? J'avais de nouveau l'impression que mes parents vivaient à côté de la réalité quotidienne. Je n'imaginais pas qu'ils mimaient tant de bonheur pour me faire plaisir.

Claude avait loué une voiture avec chauffeur. Celui-ci eut mission de nous amener d'abord dans un magasin de jouets où ma fille choisit ce qu'elle voulait, puis dans un parc où Dana put essayer un petit vélo. Papa marchait avec Claude derrière maman et moi. Nous avancions élégamment. Une allure impressionnante dans la misère complète de mes parents soudain dorée par la générosité de Claude.

Maman m'a susurré, perplexe :

– Ton Claude est grand et mince. Mais si mal habillé ! Des rayures pareilles sur un grand directeur de journal, c'est énervant. Et il fume des Gauloises. Terrible !

– Mais, maman, ai-je dit, ces rayures ne sont pas si laides que ça, et les Gauloises, ce sont les cigarettes nationales pour les Français.

– Bien sûr, a dit ma mère. Mais son costume... Ça ne peut être une femme aimante qui a choisi ce tissu-là.

Je la revoyais comme jadis devant un comptoir sur lequel deux employés déroulaient des tissus divers. Maman tâtait, caressait, soupesait. C'est toujours elle qui habillait mon père. Le tailleur le savait, il apparaissait au dernier moment avec deux longs centimètres autour du cou. « Si vous permettez, je peux vous recommander ce gris foncé. Incomparable, comme qualité ! »

– Maman, on n'est plus dans tes magasins chic de Vienne.

– Je perçois, a-t-elle dit, un soupçon d'impertinence dans cette remarque. Quand on peut, il faut le meilleur. Quand on ne peut pas, on subit le pire. Regarde cette veste grossière sur ton père.

Obtenue au camp, en effet, la veste était épaisse, mal coupée, mais mon père, que l'âge commençait à toucher, semblait venir, ainsi vêtu, d'une vie simple. Rien n'entamait sa prestance, il était né élégant, il mourrait de même.

Maman a saisi une occasion propice :

– Tu as parlé d'un petit appartement où Claude et toi souhaitez nous installer. Nous vous en serons infiniment reconnaissants... D'ailleurs, nous serons utiles aussi pour garder Dana lors de vos déplacements. Cherchez plutôt dans un quartier pas très populaire... Merci.

C'est moi qui voulais faire cette acquisition, Claude compléterait les manques. D'abord, il avait fallu se battre pour obtenir l'autorisation d'acheter de l'immobilier. Dans les années 50-60, une femme qui gagnait de l'argent par son travail ne pouvait en disposer librement ; le mari, Georges en l'occurrence, devait permettre cet achat. Un appartement modeste mais distingué dans Paris entrait dans mon budget alimenté par les droits d'auteur. J'ai admiré l'attitude de ma mère : arrivée à Vienne à pied, installée, après le camp de Kufstein, à Munich avec mon père dans un grand studio, elle s'inquiétait du standing de son futur quartier. Mon père m'a dit à l'oreille : « Si tu achètes ou loues quelque chose, trésor de ma vie, qu'importe l'endroit, mais il faut que j'aie une pièce à moi pour vivre et dormir. Il faut que je puisse lire, écrire et fumer. – Bien sûr, papa. »

Ce jour-là, mes parents étaient conquis, heureux. Mais ce qui était le plus extravagant et le plus charmant, c'est qu'ils avaient complètement omis de faire allusion aux mariages actuels qui nous paralysaient, Claude et moi. En regardant Claude, maman a joint les mains dans une attitude de prière et a dit : « Quel homme extraordinaire ! Que Dieu le garde, et toi auprès de lui ! »

Elle ne mesurait pas, faute d'information, mais aussi par manque d'imagination, l'ampleur de notre bataille juridique. Marié sans contrat de séparation de biens, les actions de Claude étaient en communauté avec sa future ex-femme qui, dès la demande de divorce, avait déjà commencé à négocier sa part avec certains concurrents du *Parisien Libéré*. Claude avait appris la manœuvre et pu l'empêcher. Selon un jugement obtenu après une longue procédure, il pouvait garder la part d'actions de sa femme en tant qu'instrument de travail et la payer selon la valeur expertisée. Entre-temps, la belle-mère de Bruxelles avait lâché à nos trousses un des avocats les plus fanatiques, qui avait déclenché une vraie chasse à courre dont j'étais le gibier. Que dire de tout cela à mes parents ? Issus d'une autre génération, d'une autre culture, ils n'auraient pas saisi l'étendue d'une telle persécution judiciaire.

« Mon cher, a dit papa à Claude, je vous signale que nous n'avons aucun document nous permettant de nous installer en France. » « Document » : le mot m'a assommée. Je savais le travail et le temps que représentaient les démarches nécessaires. Claude devait non seulement essayer d'obtenir une carte d'identité pour moi, même provisoire, mais aussi solliciter les services pour étrangers et la préfecture pour mes parents. Quel motif invoquer ? « Il s'agit des parents de ma maîtresse, des grands-parents de la fille de ma maîtresse » ? Pour avoir un permis de séjour d'un an, cinq ans, dix ans en France, je devais attester d'une résidence légale. Ma résidence à Paris ? J'étais pratiquement hors la loi, puisqu'il manquait l'autorisation de Georges.

Seul un jugement de séparation d'un tribunal belge m'a permis de m'installer à Paris et d'obtenir la garde provisoire de ma fille. On m'a délivré un document rouge où figuraient mon nom de jeune fille, « permis provisoire », « origine indéterminée ». Au fond, c'est ce qui me désorientait le plus, cette « origine indéterminée » ! Mais l'amour et l'écriture me permettaient de tenir bon.

Après neuf ou dix heures de travail – où il concevait tout son journal, en conférence avec ses collaborateurs, discutait les titres, donnait des idées d'articles et d'interviews –, Claude rentrait le soir et cachait sa fatigue. J'étais déjà près de la porte : comme un animal, je sentais sa présence proche. Il me souriait et me disait : « Tu es là ! J'ai toujours une peur terrible que tu ne sois plus là quand j'arrive. Que tu disparaisses de ma vie. – Mais non, disais-je. Je suis là, et à toi. »

Malgré les perpétuels sauts d'obstacles, nous avions de merveilleux moments avec Claude et un semblant de quiétude régnait à la maison. Notre employée racontait des histoires en espagnol à ma fille, qui parlait souvent à son père au téléphone. Un jour, elle m'a dit : « Grand-mère va venir me chercher, parce que j'ai dit que tu allais avoir un bébé. » J'avais déjà le ventre arrondi, j'avais espéré qu'elle ne s'en rendrait pas compte.

L'enfant ? D'où venait cette nouvelle provocation ? Voici la vérité. Quelques mois auparavant, Claude avait subi un grand choc. Sa procédure de divorce avait été requalifiée en séparation de corps et de biens. Cette manœuvre dilatoire signifiait trois ans d'attente supplémentaires, plus un an de démarches pour reprendre le procès. Ensuite, la future ex-femme pouvait encore gagner du temps – au moins un an – avant que Claude ne soit libéré. Ce soir-là, il était rentré à la maison désespéré. J'avais essayé de le consoler, je racontais des banalités – « Le temps passe si vite ! » « Notre amour sera plus fort. Nous surmonterons cette épreuve aussi. » Il n'était pas dupe, mais, éperdu d'amour pour mon attitude compréhensive, il m'avait prise dans ses bras et avait dit : « Nous n'allons plus attendre les jugements. Nous n'allons plus écouter les avocats. Tu as toujours voulu un enfant de moi. J'ai hésité, mais je te le demande maintenant : ayons notre enfant, mon amour. » Je crois que cette nuit-là, nous avons conçu celui qui allait être l'emblème de notre liberté. L'enfant de l'amour ? Oui. L'enfant d'une passion ? Oui. Passion exacerbée. Passion fêtée.

Cet élan allait nous permettre de constituer une bulle et nous y abriter. Mais ce n'était pas parce que je pouvais travailler des heures, écrire à la maison en guettant les mouvements de l'enfant dans mon ventre, que les soucis quotidiens étaient effacés. Nos relations d'affaires, littéraires ou tout simplement amicales, en étaient sidérées. Nous ne passions pas pour des amoureux aveuglés par leur passion, brûlant du désir de construire une vraie famille, mais pour des inconscients.

Chapitre 24

Notre petit garçon est venu au monde par césarienne. Je me suis réveillée dans la suite chargée de fleurs d'une clinique chic. L'enfant a été déclaré à la mairie né de père et de mère inconnus. Grâce aux relations complices de Claude Bellanger, élus dans un conseil de famille improvisé, nous avons eu l'autorisation de ramener le bébé chez nous. Si quelqu'un nous avait dénoncés comme « parents naturels », jamais le petit n'aurait pu être légitimé par la suite. Il aurait été considéré, selon une loi qui devait dater de l'époque des rois, comme « bâtard ».

Quel magnifique bébé, grand pour un nouveau-né et le regard déjà espiègle au bout de dix jours ! Nous le regardions ébahis d'amour. Il était le symbole de la victoire dans nos démêlés juridiques. La cérémonie de son baptême fut surréaliste. Mon père, athée paisible, regardait officier le prélat. Celui-ci avait accepté de baptiser l'enfant du péché parce que Claude Bellanger, militant de la pensée laïque et un des fondateurs de la Ligue de l'Enseignement avec le professeur Baylet, finançait aussi son œuvre de charité. Il y avait aussi l'admirable nurse bretonne. Mon frère Alain, lui, voyait la sanctification d'une union, celle de Claude et moi. Maman, heureuse, disait que Dieu était avec nous. Le petit garçon guettait ce nouveau monde et recevait sans renâcler les gouttes d'eau bénite. Claude et moi nous sentions métamorphosés. Quelle lutte pour l'amour et pour fonder notre famille ! Au-dessus de la tête de notre fils, je crois que nous avons échangé le regard amoureux le plus magnifique que la terre et le ciel aient jamais connu.

Peu de temps après, Dana subissait un interrogatoire en règle à Bruxelles. Les questions fusaient. « Un petit bébé ? Une nurse ? Une cuisinière ? Ils se sont installés dans un appartement encore plus grand ? Il ose faire *ça*, lui, en pleine bagarre judiciaire ? »

Le bébé grandissait à vue d'œil. Ma fille s'habituait à ce nouveau venu et « le petit Jésus » – ainsi nommé par notre personnel parce qu'il était né juste avant Noël – la regardait, pensif. Nous avons consulté un psychologue pour enfants afin de nous orienter sur ce qu'il fallait dire à Dana et de quelle manière. Etions-nous obligés de préciser à ma fille : « Ce garçon est ton demi-frère » ? « Demi par qui ? – Par ta mère. » Mais nous étions tous des demis, des quarts.

Mes parents, installés à Paris, étaient heureux quand je leur amenais Dana. La belle-mère lilloise est venue une fois, m'a regardée, a jeté un coup d'œil sur son petit-fils et a prononcé : « Ce divorce est pénible. Claude n'a jamais su choisir ses femmes. » J'ai reçu la remarque en pleine poitrine. Je la dérangeais, elle aussi.

Claude se transformait d'un jour à l'autre, il semblait rajeunir. Il avait changé de garde-robe, son corps élégant et mince était enfin mis en valeur. Nous continuions à nous rendre d'une réception à l'autre. J'avais des robes de boutiques fort élégantes et parfois, pour certaines soirées, de haute couture. Claude m'exhibait, il était comblé. Moi, j'avais l'impression de m'aventurer chaque fois au-dessus d'un précipice, sur un pont de corde. Je ne savais pas à quelle réalité m'attacher. Il y avait le côté vie mondaine, élégance, luxe. Je recevais les plus beaux livres qu'on pouvait trouver dans Paris, des éditions originales, avec l'ex-libris que Claude avait fait dessiner à mon nom. J'ai restauré aussi la coutume de l'arbre de Noël. La sobre belle-mère laïque trouvait que ces fanfreluches de Noël étaient inutiles, ses fils n'avaient jamais eu droit à ce genre de manifestation, pour elle à la fois dévôte et folklorique. « Grâce à toi, a déclaré Claude, je sais maintenant ce que c'est, la fête ! » Une fois de plus, nous avons succombé à ce mirage : nous formions une famille.

Je voyais souvent mon père, heureux. Il avait sa chambre à lui, commençait à avoir ses livres, il faisait des promenades. Il y avait pas loin un café, pas du tout de style viennois, mais agréable, avec une terrasse où il lisait son journal en fumant son cigare. Maman le rejoignait plus tard pour déguster une pâtisserie à laquelle elle demandait toujours ou d'enlever ou de rajouter quelque chose. Papa me dit un jour :

– Tu crois que vous allez pouvoir continuer à vivre dans un tel bonheur sans être mariés ?

Ma mère est intervenue :

– Pourquoi sa femme légitime accepterait-elle le départ d'un homme aussi charmant et puissant ? Tu imagines ? A Vienne ou à Budapest, ce serait exactement la même chose.

Papa a hoché la tête.

– Notre fille est délicieuse. Claude m'a dit qu'avant de le rencontrer, il ne connaissait pas le mot « bonheur ». Il l'encourage même à écrire.

– Raison de plus pour que l'autre ne le lâche pas.

Nous vivions, Claude et moi, dans notre univers. Nous essayions de savourer les rares moments de paix. L'enfant de Noël était l'objet de tout notre amour, Dana suivait ses cours de danse et recevait des cadeaux de Claude. Il ne voulait pas que la petite fille se sentît rejetée à cause de notre fils P.-Edmond.

Dana ne souriait toujours pas. Même si j'avais décroché une étoile du ciel, elle serait restée grave. Qu'est-ce que je pouvais faire ? Comment la combler ? La prendre dans mes bras et lui dire que je l'aimais ? Je le faisais. Elle me regardait, pensive, et se dégageait.

J'aurais dû dire à Claude que son avocat n'était

pas seulement inefficace, mais qu'il était aussi malveillant. Claude était constamment en lutte avec les huissiers, les rappels, les demandes d'action, les cautions, les interdictions. Je crois que personne n'a autant profité des possibilités juridiques que sa future ex-femme. Claude tenait à ce que je sois au courant de tout. Un jour, cet avocat a dit :

– Voilà, madame, j'ai enfin une copie de votre jugement de divorce avec le père de votre fille. Vous êtes libre. Grâce aux relations de M. Bellanger, je pourrai maintenant obtenir une carte de séjour valable un an sous votre nom de jeune fille, à condition de présenter un acte de naissance. Il apparaît que lors du siège de Budapest, la mairie où vous aviez été déclarée a été démolie, et les archives brûlées. Vous devez donc vous faire inscrire au centre de Nantes comme « réfugiée ». A l'époque où vous aviez un mari français, cela était impossible, vous étiez juste enregistrée en Belgique en tant qu'épouse d'un Français et ensuite comme apatride. Il est assez difficile d'obtenir le statut de réfugié. Je peux me charger de ces démarches...

– Est-ce que vous pourriez faire inscrire autre chose qu'« origine indéterminée » ? Ça me fait l'effet d'être une bête curieuse...

– Madame, au moment où vous avez quitté la Hongrie, vous avez perdu la nationalité de ce pays. Comme aucun lien avec un autre pays n'a été signalé, vous êtes « indéterminée ». Vous devez accepter cette situation.

Il a hoché la tête, peiné. Il devait penser que cette étrangère n'avait pas seulement séduit l'un des hommes les plus puissants de Paris, mais qu'elle osait encore critiquer la sacro-sainte administration. Claude a jeté sur moi un regard assombri. Il admettait ma révolte, gêné.

– Dès que vous aurez un certificat de réfugiée et que vous serez acceptée comme telle, je pourrai demander un titre de séjour. Mais, en attendant, avec votre document provisoire et la copie de votre jugement de divorce, vous pouvez aller dès demain à la mairie du 16e arrondissement, au guichet « Population », et déclarer que P.-Edmond, inscrit à telle date, né de père et de mère inconnus, est votre fils. Le jugement de divorce mentionne votre nom de jeune fille. Vous dites au guichet : « Je viens reconnaître mon fils, il doit porter dorénavant mon nom de famille d'origine. » J'ai fait dactylographier votre nom de jeune fille – il a glissé un feuillet devant moi –, le futur nom du petit garçon.

– Notre fils, a ajouté Claude, un peu agacé.

– Votre fils, a répété l'avocat.

Le lendemain, vers dix heures du matin, je suis allée à la mairie. J'ai trouvé la salle. Je connaissais déjà très bien l'odeur de ces administrations. Une odeur particulière qui a à voir avec celle du tabac refroidi. Dorénavant, mon fils ne serait plus « né de père et de mère inconnus ». J'étais là pour lui donner la première attache juridique. J'ai expliqué à la femme derrière le guichet l'affaire qui m'amenait. Elle a pris les papiers. Elle les a regardés par principe et a dit qu'elle allait consulter son chef. Vingt minutes d'attente. La file grandissait derrière moi. L'employée est revenue avec le chef. Celui-ci m'a dit d'une voix audible, même derrière moi :

– Madame, il manque onze jours sur les neufs mois de délai qu'il doit y avoir entre un divorce et une reconnaissance d'enfant. Il faut neuf mois complets. Vous n'avez pas bien regardé les dates. Donc, l'enfant que vous voulez enregistrer sous votre nom de jeune fille doit porter le nom du père, qui se trouve à Bruxelles. Nous avons son nom complet, madame. Le fils dont vous revendiquez la maternité, vous allez l'inscrire sous le nom du mari dont vous avez divorcé.

– Mais non ! ai-je dit, le souffle coupé, tremblant de la tête aux pieds. Il ne s'agit pas de son fils. C'est le fils de...

Est-ce que je pouvais le dire ? Si quiconque avait annoncé que le petit garçon était le fils biologique de Claude Bellanger, il n'aurait jamais pu le légitimer.

– Ne prévenez pas Bruxelles. S'il vous plaît ! ai-je demandé. Je vais revenir dans neuf jours.

– Nous avons l'obligation de procéder ainsi, madame. Il faut avoir un minimum de notions juridiques. Surtout vous, qui en êtes à votre deuxième divorce. Selon nos fichiers, vous avez déjà une fille, objet d'un désaveu en paternité par un M. Hautbois. Si, après tant d'expériences, vous n'avez rien appris, il faut en assumer les conséquences. Nous allons vous délivrer un document avec votre adresse, avenue Victor-Hugo, selon lequel P.-Edmond portera le nom de votre deuxième mari, dont vous venez de divorcer. Les délais, madame, il faut toujours respecter les délais.

Cette fois-ci, j'avais l'impression que tout allait s'arrêter au seuil de cette mairie.

L'avocat connaissait-il le piège où il m'avait envoyée ? C'était une humiliation de plus, pour me jeter encore plus bas dans l'abîme de cette société. C'est la première fois que j'ai eu l'impression d'avoir raté ma vocation : j'aurais dû naître révolutionnaire.

Chapitre 25

Ce n'était ni la faute à « pas de chance », ni dû aux maladresses des hommes dits de « loi » qui conseillaient Claude. Je me mettais en cause pour ne pas avoir vérifié moi-même les démarches à faire, pour la lenteur qui freinait l'établissement de mes documents à moi. Si nous rencontrions autant de difficultés, c'était à cause de ces années cannibales. J'aurais voulu parler à Claude de mon oncle visionnaire, si pessimiste et parfois génial, mais notre union n'aurait pas supporté un poids de plus.

Les orages s'accumulaient au-dessus de nos têtes. Si, pour savourer des friandises intellectuelles, il arrivait à Claude d'échanger avec mon père quelques phrases en latin, il n'en demeurait pas moins alarmé par le destin du journal : l'Associé intervenait, la ligne politique inclinait de plus en plus à droite. Il ne manquait plus que la guerre d'Algérie. Lors de nos dîners, quand j'entendais toute cette société chic, intelligente, décorée, à l'ombre du pouvoir, parler d'« Algérie française », je n'avais qu'à me taire. Moi, je rêvais de Mendès France, mais Claude aurait-il supporté une pasionaria anticolonialiste dans son lit ? Cela aurait été suicidaire pour lui ! Donc je me taisais et écrivais des textes de plus en plus à gauche.

Après l'humiliation de la mairie du 16e arrondissement, j'ai accusé l'avocat de Claude de m'avoir envoyée dans un piège. Il a invoqué comme excuse son « surmenage ».

Je découvrais peu à peu les faiblesses de l'homme que j'aimais. S'il était persuadé de l'honnêteté de quelqu'un, rien ne pouvait le pousser à lui retirer sa confiance. Quand j'ai dit qu'il lui faudrait une cohorte d'avocats avec assistants et collaborateurs, toute une équipe chargée de s'occuper de nos dossiers qui finissaient chaque fois en échecs juridiques, il a répondu avec un geste d'impuissance : « En tout cas, je devrais tout vérifier, moi. Mais quand ? »

Le journal qu'il avait fondé allait le consumer. A partir de 1966, il a dû nager contre le courant créé par l'Associé. Claude Bellanger était un journaliste de grande envergure, il tenait la Fédération internationale des Editeurs de Journaux d'une main de fer, mais quand je lui ai demandé pour quelle raison il n'avait pas plus de relations politiques, il m'a dit : « Je veux faire mon journal, je laisse la politique à l'Associé. »

Claude Bellanger devait en outre verser des sommes considérables pour couvrir les honoraires de l'avocat de sa future ex-femme. Selon la loi, en cas de rupture de mariage, le mari félon était condamné à payer la défense de sa femme !

On avait annoncé à Georges qu'il avait un fils

né à Paris juste avant Noël. La fonctionnaire derrière le guichet n'avait fait que son devoir : les dates étaient les dates, les délais étaient les délais. Georges et sa mère connaissaient l'existence de notre petit garçon, mais n'auraient jamais imaginé le cadeau que l'administration consciencieuse allait leur offrir. Quelle maladresse de notre part avait pu faire attribuer mon enfant, né de mon union avec Claude Bellanger, au jeune mari abandonné, dont la mère jubilait de bonheur ?

Je pressentais l'arrivée imminente d'un incident dévastateur. J'ai demandé à Claude de prendre un avocat pour défendre la garde de ma fille. Il fallait convaincre Georges, moyennant un dédommagement important, d'introduire un désaveu en paternité concernant P.-Edmond.

Claude a bientôt reçu la visite de la veuve. Celle-ci lui a mis le marché en main. « Vous savez, a-t-elle dit, nous ne voyons aucun obstacle à ce que le bébé soit installé chez nous. Il a déjà treize mois, je crois. Je vais m'occuper de lui. En même temps, il aura sa sœur – sa demi-sœur, si vous voulez – auprès de lui. » La veuve a fait une proposition ferme et irrévocable. Claude est revenu de son bureau en fin d'après-midi pour me le dire.

– Pour le moment, a-t-il dit, si nous exigeons le désaveu en paternité de la part de Georges, ils veulent – en plus de l'argent – la présence légale de Dana chez eux. Ils souhaitent aussi que tu signes une déclaration de renonciation à tes droits maternels pour que tu ne sois plus en droit de réclamer le retour de ta fille.

– Et sans cela ? ai-je demandé.

– Ils enlèveront P.-Edmond et le feront transporter à Bruxelles.

Des images se chevauchaient dans mon esprit. Je pensais à l'Amérique, à ses paysages de montagnes et ses grands espaces, à ses gratte-ciel aussi, à son peuple qui parlait anglais. Etre ailleurs. Pas seulement avec ma fille : avec mon fils aussi. Je regardais Claude Bellanger. Je l'aimais. Mais j'étais furieuse ! Je ne supportais plus son indulgence qui l'empêchait de mettre en cause l'attitude de l'Associé, et surtout d'être lucide sur les compétences de son avocat.

La nurse sentait qu'il y avait un problème et ne quittait plus P.-Edmond qui s'agitait et se mettait souvent à pleurer ; une lourde atmosphère régnait dans le couloir menant aux chambres des enfants – ces chambres seraient-elles bientôt vides ? Dans mes pires cauchemars, je n'aurais jamais imaginé que ces gens-là, à Bruxelles, pussent vouloir exercer un tel chantage.

Trois jours plus tard, la veuve a rappelé et demandé si nous avions pris une décision. Sinon, elle se présenterait elle-même avec un représentant de la loi pour prendre P.–Edmond, la chair de ma chair, la sève, l'esprit et la ferveur de Claude. Nous enlever cet enfant ?

J'ai pris ma fille à part et j'ai essayé de lui expliquer cette histoire. Elle ne comprenait pas. Elle m'a juste dit : « Tu m'échanges ? » Je ne croyais plus que Claude, le grand résistant, le fondateur de son journal, fût capable de défendre l'enfant sans nom et cette petite fille qui n'était pas la sienne.

– Je vais signer, ai-je dit à ma petite fille.

– Signer quoi, maman ?

– Un document. Pour le moment, je dois t'envoyer chez ta grand-mère et ton père à Bruxelles.

– Et la danse ? a-t-elle dit. Grand-mère ne veut pas que je danse. Elle dit que la danse, ce n'est pas moral, ça ne sert à rien et qu'il faut étudier. Comment je vais danser, si je vais là-bas ?

Je ne pouvais répondre.

Lors de la signature à la préfecture, je n'étais qu'un zombie. « Mme X. Y. accepte d'être ou reconnaît être déchue de ses droits maternels. La date. » Inscrire : « Lu et approuvé ». « Nous allons faire annuler cette déclaration », a dit Claude. Je ne le croyais plus.

Chapitre 26

C'était comme ça, à Paris, au pays dont les politiques ne cessaient de se prévaloir de la défense des droits de l'homme. J'ai été prévenue de l'arrivée des visiteurs tant redoutés. L'homme et la femme se tenaient côte à côte. Ma fille les a aperçus par l'entrebâillement de la porte. Je me suis entendue demander :

– Que voulez-vous ?

– Nous venons chercher la petite fille.

– Entrez.

Une femme d'âge moyen a franchi le seuil. Elle avait un papier à la main, elle était accompagnée par un personnage officiel – un huissier. Ces personnes devaient emmener ma fille à Bruxelles chez son père et sa grand-mère.

Pour bien préparer le terrain, on m'avait plusieurs fois rappelée à l'ordre : « Si vous faites le moindre obstacle, ils ne vous la rendront pas. Vous vivez en concubinage. La loi belge est affirmative : la petite ne peut pas rester dans l'atmosphère malsaine d'un couple illégitime. »

« Où est sa valise ? » a demandé la femme, un peu gênée.

Elle devait avoir une quarantaine d'années. Avait-elle une famille ? Elle avait sans doute une existence irréprochable, elle n'avait certainement pas quitté son conjoint et devait élever ses enfants. Elle devait être volontaire, sans doute, pour la bonne cause. M'enlever ma fille.

L'employée espagnole a déposé une valise près de moi, comme si je pouvais encore la vider et la ranger. L'émissaire belge a fait trois pas pour saisir le bagage. Je regardais ma fille. De l'extérieur, je semblais calme. Il ne fallait pas que ces gens soupçonnent que j'avais du mal à respirer.

Je me suis approchée de ma fille. Que faire ? Si j'ouvrais les bras et la serrais contre moi, j'allais crever, littéralement crever comme un ballon qu'on aurait lacéré. Cette séparation m'était insupportable. Je n'étais plus une mère humaine, mais une bête qui ne voulait pas qu'on lui enlève son petit. Même s'il était prévu qu'on me rende Dana pour les vacances, qui pouvait dire que le jugement serait respecté ? Des images de guerre, encore récentes, défilaient devant moi. Partout des cadavres, des taches de sang sur les trottoirs. Je voulais crier : « C'est ma fille, vous n'avez pas le droit ! » Le droit ? Contre moi. Quel était le but ? Que je quitte l'homme que j'aime ? Lui aussi, on le privait de ses deux fils, parce qu'il était considéré comme immoral, vivant dans le péché. Donnant une mauvaise excuse, il avait quitté sa femme légitime avec qui, depuis des années déjà, il ne communiquait plus qu'à distance.

J'ai fait trois pas vers ma fille. La femme a avancé comme si elle voulait nous séparer. « Pardon, madame », ai-je dit. Je l'ai écartée de mon passage. Mon dos souffrait de toutes les épreuves passées, l'explosion, les carences, les privations : je ne pouvais soulever ma fille pour la serrer contre moi, debout. Je devais m'agenouiller devant elle pour être à sa hauteur. « Mon amour chéri, c'est pour peu de temps. Je vais essayer de faire réviser le jugement. Tu reprendras tes leçons de danse dès septembre. » J'essayais de la consoler. Elle était douée, fine, fragile, belle. J'étais en larmes. Son regard était aussi impénétrable que le destin. Apparemment, elle n'était pas émue. Souffrait-elle de cette séparation ? Mystère. D'ailleurs, quel intérêt, cette mère à genoux devant elle et qui n'était que douleur ? Eprouverait-elle plus de peine si sa fille était morte ? Comment pouvait-on se mettre dans un tel état à cause d'une séparation légale, d'un changement de garde ? « A cause d'elle, plus de cours de danse. Elle a un fils. Elle m'a échangée contre ce fils », pensait-elle sans doute.

« Si nous avons l'impression qu'elle se sent mieux à Bruxelles, dans un encadrement sain, nous allons peut-être demander qu'elle reste pour les vacances aussi. » Les lois archaïques nous enfermaient et la révolte tant souhaitée devrait attendre 1968 pour aider la société à respirer.

Toujours à genoux, j'ai dit à ma petite fille : « Ne sois pas triste, mon amour. » Elle m'a regardée et a dit : « Au revoir, maman. »

Je n'étais plus rien. Je ne savais même pas si on pouvait écorcher une ombre. Je ne voulais pas que ma fille pleure, mais seulement imaginer qu'elle avait un soupçon de compassion. Elle était très intéressée par la vie de l'autre côté. Vivre avec un père et une grand-mère ? Pourquoi pas ? « Mon amour, mon trésor, ai-je dit. Maman va te manquer, mais ne t'en fais pas, tu vas revenir. » Elle semblait à présent curieuse et impatiente de partir.

« Allons-y », a dit la dame qui était venue la chercher, prenant aussi l'argent préparé dans une enveloppe pour les billets de retour. L'huissier, gêné, a tourné son regard vers moi. Jusqu'ici, il avait contemplé les bibliothèques et les tableaux de cet étrange milieu d'intellectuels damnés. « Signez ce papier, madame. – Qu'est-ce que je dois signer ? – Juste en bas de la page. » J'ai signé de mon nom de jeune fille, parce que je n'en avais pas d'autre.

« Au revoir », a dit la petite fille, déjà tournée vers la porte. Elle en avait assez. Ces scènes de déchirement l'ennuyaient. Elle devait penser : « Pourquoi maman est-elle comme ça... et ici ? » Je ne serais pas restée de toutes façons avec son père. Je le savais déjà, au moment où je lui avais dit « oui », à cause de cette enfant pour qui mon amour n'avait pas de limite. Je n'étais plus qu'une bête qui voulait ramener son petit vers son flanc. J'étais réduite à cela. Ma seule faute, c'était de trop aimer.

Chapitre 27

J'ai essayé ensuite d'entreprendre des démarches, de faire des promesses, d'offrir des sommes considérables pour qu'on laisse la petite fréquenter une école de danse, mais l'affaire était aussi dirigée contre l'enfant : il fallait la dompter. « Ta mère a quitté ton papa. Ensuite, ta mère a choisi, elle a voulu garder son autre enfant, le petit garçon. Elle a accepté un échange. Donc, elle ne t'aime pas. »

Le désaveu en paternité a mis un an pour aboutir et P.-Edmond a eu enfin le droit de porter mon nom de jeune fille – c'était déjà un succès considérable. Après deux divorces et deux désaveux en paternité, j'avais réussi à devenir fille-mère.

Dana revenait chez nous pour quelques jours à Pâques et trois semaines en été. Quand nous allions la chercher à Bruxelles – elle m'était confiée à la gare –, j'avais immanquablement un message : « Profitez de sa présence. Il n'y aura peut-être pas de prochaine fois. » C'est dans ces moments-là, face à cette machine à broyer, que j'aurais dû me forger une insensibilité salutaire. L'instinct maternel enfin anéanti, rongé, dissous.

Ma fille revenait de plus en plus pâle. A l'inverse, P.-Edmond était exubérant. Nous avions une passion pour lui. Il était le symbole de notre union, il représentait notre amour et aussi notre révolte contre la société qui nous massacrait.

Beaucoup de mes droits d'auteurs sont partis pour Bruxelles. Il fallait habiller et entretenir la petite fille – « Il y a des frais », disait la grand-mère. J'ai tout payé, comme Claude payait tout de l'autre côté. Nous étions saignés. Sur qui pouvait-on mieux tomber que sur ce directeur de journal et cette jeune femme qu'il ne pourrait peut-être jamais épouser ? Dans ce cas, leur enfant porterait toujours le nom de jeune fille de sa mère et resterait né « de père inconnu ». Code Napoléon.

Des années plus tard, grâce à une intervention de M. Pleven, dorénavant un enfant désigné officiellement comme « bâtard » pouvait être appelé « enfant adultérin » et reconnu au moment du mariage hypothétique de ses parents. Cette intervention humanitaire de René Pleven n'a pas eu beaucoup d'échos, mais, heureusement, elle existait et nous donnait une bouffée d'oxygène. Il fallait signer l'acte de reconnaissance chez un notaire et devant le maire trente minutes avant le mariage. « Pas plus tôt, et en aucun cas après ». Cette clause a sans doute été inventée dans le but de torturer jusqu'à l'extrême limite le futur couple légitime, dans l'espoir inavoué que l'un d'eux aurait une maladie ou un accident à temps.

Notre union avait son côté rose : nos voyages,

nos escapades, de grands moments de bonheur ; et luxe, volupté, relations, éditeurs... J'avais cependant peur que Claude ait un accident – un problème cardiaque, une voiture qui le renverse, un crash d'avion, n'importe quoi, et que notre enfant de Noël ne porte jamais le nom de son père. Comment cet enfant pourrait-il réussir dans un monde où l'on vous demandait dès les bancs de l'école le nom de votre père ? Devrait-il répondre « inconnu » ?

J'ai reçu beaucoup de propositions. Beaucoup ? Trois. Des gens célibataires, sûrs de leur existence, de leur hôtel particulier, s'intéressaient à notre lutte et à cette jolie femme, écrivain à succès, qui raflait les prix et avait ses livres traduits dans le monde entier.

Mon mari a dû un jour remercier un journaliste qui voulait être commentateur sportif : « Vous ne le serez jamais. Vous n'avez aucun talent pour vous occuper de sport, surtout de football. » Devenu plus tard influent à la télévision, cet homme m'a exclue des plateaux pendant des années : je payais pour l'appréciation de Claude Bellanger. Peuple rancunier, les Français. Ils ont la haine tenace, même quand ils se trompent de cible.

Chapitre 28

Les retours de ma fille me réconfortaient sur le plan moral. Les appels téléphoniques étaient rationnés à Bruxelles comme dans une prison. Après son arrivée, je passais des heures à la fois délicieuses et douloureuses avec elle, à Paris. Nous sortions ensemble, j'essayais de la combler de livres et de cadeaux, d'échanger quelques confidences. Elle répétait : « Grand-mère me prive de la danse. – Et ton père ne dit rien ? – Il ne contredit jamais grand-mère. –Est-ce que tu voudrais revenir, mon amour chéri, ma jolie petite fille ? – Oui, a-t-elle dit un jour, quand je serai grande, ils me rendront peut-être. Mais tu m'as donnée à eux. » Et les explications recommençaient. L'enfer.

Ce mot « rendre » lui avait échappé. Ce mot sorti du subconscient m'avait à la fois surprise et enchantée. J'imaginais soudain qu'elle se sentait prisonnière et savait que c'était à cause de notre absurde situation juridique qu'elle était retenue dans une autre ville avec une vieille femme et un homme silencieux, plus tellement jeune. J'ai su qu'on lui avait expliqué que je n'avais plus aucun droit sur elle, que je ne pouvais pas réclamer sa présence, que ses venues n'étaient dues qu'à la bienveillance de la veuve et de mon ex-mari. On me faisait l'aumône, on me donnait des miettes d'elle. J'avais l'impression qu'on m'accordait la présence de ma fille comme on jette les restes d'un repas à un chien.

Claude avait essayé plusieurs fois des transactions, offert des sommes considérables sous prétexte d'embellir la vie de la petite fille et pour qu'elle puisse peut-être, grâce à cela, retourner dans une école de danse – il y en avait une fameuse, à Bruxelles. La réponse était toujours non.

Dans notre vie à double face, la lumière venait de notre petit garçon P.-Edmond, qui grandissait. Des yeux noirs un peu en amande, des cheveux noirs. Je regardais parfois ceux, couleur noisette, de mon mari – ses cheveux anciennement châtain tirant vers le gris foncé –, je me regardais, toujours aussi blonde, aussi claire, les yeux bleus – « des océans », me disait Claude. Le petit garçon très brillant ressemblait beaucoup à un de ses ancêtres. Cet air de famille plaisait à Claude qui aimait s'intéresser à son arbre généalogique, comme mon frère Alain.

Il était collectionneur. Il avait commencé à réunir une collection de presse exceptionnelle. Des éditions originales de 1620, 1650, un Renaudot aussi, que lui fournissaient des vendeurs de livres précieux qui le prévenaient pour qu'il pût faire son choix en priorité, avant les ventes. Généralement, l'acquisition d'un livre ou d'une affiche se fêtait dignement.

Levée pour écrire depuis cinq heures du matin, j'allais vers Claude pour lui porter son café noir, une tranche de cake aux fruits – c'était son petit déjeuner – et, si je n'oubliais pas, un jus d'orange. C'était le côté couple amoureux, classique, qui se serre dans un cocon qui le réchauffe. P.-Edmond, habillé par la nurse numéro deux, une Espagnole encore, allait dans une école privée où, avec la complicité d'un directeur bienveillant, un peu étonné mais flatté, on avait pu l'inscrire sous le nom de Claude.

J'ai aimé notre vie brillante où, lors de congrès présidés par mon mari, il m'est souvent arrivé d'être à la droite d'un chef d'Etat – j'ai déjeuné auprès de Nixon, de Carter. J'avais toujours les meilleures places et les honneurs. Une seule fois, en Italie, on ne m'a pas installée où j'aurais dû être assise, selon Claude, sous prétexte que nous n'étions pas mariés – c'est ce qu'on lui avait susurré à l'oreille. La vague noire remontait vers nous. Claude a alors menacé de quitter le dîner officiel si on ne me donnait pas la place qui me revenait, comme à une épouse légitime.

Nous devions éviter la Belgique, parce que toutes les personnes que j'y avais connues avant ma fuite à Paris restaient distantes avec moi. Seule la comtesse était venue nous rendre visite, tout en brûlant de remords à cause de ses convictions religieuses. Elle avait découvert l'exceptionnelle bibliothèque, un homme d'une élégance et d'une finesse rares, un déjeuner servi dans un cadre élégant, une table lourdement chargée d'argenterie du XVIIIe siècle venue de Lille, cadeau d'une belle-mère désabusée, mais devenue généreuse à l'approche de la mort. Notre petit garçon avait ébloui la comtesse. « Qu'est-ce qu'il est beau ! » avait-elle dit, profondément mal à l'aise parce qu'elle était en présence d'un couple en état de péché, et osait reconnaître à son petit garçon une beauté et une intelligence rares. L'ex-protégée transparente était devenue une femme radieuse dont les livres se vendaient partout. La comtesse était repartie bouleversée pour Bruxelles.

Chaque jour, sinon chaque semaine, nous réservait une surprise. Claude m'a dit un jour à la sortie d'une réception :

– Nous n'allons pas retourner chez nous, mon amour.

– Pourquoi ? ai-je dit. Qu'est-ce qui se passe ?

– P.-Edmond est déjà chez tes parents avec la nurse.

– Tu as déplacé P.-Edmond sans rien me dire ?

– L'appartement devait rester inhabité.

– Pour quelle raison ?

– On m'a annoncé sous le sceau du secret la visite éventuelle d'un huissier accompagné d'un commissaire. Sur dénonciation de suspicion d'adultère, ils ont le droit d'entrer dans notre appartement durant la nuit, de pénétrer dans la chambre à coucher, de constater la chaleur du lit des deux côtés et de fouiller l'appartement. Si on te trouve, tu risques de perdre toute chance d'obtenir la nationalité française. Malgré la séparation de corps et de biens, selon la loi, je ne dois pas avoir de relation extraconjugale. Et l'affaire est dirigée essentiellement contre toi.

Que dire de ce que je ressentais ? En dehors d'une immense humiliation, mon souhait d'« être ailleurs » devenait de plus en plus précis. Les moments fantastiques passés avec Claude étaient très cher payés.

Ce soir-là, nous sommes allés chez des amis qui nous attendaient avec une compassion chaleureuse. Le lendemain, c'est le maître de maison qui nous hébergeait qui nous a apporté un café : le personnel dormait encore. Nous sommes sortis de chez eux à sept heures du matin, Claude en smoking, moi en robe du soir. P.-Edmond a été conduit à l'école et allait repartir le soir chez mes parents.

Cette persécution à l'origine de nos déménagements nocturnes a duré plusieurs semaines, jusqu'au moment où l'adversaire a pu soutirer à Claude une somme considérable sous prétexte de « dommages et intérêts » pour torts subis. Nous avons retrouvé notre appartement, P.-Edmond sa chambre et ses jouets.

Cette période a été irréelle. Imaginez un couple se rendant à la réception donnée pour Khrouchtchev à l'Elysée. Dior m'avait fait un manteau noir style russe et je portais une toque en fourrure. Claude était en smoking bardé de décorations. Sortis de cette foire politique, nous allions, tourmentés par l'incertitude, nous réfugier chez des amis. Parfois, les phrases du commissaire de Budapest me traversaient : « Tu seras toujours une étrangère en France. Et tu vas regretter notre partie du monde. »

Je m'accrochais depuis toujours à l'idée de ma bonne étoile, j'espérais. P.-Edmond grandissait. Il était affectueux avec son père, aimable avec moi. Nous ne cessions de discuter de tout et de rien. Il abîmait facilement ses jouets, n'avait aucun respect pour son train électrique Märklin. Qu'importe, nous avions constitué autour de lui et avec lui un semblant de famille.

Ma fille revenait parfois, elle ne manquait jamais de prononcer, aux moments les plus inattendus, la phrase meurtrière : « Tu m'as abandonnée. D'ailleurs, tu n'as aucun droit sur moi. » Je répondais : « Ils m'ont forcée. – Non. Tu m'as échangée contre P.-Edmond. » Que dire ? Comment expliquer et convaincre cet esprit dressé contre moi ? Toute tentative semblait inutile, j'aimais dans le néant. « Tu me déchires le cœur », lui ai-je dit un jour. Elle s'est mise à sourire et a dit : « C'est vrai ? Tu m'aimes ? Mais alors, pourquoi tu m'as donnée à grand-mère et à papa ? »

La bataille était perdue. Combien de temps me faudrait-il pour conquérir ou reconquérir cette fille qui était née triste et qui, malgré son intelligence, n'acceptait pas les faits ? Elle était restée fermée. Elle avait aussi son monde à elle. Elle éprouvait sans doute du chagrin d'être séparée de moi, mais elle avait décidé que c'était par ma faute. L'enfant que j'avais mise au monde contre vents et marées, en rejetant toutes les tentatives pour me faire avorter, cette enfant ne voulait pas croire que je l'aimais au-delà de tout, et a commencé à m'user. Je n'ai jamais su si elle croyait vraiment ce qu'elle disait ou si ce n'était qu'un prétexte pour s'assurer de l'amour de cette femme qui avait tant de succès et dont on disait qu'elle était dure, ayant brisé deux mariages.

Notre maison de Tourgéville, en Normandie, était une grande réussite. Nous avons été là-bas très heureux. Dana nous a amené un jour, alors que nous préparions Noël, un jeune Anglais distingué qui voulait l'épouser. J'étais contente. Le jeune homme, grand aux cheveux longs, s'est mis à genoux le 24 décembre pour construire un circuit de train électrique. Pour fêter leur mariage, j'ai meublé la maison que le jeune mari avait louée près de Londres. J'ai même demandé les mesures des fenêtres pour faire confectionner des rideaux. Je voulais que Dana soit installée dans un cadre élégant, avec les meubles anciens que je lui avais donnés – une authentique commode retour d'Egypte et le reste dans le même style. Quand Dana a divorcé, deux ans plus tard, elle m'a dit que je pouvais faire reprendre les meubles dans la maison devenue inhabitée. Nous avons rapatrié ces antiquités. Il a fallu faire établir des documents, des justifications, des listes, avec des papiers certifiant les raisons pour lesquelles ces pièces de mobilier étaient parties pour Londres, pourquoi elles revenaient, mais toujours payer la douane. Ces meubles en déshérence se sont retrouvés ensuite au garde-meubles, en attente. En attente de quoi ?

Chapitre 29

Je tournais en rond dans ma chambre. Chaque année depuis dix-huit ans, je revenais vers mon continent perdu. Quand Claude Bellanger était encore de ce monde, je voyageais avec lui, sauf lorsque je partais pour des repérages nécessaires à un nouveau roman. Après le choc de sa disparition – une leucémie galopante –, je partais lors des vacances scolaires avec notre plus jeune fils pour tenter d'adoucir son chagrin muet. Ensuite, je venais seule ici pour réfléchir et retrouver des amis. J'avais un besoin physique de récupérer quelque chose de l'Amérique à laquelle j'avais renoncé par amour pour Claude Bellanger. Je venais, comme aujourd'hui, dans cet hôtel hanté par les célébrités qui y avaient résidé. En face de ma chambre, au-delà des pelouses verdoyantes où on célébrait des mariages juifs, il y a des bungalows fréquentés jadis par des stars du cinéma : Katharine Hepburn, Spencer Tracy, Rock Hudson, entre autres personnages qui avaient marqué leur époque.

Lorsqu'on sortait de cette coquille de luxe, Sunset Boulevard offrait, sans cesse renouvelée, une autre vision du monde d'ici. La vraie. Ses cafétérias étaient des paradis, des concentrations d'êtres banals et passionnants à la fois. Je m'asseyais à une table et regardais, en admirant leur adresse, les dames afro-américaines qui, comme des prestidigitatrices, envoyaient des crêpes au-dessus du bar et les rattrapaient pour faire dorer la deuxième face. Une serveuse apportait ensuite une de ces crêpes trapézistes sur une grande assiette, bien arrosée de sirop d'érable.

Quand j'étais saturée par les tumultes souvent sophistiqués de la foule parisienne, que je voulais changer de monde, j'aimais venir ici. Ma cafétéria préférée n'était pas loin d'un libraire-marchand de journaux. Je regardais, devant sa porte, les piles géantes des publications gratuites dont les passants prenaient des exemplaires.

Mais, ce jour-là, dans cette chambre qui me tenait lieu de refuge ou de passerelle depuis la disparition de mon mari, j'ai contemplé les pages que je n'avais pas encore relues de mon ultime autobiographie. Seule, face à ma conscience, j'insistais sur le mot « ultime ». Il fallait en finir avec ce deuil interminable qui me paralysait dans mes relations. Claude n'aurait jamais voulu me couper d'un environnement humain.

En prenant un des chapitres, j'ai été envahie par un sentiment de culpabilité. Avais-je donné tout mon temps à l'homme que j'aimais ? Il en avait lui-même si peu, de temps ! Et moi, dans ma course insensée à la perfection, je me dopais au café, à la vitamine C, et j'écrivais dès cinq heures du matin dans une des pièces éloignées de notre chambre. Je voulais remplir tous mes rôles à cent pour cent. L'écriture ? Je m'appliquais sur chaque page, quitte à la recommencer plusieurs fois. Je tenais à ce que mes enfants ne me voient que correctement habillée, coiffée, souriante. Le petit déjeuner avec l'homme qui allait affronter sa journée ? Je ne devais ni l'inquiéter par mes soucis quotidiens, ni le distraire par les intrigues de mes romans. Etre souriante, et transparente de simplicité. Le rêve d'un homme ! Ensuite, quand chacun était parti de son côté, restait à entreprendre l'organisation de la journée. « Si je peux, je reviens déjeuner », me disait parfois Claude. Des petites côtelettes, des pommes de terre sautées et des salades toujours prêtes quelque part. Ensuite retour à l'écriture, et l'après-midi au service de notre communauté que j'aurais adoré appeler « tribu ». Avant nos sorties prévues des semaines à l'avance, Claude passait sous silence les crises survenues dans la journée, pour ne pas m'alarmer. De mon côté, je m'inventais des journées paisibles.

Mes nouveaux amis pouvaient-ils comprendre la folle passion que nous partagions, Claude Bellanger et moi ? Qu'allaient dire Herbert et Judith en lisant que, malgré nos tourments, malgré la violence exercée sur nous par la société bien-pensante, je désirais encore un autre enfant ? Même Judith, que le mot « enfant » rendait malade de chagrin, allait sans doute s'indigner et dire : « Elle n'est pas raisonnable. Elle vit une passion lumineuse. Que veut-elle de plus de la vie ? Ses écrits, ses romans sont partout. C'est quoi, Herbert, cette obsession de vouloir une famille ? Nous avons essayé, mais jamais avec un tel degré d'exaltation. » Elle allait probablement continuer : « Je ne comprends pas. La jeunesse actuelle ne rêve que d'une seule chose : démonter l'institution de la "famille", mettre des boules dans ses oreilles pour ne pas écouter les parents. Et elle, elle veut perpétuer tout cela ? Attendre éperdument que chaque membre de la famille revienne pour Noël ? Elle est malade de Noël ! »

J'avais peur que cette incompréhension ne les éloigne de moi. Si, en revanche, malgré leur différence de culture, ils pouvaient assumer mes écrits, la partie était peut-être gagnée.

Comment passer le temps pendant qu'ils lisaient ma vie ? J'ai allumé la télévision sur une série quelconque diffusée par HBO. Même en ôtant le son, les images m'énervaient. J'ai pensé à mon oncle Kalman. Comme il aurait adoré une possibilité de communiquer de ce genre ! Il avait tout manqué. J'ai vu son image projetée sur l'écran. Je croyais l'entendre. Quand il avait menacé notre univers futur, surtout le mien, en pronostiquant que des années cannibales allaient s'abattre sur nous, il avait raison. Claude et moi étions des victimes de rêve pour être emportés par ces déferlantes.

Je me suis aussitôt révoltée contre le mot « victimes ». Ou alors, victimes consentantes ! Porter le poids d'un journal en grosse difficulté à bout de bras, contre vents et marées. Retrouver dès cinq heures du matin manuscrit et crayons, avec sur le mur blanc les posters de Che Guevara et d'Allende. Non, nous n'étions pas des victimes ! Nous étions d'étranges combattants pour la liberté d'expression et pour le droit à une dose de bonheur.

J'ai repris ma lecture. Ma candeur me dégoûtait. Qui étais-je donc, avec la vie qui avait été la mienne jusque-là, surprise par une première grossesse et piégée par les difficultés accumulées pour donner une identité à mon deuxième enfant, désiré celui-là, qui étais-je donc pour oser dire : « Je veux avoir un troisième enfant » ? Ni besoin de reproduction, ni désir irresponsable de contribuer à prolonger un arbre généalogique – et encore, de quel côté ? Je n'avais qu'un seul but, sans doute profondément égoïste : sentir dans mon corps un enfant, le prolongement de la vie de Claude Bellanger en moi. J'avais juste l'image d'un enfant, fille ou garçon, que nous pourrions avoir sans complication juridique. Mettre au monde un enfant, l'ayant délivré du passé et lui offrant l'avenir.

J'ai posé la liasse de feuillets sur le canapé. Comme nous avons dû être ridicules vis à vis des avocats, des médecins, de la parenté, des amis et des ennemis ! Claude Bellanger, à son âge, se sentait toujours conquérant, quand il s'agissait de moi. Et moi, même dans les situations juridiques les plus pénibles, je voulais le séduire. Parfois, le soir, quand je n'étais pas assez en forme physiquement, dans mon for commençait à jaillir, comme un geyser en Islande, une histoire toute neuve. Je voulais intéresser Claude Bellanger, le fasciner, le captiver. J'inventais au fur et à mesure selon l'intérêt que je lisais dans ses yeux. Je voulais qu'il m'admire et pouvoir lui dire : « Tout cela est grâce à toi, parce que tu m'aimes. » Mon oncle aurait dit que nous n'étions pas à la mesure de ce siècle. Nous n'étions pas de taille, face aux mâchoires de ces années qui ne demandaient qu'à se refermer sur nous. Moi, je trouvais que le siècle que je traversais avec Claude était étriqué, mesquin, mais surtout... pervers.

J'avais vu mon oncle rire une fois, je ne peux pas dire « de bon cœur » – son cœur n'était pas bon –, mais rire. J'avais admiré ses grandes dents blanches si bien soignées. Il riait. Il riait parce que maman lui avait dit qu'un des chiens était à l'agonie. Kalman a répondu : « Un de moins ! » Alors maman s'est jetée sur lui et a commencé à frapper de ses poings fermés sa cage thoracique. « Vous avez du tempérament », a-t-il dit, ayant immobilisé les fins poignets de ma mère. Aurait-il ri de la même manière en nous voyant nous débattre dans les rets de ces "années cannibales", faisant une telle confiance à notre durée de vie que nous nous obstinions à construire une famille ?

« Ridicule ! allait dire Herbert. Ridicule. Mais

laissez-nous lire jusqu'au bout. Si j'étais ethnologue, je serais passionné par votre cas. Parce que vous êtes un cas, tout comme l'était M. Bellanger. Et on ne peut même pas dire hors de la vie réelle. Non. Avec vos livres politiques, vos œuvres visionnaires, vous viviez dix, vingt, trente ans en avance sur votre époque. Bellanger tenait en main un quotidien et, en plus, beaucoup d'éditeurs de journaux étrangers. Vous auriez dû être des monstres de logique, de ces cartésiens dont la froideur balaie tout sentiment. Mais non. Transfusés par cet amour fou – damnation, bénédiction ou malédiction : qu'est-ce qu'il aurait dit, votre horrible oncle ? –, à cause de cette passion, vous êtes devenus des marionnettes. »

J'ai éteint la télévision pour faire disparaître l'oncle qui devait savoir, dans son au-delà, que, quelque part, sa légende était légitimée. La petite nièce l'avait-elle prise dans le bon sens, pour se défendre ? Pas du tout.

Dans ces moments d'auto-flagellation intellectuelle, j'étais sûre de devoir aller jusqu'au bout de ce récit. J'aurais alors enfin fait le deuil d'un homme, de nos rêves, de l'idée même de famille, de tout.

*

J'avais décidé d'avoir un troisième enfant. Un enfant bien à nous, donc, parce que préservé des hommes de loi. J'en ai fait part à Claude qui s'inquiétait pour mon état physique, mais était heureux et en accord avec moi. J'ai demandé timidement combien de temps il faudrait encore attendre avant notre éventuel mariage. Je n'insistais pas trop, je ne voulais pas que l'existence d'un petit être vulnérable soit limitée ou délimitée par le temps des avocats. En revanche, j'ai pris la décision ferme que dès que je serais enceinte, je demanderais à Claude Bellanger de prendre l'avocate de mon choix. Féministe, de gauche avec une expérience juridique et humaine reconnue par la profession.

Ma fille était revenue de Bruxelles. Elle y retournerait en fonction de ses vacances scolaires et au gré de ses désirs. Sa présence nous avait d'abord enchantés, mais bientôt l'atmosphère était devenue pesante. Lors des repas, Dana, silencieuse, se penchait sur son assiette, puis relevait la tête et nous observait froidement.

Les relations entre P.-Edmond, l'enfant de Noël, et ma fille étaient courtoises. Ils se regardaient avec curiosité. Nous avons consulté un psychologue pour enfants qui nous a conseillé d'expliquer à notre petit garçon que le nom de Bellanger, qu'il portait pour être inscrit à l'école et qui apparaissait sur les registres de l'établissement, n'était pas encore légalement le sien. Mais comment traduire dans le langage enfantin « légalement » ? Dans le seul document qui le concernait, celui de l'inscription scolaire, il y avait mon nom de jeune fille et, ajouté à la main, « dit Bellanger ».

Pour n'importe quelle démarche, il nous manquait l'objet vénéré : le livret de famille où le destin de chaque être humain est inscrit du premier cri jusqu'au dernier souffle. Le livret de famille ne pouvait être ni copié, ni délivré en duplicata : si on le perdait, on était fini pour l'administration. Nous, nous n'avions pas la crainte de le perdre, nous luttions pour l'obtenir. En tout cas, notre hypothétique livret refléterait un profond désordre, témoin du chaos de notre vie. Combien de fois Claude a-t-il rêvé d'écrire notre histoire sous forme de journal intime ! Une rencontre aussi inattendue : celle d'une jeune femme venue d'un autre monde et d'un Français – plus français que lui, il n'y avait pas –, et leur parfaite entente. Il voulait que je décrive « mon côté », il aurait raconté « son côté ». Je n'en avais aucune envie. Heureusement, le temps lui manquait aussi.

Quelques médecins m'avaient mis en garde contre une troisième césarienne. Un gynécologue m'a même dit : « Si vous mourez, qu'est-ce qui se passera avec M. Bellanger ? » J'ai dit que tout cela m'était égal. J'imaginais Claude, P.-Edmond et ma fille errant dans le cimetière qui m'aurait accueillie. « Et alors ? Qu'ils se débrouillent ! » Claude aurait été inconsolable, les deux autres se seraient habitués. Tout cela ne m'intéressait plus du tout. Je voulais avoir un enfant que personne ne tenterait de m'enlever.

J'étais donc dans un état curieux, amoureuse à vie de l'homme avec qui je vivais, et je voulais nous donner la possibilité de connaître le bonheur espéré, enfin intouchable, que nous aurait apporté un troisième enfant. Nous avons attendu à peu près sept mois avant que je sois enceinte. Je me souviens de la nuit où mon enfant a été conçu. Nous étions à Bruxelles, invités à un ballet de Béjart. A l'hôtel, fondue dans les bras de Claude, je lui ai dit : « Si, après tant de persécutions, nous osons, au bout de neuf ans, revenir à Bruxelles et assister à une première de Béjart, c'est peut-être que le monde change, Claude ! Ou que nous avançons, nous. Un jour nous serons mariés. »

Enceinte, je n'avais ni malaises, ni nausées, juste un espoir de bonheur. Je sentais vivre en moi celle ou celui que nous avions tant voulu. Le fœtus et moi étions dans une entente totale.

Un médecin mis par nécessité dans la confidence, témoin du délire de ce couple amoureux dans le style des grands romans russes, a constaté que ma tension montait facilement. « L'enfant la ressent, il peut en souffrir, voire même cesser de vivre ». J'ai eu l'ordre de m'organiser pour passer les trois quarts de mes journées allongée. Il venait prendre ma tension tous les jours, j'étais l'objet de toutes ses attentions. Un jour, j'ai écrit, couchée, la moitié d'une nouvelle. Le médecin a trouvé ma tension élevée et m'a demandé, soucieux : « Qu'avez-vous fait aujourd'hui ? » J'ai répondu que j'avais écrit. Il me l'a interdit, mais il était inutile de me menacer : à partir du moment où j'ai compris que l'écriture pouvait faire monter ma tension – cela ne m'était jamais venu à l'esprit –

et risquait de menacer la vie de l'enfant que je portais en moi, j'ai renoncé au papier, au crayon, au petit Larousse, à tout. C'est la seule fois de mon existence où je n'ai pas écrit de sept mois. J'étais fière de ma discipline, puisque la vie d'un enfant s'écrivait en moi.

L'attente était interminable. Parfois, j'avais la visite de P.-Edmond, depuis sa chambre voisine. Dana, maussade, circulait aussi, mais s'absentait de plus en plus de notre vie quotidienne. Ce que nous appelions « notre famille » commençait à se désintégrer avant même d'avoir entamé une vie normale. L'arrivée du troisième enfant gênait tout le monde. Les aînés avaient déjà le problème de s'accepter eux-mêmes – c'est quoi, une demi-sœur ? c'est quoi, un demi-frère ? c'est quoi, ces gens-là, ce père et cette mère qui s'aiment tellement et qui essuient pourtant tant d'ennuis ? P.-Edmond a été forcé de comprendre très jeune notre situation juridique. Il l'assumait, mais l'admettait-il ?

On écoutait mon cœur et on prenait ma tension. Parfois, un stéthoscope posé sur mon ventre guettait aussi les battements du cœur de l'enfant. Il est né un 24 août, plus tôt que prévu. Troisième césarienne, en période de vacances à Paris. Le soir, à dix heures, on nous a sauvés de justesse.

*

Enfin, au bout de dix ans, nous nous sommes mariés. Mariés ? Mais dans quelles conditions ! Grâce à une avocate toute dévouée à notre cause,

Claude Bellanger avait pu obtenir son divorce, dont le jugement était déjà soumis à la Cour de cassation. Un des collaborateurs de l'avocate était maire d'un petit village près de Paris. Un endroit luxueux planté de maisons très Ile-de-France. A peine plus qu'un hameau, discret : l'endroit idéal pour nous marier. Il fallait encore que l'avocate obtienne de nous soustraire à l'obligation de publier les bans. Ces feuilles explicites ont été juste affichées à l'intérieur, dans un couloir, fixées sur une cloison par des punaises. Un règlement vicieux exigeait que la reconnaissance de nos deux fils intervienne trente minutes avant que les « oui » soient prononcés. « Je vous en supplie, monsieur Bellanger, a dit l'avocate, ne soyez pas en retard. – Pourquoi juste une demi-heure avant ? – C'est la loi. Vous avez mené dix ans de luttes. Evitez un accident ! Surtout, ne soyez pas en retard. »

Le fameux matin de notre mariage, Claude a dû accepter de prendre un petit déjeuner avec un directeur de journal venu de l'étranger. J'avais une envie irrésistible de râler, je ne l'ai pas fait. Je suis partie seule, en taxi, vêtue d'un tailleur bleu pâle et le visage caché derrière de grandes lunettes noires. Nos deux témoins, des personnes de confiance, devaient arriver avec Claude. Installée sur un banc dans une salle de la mairie, je regardais l'horloge murale, en quelque sorte accrochée à ses aiguilles. Le temps était radieux, je craignais un embouteillage. Je réfléchissais. J'ai pensé que peut-être nous allions nous marier, mais qu'à cause d'un retard, les deux garçons ne porteraient jamais le nom de leur père. J'en avais mal à l'estomac.

Je me demande comment autant de spasmes ne m'ont pas anéantie. L'estomac crispé à cause d'une phrase cruelle sur l'obligation de respecter des délais juridiques : « Ce mariage, vous croyez que vous y arriverez un jour ? », la gorge sèche et les quintes de toux. Les années cannibales et leurs effets psychologiques déferlaient sur moi. Mais l'existence ? J'étais bien incapable de me projeter au-delà d'une journée. Que pouvions-nous attendre des temps à venir ? Je me voyais souvent veuve. Mais de qui ? Nous n'avions aucune existence légale.

Nous étions à quarante-deux minutes du moment fatal où il fallait gagner le petit bureau de la greffière. Elle avait déjà passé deux fois la tête pour vérifier si Claude Bellanger était là, ainsi que les témoins. La signature de l'acte de reconnaissance était fixée à dix heures. A neuf heures vingt-cinq, Claude a franchi le seuil. La greffière regardait avec grand intérêt l'écrivain connu et le directeur de journal. Je suis restée à côté de Claude qui devait prononcer les phrases clés de deux vies : tel enfant et tel enfant, nés à telles dates, étaient ses fils. En l'espace de vingt minutes, les deux garçons eurent un nom. J'étais si faible que je ne sentais plus mes jambes. D'émotion et de fatigue, je marchais comme sur du coton. Le maire nous a mariés très rapidement, sans un clin d'œil ni un sourire. Il a prononcé les phrases classiques et nous a demandé d'être fidèles jusqu'à la fin de notre existence, etc.. Notre affaire avait été gardée secrète pour éviter qu'aucun journal ne nous envoie des photographes.

Dans un troisième bureau, quelqu'un a calligraphié dans le fameux livret de famille les noms et les dates. Je n'ai regardé le petit carnet gris que dans la voiture. J'ai constaté que le nom de mon père y était tronqué. Une partie de son nom et la particule manquaient. La mairie était sur le point de fermer, on ne pouvait pas y retourner. Nous avons fait part des erreurs à l'avocate qui a répondu d'une voix ferme : « Je n'y peux rien. On ne peut absolument pas ajouter un seul mot à un livret de famille, une fois qu'il est établi. Jamais. On peut inscrire des enfants, si vous en avez encore, vos décès. Mais s'il y a une seule faute d'orthographe, un nom mal écrit ou une erreur de date, ça restera pour toujours. »

Nous avons déjeuné dans un joli restaurant, nous, les jeunes mariés, avec nos témoins. Puis nous sommes retournés dans notre grand appartement ensoleillé de l'avenue Victor-Hugo. Il y avait, en face de la porte d'entrée, une commode Louis XV qui venait du château de la Du Barry. Les ancêtres de Claude, si révolutionnaires qu'ils fussent, n'avaient pas hésité à acheter du mobilier lors d'enchères royales. Après l'exécution de ladite dame, ils avaient encore obtenu une barbière, une table à jeux sublime, des bibelots. Bref, sur cette commode signée d'un grand nom il y avait un arrangement royal lui aussi : un fantastique bouquet de roses. C'est notre ange gardien à la préfecture qui l'avait envoyé, avec une lettre accrochée à une tige, sous la tête délicate d'une rose d'un rouge violent. J'ai ouvert l'enveloppe et j'ai trouvé avec un étonnement infini ma carte d'identité française accompagnée d'un message : « Mes hommages, chère Madame. Permettez-moi de vous saluer et de vous envoyer ce document que vous attendiez depuis si longtemps. » Ma carte d'identité française ! La première. Il y avait mon nom de jeune fille bien écrit, il y avait « épouse Bellanger ». J'étais citoyenne française ! Claude m'avait dit auparavant que la procédure pour m'accorder la nationalité française durerait au moins six mois. Il fut ravi du geste galant du haut fonctionnaire, de son élégance française. Celui-ci avait dû vouloir faire amende honorable de la part de tout un pays dont les lois m'avaient fait tellement souffrir. J'avais dorénavant une carte d'identité française dans mon sac. Au début, je la regardais assez souvent. Je rêvais de l'exhiber lors d'un contrôle de police, je n'en ai jamais eu l'occasion. Après, je me suis habituée.

Chapitre 30

Le mariage enfin obtenu, l'installation dans une vie enfin normalisée ne nous a pas laissé beaucoup de temps pour le bonheur. Depuis quelque temps déjà, mon mari souffrait du dos. Son médecin traitant m'a appelée un soir à neuf heures, me demandant de passer chez lui. Il habitait tout près de chez nous. J'ai dit à Claude que le docteur m'avait proposé d'aller chercher un nouveau remède contre la douleur. C'était un vendredi. Le médecin m'a lui-même accueillie dans son cabinet. Il m'a demandé, sans doute pour se rassurer, si j'étais une femme solide, et m'a proposé un verre d'eau.

– D'après les douleurs dont M. Bellanger se plaint et qu'il supporte courageusement depuis des mois, vous avez dû deviner que les symptômes sont graves. Nous avons essayé de vous ménager tous les deux, mais je vous dois maintenant la vérité. M. Bellanger a une leucémie virulente, une leucémie de jeune homme, donc qui évolue rapidement. La douleur provient de probables métastases. Selon nos estimations, il a peut-être encore trois mois à vivre. Vous devriez le mettre au courant. Il a beaucoup de responsabilités.

Immobile, je fixais le verre sur son bureau.

– De l'eau ?

– Non.

J'avais l'impression d'être en apesanteur et ma langue était sèche. J'ai à peine pu prononcer :

– C'est vous qui devez le lui dire, docteur.

– Impossible, madame. Je pars en week-end.

– Quand revenez-vous ?

– Dimanche vers dix-sept heures. Avant les embouteillages.

– Passez chez nous dimanche à votre retour, s'il vous plaît, et annoncez vous-même à mon mari votre diagnostic.

Il a essayé de bégayer que ce serait peut-être plus délicat si c'était moi. J'ai coupé court :

– Vous devez le faire, docteur. Depuis des mois, vous nous parlez d'un problème sanguin. Votre langage savant, vos termes techniques n'annonçaient pas une guérison assurée, mais n'ont jamais été alarmants. Pendant des semaines, mon mari a mené des réunions interminables avec des syndicalistes. Dans son état, vous auriez dû lui déconseiller cet effort surhumain.

– J'ai essayé de le dissuader. Il m'a déclaré que c'était la seule manière de sauver le journal. Que vouliez-vous que je dise ?

Je suis rentrée en marchant comme une automate dans notre appartement. Je n'ai pas allumé la lumière dans la galerie où tableaux et bibliothèques se partageaient les murs. Je me suis dirigée vers le bureau principal dont j'ai entrouvert la porte vitrée. Claude a levé la tête et m'a dit : « Tu es déjà là, mon amour ? Tu as le médicament ? J'ai vraiment très mal. » Heureusement, le médecin n'avait pas oublié de me donner la boîte prétexte. J'ai pu la déposer sur le bureau de Claude et lui apporter un verre d'eau. Claude a avalé deux comprimés. Je le regardais. Je ne sentais plus le contact des objets. Je me croyais morte. Il fallait que je retrouve des forces pour l'aider.

« Ça te dérange si je reste ici pour lire un peu ? » Face à son bureau, il y avait un grand canapé où je me lovais souvent comme un chat pour le regarder travailler – lui, c'était la nuit, moi le matin. Jamais je n'ai eu l'impression de le déranger. Encore moins ce soir-là. Je respirais à peine. Il devait probablement mettre en forme une prochaine intervention qui allait être remarquée. Si ce n'était plus pour l'Agence France-Presse, c'était pour une autre institution. Et toujours la presse, la liberté de la presse. Depuis la mort accidentelle de l'Associé, mon mari redevenu président, avait remis le journal sur les rails. Jour et nuit. Les violents faits divers à la Une avaient disparu et les discours de tendance droitière aussi.

« Tu ne veux pas te coucher, mon amour, et m'attendre au lit ? a-t-il demandé. J'en ai encore pour un bon bout de temps. »

Un bon bout de temps ? Trois mois. Qu'est-ce que j'allais dire aux enfants ?

Je suis allée dans les chambres situées dans le deuxième couloir. Ma fille n'était pas là. P.-Edmond était sorti. Le troisième enfant travaillait à son bureau. Même attitude, même lumière, même front haut, même exquise politesse. Ma visite à cette heure avancée l'a intrigué. « Tu as un problème, maman ? » Un besoin d'aide presque physique me poussait à lui avouer à genoux : « Papa va mourir ! » Je suis restée debout. Mon fils s'est levé, il est venu près de moi : « Je peux t'aider ? » Soudain, la porte s'est ouverte et l'homme dont on m'avait annoncé la mort toute proche est apparu dans l'embrasure : « Mes amours chéris, vous êtes tous les deux encore debout ? » Le troisième enfant, habituellement peu communicatif, s'est approché de son père qui l'a serré sur son cœur. Je les ai enlacés et j'ai pensé : « Il est encore vivant et nous sommes ensemble tous les trois. »

Puis il y a eu l'atroce week-end. La cuisinière espagnole a fait un délicieux repas. C'était apparemment un samedi comme un autre. Mon mari a consommé la moitié d'une pomme de terre et une feuille de salade. Ma fille n'était pas là. Notre fils aîné était invité chez un camarade pour le déjeuner. Le troisième enfant ne nous quittait pas du regard. J'ai passé la nuit de samedi à dimanche dans les bras de mon mari qui m'a dit avoir froid, mal aussi. Je l'apaisais. Il s'est endormi contre moi.

Dimanche, à dix-sept heures quinze, le médecin est venu, portant avec lui un air d'insouciante liberté et de vie au grand air. « Il n'y a rien de mieux que la Sologne, m'a-t-il dit en me suivant dans la galerie. Vous connaissez la Sologne ? » J'ai annoncé à Claude que le docteur était là. « Bien aimable de nous rendre visite, a dit Claude. Prenez place. » Il a fait comme dans son bureau directorial quand il voulait honorer un invité : il a pris place dans un fauteuil devant son bureau.

– Ma femme m'a dit que vous deviez venir, mais j'espère qu'il n'y a pas de raison désagréable pour vous déranger ainsi un dimanche... Je vous écoute.

Le médecin devait avoir la bouche sèche.

– Monsieur Bellanger, vous avez tant de responsabilités, je vous dois la vérité. Vous avez une leucémie galopante. Un cancer du sang.

Mon mari est resté immobile, même pas un mouvement de tête. Il fixait le médecin et a demandé :

– Combien de temps ai-je à vivre ?

Le médecin a répondu presque en bégayant :

– Deux mois et demi, trois peut-être...

Mon mari a répondu, la voix à peine voilée :

– Il me faut un délai précis. J'ai énormément de choses à régler. Je compte sur deux mois et demi ou sur trois ?

Le médecin semblait gêné d'être le messager de la mort. Son week-end à lui se terminait mal aussi. Claude Bellanger avait reçu l'annonce de sa mort avec un courage admirable. J'ai mieux compris comment il avait dû se comporter face aux interrogatoires de la Gestapo. Le médecin est parti et j'ai dit à Claude :

– Si tu veux, je m'organise et nous partons pour New York. Là-bas, ils pourront te sauver, j'en suis sûre.

– La médecine française est l'une des meilleures au monde. Et pour moi, en tout cas, il est trop tard. L'Associé a laissé une quantité de problèmes tellement imbriqués les uns dans les autres qu'il faut tout démêler. Surtout rassurer les journalistes en réintégrant le journal dans le Syndicat de la Presse parisienne, perspective qui leur permettra de voir l'avenir de manière plus sereine, question salaire et retraite.

– Claude, ai-je dit, tu penses à tes journalistes, à leur avenir, au standing du journal. On va devenir quoi, sans toi ? Nous ? La famille !

– Tu vas faire face, a-t-il dit. Je n'ai pas que des ennemis.

Même selon les médecins les plus blasés, les interminables discussions avec le syndicat du Livre pour essayer de faire accepter le recrutement de travailleurs de Force Ouvrière avaient accéléré la progression de la maladie. Pour la CGT, mon mari était un allié depuis la Résistance. Les relations entre le journal et elle s'étaient détériorées à cause de la ligne politique de l'Associé. La CGT avait écouté Claude Bellanger et, au bout de plusieurs jours d'âpres négociations, ils avaient trouvé un accord historique. Depuis la Libération, seul un ouvrier du Livre appartenant à la CGT et membre du Parti communiste pouvait se faire engager, être en quelque sorte coopté.

Quand le Premier ministre de l'époque, un ami de mon mari, a appris sa maladie, il a envoyé un émissaire que j'ai laissé entrer, avec l'accord de Claude, dans la chambre à coucher. L'émissaire a transmis les meilleurs vœux du Premier ministre et a demandé à mon mari de vendre ne fût-ce qu'une partie de ses actions à un homme d'affaires habile, proche de Matignon. L'infernal épisode a commencé. Je faisais le lien entre la chambre et le salon où attendait l'homme d'affaires pour lui communiquer les étapes de la transaction. Il profitait de la situation.

Au même moment, trois personnes du journal ont demandé à voir le président Bellanger. Faisaient-elles partie d'un conseil d'administration, d'un comité de surveillance ? J'ai annoncé leur visite à mon mari, d'une pâleur effroyable : « Je ne sais pas ce qu'ils veulent de toi. – Tu peux les laisser entrer deux minutes. » Ils sont entrés dans la chambre à coucher pour en ressortir très vite. L'un d'eux a dit alors que la porte venait juste de se refermer : « Nous devons considérer que le journal n'a plus de président. » L'homme d'affaires, témoin de la scène, est intervenu auprès de moi : « Insistez pour qu'un accord soit trouvé, il va mourir. »

Mon mari est décédé à la maison. Le troisième enfant ne nous a pas quittés une seconde. Depuis sa naissance, il était la joie absolue de Claude. « Lui, il est différent. Magnifique. » Claude a dit cela, quelques jours avant son décès. Son dernier regard a été pour lui, assis à côté du lit depuis des heures.

Les médecins avaient protesté contre ma volonté de garder pour ses derniers jours mon mari à la maison. « Vous voulez assurer à M. Bellanger une mort d'il y a cinquante ans ? – Oui. Infirmière ? D'accord. Pas d'hôpital. » La dernière nuit, nous l'avons veillé avec une infirmière et en présence du troisième enfant. L'aîné, hagard, torturé, errait dans l'appartement. Faute de service pendant la Pentecôte, le corps de Claude Bellanger est resté avec nous pendant deux jours. Mort. Le visage apaisé. Très jeune.

Le Premier ministre nous a envoyé une belle lettre de condoléances. Il y avait une phrase qu'il m'a ensuite demandé par téléphone de retirer pour communiquer son message de sympathie : « C'est grâce au journal dirigé enfin par Claude Bellanger que nous avons gagné les élections législatives. »

L'enterrement a été un ballet de représentants du journal et de photographes. A la fin de la cérémonie, l'une des belles-sœurs de Claude m'a dit : « C'est la dernière fois que nous nous voyons. Il n'y a plus de lien entre nous. » Elle m'a bannie de leur vie. Je suis redevenue l'étrangère. C'était la vieille France contre moi, la veuve, née ailleurs.

Chapitre 31

A la mort de son père, le monde de l'enfance et de l'adolescence s'est écroulé autour de P.-Edmond. Il me voyait écrasée de chagrin. La légende voudrait que le fils aîné ait été aux côtés de sa mère pour la soutenir, ne fût-ce que pendant les premiers mois. C'est une image romantique. P.-Edmond a préféré disparaître de ma vie. Se libérer du passé, du présent, de moi, de son jeune frère, des problèmes. A dix-huit ans, il avait déjà vu trop de drames.

Notre relation passionnelle avec Claude avait sans doute altéré l'image du schéma familial classique. P.-Edmond savait qu'il avait été conçu comme l'emblème de notre amour. Tandis que ma fille, influencée à Bruxelles, portait sur nous l'œil critique de quelqu'un d'extérieur. Nous n'étions pas sa famille. Moi, « sa » mère, l'avait selon elle échangée contre le petit frère. Sa famille, c'était son père et sa grand-mère.

Après la cérémonie d'incinération, Dana est partie. J'ai passé dix ans séparée d'elle. Parfois, une de ses copines appelait pour me donner de vagues nouvelles, surtout quand elle avait besoin d'aide. Elle était passionnée de cinéma. « Je suis toujours là quand tu as besoin de moi, avais-je dit. – C'est normal, tu es ma mère, a-t-elle répondu. » Donc j'avais une utilité pratique.

*

Le bureau de Claude Bellanger était resté dans l'état où il l'avait laissé. Quelle difficulté d'être confrontée aux objets familiers de l'aimé disparu ! Les lunettes tuent. Il fallait se débarrasser des lunettes : c'est le regard de l'homme aimé sur vous. Mon amour pour Claude n'était pas altéré par sa mort, il n'était que physiquement absent. Mon chagrin était à la démesure de notre amour. Parfois, juste une envie de pousser un cri de bête, la tête enfouie dans un oreiller. Je ne me souviens pas l'avoir poussé, ce cri.

Les condoléances, les regards curieux. Les pilleurs d'âme. Les pilleurs d'objets aussi. Certains invités pour des week-ends chic à Tourgéville se souvenaient parfaitement bien de quelques meubles remarquables, de pièces uniques que j'avais collectionnés avec passion.

Le plus jeune fils de Claude Bellanger, Alain, m'a appelée un mois après l'enterrement de son père d'où sa présence et celle de son frère avaient été déclarées indésirables par Claude, tant ils nous avaient fait souffrir. Il m'a appelée et m'a dit : « Pardonnez-moi, j'ai été trompé, j'ai été ignoble avec vous. Pardonnez-moi. Mon père me disait, les rares fois où nous nous parlions au téléphone : “Elle est mon paradis. Tu devrais me comprendre.” J’ai compris, trop tard. Pardonnez-moi. » J’aurais aimé le voir, lui dire que son père aurait été content et apaisé de nous imaginer en paix, mais il était mort d’un cancer fulgurant avant que nous n’ayons pu nous rencontrer.

J’étais donc seule... Seule ? Non. Le troisième enfant m’a soutenue. Il allait au lycée, il en revenait pâle, mais disponible. Il subissait l’épreuve avec un courage infini. Perdre son père, surtout si jeune, est une souffrance extrême. On n’en guérit jamais tout à fait. Adolescent réservé et secret, il supportait aussi mon désespoir. Il portait le deuil de son père, le chagrin de sa mère, et il assistait au combat que j’ai dû entreprendre pour réorganiser notre vie. J’étais restée seule face à une succession hostile.

*

De par ma culture d’Europe centrale, nourrie d’amour par mes parents et assurée de la protection que mon frère Alain nous prodiguait, je n’avais aucune prédisposition pour les chiffres, les inventaires, les récriminations perpétuelles. Il fallait apprendre.

De sa chambre d’hôtel, Herbert m’a appelée, bouleversé :

– C’est inhumain, tout cela ! Qui vous aidait, je veux dire : vous « assistait » moralement ?

– Une amie suisse, une cuisinière espagnole.

– Mais votre fils était, avez-vous dit, profondément choqué. Vous ne voulez pas parler de lui ? En dire plus ?

– Il est devenu quelqu'un de brillant, professeur à l'université de droit. Un homme d'honneur. Une fidélité extrême à nos relations. Depuis trente ans, il me téléphone tous les jours. Que je sois à Los Angeles ou lui à l'autre bout du monde, en calculant les décalages horaires, il n'y a jamais eu vingt-quatre heures sans un appel de sa part. Il est le fil conducteur de ma vie.

Herbert est intervenu :

– Il a dû supporter difficilement le comportement de son frère aîné.

– Nous n'en avons pratiquement jamais parlé. Nous avions perdu deux hommes. Mon mari et mon fils aîné, son grand frère à lui. Nous avions le poids de deux morts. Il avait la carrure pour soutenir le choc, et moi je me réfugiais dans l'écriture.

Herbert et moi, nous correspondions maintenant par de rapides coups de fil. Il m'était agréable de sentir quelqu'un d'intelligent et de réceptif non loin de moi. Je continuais à relire, et lui à lire.

*

Le jeune notaire qui s'occupait de la succession était un remplaçant sans grande expérience, mais il semblait compréhensif. Après le décès de mon mari, il m'a prévenue que même si la maison normande était à mon nom et achetée avec mes droits d'auteur, comme Claude Bellanger y avait un bureau, ses papiers et sa garde-robe au premier étage, il serait obligé d'accepter que la partie adverse y fasse mettre les scellés. Donc je ne pourrais plus entrer dans ma propre maison.

– Les scellés, madame, parce que les objets et les tableaux accrochés dans les pièces qu'il utilisait pourraient être revendiqués par ses héritiers.

Puis il a ajouté d'un ton doux :

– Quand j'étais en visite chez vous en Normandie, j'ai vu votre remarquable collection de coffres anciens. J'en ai vu deux qui m'ont marqué : des merveilles. En bois sans doute exotique, avec des saints sculptés sur les parois. Un clair, un plus foncé. Ces saints donnent l'impression de vouloir descendre des parois et vous tendre les mains... Qu'allez-vous faire de ces coffres ? Allez-vous les vendre ? D'ailleurs, qu'allez-vous faire des magnifiques meubles de cette maison ?

Je lui ai dit :

– Je ne sais pas vendre. Cher maître, si vous, tellement dévoué, vous avez envie de ces coffres, prenez-les.

– Ah bon ? a-t-il dit. Je pourrais les prendre ? Ces coffres chez moi seront honorés et admirés. Ils me donneront des ailes pour faire les démarches et vous épargner les scellés.

Il en fut ainsi.

La femme d'un homme politique, au pouvoir à l'époque, m'a téléphoné pour me faire part de sa compassion et parler de choses – si vous le permettez – pratiques, a-t-elle dit. Lors d'un week-end passé chez nous, elle avait vu dans notre salle à manger une crédence en chêne de Hongrie, une somptueuse pièce du XVIIIe siècle. Elle m'a dit d'une voix doucereuse : « Je suis tellement navrée pour vous, chère amie ! A propos, si vous ne gardez pas votre maison, qu'allez-vous faire de votre magnifique crédence ? Surtout, il ne faut laisser entrer personne dans cette maison ! Les gens vous pilleraient ! Vous vendriez mal à des antiquaires pas forcément toujours honnêtes. Je parle de certains, évidemment... Si jamais vous pouviez me donner cette crédence, ce meuble se trouverait bien chez moi. Mais il faudrait vous décider rapidement. Je suis l'épouse d'un homme qui a actuellement du pouvoir. Dans ces conditions, on se fait toujours mieux obéir quand il s'agit d'un transport et peut-être d'une petite restauration. » Je lui ai abandonné la crédence. J'étais glacée, au fond de moi.

L'un des membres du cabinet présidentiel – il avait déjà servi au moins deux chefs de l'Etat –, tout en me faisant part de sa compassion, s'est souvenu d'avoir vu chez nous à Tourgéville un meuble rare, un oratoire en bois noir surmonté d'une croix, pièce de musée, XVIIIe siècle. « Si jamais vous vouliez le vendre, pensez à moi... Vous êtes seule. D'ailleurs, il paraît que dans votre prochain roman, c'est un candidat de gauche qui gagne les élections. Vous avez tant de lecteurs, vous pourriez donner le mauvais exemple avec un choix en faveur de ce candidat. Mais on peut imaginer des conséquences pas toujours confortables pour vous si la droite vient à gagner... » Il a emporté l'oratoire. Pour qui prie-t-il ?

*

François Mitterrand a exprimé son grand et triste étonnement lorsqu'il a appris le décès de Claude Bellanger et m'a manifesté beaucoup de compassion. Il m'invitait à déjeuner dans des bistrots où les nappes étaient à carreaux et le propriétaire, souvent solennel et discret. A l'époque, il était Premier secrétaire du Parti socialiste, dont j'étais membre depuis 1977. Il parlait de ses difficultés et de son peu d'espoir d'être élu un jour président. Il me disait que peu de gens le soutenaient, que les grandes fortunes et les industriels se méfiaient de ses ambitions : ces gens qui auraient pu soutenir financièrement le parti s'abstenaient souvent. Je lui répétais avec conviction : « Vous allez gagner. – Pourquoi croyez-vous que je vais gagner ? » Ce grand homme politique, avec son passé si riche d'événements, d'expériences, trouvait du réconfort dans les paroles d'une femme fantôme, connue au faîte de son bonheur, et qui, en 1977, rue de Bièvre, lui avait annoncé : « Je voudrais m'inscrire à votre parti. »

Lorsqu'il se penchait vers moi et me demandait : « Et vous, comment ça va ? », tout se rompait en moi. Mes larmes montaient, il fallait les ravaler, les faire disparaître. Comment oser dire que non, ça n'allait pas, que j'étais de la race des inconsolables ? Mon mari était parti depuis quelques mois déjà. Pour moi, c'était hier.

Chapitre 32

Après le décès de Claude, la direction du journal était transitoire, les rédacteurs en chef se succédaient au *Parisien Libéré*. Je continuais à écrire mes articles, les services de presse affluaient des éditeurs, le travail me tenait. J'écrivais des « séries », des portraits d'hommes politiques appartenant aussi au Parti socialiste. Je circulais, je déposais mes articles. J'avais l'impression d'être sur une planète où flottait encore ici et là l'esprit de Claude Bellanger. Ses anciens collaborateurs étaient très agréables avec moi et les autres, les nouveaux, me saluaient avec intérêt.

Récemment, en consultant mes archives, j'ai retrouvé mes premiers articles, datés de 1962, collectés par le secrétariat de Claude dans des albums et des dossiers classés par années. J'avais commencé par de mini-sujets « pour femmes », ensuite j'avais gagné un autre terrain, en gravissant modestement les échelons hiérarchiques. Claude m'avait appris le métier : j'avais eu très tôt le meilleur maître. J'ai travaillé pour le journal de mai 1962 à mai 2005. A un moment donné, l'Associé avait bloqué la progression de mon salaire et suspendu le versement de mes cotisations. A la liquidation de ma collaboration de quarante ans, un fiduciaire a pu faire racheter, sinon rembourser, une partie des cotisations manquées.

Après le décès de Claude Bellanger, j'ai payé à ma fille, à Boulogne, dans un immeuble neuf, un appartement de quatre-vingt-dix mètres carrés que j'ai meublé avec les meubles précieux récupérés de... Londres. Quand je la portais dans mon ventre, je lui avais fait une promesse : « Tu ne manqueras jamais de toit. » « Tu es ici chez toi, lui ai-je dit, tu es dans tes meubles. Tu auras juste les charges à payer. » Elle a déclaré qu'elle avait surtout besoin d'un chien, sinon elle aurait peur de circuler seule le soir. Je lui ai acheté un berger allemand dont j'ai payé le dressage. Je lui ai acheté une voiture. Un jour, elle a oublié le chien à l'intérieur de la voiture et la bête a mangé la doublure du véhicule, qui pendait, déchiquetée. Les bijoux que je lui avais donnés, les avait-elle oubliés ou abandonnés ?

P.-Edmond parti, il a demandé, par notaire interposé, si je voulais libérer sa part d'héritage dont j'avais l'usufruit jusqu'à la fin de mon existence. Cette somme était importante. J'ai dit au notaire : « Faites-le. »

Je passais d'un pays à l'autre, j'essayais de m'apaiser en Suisse, tandis que mon fils cadet poursuivait de brillantes études au lycée Janson de Sailly. Un jour, ma fille m'a rendu visite dans mon pied-à-terre parisien. Elle m'a annoncé avoir vendu son appartement, un joyau avec un petit jardin privé. Je me sentais ridicule. J'avais tenu la promesse faite à l'enfant que j'avais porté : je lui avais assuré un toit. En vain. Mon geste ne semblait pas avoir la moindre valeur. Peu à peu Dana avait liquidé tout ce que je lui avais acheté pour la sécuriser. Elle avait souffert de mon divorce, mais elle n'avait jamais manqué de rien. Pour ceux qui n'ont jamais traversé une frontière à pied pour fuir un pays, qui n'ont jamais vécu dans des baraquements à peine chauffés en hiver, les notions de froid, de chaud, de maison, de pauvreté n'ont strictement aucune importance. N'ayant plus besoin de mère, Dana s'est effacée de mon existence.

J'ai toujours vécu dans l'idée que les enfants aiment ou font semblant d'aimer leurs parents, même si ce dernier sentiment ne se réduit qu'à l'effort d'envoyer une carte postale pour un anniversaire – la vie est courte. Pour les gens de l'Est, Noël est une fête où les membres d'une famille, même dispersés, se retrouvent. Ma mère m'avait fait connaître les plus beaux Noëls de ma vie, dont je garde encore la nostalgie. J'ai pu introduire cette atmosphère de fête dans la vie austère de Claude. Après son décès, il laissait deux orphelins : le troisième enfant et moi. Nous avons passé un 24 décembre de solitude écrasante dans mon chalet du Valais. P.-Edmond et Dana, sachant leur mère et leur jeune frère seuls dans un deuil profond, n'ont pas manifesté le moindre intérêt pour nous. Même pas un appel téléphonique. Néant. L'apprentissage a été dur, je comprenais lentement que nous n'avions plus de famille. Nous n'avions plus personne. Après ce premier Noël, j'ai décidé de partir avec mon fils au bout du monde pour ces périodes torturantes qu'étaient les fêtes. Au Kenya et souvent en Amérique. Je fondais parfois en larmes dans les bras de mon amie à vie, la Suissesse, et lui disais que j'avais perdu deux hommes : mon mari et mon fils aîné. Que de cris de douleur étaient restés au fond de ma gorge !

Pour *Le Parisien*, je continuais mon travail. Ils avaient découvert que la femme du fondateur était membre du Parti socialiste. Elle avait ainsi servi le crédit politique du journal par deux grandes interviews de F. Mitterrand. Je serais sans doute restée à Paris si l'héritier qui avait pris le pouvoir légal m'avait donné, à défaut d'un bureau, au moins une table de travail et une chaise. Mais, pour lui, j'étais sans doute le symbole que Bellanger n'était pas tout à fait mort. J'apparaissais chaque semaine. Pas une fois, je n'ai manqué un article, surtout lors des rentrées littéraires. Même s'il n'y était pour rien, l'héritier avait compris tout l'avantage que son père avait pu tirer de la fragilité juridique de Claude. Un jour, devant une cohorte d'avocats, il a même avancé, gêné, qu'il se sentait responsable de moi. Il était conscient de ma présence et l'acceptait.

*

– Et vous êtes restée au journal ? a demandé Herbert.

– F. Mitterrand me disait souvent de le quitter et me proposait des solutions diverses, des publications où j'aurais pu m'exprimer. J'avais un titre : « chef de la rubrique littéraire ». Rubrique ? Souvent, c'étaient des pages complètes. Il m'a demandé : « Pourquoi rester avec ces gens-là ? Sont-ils au moins corrects avec vous ? – Je représente en quelque sorte mon mari, du moins son souvenir, ai-je dit. Son esprit vit en ma personne dans la rédaction. Et eux, les héritiers, dans une situation qu'ils n'ont pas provoquée, sont corrects. Ils n'étaient pour rien dans le rapport de force inégal entre Claude Bellanger et l'Associé, devenu actionnaire majoritaire. »

Chapitre 33

Tout à fait au début, ils me regardaient, inquiets. Ils cherchaient la meilleure attitude à adopter. Ils connaissaient bien mon existence, mes livres, mes liens indestructibles avec Claude Bellanger. Mon comportement était déconcertant, tant je les avais prévenus que je n'en voulais à personne. L'homme que j'avais aimé n'était plus de ce monde. J'espérais en revanche que le journal saurait garder le souvenir de son fondateur.

J'avais décidé que la suite de nos relations serait une belle histoire, fait rarissime dans Paris. Mettre fin à la haine qui, traditionnellement, devait exister entre les héritiers et la veuve de celui qui n'avait pas su se défendre. Je leur ai expliqué mon point de vue. Peu à peu, ils se sont habitués à moi et je leur ai dit que, comme moi, ils n'avaient été que des spectateurs des batailles de jadis, que je restais avec ferveur une collaboratrice active, en souvenir de mon mari et par passion du journalisme. J'ai eu des conversations aimables avec la belle-fille de l'Associé. Un jour, lors d'un déjeuner, je lui ai appris que j'avais la matière pour une reconstitution chronologique de l'épopée du *Parisien Libéré* depuis sa création. Des dossiers considérables rassemblaient en effet chaque note de mon mari depuis la première nuit passée avec les ouvriers du Livre à élaborer la fameuse page recto verso distribuée à la Libération sur les barricades. Chaque journée était consignée, résumée, ainsi que l'état de ses relations avec l'Associé et les circonstances de la prise de pouvoir de ce dernier. Tout était écrit. J'ai expliqué qu'ayant refusé toutes les propositions concernant l'origine du journal, j'avais confié le dossier le plus important à ma meilleure amie, la priant de le jeter sur une décharge de Genève. J'avais voulu en terminer avec le passé.

Avec les années, l'atmosphère a changé. Le nom de mon mari a été peu à peu effacé, pour n'être d'abord signalé que comme cofondateur au lieu de fondateur, puis jusqu'à ne plus apparaître du tout. Ensuite a paru une interview du fils de l'Associé, qui parlait de son père comme du fondateur du journal. Je me sentais de plus en plus étrangère à cet environnement. Les journalistes, eux, restaient toujours aussi corrects, confraternels.

Moi, je travaillais, j'écrivais mes articles. J'ai « peopolisé » les journalistes de la télévision et des personnages politiques. Ma série d'articles « Princes des médias » a été reprise par le journal *La Suisse* où, sur deux pages, j'ai également présenté F. Mitterrand aux Helvètes.

J'avais commencé à écrire pour le journal à vingt-six ans, je l'ai quitté quarante ans plus tard sans avoir manqué un numéro. L'héritier est décédé, sa femme est devenue la présidente du groupe.

Ironie du destin, il y a quelque temps, un journaliste est venu vers moi car il avait entrepris une enquête sur *Le Parisien*, sur ses propriétaires actuels et sur sa fondation. J'ai demandé à mon amie de vérifier dans mes archives ce qu'il restait comme documents concernant *Le Parisien Libéré*. Je ne voulais en aucun cas participer à l'enquête : j'étais saturée de cette affaire. J'ai juste accepté de renseigner le journaliste sur le fondateur lui-même. La vérité. L'amie est revenue des archives avec le dossier complet, énorme, du *Parisien Libéré*. Par hasard, elle avait jeté des dossiers contenant des lettres de remerciement adressées à Claude Bellanger. A ma grande surprise, je me retrouvais une fois de plus en possession de documents historiques, des notes manuscrites de Claude Bellanger remontant à la fondation puis à son accord avec les ouvriers du Livre, ainsi que le fameux accord signé sous seing privé avec l'Associé et le banquier. Je possède toutes les preuves écrites de la main de mon mari.

J'ai fourni quelques renseignements au journaliste, puis j'ai coupé court à toute demande, car je ne voulais pas être mêlée à quelque recherche que ce soit. Je ne désirais qu'une seule chose : la paix.

*

Le temps a passé. Je continuais à publier mes livres. Parfois, lorsque nous parlions au téléphone, Dana, revenue dans ma vie, me demandait : « Tu m'aimes, maman ? – Evidemment, je t'aime. Je te le répète depuis des décennies. » Dans un moment de rapprochement, alors que je lui avais offert un cadeau important, je l'ai prévenue que je lui avais déjà donné tout ce dont elle aurait pu éventuellement hériter, voire beaucoup plus. J'ai ajouté sur le ton de la plaisanterie qu'elle avait fait une très bonne affaire en me faisant pressentir ses désirs, même secrets, parce qu'après moi il ne resterait rien. Elle a dit que c'était parfait ainsi. « Je n'attends rien après ton décès. Rien. Tu as été si généreuse avec moi... »

Beaucoup de mères sont éprouvées, du moment qu'on ne veut pas d'elles. Qu'elles aient un rôle politique ou littéraire, elles sont du mauvais côté. Trop de créativité dont les descendants n'auraient pas hérité ? trop de personnalité ? Les mères en question n'avoueront jamais, même sur leur lit de mort, qu'elles ont été exclues de la vie de leurs enfants. De peur que l'opinion publique ne les accuse d'avoir été de mauvaises mères, ces condamnées à l'hypocrisie générale encaissent et se taisent.

Mon seul message aux deux aînés : « Ne tentez pas de m'approcher dans ma mort. Vous avez déserté ma vie ; il vous sera alors interdit de revendiquer quelque droit que ce soit, d'un éventuel adieu, profondément hypocrite. »

En écrivant ces lignes, je suis presque satisfaite. Je crois avoir réussi à m'endurcir aux souffrances physiques et morales. C'est moi qui avais tort. Je ne peux m'en prendre qu'à mon idéalisme absurde. Pourquoi avais-je imaginé qu'on m'aimerait ? Sous quelle pression héréditaire avais-je cru pouvoir revendiquer cette dose d'amour ? Au début, je croyais plus difficile de s'habituer à un manque d'amour qu'à la mort. Je suis toujours là, lucide et déterminée.

Chapitre 34

Avec mes amis américains, les échanges étaient amicaux, mais encore ambigus, à la mesure de leur curiosité :

– Nous sommes très honorés de lire votre manuscrit, mais vous vous doutiez bien que nous aurions d'autres questions à vous poser.

– Je vous écoute...

– Pourquoi avoir éprouvé autant de douleur lors du départ de votre fils aîné ? Il est parti : il n'était pas le premier jeune homme dans ce cas, il ne serait pas le dernier...

Je l'ai interrompu :

– Je n'y étais pas préparée.

– A quoi bon une telle douleur ? a-t-il répété. On n'aime pas par obligation.

– En effet, il ne me devait rien.

Herbert et Judith étaient installés sur le grand canapé recouvert de satin imprimé de roses délicates ; trois grands coussins confortables complétaient le décor. Je sentais que ma façon d'aimer pouvait leur paraître démodée. Avais-je des années de retard sur eux ? Ce que j'avais ressenti pour les deux aînés était sans doute démesuré. Affectée par ma passion pour Claude Bellanger, j'avais aussi été victime d'images toutes faites, de clichés de solidarité familiale. Je devais être profondément ridicule.

Judith s'est tournée vers son mari.

– Herbert, tu as été maladroit !

– Non. Direct.

Puis, croyant faire un compliment, il a ajouté :

– Notre amie est assez solide pour accepter les remarques... Juste des remarques. Je ne me permettrais aucun jugement.

Je suis venue au secours de Herbert.

– Vous avez tout à fait raison. Pour me comprendre, il faut connaître mon milieu d'origine, avec ses manières, l'élégance de ses comportements.

Judith s'est exclamée :

– Mais vous n'êtes pas de votre siècle ! Plus personne ne veut vivre dans l'épopée. Seulement être libre, pouvoir agir sans se demander si c'est fait avec ou sans élégance !

– Il fallait me le dire : « Je veux pouvoir vivre sans attaches à deux rues d'ici, sinon sur l'autre rive, sinon sur un autre continent. Tu me donnes ma part d'héritage et tu n'entendras plus parler de moi... »

– Vous auriez supporté une déclaration pareille ?

– Plus facilement, en tout cas, qu'une disparition sans aucune nouvelle ensuite.

– Vous n'avez pas deviné son envie de rompre ?

– Pas du tout.

– Je vois très bien le problème, a dit Judith. Si j'avais des filles vivantes et pas seulement le souvenir de mes deux petites mortes, j'aurais préféré qu'on me le dise en face.

Pour gagner du temps, j'ai demandé au room service de m'apporter de l'eau glacée, du thé, du café, de tout.

« J'ai des invités. »

Herbert était intrigué.

– C'était comment, le début ?

– Un grand silence, qui aurait pu déstabiliser quiconque n'aurait pas eu mon équilibre.

– Et vos relations haut placées ne voulaient pas vous aider ?

– En quoi ?

– En le trouvant.

– Je n'ai rien demandé à personne.

Judith s'est exclamée en se tournant vers son mari :

– Herbert, à quelques exceptions près, vous, les hommes, vous êtes des lâches ! Vous n'osez pas affronter.

– Si tu savais comme j'en ai assez de tes déclarations féministes !

– Toi-même, tu as choisi un moment où il y avait des trous d'air en avion pour m'annoncer que tu souhaitais notre séparation...

On venait de sonner. C'était le room service. Un

beau Latino est arrivé. Tout ce qui peut être tentant dans le service du thé figurait sur une table roulante. Il a officié en silence.

Judith s'est tournée vers moi.

– Je voudrais en savoir plus, et Herbert aussi, sur ces repas préparés pour les deux fils du premier mariage de Bellanger. Je comprends que vous puissiez être encore éprouvée par ces souvenirs. Mais pourquoi ? Aussi par amour ?

J'ai haussé les épaules :

– Ce rituel faisait partie des épreuves presque quotidiennes. Claude voulait rencontrer ses deux fils ailleurs que dans des restaurants, les recevoir chez lui, leur montrer son bureau et notre premier appartement de l'avenue Victor-Hugo. Mais un huissier nous a signifiés que la présence de la maîtresse, la concubine, l'aventurière, ma présence donc pourrait choquer les enfants, parce que j'étais une femme de mauvaise vie qui avait volé leur père à leur mère. Pour faire plaisir à Claude, je me suis résignée à ce stratagème à cinq reprises, comme dans un mauvais conte de fées. Profitant de l'absence de notre employée, je leur préparais un vrai déjeuner, je mettais la table dans la salle à manger, même quelques fleurs, puis je m'éclipsais juste avant leur arrivée, obligée de rester chaque fois près de deux heures dehors. Je tuais le temps dans Paris, pensant à l'époque où j'étais pauvre, modestement habillée, où je me contentais de sandwichs apportés par une amie dans la chambre de bonne de la rue Schaeffer. Au retour, je devais calculer le temps pour ne pas risquer de croiser ces adolescents, dans la cage d'escalier.

Herbert a levé la tête et dit :

– C'est insupportable, mais continuez, s'il vous plaît.

– Je me sentais plus marginalisée que jamais.

– Pourquoi cette abnégation ? a demandé Judith

Herbert a ajouté :

– Malgré toute l'histoire austro-hongroise derrière vous, sans parler de l'hérédité maternelle, vos livres, vos succès, l'admiration de vos lecteurs, vous vous soumettiez ?

– Soumettre ? Non. Pas du tout. Je voulais juste aider l'homme que j'aimais.

Judith a poussé un léger soupir.

– Et vous êtes restée dans cette vie ?

– Oui. C'était aussi un engrenage, un engrenage de bonheurs et de malheurs. Par moments la vie paraissait presque normale avec ses matins bourgeois, le café, la tranche de cake pour le grand journaliste, alors que moi, j'avais déjà bu mon demi-litre de café. La journée était rythmée par la vie de la petite fille qui allait à l'école, par celle du petit garçon qui partait avec la nurse vers le Bois... Derrière ce quotidien ordinaire, j'assumais le poids des commentaires qui revenaient souvent dans Paris. « Vous croyez qu'il réussira à l'épouser un jour ? » Jusqu'à ce que Claude ait dit : « Plus jamais ça, mon amour. Je te suis reconnaissant, mais plus jamais ça ! », après qu'un huissier fut venu constater si j'étais présente ou non à ces déjeuners. L'avocat féroce de son ex-femme nous gâchait la vie. Des rares moments de bonheur compensaient ces tensions et ces difficultés.

Herbert s'est levé pour faire quelques pas dans le salon, sceptique.

– Pourquoi avoir aimé à ce point Claude Bellanger ?

– Cet homme de pouvoir, connu de tous les pouvoirs, a eu le courage, exceptionnel dans la France de 1955, de quitter sa famille pour une étrangère inconnue. Son amour fou le rendait téméraire. Alors que la société qui se reconstruisait ne souhaitait que réaliser les rêves de la Libération, elle rétablissait des familles stables, une hiérarchie et une structure conformes aux codes moraux et au Code Napoléon. Juliette Gréco, Sartre et Saint-Germain-des-Prés faisaient illusion avec leurs protestations dans une société vertueuse repliée sur les valeurs de confort et de conformisme. Y avions-nous une place ? Claude négligeait ses propres intérêts, trop occupé à faire le bonheur des autres. On n'abandonne pas un tel homme : on fait tout pour ne pas le décevoir, pour le rendre heureux. Pourtant, j'étais souvent excédée.

– Vous semblez fatiguée, Christine, a dit Herbert. Encore un peu de thé ?

– Non, un grand verre d'eau. Tout ceci est pénible à évoquer. A l'époque justement où tout s'effondrait de nouveau sur nous, j'ai senti dans un moment de grâce les premiers mouvements de mon troisième enfant qui signalait sa présence dans mon corps. De petits frôlements, peut-être des esquisses de petites mains qui bougent, des caresses à l'intérieur. Il ne m'a jamais causé la moindre nausée, ne m'a jamais fait vomir. Par égard pour sa frêle présence dans mon corps fragile, je me suis interdit de me jeter dans l'écriture.

– Si vous permettez une question de plus : que sont devenus les fils du premier mariage de Bellanger ?

– Le plus jeune est mort d'un cancer violent, comme son père. Des années plus tard, à la mort du deuxième fils d'une crise cardiaque, l'administration a prévenu P.-Edmond et son frère qu'ils héritaient du demi-frère qu'ils n'avaient jamais vu. Celui-ci s'était effondré devant son immeuble et avait laissé un appartement rempli d'objets divers et de papiers, dont les dossiers du divorce de sa mère. Ils ont dû faire un tri parmi ces documents, replongeant alors à leur tour dans les ténèbres de l'interminable divorce.

– Et qu'a dit le frère aîné au plus jeune ? a demandé Judith.

– Mon plus jeune fils est un homme de relations, cordial et loyal. Il m'a demandé si j'accepterais de revoir P.-Edmond, que j'ai rencontré dans un des salons de l'hôtel *George V*.

– Vous voyez, a dit Herbert.

Judith allait entrer dans une crise de colère.

– Qu'est-ce qu'elle voit ? Elle ne voit rien du tout ! Elle veut être gentille, aimable...

Je l'ai interrompue.

– Ni aimable, ni gentille, seulement courtoise. Je me suis aventurée dans ces retrouvailles. A l'hôtel *George V*, j'ai été invitée par une employée à m'asseoir dans l'un des grands fauteuils d'une galerie-couloir. Une jeune femme s'est alors dirigée vers moi et a posé un enfant endormi sur le siège voisin, dans un grand sac ouvert genre « moïse ». Elle m'a dit qu'elle était la mère de ce bébé, le fils de P.-Edmond. Une autre femme est arrivée et m'a photographiée avec l'enfant dans mes bras. Puis P.-Edmond, grand et barbu, à son tour, s'est approché de moi. Je restais immobile, je ne ressentais plus aucune émotion, j'étais dévastée moralement. Après quelques phrases d'une grande banalité, je suis partie.

– Vous n'avez rien ressenti ? a demandé Herbert.

– L'estomac contracté, la gorge sèche, des spasmes après tant de tourments dus à l'absence de ce fils aîné. Physiquement incapable d'éprouver d'autres sentiments.

– Et ensuite ? a demandé Judith.

– A la demande de mon fils cadet, j'ai invité l'aîné à venir en visite chez moi à Genève. Ce geste résonnait comme l'écho d'une réplique après un tremblement de terre. A cette occasion, je lui ai remis des photos de son enfance. Photos de baptême, de nurse bretonne, de bal masqué dans notre appartement où il était déguisé en d'Artagnan, souvenirs de plages en Bretagne. J'avais conservé, à travers mes multiples déménagements, sa poupée préférée, en tissu noir, un Golliwogg, personnage d'un conte américain pour enfants. P.-Edmond l'avait reçue à l'âge de quatre ans. Je lui ai mis dans la main cette rescapée de son enfance. D'abord amusé par ce souvenir rescapé de ses jeunes années, il a commencé à le manipuler avec négligence, le tenant par les jambes et le secouant d'avant en arrière. Ce Golliwogg avait une valeur sentimentale, il symbolisait pour mon mari et pour moi le peuple noir américain écrasé puis libéré, ainsi que notre affection pour cet enfant. P.-Edmond a rompu le lien entre nous que je tentais de renouer pour faire plaisir à mon plus jeune fils. Trois jours plus tard, j'ai cru bon de les appeler à Paris, juste pour savoir s'ils étaient bien rentrés et si la poupée avait trouvé sa place chez lui. Je ne lui ai pas parlé. Sa compagne m'a répondu qu'il y avait tellement de jouets dans la maison qu'elle ne savait pas très bien où l'objet pouvait être égaré. J'ai alors changé de conversation en demandant s'ils avaient eu mon dernier livre. « Nous n'avons pas vos livres. P.-Edmond a dit que vous ne faites pas partie de notre vie. » J'étais déjà assez blindée pour ne plus avoir mal. Juste froid. Je n'avais plus qu'à mettre un point final à la conversation par un : « Je vous souhaite une bonne journée. » Elle a dû raccrocher très rapidement de son côté, parce que je n'ai pas entendu : « A vous aussi. »

– C'est tout ? a demandé Herbert.

– Savez-vous pourquoi votre fille et votre fils aîné tenaient tellement à s'éloigner de vous ?

– Oui, je crois avoir compris. Mais ce n'est peut-être pas exact. Dès le début, ma relation passionnelle et exclusive avec Claude, passant avant tout et avant tous les autres, pouvait être frustrante, pour Dana d'abord. Et puis, quels que soient les problèmes inhérents à une relation parents-enfants, c'est toujours la mère qui est la coupable. Trop aimer, ne pas aimer assez, s'en occuper trop, ne pas s'en occuper du tout, avoir une vie professionnelle et donc négliger ses enfants en recourant à des nurses et autres nounous, ou bien rester femme au foyer, donc réduite aux soins d'une famille vorace. Quoi qu'il en soit, on l'abandonne. Tandis que les enfants privés de mère ou de père sont en proie à de grandes mélancolies, à des dépressions, et les « nés sous X » n'ont de cesse de remonter la piste de celle qui les a mis au monde. Par rapport à Dana et à P.-Edmond, je désire mourir sous X, sans même qu'ils en soient prévenus. Ils ne voulaient pas de moi vivante, qu'ils laissent tranquille la mère morte. Ce n'est pas un « souhait », mais le seul ordre que j'aie jamais donné et que je maintiens.

– A quoi bon cette autobiographie ?

– Une épreuve de vérité avec moi-même pour mieux analyser les deux côtés de la vérité. On peut haïr élégamment. On peut haïr avec courtoisie si l'on a hérité d'une tradition remontant au Moyen Age. On peut apprendre à un enfant à dire « bonjour, madame », « au revoir, monsieur », à bien tenir sa fourchette, à essayer de ranger ses affaires. C'est tout. Pour le reste, sa nature reprendra le dessus.

– Lors de ces années de duel...

– Ce n'était pas un duel. J'étais seule face au néant.

– Espériez-vous vraiment que l'élégance puisse se transmettre ?

– Oui.

– Pourquoi ?

– Leurs ancêtres, côtés français et austro-hongrois, étaient des hommes de parole, des personnalités dures mais responsables de leur comportement, des porteurs de messages d'un pays à l'autre, des patriotes. Leurs vies mêlaient des actes héroïques, des mariages subis, des amours fous, mais ils restaient corrects jusqu'au bout. La trop grande confiance de mon mari dans les autres lui a fait perdre son journal. Mon fils cadet porte le poids de toutes les qualités qui lui reviennent de ces siècles glorieux. Ses compétences professionnelles et humaines le défendent aussi bien de ses ancêtres que de ses contemporains.

Chapitre 35

Judith semblait irritée. Elle avait compris ce qu'elle avait manqué, mais aussi ce qui lui avait été épargné. Tous deux étaient venus pour un règlement de comptes après vingt ans de vie commune. Quelle aubaine, un écrivain qui racontait le champ de bataille de sa propre vie, et leur passait les chapitres qui allaient bientôt être publiés, faisant d'eux des juges avant tout le monde !

– Vous avez raté votre coup dès le premier moment. Bellanger était tout aussi maladroit, s'est exclamé Herbert.

– Pourquoi dis-tu ça ? s'est insurgée Judith.

– Parce qu'ils ont transformé et sublimé une vie quotidienne en mythe. Ils se savaient tous deux à côté de la réalité. Ils ont décidé sans doute que, dans cette histoire, tous devaient se comporter en héros et héroïnes malgré les années cannibales qui empoisonnaient aussi les chambres d'enfants. Dès le début, la petite fille était partagée entre deux familles. A Bruxelles, on la prenait pour la victime d'un divorce, et à Paris on la considérait comme l'emblème de la vie. Elle a été meurtrie quand Christine a été obligée d'abandonner sa garde pour préserver la sécurité du deuxième enfant, P.-Edmond, lui-même élevé dans une atmosphère de chaud et froid. Fils d'un grand journaliste et d'un célèbre écrivain, il ne portait à sa naissance ni le nom de l'un ni celui de l'autre. Dès l'enfance, il était évident qu'il allait se révolter contre une société aux lois désuètes.

Judith a esquissé un geste d'impatience.

– Tu expliques tout, tu motives tout !

– En effet, ai-je dit, tout cela n'était pas logique. Plus nous cherchions à leur faire plaisir, plus nous apparaissions comme coupables du désordre juridique de notre vie. Nous promettions partout un dénouement rapide, mais l'absence de résultats ne nous rendait pas crédibles.

– Vous avez fait du fils aîné l'emblème de votre liberté avec Bellanger, a dit Herbert. Quant à la fille que vous avez préservée, elle était devenue un symbole de votre amour de la vie. Cette considération est disproportionnée pour de jeunes êtres qui n'ont jamais demandé à jouer de tels rôles dans une telle odyssée.

– Peut-être que j'étais trop exigeante. Mais j'ai eu tôt fait d'être recouverte par le silence de la mort.

*

Du silence de la mort de mes parents. Ils ont quitté la vie l'un après l'autre, discrètement. La vieillesse était tombée sur eux comme un rocher qui soudain se détache d'une paroi et écrase ceux qui sont en dessous. Alain les avait veillés, héroïque, plein d'abnégation et d'amour. Puis, il est parti lui aussi, son cœur l'a lâché brutalement. Je suis devenue orpheline. La perte de mes parents, que j'espérais éternels, m'a privée de mes défenses. J'étais mise à nu.

Chapitre 36

A force de rencontrer ces interlocuteurs américains et d'écouter leurs commentaires, je m'étais habituée à eux. Je connaissais leurs projets, j'avais les miens, je présumais que bientôt nos souvenirs communs tiendraient sur une carte postale. Une fois de plus, cet après-midi-là, peut-être déjà pour un adieu déguisé en petite mondanité, je les avais invités dans ma chambre.

Me voyaient-ils telle que j'étais, un écrivain dont la vie même était un roman traversé par des événements historiques ? Inconsolable, refusant d'accepter la perte de ses deux filles, Judith considérait sa vie à elle comme profondément dramatique. Herbert était un homme agréable, au jugement sûr, habitué à recevoir dans son cabinet feutré des gens tout aussi feutrés, emballés sous des couches d'hypocrisie, de silence et de larmes. Je le dérangeais.

Ils ont frappé à ma porte.

– Entrez.

Je suis allée vers eux pour les accueillir avec un sourire que j'espérais chaleureux.

– Je suis contente d'être là ! a dit Judith. Je craignais que nous ne nous perdions de vue sans la confirmation que vous viendriez chez nous à Saanen.

– Un jour ce sera avec plaisir, mais juste pour une visite... Prenez place.

J'ai indiqué le minibar à Herbert.

– Faites comme chez vous.

Il s'est retourné vers moi et a dit :

– Vous êtes une parfaite maîtresse de maison, même dans une chambre d'hôtel. Evidemment, la question qui me tourmente vous énervera.

– Pas sûr. Je vous écoute.

Il a pris une canette de bière et a continué :

– Comment une autobiographie se termine-t-elle ? Je veux dire : pour celle qui raconte sa vie. Que peut-on faire après ? On n'écrit plus rien ? Et pourquoi vous exprimer avec autant de cruauté vis à vis de vous-même ? J'ai lu quelque part, je ne sais pas où ni quand, qu'une autobiographie détruit ou rebâtit son auteur.

Judith ne tenait plus en place.

– Donne-moi une eau minérale, Herbert. Tu as de ces questions !

Je m'étais installée dans un coin du canapé.

– Je livre une parcelle de moi-même et je me suis rebâtie.

– La raison ? Quelle est la raison profonde de cette autoanalyse... ou analyse d'une passion ?

– Je n'ai pas de réponse simple à vous donner.

Judith a coupé court :

– Ça suffit, Herbert !

Elle s'est tournée vers moi.

– Ne lui en voulez pas, c'est le côté professoral de Herbert. Parlons de Saanen !

Je lui ai demandé :

– Etes-vous sûre de vouloir juste un verre d'eau ?

Judith a protesté :

– Vous détournez le sujet.

Elle était chaleureuse et franche.

– Ecoutez-moi, s'il vous plaît. Je voudrais vous installer dans notre chalet. Vous regarder vivre et découvrir le quotidien d'un écrivain. Dès le matin, on vous sent perdue dans vos pensées. N'est-ce pas ? Ne m'en veuillez pas, a-t-elle ajouté, mais une interrogation de plus : arrive-t-il parfois que vos enfants, devenus adultes, occupent votre esprit ?

– Non. Plus maintenant.

Elle a continué :

– Vous avez de la chance. Mes filles, même mortes à leur naissance, continuent de me hanter.

A force de l'entendre répéter la même histoire – la sienne –, je l'imaginais bâillonnée.

– Tais-toi ! s'est exclamé Herbert. Tu es insupportable !

Elle s'est rattrapée.

– Herbert a raison. Je vais être sage... Pour en revenir à Saanen, de notre chalet la vue est magnifique. Nous prendrions le petit déjeuner ensemble. Nous pourrions vous distraire...

Il fallait en terminer. Mais comment ?

– Judith, je vous en prie, n'insistez pas. Je n'aime pas être invitée.

– Comment cela ? s'est exclamé Herbert, soudain intéressé. Vous n'aimez pas être invitée ?

– Pour un repas, bien sûr, pour une réunion, pour prendre un verre. Des conversations qui s'enchaînent, des liens qui se font, tout cela peut être superbe et convivial. Mais je n'aime pas *habiter* là où on m'invite.

– Dans la chambre d'amis, le lit est un rêve, a dit Judith. Vous vous endormez comme sur des nuages.

– Ce n'est pas un problème de literie. J'aime ma liberté.

– Mais vous serez libre !

– Liberté, ça veut dire que je me lève quand je veux. Si j'ai envie à cinq heures du matin d'un café, on me l'apporte ou je le prépare. Et j'écris.

– Mais, a-t-elle dit, vous n'allez pas déjà commencer un autre récit ?

– Qu'est-ce que j'en sais ? Je ne comptabilise pas mes envies. L'autobiographie, c'est fini, mais pas encore mon existence, je l'espère. Les sujets que je porte en moi se bousculent. Depuis des mois, je pense à une histoire intitulée *Motel*. Il faudrait que je retourne de l'autre côté de San Diego, à Tijuana. Le type qui conduit la voiture part de là-bas...

– Quel type ?

– Le héros de *Motel*.

– Vous parlez de lui comme s'il existait.

– Pour moi, il existe.

– Tout cela n'a aucune relation avec Saanen, a dit Herbert.

– Je le sais. Contentez-vous de mon explication : je n'aime pas être invitée.

– Mais qu'est-ce qui pourrait vous gêner dans un grand chalet, chez des amis ?

– Justement, les amis. Dans un hôtel, je suis maître de mon existence. D'ailleurs, je pourrais venir déjeuner chez vous.

– Ah bon, a dit Judith. Vous vous méfiez peut-être de l'altitude et vous ne voulez pas l'avouer...

– Non, pas du tout. Je vais souvent dans un hôtel à Gstaad.

– A Gstaad ? a-t-elle dit. C'est l'endroit le plus snob au monde.

– Peut-être, mais je n'y connais que des personnes aimables et simples.

– Vous faites du ski ?

– Oh non ! Je ne suis pas sportive. Parfois je me contente de deux arbres sans chercher la forêt. Lors d'un passage, j'ai découvert par hasard un hôtel qui me convient, le *Bellevue*. Je voulais y passer vingt-quatre heures ; enchantée, je suis restée trois nuits de plus. C'est un hôtel où on n'est jamais seul et toujours seul. Pour le personnel, vous êtes l'être le plus important au monde, mais aussi le plus transparent. Cet hôtel a un secret. Vous vous sentez chez vous à la seconde même de votre arrivée.

– Gstaad a de l'intérêt lorsqu'on va sur les glaciers avec un hélicoptère, a décrété Judith.

– Croyez-vous ? Moi, je regarde de ma terrasse le passage des oiseaux. Je vais nager dans la superbe piscine, et de loin, les montagnes, les cimes couvertes de neige me saluent. Tout est paisible, hors du temps. J'évite les grandes périodes de festivités. La saison musicale et les compétitions sportives ne m'intéressent pas... Il manque seulement un coffee-shop comme celui que nous avons ici.

– Chez nous, a insisté Judith, vous aurez l'impression d'avoir une famille.

– J'ai une famille à Genève.

De plus en plus énervée, elle a continué :

– Mais au moins, lors de cette visite, vous pourriez nous raconter des histoires.

– En aucun cas. Je ne suis pas un cinéma permanent où on entre à n'importe quel moment pour suivre un film, même déjà commencé. Parfois, mon écran est noir. Je boude. Ici, nos échanges sont dus à un heureux hasard. Mais j'aimerais bien connaître votre impression finale sur ce que vous avez lu.

Herbert était tendu.

– On aimerait continuer et lire tous vos textes, vos récits. Et, surtout, savoir ce qui vient après...

– Après cette course incroyable ? C'est une question de durée...

– A la vérité, vous leur reprochez quoi, précisément, à vos enfants ? Je parle des aînés. Si vous pouviez le définir en une phrase...

– Juste un manque d'amour.

– Un manque d'amour ? a répété Judith. Comment ça, un manque d'amour ?

– L'amour peut être feint. On peut même faire croire à une mère qu'on l'aime. Question de politesse sentimentale.

J'ai perçu la crispation soudaine de Judith, elle préparait déjà sa crise.

– Non, Judith, non. Pas de larmes ! ai-je dit. Le décès de vos prématurés remonte à trop loin. Et vous ne connaîtrez jamais leur nature... Pour vous changer les idées, je vais vous donner à lire une toute dernière anecdote, une énorme boutade. Une farce sinistre que le destin m'a faite.

Je suis allée vers ma table de travail. Dans le parc somptueux, les azalées étaient plus rouges que jamais, magnifiques. Avec un trombone, j'ai attaché les feuillets. J'ai écrit quelques lignes sur une page.

– Voici un petit message personnel que vous lirez après. Je vous propose quelque chose, vous verrez. Demain, je ferai une nouvelle excursion dans le nord du Mexique, un endroit qui me fascine pour plusieurs raisons...

– C'est votre autobiographie qui m'intéresse, a dit Judith. J'ai réfléchi : c'est avant tout une histoire d'amour.

– C'est possible.

– Pour un Français.

– Oui. Et pour son fils, mon troisième enfant. Trois hommes m'ont aimée : mon père, mon mari, notre fils cadet. Je leur dois tout.

– Vous ne pouvez minimiser à ce point votre mérite ! Vous auriez existé sans eux aussi.

– Je ne crois pas.

Ils se sont levés, ont tourné un peu autour de moi. Judith avait envie d'une accolade, mais je n'aime pas beaucoup ce genre d'effusions. Herbert s'est penché vers moi et a dit :

– Même pas un geste d'affection ?

– On verra. Peut-être. Lisez mon message. A bientôt. Passez une bonne après-midi.

– Vous allez faire quoi ?

– Je n'en sais rien. Je vais peut-être nager. Regardez ce temps, regardez ce soleil, et la belle piscine, ici, à nos pieds.

Ils sont partis, désorientés mais toujours aimables.

Voici l'anecdote dont je leur avais parlé.

*

Deux ans après le décès de mon mari, j'allais habiter pendant quelque temps en Suisse, exilée de moi-même dans un chalet rustique, à l'abri des condoléances. J'ai alors eu besoin d'un acte de naissance. Mon avocat en a fait la demande en précisant tous les lieux et toutes les dates de mes différents mariages, y compris le blanc à un centre administratif. Quinze jours plus tard, la réponse du centre était négative. Je ne figurais sur aucun registre, dans aucun ordinateur. Dans aucun dossier il n'y avait une trace de moi, de mon nom de jeune fille, ni du fait que j'avais été inscrite comme réfugiée après avoir passé déjà un assez long temps à Paris auprès de Claude Bellanger.

Voici les résultats de l'enquête menée par l'avocat. Lorsque le haut fonctionnaire m'avait fait délivrer, en voulant me faire plaisir et surtout à Claude Bellanger, une carte d'identité française le jour même de notre mariage, j'étais devenue citoyenne de ce magnifique pays. Au moment où l'aimable personnage avait accompli cette démarche, j'avais été supprimée de tous les dossiers concernant les étrangers. Je restais comme un petit doigt isolé, un petit doigt glorieux de tant de livres parus dans le monde entier et un nom d'écrivain connu. Née nulle part. Tombée du ciel. Une citoyenne française sans origine aucune, sans doute échappée d'une planète inconnue. Sur ma carte d'identité, il y avait la mention « née à Budapest », mais qui aurait pu prouver que c'était vrai ? Sans acte de naissance, je n'existais pas.

Mon avocat a consulté les autorités concernées. On lui a dit qu'il fallait, avec l'aide d'un notaire français et le témoignage de deux notables suisses, me fabriquer un acte de notoriété. C'était un document intermédiaire en attendant que je puisse renaître pour l'administration. Ensuite, il fallait rétablir mon état civil depuis ma naissance à Budapest jusqu'à mon mariage avec Claude Bellanger, acte par acte, étape par étape, à travers la Hongrie, l'Autriche, la Belgique et la France.

L'avocat a alors engagé un huissier à la retraite pour remonter tout mon itinéraire et retrouver les copies des actes délivrés à mon nom, à mon premier nom, à ma date de naissance – le seul papier prouvant que j'étais née à Budapest était mon acte de mariage blanc. A l'époque, j'ai demandé à ma fille si son père pouvait nous prêter son dossier de divorce, ce qui aurait permis de ne pas traverser, de bureau en bureau, à Bruxelles et à Paris, la période Hautbois. Le père de ma fille a répondu qu'il n'avait rien gardé et que toute cette affaire ne l'intéressait plus.

Seize mois de travail et de voyages ont été nécessaires. Le dossier reconstitué a été envoyé au centre où j'ai enfin été inscrite comme ex-réfugiée devenue française. Si j'ai besoin d'un acte de naissance, c'est toujours vers eux que je dois me tourner. Un dicton populaire dit : « Tout est bien qui finit bien. » On peut donc naître et renaître !

Chapitre 37

Je connaissais par cœur le texte de mon message, si difficile à rédiger :

« Chère Judith, cher Herbert,

« Nous pourrions nous retrouver demain, vers vingt et une heures, au bar. Réservez les deux tables qui nous ont si bien rapprochés. C'est moi qui invite. Si vous ne pouvez pas, laissez-moi votre numéro de téléphone à Saanen. Donc, à bientôt ou dans très longtemps, quelque part. Je vous envoie mes pensées affectueuses. Ch. A. »

Les échanges avec le couple, l'aimable Herbert et l'imprévisible Judith, m'avaient convaincue, s'il le fallait encore, que je devais me débarrasser du passé, en gardant à titre d'icône sacrée l'image de mes parents, celle de mon frère Alain et celle de l'homme que j'ai tellement aimé. Il me fallait éliminer le « je » que je traînais comme un boulet. J'avais envie de me dégager, à tous les sens du mot. Pour retrouver mon chemin d'écrivain de l'imaginaire, j'ai demandé une voiture et le chauffeur qui avait l'habitude de « ma » voie mexicaine.

*

Je suis partie tôt le lendemain, enfin vers l'aventure. Pour entrer au Mexique et dans la ville-clef de Tijuana, il fallait passer par San Diego. Sur la route large, la limitation de vitesse semblait rallonger la distance. J'étais installée à l'arrière du véhicule, adossée au siège recouvert de cuir noir ; l'air conditionné préservait du climat lourd.

Depuis deux ans, un roman intitulé *Motel* vivait en moi. Il avait été repoussé par mon autobiographie dont la reconstitution pénible occupait tout mon esprit. Aujourd'hui, je revenais vers le sujet mis en attente. Le personnage principal partait d'une des vallées noires de la Basse-Californie – langue de terre dont le point culminant perdu dans un océan sans pitié s'appelait La Paz. Je cherchais un endroit que j'avais imaginé. Mon héros y avait-il eu une vieille maison délabrée, une famille, voire une maîtresse ? Que portait-il de si précieux dans sa sacoche noire posée sur le siège à côté de lui, dans la voiture ? Je devais inventer et rendre plausibles ses secrets.

Le texte concernant les *Années cannibales* enfin terminé, j'ai traversé une fois de plus la frontière mexicaine et avancé dans ces lieux considérés comme dangereux pour quiconque roule dans une voiture de luxe. Comme lors de mes précédentes tentatives de repérage, à la tombée du jour, le chauffeur m'a demandé de faire demi-tour. J'hésitais.

– Avez-vous entendu parler d'un hameau qui serait quelque part entre ces pentes rocheuses avec seulement quelques habitants et une église, une chapelle, plutôt, au clocher muet ? ai-je demandé au chauffeur.

Il a pris la carte et l'a étalée sur le capot de la Lincoln town-car.

– A chacun de vos passages, vous me demandez la même chose, madame. Il nous faut prendre quelqu'un de Tijuana et l'engager comme guide pour explorer ce côté peu fréquenté par les touristes. En tout cas, à gauche, il n'y a qu'un bras de mer.

Confuse, je n'osais avouer les jeux et les tours de l'imagination d'un écrivain. En effet, j'avais inventé pour les besoins de mon récit un village, un clocher, une vieille maison mexicaine d'où partait le héros avec sa sacoche noire chargée de secrets. Pour arriver sur la route de Tijuana, franchir la frontière, continuer sa course dans le riche univers californien, il devait longer le somptueux littoral du Pacifique. Il devait dormir quelques heures, et donc trouver un motel avant Santa Barbara. Ce motel était en moi. J'allais le décrire. Le personnage arrivait juste avant la fermeture du bureau de réception. Le gérant lui refusait d'abord une chambre avant de découvrir qu'il y avait encore une clé accrochée à son tableau. « 75 dollars, plus les taxes. Voilà la clé. Je vous donne des draps et un sachet de café pour demain. C'est au premier étage par l'escalier extérieur. » C'est ainsi que Frederick, le conducteur épuisé, arrivait à demi endormi dans la chambre qu'on lui avait destinée.

Le roman avait redémarré. La porte de la chambre miteuse n'était pas fermée à clé, il l'ouvrait d'un coup de pied. Il laissait tomber les draps et le sachet de café et, avec un soupir de soulagement, jetait sa sacoche sur le lit où apparaissait une forme humaine allongée. Cette chambre lui avait été attribuée par erreur. Il découvrait un visage caché sous une écharpe. Celui d'une femme. Il croyait la reconnaître. Il l'avait déjà vue quelque part... Quand on la touchait, elle s'animait, par réflexe. Vivante. La jeune femme, plongée dans un profond sommeil artificiel, était vivante. Sans énergie pour alerter, protester, redescendre à la réception, mon voyageur envoyait sa sacoche par terre et s'allongeait tout habillé à côté de ce corps.

– Alors, m'a demandé le chauffeur, me ramenant à la réalité, vous voulez rentrer par Enseñada ? Ça nous fait trente miles de plus, mais il fait plus clair, en bas.

Je lui ai dit de traverser Tijuana. Je refusais l'hallucinante impression que peut-être ce visage de femme endormie était le mien, et que l'homme était Claude en jeune homme. J'ai subi un choc intérieur, une sorte de craquement. La pression de la mâchoire des années cannibales s'est relâchée. La persécution de l'au-delà avait passé les limites du supportable. Soudain soulagée, j'ai commencé à sentir la chaleur du soleil, et j'ai su qu'enfin le passé paralysant lâchait prise. Aurais-je enfin fait mon deuil ? Serais-je sortie des années terribles ? Etais-je enfin libre ?

– Retournons à Tijuana, ai-je répété.

Je connaissais la ville depuis vingt ans, avec l'extension de ses favelas qui couvraient jadis les grandes collines encerclant la ville et qui en gagnaient bientôt le centre. Aujourd'hui, tout a changé, avec l'argent américain ; l'ancienne place, coupe-gorge, maintenant envahie par un nombre impressionnant de pharmacies, est devenue une étape touristique incontournable. Les autobus qui transportent les modestes retraités, des groupes d'Américains âgés, s'arrêtent devant ces boutiques pour se procurer les médicaments courants. Non assurés ou mal assurés, ils peuvent acquérir à bon prix l'anti-inflammatoire ou l'antidouleur trop cher ou pas remboursé aux USA. Les années cannibales avaient brassé ici vrais malheurs et faux bonheurs.

Vers le milieu de la grande rue, il y a un café-restaurant dans lequel je m'arrêtais souvent. J'y avais pris un jour un thé avec ma fille. Le patron, venu me saluer, trouvait que c'était charmant, cette mère et cette fille voyageant ensemble. A l'époque, je voulais montrer à Dana que le monde est grand, varié, admirable, et qu'il y a toujours à y apprendre. Je lui avais fait découvrir les secrets du Brésil, toute la côte californienne, Tel-Aviv en vedette, New York en gourmandise intellectuelle, et Prague en prime. J'espérais que Dana apprécierait le monde que je lui offrais. J'ai cru périodiquement à la fameuse « fusion » mère-fille, aussi fameuse que fausse.

Ce jour précis, en passant devant le café, j'ai demandé au chauffeur de ne pas s'arrêter. Je ne voulais pas être exposée à la curiosité du patron. « Et votre fille ? Elle n'est pas là ? » J'étais pressée de trouver mon décor dans une nature difficile d'accès. Je ne souffrais plus des derniers propos entendus, plus blessants que jamais, de ma fille. C'était au téléphone, il y avait trois ou quatre ans. Elle aurait pu m'achever par une seule phrase si je n'avais été déjà mieux armée. J'avais raccroché le combiné en lui disant qu'elle avait une demi-heure pour me présenter ses excuses. Elle n'avait jamais plus appelé.

Nous arrivions vers la frontière des USA. La voiture avançait lentement. Nous étions presque pare-chocs contre pare-chocs quand une mendiante experte a plaqué le visage d'un bébé mexicain contre ma vitre. Il aurait dû pleurer, il n'avait peut-être plus de larmes ou plus de forces. J'avais compris depuis longtemps qu'il était vain de vouloir prendre un enfant dans mes bras, le recouvrir de ma grande écharpe pour essayer de le faire passer de l'autre côté de la frontière. De quel droit aurais-je tenté cette folle opération ? Moi qui avais passé la plupart de mes frontières à pied, en fraude ou sous un nom d'emprunt, de quel droit aurais-je joué l'héroïne du plus méchant conte de fées du vingt-et-unième siècle ?

J'étais désenchantée, mais pas encore indifférente. Juste méfiante. J'avais l'impression que l'on me mordrait la main si je baissais la vitre pour donner des dollars.

A la douane, j'ai tendu mon passeport au fonctionnaire américain qui m'a saluée sans manquer de jeter un coup d'œil à l'intérieur de la voiture et dans le coffre ne contenant qu'un panier en paille acheté à Tijuana. Lorsque le coffre a été refermé, il y a eu un deuxième moment magique, comme celui où le nouveau-né, sorti du ventre de sa mère, inspire l'air et émet son premier cri. J'ai eu cette sensation d'une bouffée d'oxygène et j'ai dû soupirer. Le chauffeur s'est retourné. « Ça va, madame ? – Oui, oui, merci. – Vous voulez de l'eau ? J'en ai tant qu'on veut, ici, devant. – Merci. »

Je venais de naître. Pourquoi ici et à ce moment ? mystère, c'était le moment désigné par le destin, tout devenait neuf, plein d'espoir. L'étau desserré, la respiration devenue harmonieuse, je poursuivais ma route sous un soleil rouge. La rupture inespérée avec les tourments perpétuels ou latents avait fait de moi une autre femme. J'ai pu me reconstituer définitivement en deux cent cinquante miles, entre San Diego et Beverly Hills. J'ai invité le chauffeur à prendre un café avec moi dans un centre commercial au bord de la route. Il y avait même une boulangerie à l'allemande, avec des Sachertörte, des forêts-noires chargées de crème Chantilly, en prime le sourire des femmes qui servaient. Le chauffeur timide ne voulait pas s'asseoir à ma table. « Venez donc, lui ai-je dit. C'était une magnifique expédition. » Il ne comprenait pas ma jubilation, ni pourquoi j'avais acheté un grand carton plein de pâtisseries pour ses enfants.

D'un pas rapide, j'ai monté les marches de l'hôtel couvertes d'un tapis rouge. J'étais libre.

Quelqu'un a frappé à la porte de ma chambre. Sur un plateau d'argent, un employé de la réception me présentait une enveloppe.

« Chère amie,

« Nous préférons partir avant que vous ne rentriez. Nous avons été infiniment heureux de vous connaître. Nous vous remercions de la confiance que vous nous avez faite en nous prêtant votre manuscrit. Celui-ci se trouve dans une enveloppe fermée chez le concierge.

« Nous avons eu l'impression qu'un ancien sentiment renouvelé, revivifié, pourrait nous garder ensemble. Nous avons décidé de repartir pour San Francisco. Vous vous souvenez sans doute nous avoir dit que vous avez pu tomber amoureuse d'un pont, le Golden Gate ? C'est à cause de vous que nous retournons dans cette ville : votre description féerique nous a convaincus qu'elle pourrait être pour nous un apaisement. Nous voulons traverser le Golden Gate à pied, main dans la main, en appréciant chaque pas ensemble. Nous penserons à vous.

« Vous trouverez ici notre adresse et notre numéro de téléphone à Saanen. Nous y serons à partir de février 2008. Vous nous avez dit que votre autobiographie devrait paraître au printemps ? Nous vous indiquons aussi le numéro d'un de nos téléphones portables. Il marche dans le monde entier, sauf parfois à Sydney.

Bien à vous,

Herbert et Judith. »

Je me suis assurée d'une place sur le vol Los Angeles-Zurich-Genève, puis ai annoncé mon départ pour le lendemain à la réception de l'hôtel.

Quelques jours plus tard, un vendredi, mon éditeur à Paris recevrait mon manuscrit. Il lisait ses auteurs de préférence pendant le week-end.

Quand j'ai appris que le feu ravageait le sud de cette Californie à laquelle je suis amoureusement attachée, je n'étais que compassion. J'ai vu sur un grand écran le feu dévorer le paysage, les Américains fuir leurs maisons bientôt dévorées par les flammes, pour se réfugier dans le grand stade de San Diego, s'entraider, et sourire. Confiants. Solidaires.

Dans ces flammes où leurs demeures devenaient cendres j'ai incinéré tout ce qu'il y avait de mauvais dans mon passé.

En Amérique, tout repousse, tout recommence. Sans rancune. Sans trop de rancune. Ce pays de pionniers qui vont de l'avant, appartient à l'avenir.

Je reviendrai sans doute en Californie pour écrire *Motel*. Quant à ma vie future, je l'inventerai sur place, ou dans un avion, l'endroit le plus proche de l'infini.

25 octobre 2007

Du même auteur :

Autobiographies

J'AI QUINZE ANS ET JE NE VEUX PAS MOURIR (Grand Prix Vérité, 1954), Fayard.
IL N'EST PAS SI FACILE DE VIVRE, Fayard.
EMBRASSER LA VIE, Fayard

Romans

DIEU EST EN RETARD, Gallimard.
LE CARDINAL PRISONNIER, Julliard.
LA SAISON DES AMÉRICAINS, Julliard.
LE JARDIN NOIR (Prix des Quatres-Jurys), Julliard.
JOUER À L'ÉTÉ, Julliard.
AVIVA, Flammarion.
CHICHE !, Flammarion
UN TYPE MERVEILLEUX, Flammarion
J'AIME LA VIE, Grasset
LE BONHEUR D'UNE MANIÈRE OU D'UNE AUTRE, Grasset.
TOUTES LES CHANCES PLUS UNE (Prix Interallié), Grasset.

UN PARADIS SUR MESURE, Grasset.
L'AMI DE LA FAMILLE, Grasset.
LES TROUBLE-FÊTE, Grasset.
VENT AFRICAIN (Prix des Maisons de le Presse), Grasset.
UNE AFFAIRE D'HÉRITAGE, Grasset.
DÉSERT BRÛLANT, Grasset.
VOYAGE DE NOCES, Plon.
UNE QUESTION DE CHANCE, Plon.
LA PISTE AFRICAINE, Plon.
LA DERNIÈRE NUIT AVANT L'AN 2000, Plon.
MALINS PLAISIRS, Plon.
COMPLOTS DE FEMMES, Fayard.
ON NE FAIT JAMAIS VRAIMENT CE QUE L'ON VEUT, Fayard.
ALLER-RETOUR, TOUS FRAIS PAYÉS, Fayard.
UNE RENTRÉE LITTÉRAIRE, Fayard.
RELATIONS INQUIÉTANTES, Fayard.
L'HOMME AUX YEUX DE DIAMANTS, Fayard.
DONNANT, DONNANT, Fayard.
LA VIE D'UNE MANIÈRE OU D'UNE AUTRE, Flammarion.

Recueil de nouvelles

LE CAVALIER MONGOL (Grand Prix de la Nouvelle de L'Académie française), Flammarion.
UNE VALSE À VIENNE, Fayard.

Lettre ouverte

LETTRE OUVERTE AUX ROIS NUS, Albin Michel.

Romans « américains » parus sous
le pseudonyme de William Dickinson

DES DIAMANTS POUR MRS CLARK, Albin Michel et Fayard.
MRS CLARK ET LES ENFANTS DU DIABLE, Albin Michel et Fayard.
DE L'AUTRE CÔTÉ DE LA NUIT, MRS CLARK À LAS VEGAS, Albin Michel et Fayard.

Pour plus d'informations concernant les œuvres de Christine Arnothy (résumés, années, éditions étrangères, etc.), consultez son site : **www.arnothy.ch**

Composition réalisée par NORD COMPO

Achevé d'imprimer en novembre 2010 en Espagne par
LITOGRAFIA ROSÉS S.A.
08850 Gavá
Dépôt légal 1re publication : décembre 2010
LIBRAIRIE GÉNÉRALE FRANÇAISE – 31, rue de Fleurus – 75278 Paris Cedex 06

31/2801/4

Inhalt

Zuvor

Die sechs Vorlesungen, die hier im Zusammenhang als Buch vorgelegt werden, wurden unter den Auspizien der Krupp-Stiftung Ende 2001 und Anfang 2002 am Kulturwissenschaftlichen Institut in Essen gehalten. Da es in ihnen um die soziale und politische Analyse der Gegenwart geht, konnten sie von den Zeichen der Zeit nicht unbeeinflusst bleiben. Zum Zeitpunkt der ersten Vorlesung lag der 11. September 2001 gerade acht Wochen zurück. Die Zerstörung der Twin Towers durch Selbstmord-Terroristen markiert einen Einschnitt. In Amerika ist *Nine-Eleven* (der elfte Tag des neunten Monats) fast mehr noch als der japanische Angriff 1941 auf Pearl Harbour zum Trauma der Verwundbarkeit selbst der grössten Weltmacht geworden. Im terrorismus-gewohnteren Europa wiegen die indirekten Folgen nicht weniger schwer. Auf einmal haben Demokratien begonnen, von Krieg zu reden und nicht nur zu reden. Dass zu gleicher Zeit ein lang anhaltender wirtschaftlicher Aufschwung zuende ging und sich zum Teil sogar als täuschende Seifenblase erwies, half dem öffentlichen Bewusstsein nicht. Nach einer Periode des fast überschwänglichen Optimismus griff vielerorts Angst um sich.

Neue Fragen beschäftigen viele. Gibt es doch so etwas wie einen Kampf der Kulturen? Wird der Krieg gegen den Terrorismus je ein Ende haben? Kann die vielbeschworene Globalisierung mit ihren neuen Chancen auch rückgängig gemacht werden? Was muss geschehen, damit sich die Volkswirtschaften der entwickelten Welt nachhaltig vom Schock des Zusammenbruchs der neuen Ökonomie erholen? Diese Vorlesungen zur Politik der Freiheit in einer haltlosen Welt werden solche Rätsel nicht lösen. Ohnehin ist die Tagesaktualität ihre Begleitmusik, nicht ihr Thema. Dieses Thema ist vielmehr der Versuch, ein paar Schneisen des Verständnisses durch die Wirrnis der Welt am Beginn des 21. Jahrhunderts zu legen.

Mit dem Wort «Globalisierung» ist diese Welt ganz unzulänglich beschrieben. Ich nenne sie vor allem eine haltlose Welt, *a runaway world* (wie Anthony Giddens sie beschrieben hat), eine entfesselte Welt. Von den Folgen ihrer Halt- und Regellosigkeit wird zu reden sein, von der Rekonstruktion des menschlichen Lebens, von den neuen Ungleichheiten und Konflikten, von bedrohten und neu entstehenden politischen Institutionen und auch von den Hoffnungen auf die Zukunft.

Der Kompass, der den Weg durch diese noch unkartierte Landschaft weisen soll, ist auf Freiheit gestellt. Die Freiheit, die ich meine, ist das Thema der ersten Vorlesung. Sie ist nicht eine Freiheit als Zustand, also als bloße Möglichkeit der Erfüllung, sondern Freiheit als Tätigkeit, die Lebenschancen wirklich macht. Tätige Freiheit ist mein durchgängiges Thema.

Dabei wird schon die Perspektive deutlich, die auch diese Vorlesungen leitet, nämlich die des Grenzgängers zwischen Sozialwissenschaft und Politik, zwischen Analyse und Aktion. Aus der grossen Gewerkschaft der sogenannten *scientific community* bin ich schon seit längerem ausgetreten, ohne mich einer anderen Organisation anzuschliessen. Überhaupt sind mir Stammesbindungen fremd. Karl Popper hat es für mich überzeugend formuliert: «Je mehr wir zurückzukehren suchen zur Unterwerfung unter die Stammesmagie, desto gewisser werden wir enden bei der Inquisition, der Geheimpolizei und einem romantisierten Gangstertum.» (Terrorismus würde man heute dazu sagen.) Mit Popper halte ich dem entgegen: «Wir müssen vorangehen in das Unbekannte, Ungewisse und Unsichere, wobei wir die Vernunft, die uns zu Gebote steht, dazu nutzen, beide, Sicherheit *und* Freiheit, zu schaffen.» Solche Tatenlust bedeutet auch, dass die folgende Analyse trotz allem nicht in Düsternis gehüllt ist, sondern sich im Gegenteil aus Hoffnung speist. Das gilt für die erste Vorlesung besonders, jedoch für die folgenden und vor allem die letzte kaum minder.

Noch einmal sei es gesagt: es handelt sich um Vorlesungen. An ihrem Stil habe ich für die Buchausgabe nichts geändert. Die sechs Vorlesungen sind im Zusammenhang konzipiert, sollten aber auch je für sich stehen können. Ich war den Bürgern aus Essen und der weiteren Umgebung der Stadt dankbar für ihre Bereitschaft, zuzuhören und den Gang der Argumente durch ihre Fragen zu bereichern. Es ist keine Übertreibung, wenn ich sage, daß die von diesen Vorlesungen ausgelösten Begegnungen mein Leben verändert haben. Professor

Jörn Rüsen und seine Mitarbeiter am Kulturwissenschaftlichen Institut haben mir mit Rat und Tat geholfen. Meine Assistentin, Edith Emmenegger, hat einmal mehr dafür gesorgt, dass gute Absichten auch wirklich werden. Der Verlag C.H. Beck und vor allem Ernst-Peter Wieckenberg, wie auch Detlef Felken haben die Veröffentlichung mit gewohnter Sorgfalt begleitet.

London, im Oktober 2002 *R. D.*

I.

Es ist uns noch nie so gut gegangen. Über Lebenschancen

«Wohlstand für alle»

Am 20. Juli 1957 hielt der gerade zum Premierminister avancierte britische Politiker Harold Macmillan im Fussballstadion von Bedford eine Rede, die vor allem wegen einer Aussage in die Geschichte eingegangen ist: «Seien wir ehrlich, den meisten Menschen bei uns ist es noch nie so gut gegangen. Geht durchs Land, in die grossen Städte, die kleinen Dörfer, und ihr werdet einen Wohlstand finden, wie er nie zuvor in meinem Leben existierte – in der Tat nie zuvor in der Geschichte dieses Landes.» Politiker brüsten sich gerne damit, «unbequeme Wahrheiten» mitzuteilen; darum reden sie selten wie Harold Macmillan, denn seine ist sozusagen eine «bequeme Wahrheit». Konrad Adenauer drückte sich im gleichen Jahr 1957 etwas vorsichtiger aus; er wollte vor allem «keine Experimente». In der Tat verdankte er seine absolute Mehrheit bei den Wahlen im September des Jahres sicher nicht zuletzt dem von seinem Wirtschaftsminister Ludwig Erhard versprochenen – und zunehmend geschaffenen – «Wohlstand für alle».

Wenn die «bequeme Wahrheit» 1957 die Wahrheit war, um wieviel stärker gilt dann ein halbes Jahrhundert später, dass es uns noch nie so gut gegangen ist! Auch wer makroökonomischen Zahlen mit gehöriger Skepsis begegnet, kann die Dimension der Veränderungen in den Jahrzehnten seit den 1950er Jahren nicht übersehen. Das Bruttosozialprodukt pro Kopf hat sich in vielen entwickelten Ländern zwischen 1950 und 2000 mehr als vervierfacht und mit um die 20 000 Dollar im Jahr eine erstaunliche Höhe erreicht. Sogar in Grossbritannien, wo die Entwicklung langsamer verlief, gab es zwischen den Premierministern Harold Macmillan und Tony Blair eine Verdoppelung des Pro-Kopf-Einkommens.

Dafür ist das Bruttosozialprodukt pro Kopf keineswegs das einzige Mass. Ökonomen haben einen Index der menschlichen Entwicklung (*Human Development Index*, HDI) vorgeschlagen, der Einkommen, Bildungsstand und Lebenserwartung misst.[1] Auch dieser ist in den Mitgliedsländern der Organisation für wirtschaftliche Zusammenarbeit und Entwicklung (OECD) seit 1950 fast überall um 50% und mehr gestiegen. Die massive Verbesserung der sozialen Stellung von Frauen, die Erhöhung sozialer Teilnahmechancen überhaupt, die Verkürzung des Arbeitstages, Arbeitsjahres, Arbeitslebens, der Ausbau des Wohlfahrtsstaates, die Verbesserung der allen zugänglichen Infrastruktur und andere qualitative Entwicklungen haben die Lebenschancen vieler beträchtlich erhöht. Nie zuvor hatten so viele Menschen so grosse Lebenschancen wie heute.

Die Entfaltung der Lebenschancen war kein linearer

Prozess. Es gab grosse Schübe voran und Phasen der Stagnation. Die Jahrzehnte vor 1913 sahen den Modernisierungsschub mit einer ersten Verdoppelung des Pro-Kopf-Einkommens. Nach dem Zweiten Weltkrieg ereignete sich das eigentliche Wirtschaftswunder, das bis zum Jahr des Ölschocks 1973 anhielt. Dann kam der Schub, den wir als Globalisierung beschreiben. Er begann mit Macht im Revolutionsjahr 1989, als die Auflösung der Fronten des Kalten Krieges unter anderem den technischen Möglichkeiten des Informationszeitalters weltweit zum Durchbruch verhalf. Die gleichzeitige Verfügbarkeit von Information an jedem Ort wurde zum Stimulus zuerst für die Finanzmärkte, dann für Dienstleistungen und am Ende für viele Bereiche moderner Volkswirtschaften. Am Ende, um die Jahrhundertwende, geriet der Schub der Globalisierung ausser Rand und Band; aber die Korrekturen der ersten Jahre des neuen Jahrhunderts haben das Gesamtbild nicht wesentlich verändert.

Seien wir also ehrlich, den meisten Menschen bei uns ist es noch nie so gut gegangen. Doch wird niemand dies vernehmen, ohne auf das grosse Aber zu warten, das solchen Aussagen unweigerlich folgt. Bei Macmillan hatte das Aber einen Namen, Inflation. Er war gut beraten, davor zu warnen. Die Globalisierung war ja unter anderem die befreiende Antwort auf jene Mischung von Inflation und Stagnation, in der der amerikanische Ökonom Mancur Olson noch Anfang der 1980er Jahre die Ursache für den nach seiner Meinung drohenden «Niedergang von Nationen» sah.[2] Olson unterschätzte offenbar die Wirkung der von den schon amtierenden unorthodoxen Politikern Margaret Thatcher und Ronald Reagan betriebenen Politik der Öffnung und Ermutigung, von den bevorstehenden Prozessen des *glasnost* und der *perestroika* in der bereits wankenden kommunistischen Welt ganz zu schweigen.

Indes greift mein Aber weiter aus. Es sind genau genommen drei Aber, die ich der These anfügen will, dass es uns noch nie so gut gegangen ist.

Aber Glück?

Das erste Aber dient der Klärung der Begriffe. Es ist uns noch nie so gutgegangen – aber sind wir darum auch glücklicher? Das grösste Glück der grössten Zahl galt ja lange Zeit als Ziel des öffentlichen Handelns; in der amerikanischen Unabhängigkeitserklärung erscheint *happiness*, also das Glücklichsein neben dem Recht auf Leben und der Freiheit. Doch darf man tunlich bezweifeln, dass die Menschen des Jahres 2001 viermal so glücklich sind wie die des Jahres 1957. Menschliche Erfahrungen von Glück und Unglück bestätigen eher die Volksweisheit, wonach das Leben ein ständiges Auf und Ab ist, als die Wohlstandsindizes der Ökonomen.

Auch abgesehen von den Unwägbarkeiten der privaten Erfahrung stellt das Glücklichsein beunruhigende Fragen. Zuweilen drängt der Eindruck sich auf, dass das subjektive Wohlbefinden von Menschen am grössten ist, wenn sie um ihre Rechte und Wünsche kämpfen müssen, und zwar insbesondere dann, wenn kleine und manchmal auch grosse Fortschritte zeigen, dass dieser Kampf mit Aussicht auf Erfolg geführt werden kann. Sogar die Demokratie war vielleicht am schönsten als ihre noch groben Instrumente benutzt werden konnten, um sie zu vervollständigen und zu verfeinern, also das Wahlrecht auf alle Bürger und Bürgerinnen auszuweiten und die Kontrolle der Mächtigen zu stärken. Wenn wir erreichen, was wir erstreben, setzt eher Ermattung und sogar eine gewisse Enttäuschung ein.

Wenn Wohlstand und sogar Wohlfahrt zu kurz greifen, um zu messen, wie gut es uns geht, und Glück zu persönlich und auch zu unwägbar bleibt – welcher andere Begriff könnte uns weiterhelfen? Meine Antwort wird durch diese Vorlesungen hin lauten: die Freiheit. Sie ist die Leitidee allen Fortschritts der menschlichen Dinge. Aber ist sie auch ein griffiger, gar quantifizierbarer Masstab dafür, wie gut es uns geht?

Amartya Sen, Nobelpreisträger der Ökonomie, hat eine Antwort versucht. Er stellt die Doppelfrage: Was soll (wirtschaftliche und soziale) Entwicklung bewirken? Und: unter welchen Voraussetzungen findet erfolgreiche Entwicklung statt? Seine Antwort auf beide Fragen lautet: Freiheit, oder vielmehr – und der Unterschied ist wichtig – Freiheit*en*. «Entwicklung ist nach dieser Auffassung der Prozess der Ausweitung menschlicher Freiheiten.»[3] Freiheit hat also einerseits eine «konstitutive» Rolle, d.h. an ihrem Anwachsen wird der Erfolg von Entwicklung gemessen; sie hat andererseits eine «instrumentelle» Rolle, d.h. nur durch Freiheit, genauer durch bestimmte «Freiheiten», wird Entwicklung möglich. Man denkt hier immer auch an Sens bekannte These, dass Hungerkatastrophen fast nie in freien Ländern, insbesondere in Ländern mit Presse- und Meinungsfreiheit stattfinden, weil sie im Kern nicht auf der Verfügbarkeit von Lebensmitteln, sondern auf dem Zugang zu diesen, damit den Anrechten der Betroffenen beruhen, die unter Bedingungen der Freiheit wirksam werden.[4]

Sens Theorie ist von fundamentaler Bedeutung für die hier in Frage stehenden Prozesse. Doch sind Zweifel am Platze bei seiner Verwendung des Wortes Freiheit und insbesondere des Plurals, Freiheiten. Schon die Unterscheidung von «konstitutiver» und «instrumenteller» Freiheit kann zu inhaltleeren Aussagen führen: Freiheit bewirkt die Ausweitung von Freiheit. Der Plural überdies – obwohl von Präsident Roosevelt mit seinen «vier Freiheiten» gesellschaftsfähig gemacht – schafft Verwirrung. Freiheit als Leitwert ist weder Wohlstand noch soziale Teilnahme noch harte Arbeit noch gute Bildung, und auch nicht Gerechtigkeit. Die unverwechselbare Grundbedeutung von Freiheit ist die Abwesenheit von Zwang und die Ermutigung zur Eigentätigkeit.

Aus solchen Gründen scheint mir ein anderer Begriff für die Beschreibung und Messung menschlicher Wohlfahrt besser, nämlich der der Lebenschancen. Damit wird eher das Vokabular als die Theorie von Sen geändert. Lebenschancen sind vor allem Optionen, also Wahlmöglichkeiten. (In der folgenden Vorlesung werde ich diesen noch ein anderes, schwierigeres Element hinzufügen, nämlich tiefe Bindungen oder Ligaturen.) Optionen sind zunächst Anrechte, *entitlements* wie auch Sen sie nennt. Das Wahlrecht ist ein solches Anrecht. Doch bleibt dieses leer, wenn es nicht mehrere Kandidaten oder Parteien gibt, zwischen denen gewählt werden kann. Die andere Seite der Optionen ist daher das Vorhandensein eines Angebots, von *provisions*. Optionen sind Chancen, das heisst sie können wahrgenommen werden oder auch nicht.[5] Dass es uns noch nie so gut gegangen ist, heisst also, dass Menschen reale Wahlmöglichkeiten haben.

Aber für immer?

Das führt zu dem zweiten Aber, das meine Ausgangsthese relativiert. Es lässt sich in einem Satz fassen: die Geschichte folgt keinem vorbestimmten Plan. «Die Geschichte hat keinen Sinn,» wie Karl Popper es formuliert, um sogleich hinzuzufügen, dass wir ihr einen Sinn geben können, ja sollen, zum Beispiel den, der grössten Zahl die grössten Lebenschancen zu eröffnen.[6] Es hat sich inzwischen herumgesprochen, dass Francis Fukuyamas These, mit dem Ende des Kalten Krieges sei auch das «Ende der Geschichte» gekommen, nicht viel hergibt. «Die liberale Idee,» so Fukuyama, hat sich «als siegreich herausgestellt»[7]. Da wir jetzt einen Punkt erreicht haben, «an dem wir uns eine Welt, die substantiell anders ist als unsere, nicht vorstellen können, an dem die Zukunft auf keine erkennbare oder offenkundige Weise eine grundlegende Verbesserung unserer gegen-

wärtigen Ordnung bringen kann, müssen wir die Möglichkeit ins Auge fassen, dass die Geschichte selbst an ihrem Ende ist». Es ist uns also nicht nur noch nie so gut gegangen, sondern es kann auch in einem Prozess der «Akkumulation ohne Ende» nur besser werden.
Francis Fukuyama hat offenbar nicht geahnt, dass viele ein Jahrzehnt später eher Samuel Huntingtons «Kampf der Kulturen» als sein «Ende der Geschichte» zur Hand nehmen würden.[8] Was immer wir uns nicht vorstellen können, viele Millionen Menschen halten eine ganz andere Zukunft als die amerikanische für erstrebenswert, ja erkämpfenswert. Man könnte Fukuyamas These geradezu auf den Kopf stellen. In gewisser Weise war die Revolution von 1989, also der Kollaps des Kommunismus, nicht das Ende, sondern der Anfang der Geschichte. Erst nach der Auflösung der starren Konfrontation der Systeme konnten die Kräfte der Globalisierung sich entfalten. 1989 hat das lange versperrte, zumindest verklemmte Tor in die Zukunft geöffnet. Eine neue globale Klasse ist durch das Tor geschlüpft und hat sich seitdem als tonangebende Gruppe etabliert.
Fukuyamas Thesen leben von einem zweiten Aufguss Hegelscher Ideen. Die Geschichte hat einen Plan; ihr Weg führt mit innerer Notwendigkeit voran; ein Weltgeist weist diesen Weg *per aspera ad astra*, wobei die Sterne der Hegelisten bekanntlich im Laufe der Zeit verschiedene Namen angenommen haben, die sittliche Idee des (preussischen) Staates, die kommunistische Endgesellschaft, die liberale Idee. Wie aber, wenn die Geschichte keinen Plan hat? Der Glaube an die ewige

Wiederkehr des Gleichen ist alt und nach wie vor verbreitet. Es gibt noch andere Geschichtsvorstellungen ohne Fortschritt, darunter den erlesenen Pessimismus grosser Konservativer, dem Michael Oakeshott in seiner sensationellen Antrittsvorlesung an der sonst so fortschrittsbewussten London School of Economics 1951 Ausdruck gegeben hat. Politik ist nach Oakeshott wie das Segeln auf einem grenzen- und bodenlosen Meer; «es gibt weder einen Hafen zum Unterschlupf noch einen Meeresboden für den Anker, weder Ausgangspunkt noch bestimmtes Ziel»[9]. Wir können nur eines tun, nämlich das Schiff auf hoher See flott zu halten. Heute muss man solchen Versionen des Zweifels am Weg des Weltgeistes durch die Geschichte noch eine postmoderne Version anfügen, wonach es nicht darauf ankommt, was wir tun. *Anything goes*, alles ist denkbar, die Geschichte ist sowieso eine blosse Erfindung, eine Lüge.

Solche Theorien zeigen zumindest, dass es nicht so einfach ist mit Ursprung und Ziel der Geschichte. Mich haben sie allerdings nicht abgebracht von Popper und vor ihm von Kant. Ich bin ein unverbesserlicher Aufklärer, der insoweit wohl im 18. Jahrhundert zu Hause ist. Die amerikanische Verfassung, der durch die unsichtbare Hand des Marktes wachsende Wohlstand der Nationen und der Ausgang des Menschen aus seiner selbstverschuldeten Unmündigkeit sind der Ansporn für immer neue Versuche, die sich auch durch Irrtümer nicht entmutigen lassen. Versuche wozu? Nun, um dazu beizutragen, dass mehr Lebenschancen für mehr Menschen geschaffen werden.

In einem allerdings ist mir wie vielen anderen die Stimmung des späten 18. Jahrhunderts verlorengegangen: es kann auch ganz anders kommen. Aufklärung, Wohlstand und Demokratie sind keineswegs Prozesse, die sich gegen alle Widerstände und trotz gelegentlicher Rückschläge wie von selbst entfalten und am Ende durchsetzen. Selbst die Modernisierung, der Weg *from status to contract*, von ererbten zu erworbenen Positionen, ist nicht eine Kraft, die am Ende keine Gegenwehr erlaubt. Nur mit grosser Vorsicht sollten wir je behaupten, andere seien *noch* nicht dort angekommen, wo wir uns befinden. Vielleicht werden sie nie dort ankommen. Möglicherweise werden alle unsere Errungenschaften wieder zerstört, durch äussere Feinde oder durch das selbstmörderische Potential unseres eigenen Tuns. Die Zerstörung der Lebensumwelt, die nukleare Gefahr, der Hass der Verlierer sind Beispiele. Dass die Geschichte offen ist, gilt nicht nur in eine Richtung. Damit sie zu mehr Lebenschancen für mehr Menschen führt, müssen wir etwas tun. Freiheit heisst immer Tätigkeit.

Aber für alle?

Das führt mich zu dem dritten und gewichtigsten Aber, das der These anzufügen ist, es sei uns noch nie so gut gegangen. Wer sind diese «wir», von denen da die Rede ist? Jedenfalls nicht alle Menschen; noch nicht einmal alle in den entwickelten Ländern, die sich in der

OECD organisiert haben, und schon gar nicht alle in der «dritten Welt». Es gibt keine grössere Aufgabe einer Politik der Freiheit am Beginn des 21. Jahrhunderts als die Lebenschancen der Erfolgreichen möglichst allen in den OECD-Ländern und möglichst vielen in aller Welt verfügbar zu machen. Es gibt aber auch keine schwierigere und keine gefährlichere Aufgabe.

Die Schwierigkeiten des Weges von den begrenzten Chancen traditioneller Armut zu den Möglichkeiten liberaler Wohlstandsgesellschaften sind zwar bekannt, ihre Kenntnis hat aber noch immer nicht überall Eingang gefunden in das politische Handeln. Es ist nicht der Transfer finanzieller Ressourcen, der arme Länder reich macht. Keine denkbare Summe Geldes kann Afghanistan in die Vereinigten Staaten von Amerika verwandeln. Amartya Sens «Freiheiten» mögen begrifflich zweifelhaft sein, sind aber in der Substanz unentbehrliche Voraussetzungen der Entwicklung. Sie umfassen politische Freiheiten und soziale Chancen ebenso wie ein schützendes Netz sozialer Sicherheit. Der Wirtschaftshistoriker David Landes hat die institutionellen Voraussetzungen von Wachstums- und Entwicklungsgesellschaften mit beispielhafter Klarheit formuliert.[10] Dazu gehören Eigentumsrechte und persönliche Freiheitsrechte, das Vertrauen in vertragliche Abmachungen ebenso wie stabile, nicht-korrupte Regierungen, die auf die Klagen und Wünsche der Bürger hören. Die internationalen Organisationen wissen derlei mittlerweile und sind doch oft zu ungeduldig oder zu kurzatmig, um danach zu handeln.

Doch ist hier ein anderer Aspekt noch wichtiger, von dem meist nicht gesprochen wird, nämlich das Bewusstsein der Gefahren, die der Prozess der Entwicklung mit sich bringt. Nach dem dramatischen Ende des Kommunismus 1989 schrieb ich ein kleines Buch mit dem Edmund Burke abgelauschten Titel «Betrachtungen über die Revolution in Europa». Keine These dieses Buches hat so viel Widerhall gefunden wie die, dass es keinen geraden Weg von der gescheiterten Planwirtschaft zu einer funktionierenden Marktwirtschaft gibt.[11] Der Weg führt vielmehr durch ein Tal der Tränen. Die Lebensbedingungen der meisten werden schlechter bevor sie sich bessern. Auch Deutschland hat übrigens nach 1948 dieses Tal erlebt; ohne Bundeskanzler Adenauers störrische Beharrlichkeit – und auch den Korea-Krieg – wäre eines der gegen Wirtschaftsminister Erhard im Bundestag beantragten Misstrauensvoten wahrscheinlich angenommen worden; und die Bundestagswahl von 1953 hätte auch anders ausgehen können. Da blitzt die Gefahr auf. Der Weg durch das Tal der Tränen dauert lange, länger als eine parlamentarische Wahlperiode. Es ist daher wahrscheinlich, dass die gerade zur Demokratie Bekehrten (um wieder von der postkommunistischen Welt zu reden) an dieser zu zweifeln beginnen. Sollte die Demokratie nicht Wohlstand bringen? Da sie das offenbar nicht tut, kann man seine Stimme auch den früheren Kommunisten oder anderen Kräften von zweifelhafter Provenienz geben. Damit aber wird ein Teufelskreis in Gang gesetzt, der am Ende Marktwirtschaft und Demokratie gefährdet. Wohl dem

Land, das, wie Polen, die demokratischen Turbulenzen erträgt, ohne die Bedingungen der Wirtschaftsentwicklung im Sinne von Sen und Landes – oder im polnischen Fall von Leszek Balcerowicz – zu zerstören!

Der Weg von der gescheiterten Zwangswirtschaft zur Freiheit ist eines, der von vormodernen Wirtschafts- und Sozialstrukturen zur Modernität ein anderes, und dieser Weg birgt noch weit grössere Gefahren. John Kenneth Galbraith hat auf Grund seiner indischen Erfahrungen argumentiert, dass der vormoderne «Zyklus der Armut» auf seine Weise erträglich ist.[12] Menschen können in ihm überleben und oft sogar dem Leben Qualitäten abgewinnen. Um jedoch voranzukommen, um mehr Lebenschancen zu erringen, muss der Zyklus gebrochen werden. Er wird es, wenn die ersten jungen Leute Ziegenmilch auf dem nächsten Markt verkaufen und für den Erlös ein Transistorradio erwerben. Damit nämlich wird ihre gewohnte Lebensweise gestört und zugleich die Hoffnung auf eine ferne Glitzerwelt geweckt.

Der erste Schritt in die Moderne ist in aller Regel ein Schritt in neues Elend. Man denkt an die Berichte über die frühe Arbeiterschaft in England, an die Arbeitshäuser, die Gin-Spelunken, die Krankheiten, die Verbrechen. In den heutigen Entwicklungsländern gilt Ähnliches. Die das Dorf mit seinem Zyklus der Armut verlassen haben, landen zunächst in Blechhütten am Rande der grossen Städte, in *favelas* und *slums*. Dort bleiben sie oft lange, nur gelegentlich in Arbeit und ohne viel Hoffnung. Noch existieren die Strukturen, die sie auffangen könnten, weder auf dem Arbeitsmarkt noch in den übrigen Konstruktionselementen des sozialen Lebens. Die Mehrzahl dieser Opfer der frühen Modernisierung sind junge Männer. Da sie nichts zu verlieren haben und sich wenig erhoffen, werden sie nur allzu leicht Opfer von Verführern. Sie sind die Reservearmee nationalistischer oder fundamentalistischer Demagogen. Sie sind auch das Reservoir aller Kulte, die Märtyrertum versprechen. Unter ihnen gedeiht der Terrorismus, der ja fast durchweg eine Aktivität junger Männer ist, die von alten Männern verführt worden sind.

Das, was wir so leichthin Entwicklung nennen, ist also ein Prozess, der für viele zunächst Entwurzelung bedeutet und von dem in dieser Phase keineswegs klar ist, dass er zum erwünschten Ende führt. Terrorismus und Märtyrertum sind gewiss kein Dauerzustand; aber sie können umschlagen in diktatorische Regimes jeder Couleur, Irak oder Iran, Nordkorea oder Burma, und auch in Nicht-Regimes, in die Herrschaft von Drogenkartellen und Mafias und Terrorgruppen. In der dritten Welt sind es nicht die Verlierer der Globalisierung, die gegen die Gewinner aufstehen, sondern die Opfer der Anfangsstadien einer Entwicklung, für die das ebenso gehasste wie ersehnte Ziel «Amerika» noch allzu weit entfernt ist.

Das ist kein Argument gegen Wachstum und Entwicklung. Es ist aber ein Argument für eine neue Subtilität bei allen Versuchen, Entwicklungsprozesse durch äussere Einwirkung in Gang zu setzen und zu fördern. Entwicklungspolitik sollte sich viel mehr auf die von Landes und vor allem Sen aufgezählten Voraussetzungen der nachhaltigen Entwicklung als auf die spektakulären Erfolge einzelner Unternehmer oder selbst Wirtschaftszweige konzentrieren. Finanzielle Hilfe ist weniger für Investitionen nötig – hier ist auf den Markt Verlass – als für die Absicherung derer, die im Tal der Tränen zu verkommen drohen. Sie brauchen nicht nur eine Grundsicherung, sondern vor allem Perspektiven, also Wegweisungen in eine hoffnungsvollere Zukunft.

Das ist leichter gesagt als getan, zumal wir offenkundig nicht imstande sind, im eigenen Lebensraum solche Bedingungen zu schaffen. Auch hochentwickelte Länder haben nicht nur ein Armutsproblem, sondern eines der jungen Männer, die nicht wissen, wohin, und die daher willfährige Opfer von allerlei Verführern werden, wenn sie nicht auf eigene Faust das Verbrechen zu ihrem Hauptberuf machen. Die folgenden Vorlesungen werden zu dem Thema aus mehreren Perspektiven zurückkehren. Die haltlose Welt ist die Quelle vieler Gefährdungen der liberalen Ordnung. Die Arbeit als Gerüst des Lebens hat ihre konstruktive Kraft für viele verloren. Neue Ungleichheiten begleiten die neuen Chancen der Globalisierung und geben Anlass zu neuen Formen sozialer Konflikte. Die Verfassung der Freiheit, wie wir sie kennen, und insbesondere die Demokratie wirkt oft nicht mehr als Quelle des Neuen durch geregelten Konflikt.

Grundausstattungs-Marktliberalismus

Doch ist es an der Zeit innezuhalten, bevor wir vollends aus dem Blick verlieren, dass es uns noch nie so gut gegangen ist wie heute. Nie zuvor haben so viele Menschen so grosse Lebenschancen gehabt wie in dieser Zeit. Für die Politik der Freiheit, an der vor allem mir gelegen ist, ist das der Ausgangspunkt. Er besagt, dass jeder neue Schub der Ausweitung von Lebenschancen willkommen ist, auch dann, wenn diese zunächst nicht allen zugute kommen. Auch der Globalisierung genannte Aufbruch neuer sozialökonomischer Kräfte ist also zunächst willkommen. Die Politik der Freiheit, der ich hier das Wort rede, ist jedenfalls keine Politik des Festhaltens an den scheinbaren Sicherheiten des Status quo. Sie heisst neue Möglichkeiten willkommen und hilft, ihnen Bahn zu brechen.

Dieser Ausgangspunkt der Hoffnung ist jedoch nur der erste Schritt der Politik der Freiheit. Der zweite Schritt heisst Tätigkeit. Freiheit ist nie ein weiches Kissen, auf dem man sich ausruhen oder passiven Genüssen hingeben kann. Sie ist immer eine Herausforderung zur Aktivität. Solche Aktivität versteht sich nicht von selbst. In dieser Hinsicht waren selbst die beiden grossen Liberalen, Karl Popper und Friedrich von Hayek, zu genügsam, um nicht zu sagen passiv. Die offene Gesellschaft ermöglicht Versuch und Irrtum und deren Korrektur. Was aber, wenn niemand mehr versucht, neue Wege zu gehen? Was, wenn Apathie an die Stelle der aktiven

Teilnahme am Leben des Gemeinwesens tritt? Wir waren, ja sind vielleicht noch, einem solchen Zustand nahe. Im günstigen Fall – und der ist schlimm genug – bedeutet das ein Absinken in eine Art unfreiwilligen Autoritarismus. Die Bürger schlafen und die Herrschenden tun, was sie wollen. Im ungünstigen Fall schlägt unser Nichtstun auf uns zurück, auch in der Form der neuen Gewalt einschliesslich des Terrorismus. Insofern ist es gut, dass die aktive Freiheit durch Ereignisse wieder erweckt worden ist.

Bei solcher tätigen Freiheit geht es natürlich nicht um Aktivität als Selbstzweck. Der oberste Zweck ist die Ausweitung der Lebenschancen der Erfolgreichen auf alle anderen. Freiheit darf kein Privileg werden, und das heisst, dass es ein Gebot der Politik der Freiheit ist, mehr Menschen, prinzipiell allen Menschen die Anrechte und das Angebot zu verschaffen, die wir selber schon geniessen. Ich habe angedeutet, dass das eine schwierige Aufgabe ist. Sie zu lösen reichen Ablasszahlungen nicht. Einsicht, Phantasie, Geduld, Beharrlichkeit und vor allem nimmermüde Versuche der Verbesserung menschlicher Wohlfahrt sind nötig. Das gilt für die Ausgeschlossenen in den reichen Ländern wie für die grosse Mehrheit in den armen Ländern.

Ebenso wichtig wie der Zweck der tätigen Freiheit sind die Mittel, mit denen er erreicht wird. Es sind dies vor allem zwei, von denen in diesen Vorlesungen noch mehr zu sagen sein wird. Eines sind die Regeln, durch die Freiheit erst institutionelle Gestalt gewinnt, also die Verfassung der Freiheit. Diese beginnen mit dem Rechtsstaat und den Spielregeln der Demokratie, und sie führen am Ende zu jenen weltweiten Regeln, deren Sinn schon Kant in seiner «Idee zu einer allgemeinen Geschichte in weltbürgerlicher Absicht» erkannt hat. Das andere Mittel zum Zweck der Freiheit ist weniger vertraut und wird daher gründlicherer Erörterung bedürfen; es ist eine Grundausstattung an Lebenschancen, die im Prinzip allen, also jedem Menschen zusteht.

Seit die Public Relations-Meister der Französischen Revolution Freiheit, Gleichheit und Brüderlichkeit zusammengespannt haben, ist immer wieder die Vereinbarkeit der drei beschworen worden. Ich gestehe, dass mich diese harmonisierende Vision nicht überzeugt. Liberale, Sozialisten und Kommunitarier sind nun einmal nicht dasselbe, nicht einmal im Zeichen der gnädigen Ungenauigkeit eines «dritten Weges». Freiheit und Gleichheit vor allem markieren zwei verschiedene Blickrichtungen auf soziale Verhältnisse. Wer vor allem die Gleichheit will, vergisst oft die Freiheit auf dem Weg.

Das Umgekehrte gilt gewiss auch. Ich bin in der Tat der Meinung, dass Ungleichheit ein Element der Freiheit ist. Eine freie Gesellschaft erlaubt den Unterschieden der Menschen, und zwar nicht nur denen der Art sondern auch denen des Ranges, viel Spielraum. Die Grenze der mit Freiheit verträglichen Ungleichheit liegt erst dort, wo die Bevorzugten den Benachteiligten ihre Teilnahmerechte bestreiten können oder die Benachteiligten ganz und gar von der Teilnahme am sozialen, ökonomischen und politischen Prozess ausgeschlossen bleiben. Gegen beides hilft nur eines, die garantierte Grundausstattung für alle. Dazu gehören die Grundrechte aller Bürger, aber auch ein Grundniveau der Lebensbedingungen, vielleicht ein garantiertes Grundeinkommen, jedenfalls gewisse öffentliche Dienste, die allen zugänglich sind.

Samuel Brittan und Adair Turner, denen ich hier folge, sprechen von «RML», einem *Redistributive Market Liberalism*, einem Marktliberalismus mit Umverteilungselementen. Der Begriff der Umverteilung kann in die Irre führen. Brittan und Turner meinen vor allem, dass weder Erbansprüche noch der Markt zu einer notwendig richtigen Verteilung der Güter führen. Dagegen hilft allerdings kein Predigen und schon gar nicht die Zerstörung des Marktes. Nötig ist vielmehr «ein Rahmen von Regeln – einschliesslich, wenn nötig, von umverteilenden Steuern und Transfers –, durch die eine Marktwirtschaft dazu gebracht werden kann, weiterreichenden Zielen und Zwecken zu dienen»[13]. Wenn schon ein Wortungetüm nötig ist, würde ich für diese Position dem Umverteilungs-Marktliberalismus den Grundausstattungs-Marktliberalismus vorziehen.

Es ist uns noch nie so gut gegangen, aber es kann uns noch besser gehen, uns und vor allem denen, die unsere Lebenschancen nicht geniessen. Daher sind wir zur tätigen Freiheit aufgerufen, denn es kann auch ganz anders kommen, und wenn wir untätig bleiben, dann wächst die Gefahr.

2.

Welt ohne Halt. Globalisierung und Anomie

Zeit der Hoffnung, Zeit der Angst

Wenn neue Kräfte verkrustete Strukturen zerbrechen, dann ist das zunächst eine Quelle der Hoffnung. Jedenfalls gilt das in der Perspektive der aufklärerischen Absicht, mehr Lebenschancen für mehr Menschen zu eröffnen. Das, was gemeinhin Globalisierung genannt wird, ist eine solche neue Kraft. Die Strukturen, die diese aufgebrochen hat, waren nicht nur die erstarrten Fronten des Kalten Krieges, sondern damit zugleich jene Verbindung von Stagflation und sozialer Erstarrung, in der der amerikanische Ökonom Mancur Olson noch 1982 den zwingenden Grund für den bevorstehenden Niedergang der Nationen des alten Westens vermutete. Globalisierung hiess Befreiung von der Unbeweglichkeit der mittlerweile fast vergessenen 70er Jahre des vorigen Jahrhunderts.
Inzwischen haben wir hinlänglich Erfahrung mit Licht und Schatten der Globalisierung, um zwei Gefahren begegnen zu können, die den Begriff begleitet haben: der Gefahr der Ungenauigkeit, und der Gefahr der Euphorie.

Um mit der Ungenauigkeit des Begriffs zu beginnen: die Welt als Feld des Wirtschaftens und der Kommunikation gab es auch schon vor 1989. Man konnte mit Tokio telephonieren, über den Pol nach Los Angeles fliegen, das ganze Jahr über Erdbeeren kaufen und in London oder Frankfurt mit amerikanischen Aktien handeln. Jedenfalls konnte man das im alten Westen, also jener Welt, die sich gut durch die Mitgliedschaft in der Organisation für Wirtschaftliche Zusammenarbeit und Entwicklung, der OECD, beschreiben lässt. Dennoch markiert 1989 eine Schwelle. Auf einmal kamen nicht der OECD angehörende Länder hinzu; fast die ganze Welt wurde zur OECD-Welt. Zudem führte die Öffnung, führte *glasnost* zu einer explosiven Entfaltung der Technologien, die Information vermitteln, und der wirtschaftlichen Tätigkeiten, die auf solchen Technologien beruhen. Grenzen fielen, Grenzen der Zeit und des Raumes.

Die ersten, die die Chancen der grenzenlosen Vermittlung von Informationen zu nutzen verstanden, waren diejenigen, die mit Geld umgehen, mit Kapital. Globale Märkte waren zunächst in erster Linie Finanzmärkte. Immer neue und komplexere Instrumente wurden erfunden, um einerseits Kapital dort verfügbar zu machen, wo es nachgefragt war, und andererseits das Kunststück zu versuchen, den Vermittlern bei abnehmendem Risiko wachsende Gewinne zu verschaffen. Es war die grosse Zeit von George Soros. Der ungarisch-britisch-amerikanische Finanzier ist darum so interessant, weil er das Klavier der globalen Finanztransaktionen brillant zu spielen verstand, ihm zugleich mit gehöriger Skepsis begegnete und dann die Gewinne fast in vollem Umfang benutzte, um denen zu helfen, denen aus welchen Gründen auch immer die neuen Chancen noch versperrt blieben. Soros verkörpert in seiner Person die Aspekte der neuen Welt der Globalisierung; er ist Spekulant, philosophierender Zeitkritiker und Philanthrop zugleich.

Damit war Soros übrigens besser als andere gefeit gegen die Gefahren der Euphorie, die die Globalisierung der Information in sich trug. Gewiss, es gab andere informationsabhängige Wirtschaftszweige. Reisen und alles, was damit zusammenhängt – Reisen übrigens zu beliebigen Zwecken – eröffneten zahlreiche neue Gewinnchancen. Im Medienbereich bedeuteten die fallenden Grenzen Möglichkeiten der Konzentration. Überhaupt wurden die Informationssysteme selbst zum Gegenstand globaler Wachstumshoffnungen. Eine ganze «neue Ökonomie» entstand vor allem rings um diesen Bereich, und mit ihr ein «neuer Markt». Als das geschah, waren die Erwartungen der Konsumenten weithin bereits gedeckt. Die auf Globalisierung der Informationssysteme Setzenden wollten entweder zu viel zu schnell oder griffen über das hinaus, was sich überhaupt an neuen Kräften realisieren liess. Dem verdächtigen *boom* folgte daher der *crash*, wobei beide Übertreibungen waren, die erst im gebührendem Abstand in ihrer Bedeutung verständlich werden.

Eine Kernannahme meiner Argumentation ist, dass es keinen Weltgeist gibt, der die Geschichte ohne Rücksicht auf Verluste zu bestimmten Zielen führt, und auch keine immanente Notwendigkeit des unaufhaltsamen technischen Fortschritts. Es kann durchaus sein, dass die vielberufene Globalisierung sich als eine Episode erweist, ein vorübergehender Irrweg des Kapitalismus mit wenig dauerhaften Folgen. Es kann auch sein, dass die nach 1989 beseitigten Grenzen in neuer Weise und an anderen Orten wiederentstehen. Von Anfängen einer solchen Entwicklung wird noch zu reden sein. Die globale Klasse, der George Soros zuerst den Weg gewiesen und dann die Leviten gelesen hat, kann auch wieder in der Versenkung der Geschichte verschwinden, ohne ihre Herrschaft je etabliert zu haben.

Im letzten Jahrzehnt allerdings feierte sie Triumphe. Manche davon waren verdächtig, andere verdient, einige für uns alle lebensbedrohend. Zu den verdächtigen Errungenschaften zähle ich zum Beispiel die seltsame Geschichte von «Y2k», wie das Jahr 2000 auf Computerenglisch abgekürzt werden kann. Die Experten sagten schreckliche Dinge voraus, wenn Computer beim Übergang vom Jahr 1999 zum Jahr 2000 plötzlich versagten. Fahrstühle würden in der Fahrt blockiert, ja Flugzeuge würden vom Himmel fallen, alle geldbringende Kommunikation in der Welt unterbrochen, wenn – ja, wenn nicht Milliarden Dollar ausgegeben werden, um weitere Experten anzustellen. Am Ende haben nur diese profitiert und Länder wie Griechenland, von Nordkorea zu schweigen, die wenig oder gar nichts aufwendeten und die IT-Geiselnehmer schlicht ignorierten.

Unverdiente Triumphe sind weniger den Informationsexperten zur Last zu legen als denen, die auf deren Konjunktur ihr eigenes Süppchen kochten. Auf einmal musste Globalisierung für alles herhalten – für die Schliessung ländlicher Postämter, für die Reduktion der Rettungsdienste in grossen Städten, für die Abschaffung der Preisbindung für Bücher und anderes mehr. Globalisierung wurde zum grossen Alibi, meist für wachsende Gewinne bei schrumpfenden Dienstleistungen. Denn Globalisierung hiess immer auch die Ermutigung eines zunehmend gewinnorientierten Kapitalismus, der die Fesseln korporatistischer Einbindung, langfristiger Verantwortung und sozialer Verpflichtung abgelegt hatte.

Spät, zu spät kam dann die Entdeckung hinzu, dass die Beseitigung von Grenzen bei unbeschränkter Information auch für böse, ja zerstörerische Zwecke benutzt werden kann. Die Blüte des weltweiten Handels mit Rauschgift hat etwas mit Globalisierung zu tun. Das Wirken von Mafias ist nicht mehr auf Kalabrien oder Sizilien beschränkt, sondern kann sich krakenhaft zum Beispiel von Russland aus über ganz Europa ausbreiten. Der globale Menschenhandel hat ein Ausmass angenommen, das alle historischen Erfahrungen der Sklaverei weit überschreitet. Schliesslich kam die Globalisierung des Terrorismus hinzu. Unbemerkt konnten Saudis, Algerier und Libanesen in afghanischen Lagern ausgebildet, dann an eine Technische Hochschule in Hamburg oder zur Pilotenausbildung nach Kalifornien geschickt werden, um am Ende Linienflugzeuge von Boston in die Twin Towers des World Trade Center zu steuern. Auch das ist Globalisierung, und es bezeichnet den Punkt, an dem die Hoffnungen der 90er Jahre umschlagen in Angst. Die grosse Chance der neuen Kräfte wird zur grossen Bedrohung.

Eine entfesselte Welt

Dass neue Kräfte verkrustete Strukturen zerbrechen, ist also für manche eine erfreuliche Ansicht, für viele hingegen eine eher bedrohliche Vorstellung. Es gibt andere aktuelle Begriffe von ähnlicher Ambivalenz. Die Risikogesellschaft ist für Ulrich Beck eine Chance, für die meisten dagegen vornehmlich riskant. Flexibilität ist eine beliebte politische Forderung, vor allem für Arbeitsmärkte, aber die Betroffenen verstehen sie zumeist als Unsicherheit. Was immer die Einstellung von Menschen sein mag, so viel indes ist gewiss, dass Zeiten des Wandels wie wir sie erleben, immer auch Zeiten der Auflösung sind. Wenn Neues kommt und Altes geht, dann opfern wir Vertrautes zugunsten des noch Ungeprägten.

Solche Auflösung hat den Prozess der Modernisierung (der heute wieder gerne und häufig berufen wird) seit seinen Anfängen bestimmt. *From status to contract*, von ererbtem Anspruch zu vertraglich geregelter Abmachung – die Formel des britischen Juristen Henry Maine ist mir immer als klarste Formulierung dessen erschienen, was Modernität bedeutet. Max Weber hat dies als Auflösung des Ständischen beschrieben, auch als Überführung traditionaler in legale oder rationale

Herrschaft. Solche Auflösung setzt Menschen frei, sie nimmt ihnen zugleich die Verlässlichkeit hergebrachter Bindungen.

Manche Autoren und viele Menschen meinen, dass wir in der Zeit der Globalisierung einen solchen Prozess mit äusserster Beschleunigung erleben. Anthony Giddens überschrieb seine BBC-Vorlesungen über die Frage, «wie die Globalisierung unser Leben umformt», mit *Runaway World.* Die deutsche Übersetzung ist unter dem Titel *Die entfesselte Welt* erschienen. Es gäbe manche andere Wendung, von denen doch keine ganz trifft: eine unbändige Welt, die aus den Fugen geraten ist, eine Welt ausser Rand und Band, die nun mit uns durchgeht, schrankenlos davonstürmend. Ich habe mich für «Welt ohne Halt» entschieden, denn die Haltlosigkeit scheint mir im Doppelsinn ihr Merkmal: keiner kann sie halten, und wir finden in ihr keinen Halt.

Man kann kaum umhin, hier an die neuerdings gelegentlich zitierte dramatische Analyse im kommunistischen Manifest von Marx und Engels zu erinnern. Die Bourgeoisie hat «alle feudalen, patriarchalischen, idyllischen Verhältnisse zerstört. Sie hat die buntscheckigen Feudalbande, die den Menschen an seinen natürlichen Vorgesetzten knüpften, unbarmherzig zerrissen und kein anderes Band zwischen Mensch und Mensch übriggelassen, als die gefühllose ‹bare Zahlung›», den *cash nexus.* Die Epoche zeichnet sich durch «die ununterbrochene Erschütterung aller gesellschaftlichen Zustände», durch «ewige Unsicherheit und Bewegung» aus. «Alle festen, eingerosteten Verhältnisse mit ihrem

Gefolge von altehrwürdigen Vorstellungen und Anschauungen werden aufgelöst, alle neugebildeten veralten, ehe sie verknöchern können. Alles Ständische und Stehende verdampft, alles Heilige wird entweiht ...»
Dass dies vor über 160 Jahren gesagt werden konnte, hat etwas Tröstliches. Die Welt ist nicht untergegangen, wenn wir auch ein schreckliches Jahrhundert der Kriege und des Völkermordes hinter uns haben. Ohnehin bleibt zu betonen, dass Befreiung und Bedrohung in solchen Prozessen des Wandels ganz nahe beieinander liegen. Die Welt ohne Halt ist auch eine Welt, in der Menschen auf eigenen Füssen stehen können. Das Gegenteil der *runaway world* ist die *stagnant world*. Wer will schon in einer gefesselten Welt leben, gebändigt und beschränkt?

Doch gibt es einen Punkt, an dem Freiheit zur Anomie entartet. Ich wähle den Ausdruck, den der französische Soziologe Emile Durkheim in seiner Analyse der Ursachen des Selbstmordes 1897 geprägt hat. Ein Grund für Selbstmord ist nach Durkheim der Zerfall aller Regeln (*nomoi*), die normlose, damit auch haltlose Welt. Wer Anomie erlebt hat, wird mit dem Wort nicht leichtfertig umgehen. Mich erinnert es an den kurzen Moment zwischen dem Verschwinden der Nazis und dem Einmarsch der Sowjets in Berlin 1945, als wir ganz ungeschützt die Ladenstrasse am nahen U-Bahnhof plünderten und mitnahmen, was nicht niet- und nagelfest war. Davon kann in Deutschland oder sonst in Europa im Jahr 2001 nicht die Rede sein. Dennoch hat die Auflösung vertrauter Strukturen ein Mass erreicht, das viele beunruhigt. Hand in Hand mit der Globalisierung erleben wir einen Zerfall von Recht und Ordnung sowohl im eigenen Land als auch weltweit. Das könnte noch zum bestimmenden Thema unserer Zeit werden und ist schon heute die schwerste Prüfung jeder Politik der Freiheit. Denn in dieser Welt ohne Halt suchen Menschen neue Bindungen, die grosse Fragen aufwerfen, wenn man vor allem die Freiheit will.

Glokalisierung

Lassen Sie mich mit einer vergleichsweise harmlosen Erläuterung beginnen. Manche Beobachter haben bemerkt, dass der Prozess, den wir mit Globalisierung bezeichnen, tatsächlich ein Doppelprozess ist. Während bestimmte wirtschaftliche Tätigkeiten immer weitere Räume zu ihrer Entfaltung brauchen und dabei jede Bodenhaftung verlieren, suchen Menschen immer kleinere Räume, in denen sie sich zu Hause fühlen und ein Gefühl der Zugehörigkeit entwickeln können. «Global denken, lokal handeln» ist ein Spruch, der in die Werbung Eingang gefunden hat. Für den Doppelprozess, der sich um uns und vielleicht sogar in uns abspielt, gibt es einen Namen, Glo*k*alisierung, also Globalisierung und Lokalisierung zugleich.

Sogar Mitglieder der globalen Klasse, die normalerweise Flugverbindungen zwischen Seoul und Chicago erkunden oder sich um den jüngsten Computer-Virus Sorgen machen, schwärmen von ihrem Häuschen in der

Dordogne oder in Kent und träumen davon, das globale Dorf eines Tages ganz gegen das wirkliche Dorf einzutauschen. Daran ist an sich nichts Falsches, und doch bleibt zwischen der dünnen Luft des Globalen und der allzu dicken Luft des Lokalen manches auf der Strecke. Zivilisierte Gemeinwesen zeigen dann ihre grösste Stärke, wenn sie eine gewisse Grösse haben. Das braucht nicht die der Vereinigten Staaten von Amerika zu sein; die Schweiz reicht durchaus. Das Dorf gehört da hinein, oder besser noch, die Stadt, in der die Moderne geboren wurde, aber die Gemeinde reicht für sich nicht, um Heimat und Freiheit zu verbinden.

Noch problematischer als der Hang zum Dorf ist der zur Region, zum begrenzten Teil eines grösseren Gemeinwesens als Ort der Zugehörigkeit. Auch das gilt nicht immer und nicht einfach. Ich habe meine deutsche Wohngemeinde Bonndorf im südlichen Schwarzwald liebgewonnen und mich längst daran gewöhnt, dass nach jedem Konzert der Blaskapelle das Badenerlied mit Inbrunst gesungen wird. So macht man den «Stuttgartern» in der württembergischen Landeshauptstadt von Baden-Württemberg deutlich, dass sie nicht immer das Sagen haben, oder vielmehr, dass man ihr Sagen zuweilen nicht mag. Doch ist das eine milde Version eines häufig durchaus virulenten Phänomens, das man das Bossi-Phänomen nennen mag nach dem Führer der norditalienischen Regionalisten.

Das «Padanien», das Bossi schaffen will, gibt es nicht. Es ist eine Erfindung des Demagogen, der damit Ressentiments gegen Rom mobilisiert. Doch haben solche

Erfindungen in der globalisierten Welt Konjunktur. Sie geben den Erfindern Macht und ihren Anhängern die Illusion der Zugehörigkeit. Manchmal, wie bei der Schaffung des Schweizer Kantons Jura, kann ein Gemeinwesen solchen Wünschen nachgeben, ohne viel Schaden zu nehmen. Häufiger gibt es zuerst Konflikte, auch solche, die von Terror begleitet werden, danach Abspaltungen von zuvor durchaus funktionierenden Gemeinwesen, und dann die grosse Enttäuschung der Abgespaltenen, die einem Führer und seinen Funktionären nachgelaufen sind und dafür mit ihrer Freiheit und oft auch ihrem Wohlstand bezahlt haben.

Ethnische Säuberung

Das grosse Missverständnis der Selbstbestimmung ist auch ein Nebenprodukt der Globalisierung. Selbstbestimmung soll heissen, dass Menschen an der Bestimmung ihres Geschicks selbst Anteil haben, dass sie also in demokratischen Verhältnissen leben. Selbstbestimmung heisst jedoch oft, dass Menschen in Grenzen leben, die weniger durch die Geschichte als durch Amateur-Historiker mit politischen Ambitionen gezogen werden. Eine unabhängige Slowakei, ein unabhängiges Quebec, ein unabhängiges Baskenland heisst nicht mehr Freiheit, sondern mehr Macht in den Händen regionaler Demagogen und Potentaten. Das ist, wie Ernest Gellner immer wieder überzeugend betont hat, nicht ein Ausdruck historischer Anrechte, sondern höchst moderner Machtansprüche. Es dient nicht zuletzt der Mobilisierung modernitätsgeschädigter Bürger. Es gibt ihnen angeblich die idyllischen Verhältnisse einer früheren Zeit zurück, bringt sie in Wahrheit aber in neue Abhängigkeiten.

Hier ist eine Beobachtung anzufügen, die den Liberalen beunruhigt, ja verstört; für mich ist sie Anlass der grossen Enttäuschung des letzten Jahrhunderts. Mit vielen anderen habe ich gehofft, dass zivilisierte, demokratische Gemeinwesen es Menschen verschiedener Herkunft, Überzeugung und Orientierung erlauben, friedlich als Bürger zusammenzuleben. Der gemeinsame Status der Bürger ist an sich völlig vereinbar mit der Pluralität ihres ethnischen Ursprungs, ihres religiösen Glaubens und anderer tief verwurzelter Aspekte ihrer sozialen Stellung. Heute indes stellt sich heraus, dass eben diese Vielfalt in der Gemeinsamkeit nicht stattfindet. Auch in Gesellschaften, in denen alle grosszügige Bürgerrechte geniessen, sortieren sich Gruppen zu möglichst homogenen Einheiten.

Es gab einmal eine Zeit, in der *separate but equal*, also Sonderung bei gleichen Rechten, als ein durchaus illiberales Ziel erschien. Wir wollten eine Welt des *together and equal*, der Gemeinsamkeit als gleiche Bürger, möglichst mit kräftiger Durchmischung aller Gruppen in gemeinsamen Schulen, in allen Wohnbezirken, ja durch Freundschaften und mehr, durch Heirat und multiethnische Familien. Heute muss man vielerorts hoffen, dass wenigstens das Minimum *separate but equal* noch erreichbar ist, denn die Sonderung, die Getrenntheit der Gruppen scheint unausweichlich. Die Vermutung liegt nahe, dass die Heimatlosigkeit in der Welt ohne Halt auch diese Tendenz befördert hat.

An Beispielen fehlt es ja nicht. Wenn einmal die Geschichte westlicher Interventionen auf dem Balkan geschrieben wird, dann könnte sie eine beunruhigende Tatsache enthüllen. Der löbliche Versuch, mit Hilfe internationaler Polizeikräfte das friedliche Zusammenleben ethnischer Gruppen zu garantieren, endete fast überall damit, dass die Interventionskräfte die Grenze zwischen den nunmehr getrennten Gruppen bewachen. Zwischen den guten Absichten und der Stabilisierung einer guten Realität liegt die ethnische Säuberung mit mehr oder minder blutigen, aber immer brutalen und schmerzhaften Mitteln. Menschen, so scheint es, wollen unter ihresgleichen sein, denn nur dort fühlen sie sich angesichts einer grenzenlosen Welt voller Bedrohungen sicher.

Das gilt im Grundsatz auch für die vielen ethnischen Konflikte, die in Europa und andernorts ausgebrochen sind. Iren, Basken, Korsen wollen unter sich sein, selbst wenn sie dafür einen Preis an Freiheit und Wohlstand bezahlen müssen. Minderheitenschutz ist nicht mehr genug; es muss ein eigener Staat her, ein unabhängiges Schottland, oder der Anschluss an einen Mutterstaat, wenn der ungarische Ministerpräsident sich als Regierungschef für 14 Millionen Ungarn bezeichnet, von denen doch nur neun Millionen innerhalb der jetzigen Grenzen des Landes leben.

Die Sehnsucht nach einer ethnisch homogenen Heimat

wird übrigens nicht nur im grossen, in den oft von Terror begleiteten Konflikten erkennbar, sondern auch im kleinen. Die sogenannten multikulturellen Gesellschaften sind dies tatsächlich nur in der Statistik; in Wirklichkeit sortieren sich die Kulturen mit beachtlichem Geschick. Es ist ja auch kaum erstaunlich, dass die verbleibenden Altberliner Familien wegziehen, wenn in der Klasse ihrer Kinder sonst nur Neuberliner türkischen Ursprungs sind. In London, der vielleicht am besten funktionierenden multikulturellen Stadt, weiss man dennoch genau, wo die Westinder, die Bangladeshis und die Chinesen wohnen. Zugehörigkeit, Heimat heisst für die allermeisten Homogenität.

Was ist daran falsch? War nicht möglicherweise das multikulturelle Ideal der Fehler, wenn Kinder mit Bussen zu entfernten Schulen gebracht wurden, um die Mischung der sonst getrennt lebenden Gruppen von Staats wegen zu bewirken? Es gab durchaus demokratische und liberale Länder mit einer weitgehend homogenen Bevölkerung; Schweden zum Beispiel. Dann kamen die ersten Zuwanderer; und als der schwedische Ministerpräsident Palme durch ein Attentat getötet wurde, war die erste Reaktion der meisten: «Das müssen die Kurden gewesen sein» (von denen es ein paar hundert in Stockholm gab). Die Wahrheit, die manche nicht mögen, ist aber: Die Menschheit ist nun einmal nicht säuberlich in identifizierbare Gruppen über den Erdball verteilt; in der Zeit der Globalisierung ist sie es weniger denn je.

Die Suche nach Homogenität, nach ethnisch «sauberen» Gemeinwesen hat unter solchen Umständen zwei

Folgen, die gleichermassen die Freiheit gefährden. Nach innen neigen solche Gemeinwesen zur Intoleranz. Japan ist homogen, darum darf es keine Koreaner im Lande geben; es gibt sie aber doch, daher werden sie unterdrückt. Zugleich neigen vorgeblich homogene Gemeinwesen nach aussen zu einer Mischung von Protektionismus und Aggression. Sie verhalten sich, als müssten sie ständig ihr Territorium verteidigen, am besten, indem sie es ausweiten. In der Welt homogener Nationen (im klassischen ethnischen Sinn des Begriffs) sind Freiheit und Frieden gleichermassen gefährdet.

Über Ligaturen

Das führt zurück zu der Frage, was denn das Ziel einer Politik der Freiheit ist. Die grössten Lebenschancen der grössten Zahl, lautet meine Antwort. Lebenschancen sind zunächst Wahlchancen, Optionen. Sie verlangen zweierlei, Anrechte auf Teilnahme und ein Angebot von Tätigkeiten und Gütern zur Auswahl. Menschen müssen wählen dürfen und wählen können. Auf den ersten Blick ist das genug; es stellt jedenfalls hinlängliche Aufgaben, was die Erweiterung der Bürgerrechte und die Vergrösserung des Wohlstandes, aber auch des Pluralismus der Gesellschaft betrifft. Dennoch sind Optionen allein nicht genug.

Wahlchancen müssen einen Sinn haben. Das ist aber nur der Fall, wenn sie eingebettet sind in gewisse Wertvorstellungen, die Masstäbe liefern. Hier liegt die grosse und bedrohliche Schwäche einer postmodernen Haltung des *anything goes*, also der grundsätzlichen Beliebigkeit aller Optionen. Wenn es nicht darauf ankommt, was wir wählen – welche politische Partei, welches moralische Verhalten, welche Theorie der Erkenntnis, aber auch welche Konsumgüter –, wenn also alles gleich gültig ist, dann wird nicht nur alles gleichgültig, sondern es setzt eine allgemeine Richtungs- und Orientierungslosigkeit ein. Das ist nicht der Traum von der absoluten Freiheit, das Arkadien von Rousseau; wahrscheinlicher in dieser Lage ist der Krieg aller gegen alle von Hobbes und mit ihm die Einladung an Usurpatoren, sich zur Ordnungskraft aufzuspielen und tyrannische Herrschaft zu etablieren. Anomie ist der Punkt, an dem die grösste Freiheit in die grösste Unfreiheit umschlägt.

Auf Lebenschancen bezogen, heisst dies, dass Optionen allein nicht ausreichen; sie müssen begleitet werden von Ligaturen (wie ich es formuliere). Ligaturen sind tiefe Bindungen, deren Vorhandensein den Wahlchancen Sinn gibt. Sie sind gleichsam der Kitt, der Gesellschaften zusammenhält. Man kann sie auch als die subjektive Innenseite der Normen beschreiben, die soziale Strukturen garantieren.

Ligaturen sind (wie Optionen) nicht an sich wünschenswert oder kritikwürdig. Modernität, so habe ich argumentiert, ist selbst ein «Ausgang aus selbstverschuldeter Unmündigkeit», nämlich aus von Menschen gemachten Abhängigkeiten, die die Wahlchancen eingrenzen. Nur in einer Hinsicht muss das Thema hier wenigstens skizzenhaft verfolgt werden. Religion ist nicht nur vom Wort her auch eine Form der sozialen Ligatur. Das ist nicht alles, was über Religion zu sagen ist, aber doch ein Aspekt. Allerdings liefern Religionen nur dann Ligaturen für eine freie Gesellschaft, wenn sie nicht einen Absolutheitsanspruch enthalten, der Optionen einschränkt und am Ende zerstört. Hier liegt das Problem des religiösen Fundamentalismus, ob katholisch, orthodox-jüdisch oder islamisch. In all diesen Fällen liegt der Kern in der fehlenden – wenn man so will: säkularen – Unabhängigkeit des Rechts vom Gottesglauben. Das Scheidungsverbot in Irland, das Verbot der weltlichen Eheschliessung in Israel, die Einführung der Scharia in Teilen Nigerias sind Beispiele für illiberale Ligaturen.

In von Anomie bedrohten Gesellschaften ist es vielleicht nicht überraschend, dass orientierungslose Menschen sich für absolute, für totale Ligaturen begeistern. Wohl aber ist es ebenso freiheitszerstörend wie die ideologisch begründete politische Tyrannei. Die tiefen Bindungen, denen hier das Wort geredet wird, lassen breiten Raum für die Anrechte der Bürger und das Angebot an Wahlmöglichkeiten, zu denen diese Zugang verschaffen. Sie geben Menschen zugleich ein Rüstzeug, um diesem Angebot nicht hilflos gegenüberzustehen. Sie beenden die Beliebigkeit, ohne dabei in eine neue Unmündigkeit zu führen. Nur wer aus der Festigkeit tiefer, also mehr als modischer Bindungen seine Entscheidungen trifft, kann im vollen Sinn des Begriffs von seinen Optionen Gebrauch machen.

Das Thema, an dem die Frage der Ligaturen in vielen

modernen Gesellschaften akut wird, ist das von Recht und Ordnung. Anomie, die Beliebigkeit allen Tuns, führt zur Welt, in der jeder Mensch des anderen Wolf ist (um noch einmal mit Hobbes zu sprechen). Nichts ist kennzeichnender für die Auflösung von Strukturen als das ständige Gefühl der Bedrohung. Es mag sein, dass dieses an manchen Orten übertrieben wird; in Europa bleiben viele nach wie vor ein Leben lang unberührt von der Ausbreitung des Verbrechens. Doch ist die Angst vor den Gefährdungen der Normlosigkeit Teil des Lebensgefühls geworden, und sie ist gepaart mit der Ratlosigkeit angesichts der Möglichkeiten der Abhilfe.

In dieser Lage ist es nur natürlich, dass viele sich von deftigen Rezepten beeindrucken lassen: mehr Polizei auf den Strassen, schärfere Urteile der Gerichte, härtere Behandlung der Straffälligen. Es ist auch nicht zu leugnen, dass sich ein Mass an postmodernem Verhalten, also an der Bereitschaft, relativ geringfügige Gesetzwidrigkeiten nicht zu verfolgen, tief in die öffentlichen Institutionen eingeschlichen hat. Bürgermeister Giuliani in New York hat gezeigt, wie wirksam es ist, wenn gerade das Kleinverbrechen direkt und rasch verfolgt wird. Aber genau genommen wissen auch die Wähler von Parteien, die Recht und Ordnung für morgen versprechen, dass die Sache so einfach nicht ist. Die Ligaturen, die die innere Ordnung von Gesellschaften stiften, lassen sich nicht durch mehr Polizisten und Gefängnisinsassen ersetzen. Solange die meisten weggucken, ja weglaufen, wenn neben ihnen ein Verbrechen geschieht, regiert die Drohung der Anomie, und hinter ihr lauert die Diktatur.

Wege aus der Anomie

Damit stellt sich die Frage, was wir denn tun können, um die Zeichen der Anomie, die Modernisierung und Globalisierung begleiten, erfolgreich zu bekämpfen, ohne dabei die Freiheit aufs Spiel zu setzen. Das ist in gewisser Weise die Preisfrage der modernen Gesellschaften. Es ist vor allem die Preisfrage europäischer – vor allem nord- und osteuropäischer – Gesellschaften. Die oft gescholtenen Vereinigten Staaten von Amerika kennen nämlich nach wie vor starke Elemente der von Tocqueville so eindringlich beschriebenen Bürgergesellschaften. Sie kennen auch so etwas wie eine Zivilreligion. Wenn die Bedrohungen wirklich ernst werden, schliesst das Land sich in einer Weise zusammen, die in grossen Teilen Europas undenkbar ist. Die Bilder der New Yorker, die Schlange stehen, um beim Aufräumen der Trümmer des World Trade Center zu helfen, und die sich in Tränen umarmen bei der ökumenischen Feier für die Hinterbliebenen, erzählen eine in Europa nicht leicht replizierbare Geschichte.
Dennoch gilt auch für die Vereinigten Staaten, dass wir noch nicht das Ende des Prozesses der Auflösung sozialer Strukturen gesehen haben. Die Dialektik von Anomie und Tyrannei oder zumindest Illiberalität wird uns noch eine Weile begleiten. Neue Ligaturen entstehen nicht

über Nacht; da sie tiefe Bindungen sind, brauchen sie Zeit um zu wachsen. Da sie überdies in Menschen und ihren Gemeinschaften Wurzeln schlagen müssen, entziehen sie sich der bloss politischen Aktion, auch wenn diese Signale setzen, weitere Auflösung verhindern und Anfänge neuer Bindungen schaffen kann. Politik heisst dabei Politik der Freiheit, also die Schaffung von Ligaturen, die Optionen nicht zerstören, sondern kräftigen.

Was also ist zu tun? In einem Wort zusammengefasst: wir müssen Institutionen bauen. Das mag für den Liberalen eine überraschende Maxime scheinen; doch wird Freiheit nur in der Verfassung der Freiheit wirklich. Die «ungesellige Geselligkeit» der Menschen (wie Kant den Hobbesschen Naturzustand weniger kriegslüstern beschrieben hat) verlangt Institutionen, die Antagonismen fruchtbar machen, indem sie diese in geordnete Bahnen lenken. Das heisst nicht, dass wir an Institutionen ständig herumbasteln sollen. Es heisst auch nicht, dass wir immer mehr Gesetze brauchen. Wohl aber heisst es, dass Gesetze, Normen, geschaffen werden, die im vollen Sinn gelten und dadurch jene Bindewirkung entfalten, die mit Ligaturen gemeint ist.

Ich habe von Recht und Ordnung gesprochen. Eine Bedingung dafür ist die Geltung von Normen, und diese ist nur garantiert, wenn es keine *no-go areas* des Rechts gibt, also keine Rechtsoasen, wie man in Analogie zu Steueroasen sagen könnte. *No-go areas* sind im ursprünglichen Sinn geographische Bezirke, in denen das theoretisch geltende Recht praktisch nicht erzwungen wird. Niemand geht in diese Bezirke, nicht einmal die

Polizei. Im übertragenen Sinn kann man dann auch ganze Bereiche des gesetzwidrigen Handelns als Rechtsoasen bezeichnen. Die Schattenwirtschaft ist ein Beispiel, aber auch das Kleinverbrechen, das kaum noch registriert geschweige denn verfolgt wird. Es beginnt mit dem Einschlagen von Fensterscheiben, geht bald weiter zum Taschendiebstahl, dann zum Strassenraub, ja Einbruch. Eine grosse Rechtsoase ist die Jugend geworden, die doch für die meisten Straftaten verantwortlich ist. Solche *no-go areas* des Rechts unterminieren Institutionen und mit ihnen die Bindungen der Gemeinschaft. In all diesen Fällen muss entweder das Recht geändert werden oder die geschützten Bereiche müssen einbezogen werden in die Welt der effektiven Geltung des Rechts.

Politik kann auch in einem andern Sinn Ligaturen stiften. Gewiss, sie kann die Konkurrenz zwischen Einzelnen fördern, aber auch die Solidarität der Bürger; im günstigen Fall kann sie sogar beides im angemessenen Gleichgewicht leisten. Hier hat die Wirtschafts- und Sozialpolitik eine besondere Aufgabe. In dieser Zeit der Globalisierung ist eine Kernfrage: wie lässt sich die nötige Konkurrenzfähigkeit erzielen, ohne den sozialen Zusammenhalt unnötig zu zerstören? Es gibt Wirtschaftsunternehmen, die unter anderem einen Solidaritätseffekt haben, Firmen zum Beispiel, die eine ganze Region dominieren (Automobilfirmen hatten lange Zeit diese Position); es gibt Industrien, die auf dem Ineinandergreifen verschiedener Wirtschaftszweige beruhen und insoweit soziale Gefüge schaffen (die Tomatenwirtschaft in und um Parma zum Beispiel). Und es gibt ihrer Natur nach solidarisierende Unternehmen wie die öffentlichen Sparkassen. Sie alle wandeln sich angesichts der Forderungen globaler Märkte, aber sie müssen nicht ihre gefügebildende Kraft vollends verlieren.

Das gilt auch in der Sozialpolitik. Wirtschaftliche, demographische und auch demokratische Entwicklungen verlangen die Reform unerschwinglicher Versprechungen der Sozialpolitik. Doch sollten solche Reformen nicht einfach zu stärkerer Individualisierung führen. Es gibt einen teuren, aber auch wertvollen Nebeneffekt bestimmter sozialpolitischer Arrangements, so den «Vertrag zwischen den Generationen», auch den zwischen Kranken und Gesunden. Werden diese Verträge leichtfertig aufgekündigt, dann bringt das mit der Anomie am Ende neue kostspielige Probleme hervor, wie die von Recht und Ordnung.

Von allen sozialen Bindungen, die den Optionen der modernen Wirtschaftsgesellschaft die nötigen Ligaturen hinzufügen, ist die Bürgergesellschaft die wichtigste. Bürgergesellschaft, das ist das schöpferische Chaos von Assoziationen, zu denen wir aus freien Stücken gehören. Sie sollten vom Staat weder geschaffen noch dirigiert werden; sie werden auch nicht für wirtschaftlichen Gewinn gebildet; ihre Zwecke sind so vielfältig wie menschliche Motive, manchmal idiosynkratisch wie das Sammeln von Briefmarken, manchmal erbaulich wie literarische oder philosophische Klubs, manchmal erfreulich für die Beteiligten und für ihr Publikum wie

Blasorchester oder Theatergruppen, manchmal gemeinnützig wie die freiwillige Fürsorge für Alte, Arme, Obdachlose. Beteiligung an den Assoziationen der Bürgergesellschaft bestätigt und stärkt Ligaturen. Auf diese Weise entsteht ein Netz, durch das Menschen nicht fallen können, damit eine Infrastruktur der Freiheit.

Bürgergesellschaften lassen sich nicht einfach schaffen, schon gar nicht von oben her, durch staatliche Massnahmen. Ihre Entstehung kann allenfalls erleichtert werden durch rechtliche Regeln, steuerliche Vergünstigungen, durch die Freistellung von der Arbeit. Sie sind daher Ausdruck einer sozialen Haltung, die weder primär durch Macht und Gehorsam noch durch Gewinn und Interesse bestimmt ist. Das führt zu dem weniger greifbaren und doch so wichtigen Thema der gemeinsamen Wertüberzeugungen in einer Gesellschaft, die nicht nur Optionen, sondern auch Ligaturen hoch bewertet. Moderne Gesellschaften tun sich schwer mit diesem Thema, und «postmoderne» noch mehr, weil sie das Patchwork eines beliebigen Pluralismus für gut genug halten. Das ist jedoch tatsächlich nicht der Fall. Ohne gemeinsame Wertüberzeugungen greift der Bazillus der Anomie mit allen hier geschilderten Formen um sich.

In Deutschland stellt sich in diesem Zusammenhang bald der Gedanke des Verfassungspatriotismus ein. Der Begriff kann eine hilfreiche Erinnerung an die institutionelle Basis sozialer Bindungen sein. Dennoch habe ich mich oft gefragt, ob Verfassungspatriotismus nicht eine allzu dünne, anämische Form gemeinsamer Wertüberzeugungen ist. Es gibt ja eine neue Ethik-Diskussion bei politischen Philosophen, die weiterführt. Avishai Margalits «anständige Gesellschaft», in der niemand erniedrigt wird, gehört dazu. Neuerdings hat Margalit den Gedanken durch seine Horkheimer-Vorlesungen zur «Ethik der Erinnerung» noch vertieft, in denen er «ethische Gemeinschaften» aus gemeinsamen Erinnerungen ableitet. Michael Walzer hat (in *On Toleration*) das alte Thema der Toleranz und des Lebens mit Unterschieden aufgenommen («Toleranz macht Unterschiede möglich; Unterschiede machen Toleranz nötig»). Tony Judt befasst sich an Hand französischer Autoren mit der Tugend der Verantwortung *(The Burden of Responsibility).* Vertrauen *(trust)* und die Grundlage des Vertrauens sind für eine Reihe von angelsächsischen Autoren zum Thema geworden.

Die Liste lässt sich ergänzen. Sie spiegelt auf ihre Weise die verbreitete Suche nach Halt in einer haltlosen Welt. Sie zeigt auch eine bestimmte Richtung des Denkens, eben Anstand, Menschenwürde, Fairness, Toleranz, Vertrauen, Verantwortung. Aber wer sind sie schon, die zitierten Autoren, um solche Wertvorstellungen irgendwo zu gemeinsamen zu machen? Welcher Weg führt zum Beispiel von den höchst lesbaren und nachdenklich stimmenden Büchern zu akzeptablen Entscheidungen in den brennenden Fragen der Biowissenschaften und ihrer Anwendungen, oder in denen der wirksamen und nachhaltigen Bekämpfung des globalen Terrorismus? Was macht die kulturellen Ideen bedeutender Autoren zu einer Leitkultur?

Wenn man die Hoffnung nicht teilt, dass ein unauffälliger, jedenfalls ungelenkter, ganz und gar herrschaftsfreier Diskurs wie von selbst zu allgemein akzeptierten Regeln und Werten führt, dann bleibt nur eine Antwort: irgendjemand muss den Ton angeben. Das ist in Deutschland ein schockierender Gedanke; auch in Grossbritannien, wo er noch Realität hat, mögen ihn viele nicht mehr. Ich meine natürlich nicht einen autoritären Ton, der uns anderen aufgezwungen wird, wohl aber einen, der mit Autorität angegeben wird. Das kann durch Institutionen erfolgen; das Bundesverfassungsgericht kommt dem für deutsche Verhältnisse schon nahe. Die Deutsche Akademie für Sprache und Dichtung aber ist keine Académie Française. Auch ein Oxford und Cambridge gibt es in Deutschland (wie in den meisten kontinentaleuropäischen Ländern) nicht. Über die Staatskirche, deren Bischöfe *ex officio* im britischen Oberhaus sitzen, mag man streiten; in der Genetik-Diskussion war die Präsenz ihrer Vertreter wichtig, und einer von ihnen, der Bischof von Oxford, wurde sogar Vorsitzender der Kommission für Stammzellen-Forschung. Die Pariser Intellektuellen, die Londoner *think tanks* der verschiedensten politischen Richtungen haben eine solche Funktion. Sie alle führen die Diskussion über Wertüberzeugungen, und zwar auf eine Weise, die zumindest dies im öffentlichen Bewusstsein hält, dass es wichtig ist, die Suche nach solchen Werten nicht aufzugeben. Weniges ist schlimmer als die Beliebigkeit der haltlosen Welt, denn der Weg von der Anomie zur Tyrannei ist kurz.

Doch gibt es Zeichen der Hoffnung. Das Thema des 11. September 2001, also des Terroranschlags auf New York und seiner Folgen hat diese Vorlesung unterschwellig begleitet. Manche haben in den Wochen nach dem Anschlag die Hoffnung geäussert, dass aus dem Bösen am Ende doch Gutes erwachsen möge. Gelegentlich konnte man erste Zeichen dafür erkennen. Eines davon war und ist die Wiederentdeckung des Westens. In aller Fragmentierung werden auf einmal Werte erkennbar, die nicht amerikanisch oder europäisch sind, sondern einen breiteren Anspruch enthalten. Sie sollten im Prinzip für alle Menschen gelten können, haben aber Quelle und Ursprung in den Ländern, die das Fegefeuer der Modernisierung schon durchschritten haben und daher die Gefahren der Anomie wie der Tyrannei kennen. Die Gebäude, die wir errichten, können zerstört werden; die Institutionen, in denen wir leben, können bedroht und auch erschüttert werden; aber die Werte, von denen wir uns leiten lassen, haben Bestand. Das ist immerhin ein Anfang.

3.

Kapital ohne Arbeit. Die soziale Rekonstruktion des Lebens

Das Reich der Freiheit

Im dritten Band des *Kapital* – also nicht etwa in einer seiner idealistischen Jugendschriften – schreibt Karl Marx ein paar bemerkenswerte Sätze über sein altes Thema der Arbeit. Genauer schreibt er über die «Mehrarbeit», also jenen Teil der Leistung der Arbeiter, der dem Kapitalisten zugute kommt. Diese Mehrarbeit ist indes im kapitalistischen System (so Marx) nicht einfach mehr Arbeitszeit, sondern intensivierte Arbeitsleistung, höhere Produktivität:
«Der wirkliche Reichtum der Gesellschaft und die Möglichkeit beständiger Erweiterung ihres Reproduktionsprozesses hängt also nicht ab von der Länge der Mehrarbeit, sondern von ihrer Produktivität und von den mehr oder minder reichhaltigen Produktionsbedingungen, worin sie sich vollzieht. Das Reich der Freiheit beginnt in der Tat erst da, wo das Arbeiten, das durch Not und äussere Zweckmässigkeit bestimmt ist, aufhört; es liegt also der Natur der Sache nach jenseits der Sphäre der eigentlichen materiellen Produktion. Wie

der Wilde mit der Natur ringen muss, um seine Bedürfnisse zu befriedigen, um sein Leben zu erhalten und zu reproduzieren, so muss es der Zivilisierte, und er muss es in allen Gesellschaftsformen und unter allen möglichen Produktionsweisen. Mit seiner Entwicklung erweitert sich dies Reich der Naturnotwendigkeit, weil die Bedürfnisse wachsen; aber zugleich erweitern sich die Produktivkräfte, die diese befriedigen. Die Freiheit in diesem Gebiet kann nur darin bestehn, dass der vergesellschaftete Mensch, die assoziierten Produzenten, diesen ihren Stoffwechsel mit der Natur rationell regeln, unter ihre gemeinschaftliche Kontrolle bringen, statt von ihm als von einer blinden Macht beherrscht zu werden; ihn mit dem geringsten Kraftaufwand und unter den, ihrer menschlichen Natur würdigsten und adäquatesten Bedingungen vollziehn. Aber es bleibt dies immer ein Reich der Notwendigkeit. Jenseits desselben beginnt die menschliche Kraftentwicklung, die sich als Selbstzweck gilt, das wahre Reich der Freiheit, das aber nur auf jenem Reich der Notwendigkeit als seiner Basis aufblühen kann. Die Verkürzung des Arbeitstags ist die Grundbedingung.»[1]

Der lakonische letzte Satz kommt fast als Schock; nach dem Höhenflug der Gedanken führt er direkt in die praktische Welt. Trotz der etwas komplizierten Sprache ist der Grundgedanke von Marx klar genug. Die Welt der Arbeit ist immer ein Reich der Notwendigkeit. Sie lässt sich menschenwürdig gestalten, bleibt aber eine Welt des «Muss», des Zwanges. Der Kapitalismus erlaubt es, die durch Arbeit erbrachte Leistung, die Arbeitsproduktivität, enorm zu steigern. Am Ende schafft weniger Arbeit mehr Leistung, so dass die Arbeitszeit verkürzt werden kann, ohne dass die «Produktion» (wie Marx zeitgemäss sagt), also das, was man heute «output» nennt, damit das Bruttosozialprodukt leidet. Damit öffnet sich «das wahre Reich der Freiheit». Menschen gewinnen Zeit, um (in der Sprache des jungen Marx der *Deutschen Ideologie*) «heute dies, morgen jenes zu tun, morgens zu jagen, nachmittags zu fischen, abends Viehzucht zu treiben, nach dem Essen zu kritisieren, wo ich gerade Lust habe; ohne je Jäger, Hirt oder Kritiker zu werden».[2]

Das sind Denkfiguren, die sich bis heute erhalten haben; sie sind nachgerade zum Gemeingut geworden. Arbeit muss sein, aus allerlei Gründen – um den Lebensunterhalt zu verdienen, um den Wirtschaftsprozess in Gang zu halten, um mit Hilfe von Steuern die öffentlichen Dienste zu finanzieren, um eine soziale Identität zu gewinnen. Aber was sein muss, ist nur ein Teil des Lebens; wichtiger wird zunehmend der andere Teil dessen, was sein kann. Nach der Arbeit beginnt die Freizeit, das Vergnügen. Und so sind wir Schritt für Schritt von der Arbeitsgesellschaft in die Freizeitgesellschaft und weiter in die Spassgesellschaft gegangen. Das Reich der Freiheit hat das Reich der Notwendigkeit besiegt ....

Dies jedenfalls ist der angewandte Marx, der das Lebensgefühl und die gängige Sprache der kapitalistischen Welt beherrscht. Indes werde ich im folgenden argumentieren, dass an diesen nicht nur gängigen, sondern auch eingängigen Vorstellungen vieles nicht stimmt. Die Arbeitsgesellschaft ist durch jüngere Entwicklungen nicht nur reduziert, sondern unterminiert worden. Die Wissensgesellschaft, von der viele meinen, dass sie ihr gefolgt sei, erweist sich als eine Gesellschaft des bewussten Ausschlusses vieler aus der modernen Arbeitswelt. Dahinter steckt ein noch nicht verstandenes Paradox; Lohnarbeit und Kapital sind nicht mehr untrennbar miteinander verknüpft, sondern das Kapital vermehrt sich auch ohne die Arbeit der Vielen. Damit wird Arbeit zu einem Thema der sozialen Kontrolle, also einer nicht in der Natur der Sache liegenden Unfreiheit im Reich der Notwendigkeit, daher einem Instrument der Herrschaft.

Und die Lösung all dieser Rätsel? Es gibt Ansätze zu einer Antwort, bei Hannah Arendt, bei Robert Heilbroner, doch sind auch diese unbefriedigend. Eine befriedigende Antwort muss vor allem Abschied nehmen von der Marxschen Unterscheidung der beiden Reiche. Die Freiheit ist unteilbar; sie herrscht in allen Sphären menschlicher Lebenstätigkeit oder sie ist in allen gefährdet.

Wenn der Arbeitsgesellschaft die Arbeit ausgeht

Das ist ein beträchtliches Programm für eine Vorlesung; es ist jedoch im Kontext dieser Reihe zur Politik der Freiheit in einer haltlosen Welt zentral. Wo beginnen? «Die Verkürzung des Arbeitstags ist die Grundbedingung.» Wenn eine Marxsche Forderung im Jahrhundert nach der Veröffentlichung des *Kapital* eingelöst worden ist, dann diese. Heute erinnert sich kaum noch jemand, wie revolutionär die Forderung nach der 48-Stunden-Woche, auch nach dem Achtstundentag einmal war. Die Schrumpfung der Arbeitszeit, des Arbeitstages, der Arbeitswoche, des Arbeitsjahres und des Arbeitslebens hat dramatische Ausmasse – und Folgen – erreicht.

Wenn ich die reiche Forschung zu diesem Thema in ein paar einfachen Sätzen resümiere, dann ist diesen indes zweierlei vorauszuschicken. Erstens gilt das allgemeine Resümee nicht überall. In sogenannten Entwicklungsländern gilt es jedenfalls nicht; aber auch in der entwikkelten Welt gibt es wichtige Unterschiede. Japan und Grossbritannien zeigen ein durchaus anderes Bild als Kontinentaleuropa. Vor allem aber sind die Vereinigten Staaten in stärkerem Masse eine Arbeitsgesellschaft als die übrige OECD-Welt. Das führt zu der zweiten Mahnung zur Vorsicht. Weder hier noch sonst irgendwo in meiner Analyse wird angenommen, dass die Entwicklung nur in eine Richtung verlaufen kann. Es gibt keine historische Notwendigkeit, der wir wehrlos ausgeliefert sind; es kann immer auch ganz anders kommen als es im letzten Jahrhundert tatsächlich gekommen ist.

Hier allerdings besteht kein Zweifel an jenen dramatischen Veränderungen, die sich am Arbeitsleben, am Arbeitsjahr, am Arbeitstag und an den Arbeitsverhältnissen ablesen lassen:

- Was das *Arbeitsleben* betrifft, so ist die erhebliche Verlängerung der Lebenserwartung Hand in Hand mit der ebenso erheblichen Verkürzung des Arbeitslebens gegangen. Die Erweiterung der Bildungschancen bedeutet, dass der Eintritt ins Arbeitsleben für viele erst spät, im Durchschnitt mit kaum weniger als 20 Jahren erfolgt. Zugleich ist das Institut der Pensionierung vielfach durch Frühpensionierung ergänzt worden; in vielen Ländern sind nur mehr höchstens 50% der 55- bis 64jährigen berufstätig, von den Älteren ganz zu schweigen. Nimmt man die grosszügig definierten Behinderten und andere nicht Erwerbstätige hinzu, so ergibt sich ein durchschnittliches Arbeitsleben von etwa 35 Jahren bei einer Lebenserwartung von über 70 Jahren.

- Das *Arbeitsjahr* ist durch eine Reihe von Entwicklungen zunehmend kürzer geworden. Die Fünftagewoche bedeutet, dass die meisten an 104 Tagen nicht arbeiten. Öffentliche Feiertage fügen dieser Zahl noch einmal ein Dutzend Tage oder mehr hinzu. Gesetzliche oder vertragliche Urlaubsansprüche erreichen für eine grosse Zahl beinahe 30 Tage. Ein, zwei Grippeanfälle oder andere Krankheiten sind fast schon Teil des normalen Arbeitsjahres geworden. So bleibt nicht viel mehr als die Hälfte der Tage des Jahres für berufliche Arbeit.
- *Arbeitstage* (und Arbeitswochen) sind ebenfalls kürzer geworden. Das fällt insbesondere dort ins Gewicht, wo die Tagesarbeit früh beginnt und konzentriert geleistet, also nicht über den ganzen Tag verteilt wird.

Das Reich der Notwendigkeit – wenn es das denn ist – ist also massiv geschrumpft. Die Verallgemeinerung gilt gewiss als solche nur für eine Minderheit. Dennoch stimmt der Schluss nachdenklich, dass Berufsarbeit nur mehr das halbe Leben, in dieser Zeit jeweils das halbe

Jahr, und darin wiederum die Hälfte der wachen Zeit von Menschen prägt.

Dem ist noch die Veränderung der *Arbeitsverhältnisse* hinzuzufügen. «Normarbeitsverhältnisse» wie Meinhard Miegel sie nennt,[3] also Verträge für Ganztagsarbeit auf unbestimmte Zeit, sind zwar noch immer die häufigste Form der Berufstätigkeit; aber schon heute haben mehr als die Hälfte der Berufstätigen andere Arbeitsverhältnisse. Teilzeitarbeit, Selbständigkeit (einschliesslich von «Scheinselbständigkeit»), befristete Beschäftigung, nicht ganz unfreiwillige Arbeitslosigkeit und Mischungen der verschiedenen Formen (für die Menschen, vor allem Frauen, eine erstaunliche Phantasie entwickeln), prägen zunehmend das Bild.

Was bleibt also vom Reich der Notwendigkeit? Hannah Arendt hat als erste von einer «Arbeitsgesellschaft» gesprochen, «der die Arbeit ausgegangen ist».[4] Seither haben viele die Formulierung aufgenommen, bis hin zu Jeremy Rifkins einflussreichem Buch *The End of Work*[5]. (Ich bin selbst nicht ganz unschuldig an dieser Geschichte, insofern ich schon auf dem Bamberger Soziologentag von 1982 einen Vortrag unter dem Titel gehalten habe «Wenn der Arbeitsgesellschaft die Arbeit ausgeht»[6].) Die These im Hintergrund solcher Analysen ist in gewisser Weise die Fortsetzung von Marx' Analyse der Steigerung der Produktivität bei gleichzeitiger Verkürzung des Arbeitstages. An die äusserste Grenze verlängert heisst dies, dass mit technischen Mitteln die Arbeit der meisten nahezu überflüssig wird für die Schaffung des Volkswohlstandes.

Ökonomen haben sich mit dieser These nie anfreunden können. Teils mit dem berechtigten Hinweis, dass es immernoch genug zu tun gibt, teils aus Sorge um ihre Theorien von Wachstum, Inflation und Beschäftigung haben sie sich über das Ende der Arbeit mokiert. Ich würde den Ökonomen-Kritikern heute insofern Recht geben, als die These vom Ende der Arbeit in die Irre führen kann. Genug Raum für menschliche Tätigkeit wird es auch dann noch geben, wenn Normarbeitsverhältnisse zu einem Minderheitsphänomen werden. Im weitesten Sinn des Begriffes geht uns die Arbeit also nicht aus. Wohl aber stösst die Arbeits*gesellschaft* an ihre Grenzen. Art und Menge der verfügbaren Arbeit reichen nicht mehr aus, um Gesellschaften zu strukturieren. Damit verliert die Arbeit auch ihre Kraft zur Strukturierung des individuellen Lebens. Es ist nicht mehr realistisch, davon auszugehen, dass Vorbereitung auf Arbeit, Ausübung von Arbeit, Erholung von Arbeit für weitere Arbeit, und Ruhestand als verdienter Lohn für ein Leben der Arbeit die Konstruktionselemente unseres Lebens sind. Damit verändern die sozialen Institutionen ihren Charakter und ihre Bedeutung.

Das beginnt bei sehr konkreten Dingen, die auch Ökonomen beschäftigen. Schon die Messung von Produktivität als Arbeitsproduktivität verliert zunehmend ihren Sinn, zumal es sein könnte, dass in Zukunft gerade jene einfachen Dienstleistungen benötigt werden, die fast keine Produktivitätssteigerungen erlauben, während die Produktivität der technisierten Produktion von Gebrauchsgütern ins Unermessliche steigt. Unsere Steuersysteme beruhen noch immer auf der zentralen Rolle der Lohn- und Einkommenssteuer, obwohl das Arbeitseinkommen in abnehmendem Masse relevant ist. Dass die eigentliche Quelle der Produktivitätssteigerungen, also das Kapital, nicht signifikant besteuert wird, lässt sich auf die Dauer jedenfalls dann nicht aufrechterhalten, wenn wir eine öffentliche Infrastruktur wollen, die Arbeit und Freizeit gleichermassen befördert.

Die weiteren sozialökonomischen Folgen des Endes der Arbeitsgesellschaft sind nicht minder dramatisch. Bildung muss mehr sein als Vorbereitung für Berufstätigkeit; sie ist Einstellung auf ein komplexes Leben mit langen Phasen der Selbstverantwortung. Die freie Zeit während des Arbeitslebens verlangt Bereitschaft und Fähigkeit zur Eigeninitiative. Oder wollen wir sie ganz den elektronischen Medien und den Reisebüros überlassen? Das grosse Thema der zwanzig, dreissig Jahre nach dem (oft vorzeitigen) Ausscheiden aus dem Arbeitsleben beschäftigt mit Recht nicht nur die Betroffenen. Sogar die Arbeitslosigkeit verändert ihr Gesicht. Sie ist ja selbst ein Produkt der Arbeitsgesellschaft; Sozialhistoriker wie Alexander Keyssar haben gezeigt, wie sie mit der Trennung der Arbeitsstätten – der Fabriken – vom übrigen Leben entstand. Was aber heisst Arbeitslosigkeit wenn die Arbeitsgesellschaft ihre prägende Kraft verliert?[7]

Das ist nicht die einzige offene Frage. Tatsache ist, dass wir noch nicht wissen, was eigentlich dem individuellen Leben und dem Gemeinwesen Struktur gibt, wenn die Berufstätigkeit in Normarbeitsverhältnissen das nicht mehr leistet.

Die Wissensgesellschaft, oder Meritokratie

Es gibt ein paar Antworten auf diese Frage, die indes nur teilweise befriedigen. Verbreitet ist vor allem die These, wir bewegten uns von der Arbeitsgesellschaft der Zeit seit der industriellen Revolution hin zu einer Wissensgesellschaft. Meinhard Miegel hat diese These mit der Vorsicht des Sozialökonomen entwickelt; angelsächsische Autoren sind weit weniger vorsichtig. Für Manuel Castells zum Beispiel ist die neue Ökonomie der Information die Lösung aller klassischen Probleme der Klassen und ihrer Kämpfe, der Ungleichheit überhaupt, ja der Herrschaft. Die Informationsökonomie ist Grundlage der *network society*, in der Schaltkreise und nicht Herrschaft sowohl soziale Strukturen als auch die Identität des Selbst bestimmen. Information ist also die neue Produktivkraft, und zwar nicht als Instrument der Anwendung, sondern als Quelle neuer Information[8]. Anthony Giddens teilt den Globalisierungsoptimismus dieser Position ohne Einschränkung. «Marx meinte, die Arbeiterklasse könnte den Kapitalismus zu Grabe tragen, aber es hat sich herausgestellt, dass der Kapitalismus die Arbeiterklasse zu Grabe getragen hat.» An die Stelle der alten Klassen ist die universelle Chance der Information getreten. «Information und Wissen sind jetzt Medien der Produktion geworden, die viele Arten der Handarbeit ersetzen.» Giddens sagt das in einem Gespräch mit dem vorsichtigeren Ökonomen Will Hutton, der nicht recht an den grossen Sprung nach

vorn glaubt. Er lässt sich daher auch nicht zu Giddens' Lob der «neuen Ökonomie» verführen: «Bekanntlich ist der Buchwert von Microsoft winzig im Vergleich zum Marktwert des ganzen Unternehmens.»[9] Es hat nicht lange gedauert, bis das «ist» in dieser fröhlichen Wissenschaft durch ein «war» ersetzt werden musste.
Der nächste Schritt in der Lobpreisung der Wissensgesellschaft ist naturgemäss die Insistenz auf der Bedeutung der Bildung. Institutionen der Ausbildung und Erziehung sind offenkundig zentral zur Kräftigung der Produktivkraft Information. In Grossbritannien vor allem ist in diesem Zusammenhang das Wort von der Meritokratie zum Schlagwort, aber auch zum erstrebenswerten Ziel geworden. Die New Labour-Verfechter der Meritokratie hatten allerdings einmal wieder die Geschichte übersehen, in diesem Fall das 1958 zuerst veröffentlichte Buch ihres alten Labour-Kollegen Michael Young über den «Aufstieg der Meritokratie»[10]. Youngs Buch war eine Dystopie, also eine negative Utopie à la Orwell oder Huxley. Es schildert aus der gedachten Perspektive des Jahres 2033 eine imaginäre Entwicklung hin zur Meritokratie derer, die Talent und Leistung verbinden. Die Meritokraten ersetzen die Aristokraten und die Gerontokraten, die Mächtigen kraft Herkunft und kraft Alter, und alles scheint in bester Ordnung, bis die missliche Entdeckung gemacht wird, dass keineswegs alle an Bord der Meritokratie sind und überdies auch nicht alles mit meritokratischen Mitteln getan werden kann. «Menschen sind schliesslich nicht für die Gleichheit, sondern für die Ungleichheit ihrer Talente bemerkenswert.»[11] Und so

entstehen unterhalb der Meritokratie bald zwei Klassen. Young spricht von «Korps» als seien es Armeekorps. Da ist einmal das «Pionierkorps», das aus denen besteht, denen es für die Meritokratie nicht reicht. Sie tun all die Handarbeiten, die gewisse Fertigkeiten verlangen und vor allem unentbehrlich sind. Dann gibt es diejenigen, bei denen es auch zum Pionierkorps nicht reicht. Sie bilden ein Home Help Corps, ein «Haushaltshilfskorps» für die ganz persönlichen Dienstleistungen, die sonst keiner mehr anfassen will und ohne die es dennoch nicht geht. Young verfolgt diese neue Klassengesellschaft durch ihre Erstarrung hin zur Revolution. Es lohnt sich, das Buch zu lesen, dessen Kernthese andere Autoren ganz ohne negative Utopie geschildert haben. Adair Turner, der überaus praktische Ökonom, hat keine Aversion gegen die Wissensgesellschaft oder die Meritokratie, aber er hat auch keine übertriebenen Erwartungen. Vielmehr unterscheidet er zwischen der neuen *high-tech* und der alten *high-touch*-Wirtschaft, also der Hochtechnologie der Informationswelt und den guten alten Dienstleistungen, bei denen man zupacken und Dinge und Menschen anfassen muss. Man könnte auch von der Bildschirm- und der Anfass-Ökonomie sprechen. «Die neue Ökonomie ist also nicht einfach *high-tech* oder wissensbestimmt. Sie ist eine Mischung von *high-tech* und *high-touch*, der dünnen Luft und dem fassbar Realen, den wissensbestimmten und den schlichten alten Jobs, die getan werden müssen.»[12] So neu, fügt Turner noch hinzu, ist das alles überdies nicht.

Bei genauem Hinsehen also füllt die Wissensgesellschaft die Leere der Anomie nicht, die die zerfallene Arbeitsgesellschaft hinterlässt. Gewiss, es entstehen Tätigkeiten, die in gesteigertem Masse auf Wissen, jedenfalls auf dem Umgang mit Information beruhen. Das sind übrigens vielfach Berufe, für die die Verallgemeinerungen zur Verkürzung des Arbeitstages nicht gelten. Die meritokratischen Meister der Wissensgesellschaft arbeiten lange Stunden, sechs oder sieben Tage in der Woche, oft ohne viel Urlaub, allerdings nur für ein paar Jahre, bis nämlich ihr Wissen veraltet und ihre Energie erlahmt. Für die anderen in der Anfass-Welt hat die Arbeit vor allem das Problem, dass sie ihnen die Befriedigung (und oft auch die Bezahlung) nicht gibt, die sie suchen. Es ist also noch durchaus offen, ob die Wissensgesellschaft eine effektive Nachfolgerin der Arbeitsgesellschaft sein kann, und sicher, dass sie in der Form der Meritokratie zu neuen Spannungen führen muss, die den Lebenschancen der grössten Zahl schwerlich dienen.

Nur Kapital

Adair Turners Buch, aus dem ich eben zitiert habe, hat im englischen den Titel *Just Capital.* Es ist eine politische Ökonomie der Freiheit, oder wie der Autor selbst im Untertitel sagt, ein Buch über die «liberale Ökonomie». Damit meint Turner gerade nicht die neoliberale Ökonomie des sogenannten puren Kapitalismus. Vielmehr ist eine seiner Kernthesen die, dass es viel mehr Spielraum für Varianten des Kapitalismus gibt als die naive Globalisierungstheorie zulässt. Es müssen nicht alle dem amerikanischen oder auch einem einzigen europäischen Modell folgen, um auf globalen Märkten zu bestehen. Auch nationale Politik hat mehr Optionen als die Anhänger unausweichlicher globaler Zwänge wahrhaben wollen. Freiheit heisst hier wie auch sonst Vielfalt.

Der Titel des Buches, *Just Capital*, hat einen Doppelsinn. Kapitalismus kann gerecht sein; das ist eine Bedeutung. Die andere indes besagt, dass nur noch das Kapital da ist. Ich will das auf meine, also nicht Turners Weise ein Stück weit verfolgen. Der Gedanke, dass Kapital und Arbeit untrennbar zusammengehören, begleitet alle Theorien des Kapitalismus von Adam Smith und Karl Marx bis zu John Maynard Keynes und darüber hinaus. Adam Smith zeigt im Detail, wie die Verbesserung der Lebensumstände aller eine Allianz von Kapitalbildung und produktiver Arbeit verlangt. Unproduktive Arbeit (die übrigens an Turners *high-touch* oder Anfassarbeit erinnert) hat einen sozialen Nutzen, führt aber als solche nicht zum wachsenden Wohlstand. Marx betont die gleichen Umstände in polemischer Wendung. «Die Existenz einer Klasse, die nichts besitzt als die Arbeitsfähigkeit, ist eine notwendige Voraussetzung des Kapitals.»[13] Das Kapital ist allerdings auch Voraussetzung der Lebensfähigkeit der Arbeiter. Keynes wendet das alles auf die Makroebene und sucht Wege zur Sicherung der Vollbeschäftigung durch die sichtbare Hand des Staates, weil ohne Vollbeschäftigung eine gefährliche Destabili-

sierung einsetzt. Man hat Keynes dafür den Retter des Kapitalismus genannt.
Für den *high-tech*-Kapitalismus des Zeitalters der Globalisierung ist dies alles nur noch sehr eingeschränkt gültig. Sogar die Vollbeschäftigung verliert ihre alte Bedeutung. Ein Drittel der im rechtlichen Sinne Arbeitsfähigen sind nicht mehr beschäftigt, ohne doch im alten Verständnis Arbeitslose zu sein. Selbst Arbeitslose finden allerlei Auswege, von der geschickten Verwendung staatlicher Unterstützung über die Schwarzarbeit zu Familienarbeit. Politiker verwenden noch die Sprache der alten Arbeitsgesellschaft, aber mit ihr sind keine Wahlen mehr zu gewinnen. Für die *high-tech*-Ökonomie und ihr Wachstum ist die Mehrheit der Arbeitsfähigen entbehrlich.
Das heisst nicht, dass sie überhaupt jenseits des Arbeitsmarktes leben könnten. Die globale Klasse, die auf den Wogen der neuen Technologien zu Reichtum gekommen ist, braucht allerlei Helfer und Bedienstete. Manche davon, wie die Armee von IT-Angestellten fast aller Institutionen, lassen sich allenfalls als produktiv Tätige beschreiben. Viele andere dienen eher dem Komfort, wenn nicht dem Vergnügen, der Chauffeur, das Dienstpersonal, der Kapitän der Privatjacht mit seiner Mannschaft, der Golflehrer. Dazu kommen dann die Vielen im Pionierkorps und vor allem in dem der Haushaltshilfen. Das reicht von Sicherheitskräften bis zu Altenpflegern, von Klempnern und Gärtnern bis zu Kindergärtnerinnen und Krankenschwestern.
Die sogenannte Dienstleistungsgesellschaft ist ja längst eine irreführende Beschreibung geworden. Sie enthält

einen *high-tech*-Teil und einen *high-touch*-Teil. Banken und Versicherungen gehören zum ersten, persönliche Dienste zum letzteren. Für das Wachstum der Wirtschaft sind nur die ersteren nötig. In dieser Welt hat das Kapital sich gleichsam verselbständigt; Arbeit, gar Lohnarbeit ist in abnehmendem Masse nötig. In der Anfasswelt andererseits hat die Arbeit sich verselbständigt; fixes Kapital, selbst Maschinen spielen nur eine begrenzte Rolle. Das heisst aber, dass für die Zukunft des Kapitalismus ein grosser Teil der Arbeit – und der Arbeitenden – entbehrlich geworden ist. Kapital ohne Arbeit ist denkbar, ja vielfach annähernd wirklich. Das Entsprechende gilt für Arbeit ohne Kapital.

Solche Arbeit ohne Kapital kann man haben, aber es geht auch ohne sie. Das Haushaltshilfskorps ist prinzipiell entbehrlich. Hausangestellte gibt es vielerorts nicht mehr (oder aber – ein Thema, auf das zurückzukommen ist – als Nahezu-Sklaven, illegale Einwanderer ohne Pass zum Beispiel). In Amerika lassen sich Leute gerne die Pizza ins Haus bringen und die Schuhe putzen und das Auto waschen; in Europa holen die meisten die Pizza selbst, fahren unterwegs durch eine Autowaschanlage, und was mit den Schuhen geschieht, bleibt unsichtbar. Auch europäische Do-It-Yourself-Märkte erklären den niedrigeren Beschäftigungsstand verglichen mit den USA.

So entsteht eine eigentümliche Trennung von Lohnarbeit und Kapital. Es ist schlicht nicht mehr wahr, dass die Existenz einer Klasse, die nichts besitzt als die Arbeitskraft, notwendige Voraussetzung des Kapitals ist.

Für das Kapital und seine oft mysteriöse Vermehrung gilt vielmehr das, was die Advokaten der Wissensgesellschaft gerne behaupten. «In der neuen, informationellen Entwicklungsweise liegt die Quelle der Produktivität in der Technologie der Wissensentwicklung, der Informationsverarbeitung und der Kommunikation von Symbolen.»[14] Das ist zudem ein *cumulative feedback loop*, das heisst die Anwendung des Wissens produziert die Mittel für die Weiterentwicklung des Wissens. Ich bin nicht sicher, dass ich mir solche Prozesse gut vorstellen kann, aber dass die sie treibenden Netzwerke etwas anderes sind als die alte, fast schicksalhafte Verkettung von Lohnarbeit und Kapital, liegt auf der Hand. Doch ist immer wieder hinzuzufügen, dass das bestenfalls die Hälfte der Geschichte ist. Kapital ohne Arbeit heisst auch Arbeit ohne Kapital. Diese aber fällt in der auf Information und Technologie fixierten Gesellschaft zurück auf primitivere Formen nicht nur der Tätigkeit sondern auch der Abhängigkeit als die entwickelte Industriegesellschaft sie kannte. Der Informationskapitalismus schafft eine gespaltene Welt.

Arbeit als soziale Kontrolle

Versuchen wir, solche Verallgemeinerungen und Abstraktionen auf den Boden der Realität zurückzubringen, so fällt zweierlei auf. Das eine ist, dass die Arbeitswelt selbst jenen Patchwork-Charakter angenommen hat, der diese Analyse kennzeichnete. Die alte

Arbeitswelt mit ihren klaren Strukturen – Ausbildung, Arbeit und Freizeit, Ruhestand – ist für die meisten nur noch Erinnerung, aber die Erinnerung hallt nach. Das gilt für die Motive junger Menschen ebenso wie das Steuersystem und die sozialen Strukturen. Manuel Castells' Netzwerk-Gesellschaft ist einstweilen ein akademisches Phantasiegebilde, wobei dasselbe auch für Ulrich Becks Bürgerarbeit in einer Weltbürgergesellschaft gilt.[15] Meinhard Miegel kommt der Realität näher mit seiner etwas frechen Vermutung, die meisten Menschen (er sagte: die meisten Deutschen) erstrebten nichts so sehr wie einen festen Arbeitsplatz, und wenn sie ihn haben, setzen sie alles daran, die damit verbundene Arbeit zu vermindern.[16]

Die andere auffällige Realität ist, dass die Arbeit im öffentlichen, auch im politischen Diskurs eine zunehmend eigentümliche Rolle einnimmt. Unternehmen verkünden freudig, sie würden im Saarland oder in Nord-Wales 400 neue Arbeitsplätze schaffen, so als sei das ihr Unternehmensziel. (Wenn sie ein paar Jahre später Arbeitsplätze und manchmal auch Dienstleistungen abbauen, um Gewinne zu erhöhen, machen sie weniger Geräusch.) Politiker bestehen mit fast verdächtiger Emphase auf der Absicht, alle in Arbeit zu bringen. Besonders auffällig ist das bei denen des «dritten Weges», die immer wieder die zentrale Rolle der Arbeit betonen. Dabei steht oft im Vordergrund das nötige Gleichgewicht von Rechten und Pflichten. Tony Giddens spricht vom «obersten Motto der neuen Politik»: «keine Rechte ohne Verantwortlichkeiten»[17].

Das ist eine scheinbar plausible, dennoch gefährliche, vor allem illiberale These. Es gibt Rechte, und es gibt Pflichten oder Verantwortlichkeiten. Der Bürger, der *citoyen* oder *citizen*, hat beide. Beide aber stehen für sich. Die Meinungsfreiheit darf nicht abhängig gemacht werden vom Steuerzahlen, und das Wahlrecht nicht von der Bereitschaft zur Nachbarschaftshilfe. Darum ist eine Politik so zerstörerisch für die Freiheit, die darauf besteht, dass Arbeitslose keine Unterstützung bekommen sollen, wenn sie nicht aktiv Arbeit suchen, und mehr noch, dass auch Behinderte oder junge Mütter keine staatliche Hilfe beanspruchen dürfen, wenn sie nicht arbeiten.

Anthony Giddens, den ich hier mehrfach zitiert habe, ist sich der Veränderungen in der Arbeitswelt wohl bewusst; er spricht selbst (wenn auch in Anführungsstrichen) von einer Welt «jenseits der Arbeitsgesellschaft». New Labour aber und die Verfechter der «neuen Mitte» sind geradezu besessen von der Notwendigkeit der Arbeit. Arbeit ist für sie die erste Bürgerpflicht. Hört man genau zu, dann entdeckt man, dass Arbeit im Sinne von Berufstätigkeit hier nicht mehr Quelle des Einkommens, der sozialen Identität und des wirtschaftlichen Wachstums ist, sondern Instrument der sozialen Kontrolle. Ohne Arbeit für alle wird die Welt vollends haltlos. Nur wenn alle in Arbeit sind, bleibt es möglich, die Gesellschaft zusammenzuhalten und sie damit zu kontrollieren.

Ganz unverständlich ist eine solche Vorstellung nicht. Junge Männer ohne Arbeit sind zu einem der bedrohlichsten Elemente moderner Gesellschaften geworden.

Sie sind anfällig für allerlei Fundamentalismen bis hin zu solchen, die ihnen den Märtyrertod schmackhaft machen. Sie sind überall verantwortlich für die Mehrzahl der so lästigen Vergehen und Verbrechen, die den Ruf nach Recht und Ordnung laut werden lassen. Daran, dass es gut wäre, wenn sie etwas Sinnvolles zu tun hätten, besteht wenig Zweifel. Aber eben: etwas von ihnen als sinnvoll Empfundenes. Arbeit als Zwangsmassnahme löst die Frage der haltlosen jungen Männer nicht. Noch nicht einmal die Wehrpflicht – wo sie denn noch besteht – hat diese Wirkung.

Die entgleitende Arbeitsgesellschaft beunruhigt nicht nur die Herrschenden. Nach der Schwächung der Familie, der Wohngemeinde, der Kirche war die Arbeitswelt sozusagen der letzte Halt. Doch wäre es eine merkwürdige Perversion der Thesen, von denen ich in dieser Vorlesung ausgegangen bin, wenn das Reich der Notwendigkeit sozusagen als Waffe benutzt würde, um das Reich der Freiheit zu beschränken. Arbeitszwang ist wie jeder Zwang ein Schritt in die Unfreiheit. Wir sollten den Zynismus des Mottos nicht vergessen, das über den Toren von Nazi-Konzentrations- und Todeslagern stand: «Arbeit macht frei».

Das wahre Reich der Freiheit

Wer meinen Beobachtungen, Analysen und Zweifeln bis hierhin gefolgt ist, wird sich fragen, wohin denn die Reise führen soll. Die Reise ist die der Gedanken, aber darin immer auch die der Lebenskonstruktion realer Menschen in der realen Welt. Das Ziel ist überdies klar; es heisst Freiheit. Aber welche Freiheit? Und wie können wir sie erreichen?

Die Kritik an Marx' auf den ersten Blick so plausiblen Unterscheidungen betrifft die Trennung der «Reiche» und dabei vor allem die Hinnahme eines grundsätzlich unfreien Reiches der Arbeit. Der Auf- und Abstieg der Arbeitsgesellschaft eröffnet uns andere Chancen. Viele Autoren haben diese zu bestimmen versucht. Drei von ihnen sind darum erwähnenswert, weil noch ihre Irrtümer den Weg zu einer Antwort weisen. Alle drei haben sich – wie ich hier – mit der Arbeitsgesellschaft, der die Arbeit ausgeht, beschäftigt.

Von Hannah Arendt war schon die Rede. Sie beginnt ihre Analyse mit der Unterscheidung von drei Arten menschlicher Tätigkeit, die sie «Arbeit», «Herstellen» und «Handeln» nennt. (Die Begriffe im englischen Original der *Human Condition* sind noch verwirrender: *labour*, *work* und *action*.) Arbeit sichert das Überleben; Herstellen schafft Produkte von Dauer; Handeln – für Hannah Arendt vor allem politisches Handeln – «schafft die Bedingungen für eine Kontinuität der Generationen, für Erinnerung und damit für Geschichte».[18]

Die Definitionen machen schon klar, dass Arendt eine Hierarchie der Tätigkeiten annimmt. Darin folgt sie Aristoteles, wenngleich sie dessen *vita activa* extensiver interpretiert und von der *vita contemplativa* merkwürdigerweise erst ganz am Ende ihres Buches spricht. Während indes Aristoteles in seiner Unterscheidung eine

Klassenstruktur impliziert – die Sklaven müssen arbeiten, damit die Freien nachdenken können – sieht Hannah Arendt in den letzten zwei Jahrhunderten eine zunehmende Befreiung aller von Arbeit und Herstellen, *labour* und *work*. Damit werden Menschen freigesetzt für die *vita activa*, also die bürgerliche Tätigkeit im politischen Gemeinwesen. Sie können sich auf die Gestaltung der öffentlichen Dinge konzentrieren.

Im Kern bleibt damit die Marxsche Unterscheidung erhalten. Das gilt auch für Ulrich Beck, der indes näher an den tatsächlichen Entwicklungen der Gesellschaft argumentiert. Er betont den «Einbruch des Diskontinuierlichen, Flockigen, Informellen in die westlichen Bastionen der Vollbeschäftigungsgesellschaft». Das ist eine prekäre Entwicklung, die es indes erlaubt, «den Mangel an Erwerbsarbeit als Wohlstand an Zeit zu entdecken». Und dann: «Die Antithese zur Arbeitsgesellschaft ist die Stärkung der politischen Gesellschaft der Individuen, der aktiven Bürgergesellschaft vor Ort.» Neben der Erwerbsarbeit entsteht so das, was Beck gerne die «Bürgerarbeit» nennt, «als alternative Aktivitäts- und Identitätsquelle».[19]

Beck verbindet auf diese Weise Karl Marx und Hannah Arendt. Er bleibt bei der Trennung der Reiche, sieht indes in der «Verflockung» des einen die Chance des anderen, des Reiches der Freiheit für öffentliches, politisches Tun. Diese ausserordentliche Stellung des Politischen ist vielleicht in besonderem Masse eine deutsche Hoffnung. (Sie durchzieht auch die Diskursethik von Jürgen Habermas.) Was normale Bürger wirklich damit anfangen können, muss dahingestellt bleiben. Vor allem aber sucht auch Beck die Freiheit im ganz anderen, jedenfalls jenseits der Arbeitsgesellschaft.

Der dritte hier relevante Autor, der politische – oder soll man sagen: philosophische – Ökonom Robert Heilbroner, geht einen anderen Weg. In einer außergewöhnlich subtilen kleinen Schrift (ursprünglich einem Vortrag) beschäftigt er sich mit *The Act of Work*, dem Akt der Arbeit. Der Kapitalismus hat die brutale Abhängigkeit der Arbeitenden, die Leibeigenschaft, durch den Arbeitsvertrag, der auf einem die ganze Gesellschaft umspannenden Arbeitsmarkt abgeschlossen wird, aufgehoben. Das war gewiss nicht die von Adam Smith betonte «perfekte» oder «natürliche» Freiheit; die Notwendigkeit, Beschäftigung zu finden, bedeutete immer noch Abhängigkeit und «Mehrarbeit». Zugleich wurde im Kapitalismus ein Prozess in Gang gesetzt, der die Abhängigkeit der Arbeitenden zunehmend verringerte und damit ihre Motive veränderte. Sie arbeiteten nun, um sich zu bewähren, um Erfolg zu haben. Gewiss wird da die «verlockende Vision einer Welt ohne Arbeit» sichtbar, aber realistischer ist eine andere Aussicht: «nicht eine Gesellschaft ohne Streben und Bemühung, sondern eine Gesellschaft ohne unterwürfiges Streben, ohne Bemühung in Unterordnung».[20] «Eine Welt ohne Arbeit ist eine Phantasie, und eine gefährliche Phantasie zudem.» Eine Welt ohne Herrschaft und Unterordnung dagegen ist vorstellbar. «Kann Arbeit, die erste und vielleicht fundamentalste Form der sozialen Unter-

ordnung, nun zur ersten und vielleicht emanzipatorischsten Form der sozialen Verantwortung werden?»
Auch in dieser Analyse von Heilbroner sind die Spuren der Thesen von Arendt und Beck erkennbar. Selbstbestimmte, mündige Menschen, die eine Gesellschaft gestalten, die ihre besten Möglichkeiten stärkt, sind auch Heilbroners Vision. Doch ist sein Ansatz in einer entscheidenden Hinsicht anders. Antworten, so sagt er, finden wir nur «durch das Ringen um die Schaffung der irgend möglichen Freiheit innerhalb der Arbeit – nicht von der Arbeit»[21].

Es mag sein, dass die Auflösung der Arbeitsgesellschaft nur eine vorübergehende Hoffnung war. Immer wieder muss daran erinnert werden, dass es keinen notwendigen Fortschritt in der Geschichte gibt. Es kann aber auch sein, dass neue Möglichkeiten menschlicher Lebensgestaltung entstanden sind, die es zumindest erlauben, Beispiele der real gewordenen Freiheit zu setzen. Ich schätze in diesem Zusammenhang den Begriff der Tätigkeit. Freiheit ist das Leben als Tätigkeit, nämlich als autonomes, selbstbestimmtes Handeln. Solche Tätigkeit aber beginnt nicht erst in der Freizeit oder überhaupt jenseits der Arbeit, sondern in der Arbeit selbst. Das, was wir Arbeit nennen, also Erwerbsarbeit, ist dann Teil eines kontinuierlichen Prozesses der Tätigkeit, zu dem Bildungserfahrungen und die Assoziation mit anderen zu allerlei Zwecken ebenso gehören wie Hobbies und Freizeitbetätigungen (wobei beide Ausdrücke aus einer Zeit stammen, die die Einheit der Lebenstätigkeit verloren hatte).

Das Leben als Tätigkeit – das ist kein leeres Ideal. Es ist in gewisser Weise die Wiedergewinnung früherer Lebensformen auf einem enorm gesteigerten Wohlstandsniveau und ohne die oft brutalen Abhängigkeiten der Vergangenheit. Es könnte übrigens sein, dass Frauen es leichter finden als Männer, ihr Leben als *eine* Tätigkeit in vielfältigen Dimensionen zu konstruieren. Doch fehlt es nicht an Beispielen sogar bei jungen Männern, die Berufsausbildung und Sport und Blasmusik und Freundschaften und sogar ein bisschen Politik in Freiheit verbinden. Das Ende der Arbeitsgesellschaft ist also nicht das Ende der Arbeit und schon gar nicht das der Tätigkeit; aber dass es zum Anfang einer Gesellschaft der Tätigkeit in Freiheit wird, geschieht nicht von selbst, sondern verlangt unsere ständige Bemühung.

4.

Klassen ohne Kampf, Kampf ohne Klassen. Der moderne soziale Konflikt

Die neue Ungleichheit

Diese Vorlesungen haben mit der kühnen Feststellung des britischen Premierministers Macmillan aus dem Jahr 1957 begonnen: *We have never had it so good.* Es ist uns noch nie so gutgegangen. Wenn das in den fünfziger Jahren richtig war, um wieviel mehr gilt es ein halbes Jahrhundert später! Ob wir glücklicher sind als unsere Eltern und Grosseltern, ist eine andere Frage, aber dass unser Lebensstandard höher ist als je zuvor, steht ausser Zweifel. Auch das, was Ökonomen Wohlfahrt, ja Wohlbefinden (*well-being*) nennen, hat präzedenzlose Höhen erreicht. Sogar unsere Lebenschancen sind grösser als die früherer Generationen. Wir tun gut daran, diese einfachen Tatsachen nicht beiseitezuwischen oder zu vergessen.

Doch hat es niemanden überrascht, dass ich diese Aussage auch als Vorlauf für mehrere grosse «Aber» benutzt habe, unter denen das grösste die schlichte Frage ist: wer sind die «wir», denen es so gut geht? Es sind sicher nicht alle Menschen auf der Welt. Die Globalisierung unserer

Perspektiven hat weithin bewusst gemacht, dass grosser Reichtum und tiefe Armut ganz nahe beieinander wohnen. In Afghanistan hat das reichste Land der Welt gegen das ärmste Land Krieg geführt. Jede einzelne raffinierte amerikanische Bombe entsprach dem täglich verfügbaren Einkommen von einer Million Afghanen; in einer Woche des Bombardements wurde mehr als das jährliche Bruttosozialprodukt des betroffenen Landes in Form von Zerstörungswaffen ausgeschüttet.

Das mag kein Argument gegen die militärische Bekämpfung des Terrorismus sein; es stimmt dennoch nachdenklich. Die einen können ohne jede Einbusse an Wohlstand in einer Woche an tödlichem Feuerwerk entfalten, was die anderen in einem Jahr nicht verdienen können. Mein zentrales Thema hier ist nicht die Dritte Welt (wenn diese Bezeichnung noch Sinn hat). Hier ist vor allem von den in der Organisation für wirtschaftliche Zusammenarbeit und Entwicklung, der OECD, versammelten reichen Ländern die Rede. Doch kommen die Armen unweigerlich ins Spiel, zumal wenn von Konflikt in der modernen Welt die Rede ist. Die OECD-Länder umfassen nicht viel mehr als zehn Prozent der Weltbevölkerung; am anderen Ende der Skala zählen nicht nur die Mehrheit der Inder und der Chinesen, sondern Millionen andere in Asien, Lateinamerika und vor allem Afrika zu den Armen nach jedem Masstab. Das Institut für Wirtschaftsforschung der UN-Universität (WIDER) kommt zu dem Schluss, dass 1.2 Milliarden Menschen – ein Fünftel der Weltbevölkerung – in Armut leben.[1]

Der Millennium-Gipfel der UN hat die Halbierung

dieser Zahl bis 2015 zum Programm erhoben; aber das Wirtschaftsinstitut sieht gegenwärtig eher das Gegenteil, ein weiteres Ansteigen. Woran liegt das? Ist wachsende Ungleichheit «unvermeidbar in einer von technologischem Wandel und Globalisierung beherrschten Welt»? Das UNU-Wirtschaftsinstitut verneint die Frage und verweist auf Länder mit geringer Ungleichheit und hohem Wachstum, wie Kanada und Taiwan. Das sind indes Ausnahmen. In der Tat, um die zugrundeliegenden Prozesse – und die aus ihnen folgenden Konflikte – zu verstehen, sind wir gut beraten, mit den Reichen, also den OECD-Ländern zu beginnen.

Die Tatsachen stehen ausser Zweifel; Adair Turner formuliert sie (im Jahr 2000) mit der Vorsicht und Genauigkeit des Ökonomen: «Die letzten 25 Jahre haben in der Tat in fast allen entwickelten Gesellschaften entweder (wo die Arbeitsmärkte ziemlich frei sind) eine starke Tendenz zu wachsender Ungleichheit oder (wo Arbeitsmärkte inflexibel sind) ein massives Anwachsen der Arbeitslosenrate bei Niedrigqualifizierten hervorgebracht.»[2] Die USA und Grossbritannien gehören in die erste Kategorie und zeigen daher besonders dramatische Entwicklungen. Schon in den 80er Jahren stieg in den USA das Realeinkommen der 1% Spitzenverdiener um über 100%, während das der unteren 20% der Einkommensbezieher um 10% fiel. Die Armen wurden ärmer, während die Reichen zu Superreichen avancierten. Dass es sich hier nicht einfach um die Fortschreibung historischer Entwicklungen handelt, wird klar, wenn wir uns die neuen Reichen genauer ansehen.[3] Von den

500 Spitzenverdienern des Jahres 2000 in Grossbritannien – noch Nr. 500 hatte ein Jahreseinkommen von GBP 1.5 Mio. – waren 181, also 36% im Show Business, im Sport oder in den Medien tätig. Solche populären Berühmtheiten sind möglicherweise Reiche auf Zeit. Und die anderen? Nur 8 unter den 500, einschliesslich der Königin, lassen sich zum alten Establishment zählen. 152, also 30%, haben ihr Geld in den Bereichen Computing, Finanzdienstleistungen, Telekommunikation verdient, und wer weiss, wie haltbar ihr Reichtum ist? Solange er dauert, gilt indes, dass die neuen Reichen zwar eine prägende Wirkung für die vorherrschenden Werte der Gesellschaft haben, aber ihrerseits «abgekoppelt sind von der gemeinsamen Kultur der Gesellschaft» (wie Raymond Plant es formuliert).[4]

Und die Armen? Hier ist der Begriff der «relativen Armut», den manche verwenden, nicht hilfreich. Dass Menschen weniger als die Hälfte des Durchschnittseinkommens ihres Landes zur Verfügung haben, ist nicht notwendig ein soziales Problem, zumal es nach diesem Masstab per definitionem immer Arme gibt. Eine britische Untersuchung gibt schon nachdenklicher stimmende Hinweise.[5] 25% aller erwachsenen Briten haben keinerlei Ersparnisse. 14% sind nicht in der Lage, ihre Wohnung in einem anständigen Zustand zu erhalten. Zum Reisen, auch zu Verwandten in nicht zu grosser Ferne, fehlt 20% das Geld. 5% haben keine Kleidung für kaltes oder schlechtes Wetter. 10% können sich nicht ein Glas Bier im Gasthaus leisten. So entsteht das Bild des «sozialen Ausschlusses», das heute die Reform-Debatte beherrscht.

Diese knappen Hinweise können nicht viel beweisen; sie illustrieren aber die Ausgangsthese dieser Vorlesung. Die sozialökonomischen Prozesse, die gerne unter dem Stichwort der Globalisierung beschrieben werden, kennen offenkundig Gewinner und Verlierer. In fast allen OECD-Ländern haben sie zu wachsenden Ungleichheiten des Einkommens geführt. Im günstigen Fall bedeuten diese, dass das Einkommen der unteren Gruppen stagniert, während das der höheren Gruppen beträchtlich wächst; im dramatischeren Fall weisen die Entwicklungslinien nicht nur auseinander, sondern für die oberen und die unteren 10%, ja 20% in entgegengesetzte Richtungen. Während die Reichen (viel) reicher werden, werden die Armen ärmer. Ist das eine haltbare Situation oder ist es die Quelle von Konflikten, und bedroht es die Freiheit?

Konflikt und Freiheit

Das sind, genau genommen, zwei Fragen. Die eine ist: können wir die neue Ungleichheit hinnehmen? Die andere ist: wird die neue Ungleichheit zur Quelle neuer Konflikte werden? Beide Fragen sind nicht so einfach, wie sie manchen scheinen. Allzu oft werden Fakten der Ungleichheit ausgebreitet in der sicheren Annahme, dass sie einen *voilà!*-Effekt auslösen: seht her, wie schlimm es steht, das kann ja nicht gutgehen! Wer dies oder Ähnliches von mir erwartet, wird enttäuscht werden. Die Politik der Freiheit, der ich hier das

Wort rede, verlangt mehr als die Schockwirkung unbequemer sozialer Tatsachen.

Um mit der Ungleichheit zu beginnen, und hier mit den Superreichen: Die *Sunday Times*, deren britische Liste ich zitiert habe, veröffentlicht auch eine Liste der kontinentaleuropäischen Grossverdiener. Hier sind die zwölf führenden Multimillionäre des Jahres 2000: Giorgio Armani, Michael Schumacher, Julio Iglesias, Luciano Pavarotti, José Carreras, Placido Domingo, Rik Smits, Martina Hingis, Thomas Gottschalk, Ralf Schumacher, Anna Kournikova, Claudia Schiffer. Was ist dazu zu sagen? Ist ihr Reichtum für uns übrige unerträglich? Ich denke nicht. Sollten sie daran gehindert werden, so viel zu verdienen? Ich nehme an, sie zahlen mehr oder minder ordnungsgemäss ihre Steuern. Ist sonst etwas einzuwenden? Man kann sich fragen, ob eine Gesellschaft in der der Ton von den teuren Tenören, den sportlichen jungen Damen und den schnellen Jungs angegeben wird, das Ideal einer guten Gesellschaft ist – aber wer darf sich da zum Richter aufspielen?

In gewisser Weise stellen die Establishment-Milliardäre – die königliche Familie, die Medienzaren, die alten Bankiers – schwierigere Fragen, denn ihr Reichtum stiftet Abhängigkeiten, die sich demokratischer Kontrolle entziehen. Meine Grundthese zur Ungleichheit ist denn auch: Ungleichheiten sind erträglich, wenn und solange sie nicht die Gewinner in die Lage versetzen, andere an der vollen sozialen Teilnahme zu hindern oder aber, im Fall der Armut, Menschen daran hindern, von ihren Bürgerrechten Gebrauch zu machen. Das lässt viel Raum für Unterschiede des Wohlstandes, aber keinen für den Medienzar als Premierminister und auch keinen für den sozialen Ausschluss durch Armut.

Doch ist das noch der einfachere Schluss, der zudem für die folgende Argumentation nicht zentral ist. Wie steht es mit den durch Ungleichheit geschaffenen neuen Konflikten? Die Annahme ist verbreitet, dass wachsende Ungleichheit zu dem Punkt führen kann, ja muss, an dem die Armen sich gegen die Reichen erheben. Dann beginnt eine Wiederholung der grossen Konflikte – der Klassenkämpfe – des 19. und 20. Jahrhunderts. Am Ende des Prozesses steht wenn schon nicht die Revolution, so doch die grosse Umverteilung.

So plausibel diese Annahme auf den ersten Blick scheinen mag, tatsächlich ist an ihr so ziemlich alles falsch. Der Klassenkampf der Vergangenheit stellte nicht die Ärmsten gegen die Reichsten, sondern die zur Schaffung des Reichtums unentbehrlichen Arbeiter gegen die Hauptnutzniesser des Wachstums. Er war auch nicht am heftigsten, als die Armut am grössten war, sondern als die Dinge sich zu bessern begannen. Er führte nicht zur Revolution, sondern zur schrittweisen Verbesserung der Lebenslage der Benachteiligten. Am Ende verlor der Klassenkampf seine Grundlage, die ineinander verbissenen Klassen selbst. In einer früheren Vorlesung habe ich gezeigt, wie aus der Schicksalsbeziehung von Lohnarbeit und Kapital eine sozialökonomische Ordnung geworden ist, in der Kapital sich ohne Lohnarbeit vermehren kann.

Das sind die Konflikte von gestern. Sie waren die grosse Bewährungsprobe der Verfassung der Freiheit, insbesondere der parlamentarischen Demokratie. Wo diese gefestigt war, hat auch die grosse Wirtschaftskrise von 1929 den Prozess der Umverteilung nicht aufgehalten. Mit Hilfe von John Maynard Keynes – oder Präsident Roosevelt in den USA – hat sie ihn vielleicht sogar beschleunigt. Doch das ist, wie gesagt, Geschichte. Die Frage ist, ob ein neuer Klassenkampf an die Stelle des alten getreten ist oder demnächst treten wird. Die weitere Frage ist, ob die liberale Ordnung die freigesetzten Konfliktenergien bändigen und für nötige Veränderungen fruchtbar machen kann. Das ist einerseits eine Frage der sozialen Kräfte (die hier unser Thema sind), andererseits eine der politischen Institutionen (von denen in der nächsten Vorlesung zu sprechen sein wird).

Die Unterklasse und die Hoffnung

Wenn von Armut heute die Rede ist, dann stellt sich bald eine Begriff ein, der zumindest eine Zeitlang in Mode war, nämlich der der Unterklasse. Er beschreibt die am schlechtesten Gestellten in den OECD-Ländern, also die 5%, vielleicht auch 10%, die nach allen Kriterien arm sind. William Julius Wilson, der amerikanische Soziologe, der den Begriff eingeführt hat, hat ihn auch wieder verworfen.[6] Es handelt sich eben nicht um eine Klasse, also eine potentiell organisierte soziale Kraft, sondern um eine Menge ohne klare Gestalt.

Wilson spricht jetzt von den *truly disadvantaged*, den «wahrhaft Benachteiligten». Andere, vor allem in Grossbritannien, betonen den schon erwähnten Aspekt des «sozialen Ausschlusses», also des Fehlens, vielleicht der Unmöglichkeit der Teilnahme am gesellschaftlichen Prozess.

Es ist nicht ganz leicht, sozialen Ausschluss in diesem Sinne präziser zu definieren. Die zitierte britische Armutsstudie unterscheidet vier Dimensionen des Ausschlusses: «Verarmung oder Ausschluss von angemessenem Einkommen und Lebensunterhalt; Ausschluss vom Arbeitsmarkt; Ausschluss von Dienstleistungen; und Ausschluss von gesellschaftlichen Beziehungen».[7] Die Definition lässt auch Fragen offen: Sind Arbeitslose auch dann sozial ausgeschlossen, wenn sie sich ihr Arbeitslosengeld nach Mallorca überweisen lassen? Sind die Millionen Amerikaner ohne Krankenversicherung allesamt ausgeschlossen? Richtig bleibt indes, dass es in den OECD-Ländern heute eine beträchtliche Kategorie nicht nur von Verlierern, sondern von Verlorenen gibt, von Menschen, die nicht glauben, dass Supermärkte, oder politische Wahlen, oder Bürgerinitiativen, oder öffentliche Feste auch für sie da sind. Sie leben zwar in der Gesellschaft, gehören aber nicht dazu.

Diese Kategorie von vielleicht zehn Prozent stellt unzweifelhaft ein soziales Problem dar. Keine Gesellschaft kann es sich leisten, zehn Prozent von ihren Chancen auszuschliessen, ohne moralisch Schaden zu nehmen. Hier genau liegt indes der entscheidende Punkt. Die Unterklasse ist keine ökonomische Bedrohung; es gibt die Tätigkeiten nicht, die ihre Mitglieder ausüben könnten zum Nutzen des Ganzen. Die Unterklasse ist auch keine direkte physische Bedrohung in dem Sinne, dass sie sich organisieren und den Marsch auf den Reichstag oder das Parlament von Westminster antreten wird. Die Unterklasse ist eine moralische Anklage der anderen, die es mehr oder minder geschafft haben. (Das gilt übrigens analog auch für die ärmsten der armen Länder in der Welt.) Wenn wir in zivilisierten Gemeinwesen leben wollen, dann müssen wir tun, was wir können, um die Ausgeschlossenen hereinzuholen in die Chancenwelt des sozialen Lebens.

Was immer W. J. Wilson bewogen haben mag, den Begriff der Unterklasse fallenzulassen, einen guten Grund dafür gibt es jedenfalls: es handelt sich nicht um eine Klasse im strengen Sinn. Klassen sind soziale Gruppierungen, die sich zur Vertretung ihrer Interessen organisieren können und das in aller Regel auch tun. Die sozial Ausgeschlossenen ähneln jedoch den *Arbeitslosen von Marienthal*, die Paul Lazarsfeld und Marie Jahoda in einer brillanten frühen Studie beschrieben haben[8]: sie sind eher apathisch als aktiv; sie erleben ihre Lage als Schicksal, und zwar als individuelles, nicht als kollektives Schicksal, dem sie daher auch nur individuell – zum Beispiel durch einen Lotteriegewinn –, nicht kollektiv entkommen können.

Und noch in einem anderen Sinn sind sie keine benachteiligte, unterdrückte Klasse: ihnen fehlt die Hoffnung auf Erfolg. Bewusst habe ich vom Lotteriegewinn gesprochen, von dem manche der Ausgeschlossenen träumen. Nur ein überraschender Glücksfall kann ihnen helfen, eine Art göttlicher Intervention, jedenfalls nichts, das sie selber mit Aussicht auf Erfolg anfangen könnten. Hier liegt der entscheidende Unterschied zum historischen Klassenkampf: die Forderungen der organisierten Arbeiterbewegung hatten Aussicht auf Erfolg. Es gab Rückschläge und Niederlagen, aber auch die Erfahrung, dass der Weg von der 64-Stunden-Woche zur 48-Stunden-Woche oder vom Dreiklassenwahlrecht zum allgemeinen Wahlrecht nicht ganz aussichtslos war. Der Moment der äussersten Armut – des völligen Ausschlusses – ist auch der Moment der Apathie; erst wenn ein Schimmer der Hoffnung ins Dunkel fällt, beginnt der soziale Konflikt.

Konflikt nach dem Klassenkampf

Nun ist der soziale Ausschluss einer Unterklasse nicht das einzige Zeugnis dafür, dass die neuen Produktivkräfte der Globalisierung Verlierer auf der Strecke lassen. Die Gewinner – ich habe sie gelegentlich die globale Klasse genannt – sind nur eine verhältnismässig kleine Kategorie, nicht viel grösser als die Unterklasse am anderen Ende der Skala des Erfolgs. Sie haben – auch davon war schon die Rede – einen Schweif von Helfern und Nutzniessern, der von Computertechnikern bis zu Hausangestellten reicht und private Sicherheitspolizisten ebenso einschliesst wie den Kapitän der Luxusyacht und den Verwalter des Ferienpalastes an irgendeinem schönen Ort der Welt. Wenn das alles zusammengezählt wird, ergibt sich eine beträchtliche Schicht von Globalisierungsgewinnern. Neben ihnen bleibt jedoch eine eher noch grössere Schicht derer, die zwar eine halbwegs erträgliche Existenz haben, aber von den neuen Möglichkeiten des Wohlstandes nicht viel mitbekommen haben. Sie sind in gewissem Sinn die eigentlich Zukurzgekommenen. Im Prinzip könnten sie zu Motoren des Wandels, zur treibenden Klasse der Veränderung werden.

Sie sind dies jedoch nicht. Jedenfalls gibt es keine Anzeichen für die Organisation der im globalen Rennen Zukurzgekommenen. Vielleicht sollte ich sagen: es gibt keine Zeichen der ständigen, auf lange Frist angelegten Organisation. In gewisser Weise sind nämlich die «Leute von Seattle», die sogenannten «Globalisierungsgegner» im Hinblick auf bestimmte Situationen organisierte Verlierer, oder genauer, Nicht-Gewinner. Doch wie kräftig auch immer ihre Internet-Netzwerke scheinen mögen, ihre Aktivitäten bleiben situationsbezogen, ohne langen Atem, ja im Grunde auch ohne nachhaltige Interessenlage und durch Interessen geprägte Zielsetzung.

Ein Konfliktpotential ist also da; aber es findet seinen Ausdruck nicht in einer grossen Bewegung gegen Globalmacht. Wie sollte man eine solche Bewegung auch beschreiben? Eine Lokalbewegung? Eine Nationalbewegung? Eine Sozialbewegung? Ein paar Elemente, die an zweifelhafte Bewegungen vor einem Jahrhundert erinnern, gibt es da schon. Es lohnt sich, Fritz Sterns

Buch, *Kulturpessimismus als politische Gefahr* erneut zu lesen.[9] Er zeigt die Ahnenreihe auf, die von Moeller van den Brucks romantischer Vision *Das Dritte Reich* zu dessen weit weniger romantischer Inkarnation im «Dritten Reich» führt. Latent liegt in der hier geschilderten Situation die Faschismusgefahr.

Im Vordergrund stehen jedoch andere Entwicklungen, darunter vor allem eine, die ich die Individualisierung des Konflikts nennen werde. Wir haben uns vielleicht zu sehr daran gewöhnt, bei sozialen Konflikten immer gleich an Gewerkschaften und sozialistische Parteien zu denken. Tatsächlich treten diese jedoch erst auf den Plan, wenn es vielen Einzelnen gleichzeitig und aus den gleichen Gründen unmöglich ist, ihre Hoffnungen durch eigene Anstrengung zu befriedigen. Die normale erste Reaktion auf unerfüllte Wünsche ist ja nicht, eine Organisation zu gründen, sondern selbst etwas zu tun. Offene Gesellschaften bieten dafür jede Chance und jeden Anreiz; Lebenschancen sind ihr Inbegriff und deren Wahrnehmung ist ihre tägliche Realität.

Das klingt optimistisch, soll das auch sein, ist aber nur ein Teil der Wirklichkeit. Individuelle soziale Mobilität, sozialer Aufstieg, ist eine Form des Ausdrucks sozialer Konfliktenergien. Werner Sombart hat das in einer kleinen Schrift mit dem vielsagenden Titel betont: *Warum gibt es in den Vereinigten Staaten keinen Sozialismus?*[10] Seine Antwort war: weil es die «unbegrenzten Möglichkeiten», die «offene Grenze», also die Chance für jeden und jede gibt, das eigene Los zu verbessern. Ob das immer und für alle – gerade auch für Frauen – stimmte,

mag dahingestellt bleiben; es war zumindest die vorherrschende Ideologie, und sie liess Menschen mehr auf die eigene Faust als auf das kollektive Fäusteschütteln der organisierten Arbeiterbewegung vertrauen.
Zweifellos ist eine Variante dieser Haltung heute für viele OECD-Länder kennzeichnend. An Beispielen fehlt es nicht; man denke nur an die Liste der Spitzenverdiener, die ich zitiert habe. Vor einiger Zeit habe ich ein Jugendzentrum in einem Armenviertel in Sunderland im englischen Nordosten besucht. Dort gab es allerlei Werkstätten, in denen manche ein Handwerk lernten oder praktizierten. Vor allem aber gab es ein Studio, um Popmusik aufzunehmen – und dieses ist 24 Stunden lang offen und immer besetzt. Die jungen Leute erzählen aufgeregt von einer Gruppe, die hier ihre erste erfolgreiche CD hergestellt hat und träumen vom Ruhm der Pop-Millionäre.
Schnelles Geld – wenngleich nicht schneller Ruhm – lässt sich indes auch auf andere Weise machen. Die Individualisierung des Konflikts – der soziale Konflikt ohne Klassen – hat eine andere, misslichere Seite. Sie ist das Verbrechen. Zweimal schon ist das Thema in diesen Vorlesungen aufgetaucht. Die Welt ohne Halt ist eine Welt ohne Ligaturen, Bindungen, die den Einzelnen halten; damit werden Recht und Ordnung zum Problem. Die erschlaffende Arbeitsgesellschaft lässt viele, vor allem junge Männer, draussen vor der Tür; sie finden jedenfalls keine Tätigkeiten, denen sie Sinn abgewinnen können. So sind die Voraussetzungen nur allzu günstig für eine Lebensweise am Rande und zuneh-

mend jenseits der Ordnung von Recht und Gesetz. Auch das Verbrechen ist eine Form der Individualisierung sozialer Konflikte.
Dabei ist die Skala sehr viel weiter, als das einfache Wort «Verbrechen» nahelegt. Das Kleinverbrechen – Handtaschenraub, Taschendiebstahl, Auto- und Wohnungseinbrüche – ist oft besonders lästig für die Betroffenen, erlaubt den Tätern aber nur eine bescheidene Existenz. Es führt daher nicht selten zur Bildung von *gangs*, von Banden, und damit zu ambitiöseren Unternehmungen wie Bankraub. Zwei Vokabeln stellen sich dann alsbald ein, die in unserer Zeit massgebend sind für diese Ausdrucksformen des Konflikts: Drogen und Mafia. Die Drogenökonomie ist zu einer parallelen Weltwirtschaft mit Verästelungen in jeder Kleinstadt geworden. Teils in ihrem Zusammenhang, teils auch jenseits der Drogenwirtschaft ist eine parallele globale Klasse entstanden, die der Mafiosi vieler Länder. Das ist nicht eine kohärente, gar organisierte weltweite Klasse; im Gegenteil sind mörderische Konflikte um Einflussphären unter mafiosen Gruppen die Regel. Gemeinsam haben sie alle nur die Fähigkeit, private Macht an die Stelle staatlicher, also legitimer Herrschaft zu setzen und diese in wirtschaftlichen Gewinn umzumünzen.
Drogen und die Mafia haben etwas zu tun mit zwei weiteren Erscheinungsformen des Konflikts ohne Klassen. Das ist einmal das *opting out*, also die Bekämpfung der herrschenden Verhältnisse durch ihre Leugnung. Man verlässt die Gesellschaft, die man nicht mag, jedenfalls im Geiste. Der Drogenkonsum ist noch die

harmlosere Version des *opting out*; man verlässt die Gesellschaft auf Zeit, für ein paar Stunden, die allerdings bei häufiger Wiederholung das Leben selbst in Frage stellen. Von vornherein weniger harmlos ist das organisierte *opting out*, vor allem durch Mitgliedschaft in einschliessenden Organisationen, «totalen Institutionen». Jonestown kommt einem in den Sinn, also der kollektive Selbstmord der 900 Anhänger des selbsternannten Pfarrers Jones in Guyana.

Von hier ist es nur noch ein Schritt zu dem zweiten Phänomen, das in diesem Zusammenhang zu erwähnen ist, dem Terrorismus. Damit meine ich vor allem einen Terrorismus, der seiner Natur nach auf den Märtyrertod angelegt ist. Andreas Baader und Ulrike Meinhof konnten ebensowenig hoffen, die deutsche Bundesregierung zu stürzen wie Osama bin Laden die US-Regierung. Beide aber regten die Phantasie derer an, die grundsätzlich «dagegen» sind und sich so wenig eingebunden fühlen in ihre weitere Lebensumwelt, dass sie dem unmittelbaren Verband das Leben zu opfern bereit sind.

Die Geschichte des sogenannten «Schuhbombers» Richard Reid gibt ein eindringliches Beispiel. In Südlondon als Sohn einer englischen Mutter und eines jamaikanischen Vaters geboren, verfiel er schon vor Abschluss der Schule dem haltlosen Strassenleben. Nach mehreren Verwarnungen kam er für schweren Diebstahl ins Gefängnis. Dort griffen aktive Moslems ihm unter die Arme; sie gehören zu den wenigen, die Strafgefangenen zu einer Art von Resozialisierung verhelfen.

Eine Zeitlang nach seiner Entlassung war er gläubiges und durchaus anerkanntes Mitglied seiner Moschee in Brixton. Dann bemerkten seine Glaubensgenossen, dass er abrutschte in die Radikalität. Reid mahnte sie, mehr gegen die herrschenden Gewalten zu tun. Eines Tages verschwand er; wie wir heute wissen, fand er Förderer bei Al Qaida, die ihm Reisen in den Nahen Osten ermöglichten. Und dann kam der Tag, an dem er mit zündbereitem Sprengstoff in den Schuhen gerade noch rechtzeitig in einer «American Airlines»-Maschine erwischt und von Passagieren gefesselt wurde, bis die US-Polizei ihn in Boston verhaftete. Da ist alles beisammen: der Hintergrund der Unterprivilegierung; die Unterklassen-Jugend; die kleine und dann grössere Kriminalität; die Religionsgemeinschaft am Rand der Gesellschaft; dann der Fanatismus und die Bereitschaft zum Terror.

Früh schon nach dem 11. September 2001 haben diejenigen, die dem Terrorismus den Kampf angesagt haben, gewusst, dass dies ein langwieriger und schwieriger Kampf wird. Es gibt keine klaren Gegner, die ihre Truppen aufmarschieren lassen oder selbst ihre Luftabwehr mobilisieren. Der Konflikt ist vielmehr diffus und daher allgegenwärtig. In gewisser Weise ist das das Grundmerkmal des modernen sozialen Konflikts überhaupt. Wie einfach war doch der Klassenkampf verglichen mit den individualisierten, unberechenbaren, für lange Zeit unsichtbaren Ausdrucksformen der Opposition gegen herrschende Gewalten in der globalisierten Welt! Gewerkschaften und Unternehmerverbände in Tarifauseinandersetzungen, Parteien der Veränderung und der Bewahrung im parlamentarischen Kampf; das ist geradezu idyllisch verglichen mit Terrorismus, Mafiamacht, dem kleinen und grossen Verbrechen.

Die Dritte Welt

Es ist in dieser Vorlesung vornehmlich von den OECD-Ländern und ihren Problemen die Rede. Doch führen diese so nahe an wichtige internationale Konflikte, dass eine Anmerkung zu diesen am Platze ist. Zukurzgekommene gibt es nicht nur in den entwickelten Ländern der Welt; es gibt auch ganze Nationen, ja Regionen, die sich mit diesem Begriff beschreiben lassen. Auch hier gilt überdies, dass die Schere der Ungleichheit sich in den letzten Jahrzehnten geöffnet hat; Unterschiede des Volkswohlstandes sind grösser, nicht kleiner geworden. Zwar ist die Zweite Welt, die der kommunistischen Länder, weitgehend verschwunden, aber die Dritte Welt ist geblieben und wenn man an Afrika südlich der Sahara denkt, auch so etwas wie eine Vierte Welt der verlorenen Hoffnung.

Zugleich haben die Symbole der Ersten Welt – viele würden sagen: Amerikas – sich über den ganzen Globus ausgebreitet, und mit ihnen Erwartungen, diese im eigenen Leben zu geniessen. Osama bin Laden gibt seine Anordnungen mit Hilfe von raffinierten Videokameras; Tansania kauft ein hochentwickeltes militärisches Radarsystem für seine 30 Flugzeuge; McDonalds sind ohnehin überall. Einstweilen mögen das noch Inseln des Reichtums in einem Meer von Armut sein; aber die Menschen, die diese sehen, wollen alles, und sie wollen es jetzt oder jedenfalls bald, in naher Zukunft. Das indes ist nicht zu schaffen, oder allenfalls durch *windfalls*, durch jene Lotteriegewinne, an die die Armen überall ihre Hoffnung heften.

Die grossen Fragen von Entwicklung und Freiheit verlangen eine eigene Analyse, für die hier nicht der Ort ist. Entwicklung in Freiheit braucht Zeit, viel Zeit, und darin vor allem Geduld. Menschen müssen bereit sein, ihre geheimen Wünsche zurückzustellen und zunächst zu sparen und zu arbeiten. Das ist jedoch nicht das vorherrschende Merkmal der Werte der postmodernen Welt, die im Gegenteil ganz und gar augenblicksbezogen sind. Am Beispiel der Superreichen haben wir es gesehen: die Stars des Sports und der Popmusik zählen nur im Augenblick ihres vergänglichen Ruhms zu den Reichen; in zehn Jahren sind sie wahrscheinlich vergessen und möglicherweise dank falscher – und selbst geldgieriger – Ratgeber wieder verarmt.

Lotteriegewinne kommen vor. Die Golfstaaten mit ihrem Öl sind dafür das international auffälligste Beispiel. Kuwait führt die Weltrangliste des Bruttosozialprodukts pro Kopf an, obgleich nur wenige seiner Bürger dazu Hand angelegt haben. Wer kein Öl hat, versucht es heute vielfach mit Drogen. Kolumbien und Burma und wohl auch Afghanistan finden in der Herstellung von Drogen und im Handel mit ihnen die wichtigste Einkommensquelle. Da unterscheiden sich Staaten also nicht von Individuen, und Abhilfe ist ebenso schwer zu finden.

Wo der schnelle Reichtum der Drogen nicht verfügbar ist, hat die Globalisierung ein anderes Ventil für latente Konflikte gefunden, die Auswanderung. Warum zwei Generationen lang zu Hause sparen und arbeiten, wenn man das Ergebnis (vielleicht) schon morgen in Vancouver oder London haben kann? Und wenn schon nicht Vancouver und London, dann bleiben immer noch Schanghai und Warschau. Das weltweite Gegenstück zur sozialen Mobilität im inneren von Gesellschaften ist die Migration. Sie löst Konflikte in den Herkunftsländern und schafft neue in den Zielländern.

Die Analogie zwischen inneren und äusseren Konflikten lässt sich weiterführen. Ein *opting-out* aus der Weltgemeinschaft gibt es wohl kaum noch; Nordkorea steht fast schon alleine da. Wohl aber gibt es den Terrorismus als postmoderne Form der Kriegführung. Nirgends ist die Konfrontation von alten und neuen Konflikten so augenfällig wie im Nahen Osten: Israel hat sich seinen Wohlstand auf klassische Weise erarbeitet, mit Hilfe von aussen zwar, aber vor allem mit der Bereitschaft der Bürger zu lernen und zuzupacken. Die Palästinenser sind stattdessen in einer Art permanenter Wartestellung geblieben. Einige haben es in Israel zu einem gewissen Wohlstand gebracht, aber die grosse Mehrzahl gehört zu den Zukurzgekommenen der Welt. Zum Unterschied von 1948, als es um Israels Überleben ging, und 1967, als die Suche nach einer haltbaren territorialen Lösung die Auseinandersetzung auslöste, ist die zweite

Intifada zu einer Art Stellvertreterkrieg geworden, der die hier geschilderte Problematik blutig dokumentiert: Israel steht für die Gewinner, vor allem für Amerika, die Palästinenser für die Verlierer, vor allem für Moslems in aller Welt; hier gibt es eine disziplinierte Armee und einen demokratischen Staat, dort Selbstmordterroristen und korrupte persönliche Macht. Man kann nicht umhin, diejenigen zu bewundern, die angesichts dieses Konflikts den Mut zu Verhandlungen über eine nachhaltige Lösung haben.

La longue durée

Und doch sind Lösungen hier mein Thema, liberale Lösungen zudem. Was den Nahen Osten betrifft, so baue ich vor allem auf Lösungen, die unten, bei den Menschen, die zusammenleben müssen, beginnen. Es gibt Organisationen, die aktiv für die Rechte von jüdischen und arabischen Israelis, auch von Israelis und Palästinensern eintreten. Der *New Israel Fund* im ersteren, die *Physicians for Human Rights* im letzteren Fall liefern eindrucksvolle Beispiele. Der nächste Schritt sind dann gemeinsame Projekte von der Art wie sie Simon Peres und Kronprinz Hassan seit vielen Jahren vertreten. Zusammenarbeit im Bereich der Bewässerung, überhaupt der Wasserversorgung ist besonders dringend. Die Antwort kommt also nicht nur von den Staatsmännern, wenngleich die Waffen schweigen müssen, damit überhaupt eine Antwort möglich wird.

Blicken wir indes noch einmal zurück zu den OECD-Ländern und den grossen Fragen der Ungleichheit mit ihren Folgen für neuartige soziale Konflikte. Was zunächst die Ungleichheit betrifft, so sind die Prinzipien einer Politik der Freiheit einfach: Ungleichheit ist dann erträglich, ja ein Anreiz zur Erhöhung von Lebenschancen, wenn es ein garantiertes Grundniveau für alle gibt und wenn niemand seinen Reichtum nutzen kann, um die Teilnahmechancen anderer zu beschneiden. In der Praxis verlangen diese Prinzipien allerdings weitere Entfaltung. Der Grundstatus für alle ist zu definieren, wozu die Diskussion um ein Bürgereinkommen – ein garantiertes Grundeinkommen – wichtige Beiträge geleistet hat. Am anderen Ende sind nicht nur und vielleicht nicht einmal primär Steuern zu bedenken, sondern es geht um das Verhältnis von wirtschaftlicher und politischer Macht, also die Trennung der Sphären des Einflusses auf die Lebenschancen anderer.

Wenn wir zu den Konflikten kommen, wird deutlich, dass es in der Welt von morgen nicht mehr um deren institutionelle Kanalisierung geht. So leicht werden wir der situationsbezogenen, unberechenbaren, im Extremfall in Terrorismus ausartenden Konflikte nicht Herr. Weder parlamentarische Institutionen noch auch nur Runde Tische helfen uns bei der Lösung. Sie helfen jedenfalls nicht immer und oft nicht auf Dauer. Vielmehr ist es unweigerlich nötig, gewisse Regeln zu etablieren, an die sich alle zu halten haben, Regeln des Rechts, *the rule of law*. Das gilt übrigens international ebenso wie

innerhalb von Ländern; doch ist hier vor allem vom Rechtsstaat die Rede.
Ich habe lange ein gewisses Unbehagen verspürt bei der Lektüre des letzten Satzes im Ersten Band von Karl Poppers *Offener Gesellschaft*. Wir müssen, sagt Popper dort, beim Gang ins Ungewisse unsere Vernunft benutzen, «to plan for both security *and* freedom». Eine der deutschen Übersetzungen macht die Sache noch schlimmer, indem sie uns planen lässt «nicht nur für Sicherheit, sondern auch für Freiheit». Ich denke schon, dass es Popper vor allem um die Freiheit ging, aber der Naziverfolgte und Emigrant in Neuseeland mitten im Krieg hatte auch einen besonderen Sinn für Sicherheit, äussere Sicherheit, innere Sicherheit, vielleicht sogar in gewissem Masse soziale Sicherheit.
Heute verstehe ich die Formulierung «Sicherheit *und* Freiheit» besser. Dies allerdings würde ich ihr (vor allem im Hinblick auf die innere Sicherheit) noch hinzufügen: Sicherheit *in* Freiheit. Die rechtlichen Regelungen, die die Voraussetzung dafür schaffen, dass wir in Freiheit leben können, dürfen nicht selbst die Freiheit gefährden. Das ist eine Frage des abwägenden Urteils. Alles Recht begrenzt Freiheit. Die Frage ist, wo solche Begrenzungen den Kern der institutionell gefassten Freiheit verletzen. Vorbeugende Haft? Schutzhaft? Öffentlichmachung der Privatsphäre aller? Richterliche Überprüfung ausnahmslos aller Verwaltungsakte? Eine Formel zur Beantwortung dieser Fragen gibt es nicht, wohl aber die Notwendigkeit, sie öffentlich und abwägend zu erörtern. Hier liegt eine der entscheidenden Aufgaben von Parla-

menten – eine der verbleibenden Aufgaben ist man versucht zu sagen angesichts der Schwächung von Parlamenten in so vielen anderen Rollen.

Solche Andeutungen von Grundsätzen verweisen schon auf das schwierigste Thema der Freiheit angesichts der neuen Ungleichheit und der modernen Ausdrucksformen sozialer Konflikte. Institutionen zu bauen war eine meiner Empfehlungen angesichts der Thematik von Recht und Ordnung. Noch eine Stufe allgemeiner gesagt: wir brauchen die Stärkung des Sinns für die Dauerhaftigkeit unseres Tuns. Ich habe mit Ironie von den Popstar-Millionären gesprochen und die Frage gestellt, ob die globale Klasse überhaupt eine nachhaltige soziale Kraft ist. Eher mit einem Unterton der Beängstigung habe ich dann den Situationscharakter von Protesten beschrieben. Noch der 11. September ist eben der 11. September, für den es nicht seinesgleichen gibt, selbst wenn ihm weitere Anschläge gefolgt sind. Schon der Ausdruck «Leute von Seattle» übertreibt die Nachhaltigkeit der Demonstrationen von «Globalisierungsgegnern». Es ist, als ob alle Auseinandersetzungen unserer Welt – wie vielleicht auch die Triumphe – momentbezogen sind, Punkte in einem Punktemeer ohne Gestalt und Struktur.

Die grosse Frage ist also, wie wir haltbare, nachhaltige Strukturen in dieser Welt ohne Halt schaffen können. Selbst Strukturen sozialer Konflikte sind der punktuellen Erfahrung noch vorzuziehen. Der Wert dessen, was von Dauer ist, bedarf der Wiederbelebung. Das ist mit gebotener Vorsicht zu verstehen. Nicht alles, was alt ist, verdient darum Dauer. Andererseits ist das blinde Verwerfen des Alten ebenso falsch. Dass die grosse Literatur unserer Kultur im wesentlichen von «toten weissen Männern» stammt – und wir uns daher den Werken von «lebenden farbigen Frauen» zuwenden sollen – ist eine eher läppische Empfehlung, auch wenn man zugesteht, dass Dauer nicht verwechselt werden darf mit traditionellen Herrschaftsansprüchen. Wer in wenigen Monaten ein grosses Zelt errichtet und es «Dom» nennt, hat darum noch keine Kathedrale gebaut, und vielleicht brauchen wir ein paar neue Kathedralen. Das ist keine sehr klare Antwort auf eine grosse Frage, aber vielleicht ein Richtungshinweis. Wir reden so gerne von Nachhaltigkeit im Hinblick auf unsere natürliche Umwelt: auch unsere soziale Welt braucht indes Nachhaltigkeit, weil nur mit ihr eine Freiheit gedeihen kann, die mehr ist als ein Wochenende des Genusses der Freizeit.

5.

Liberale Ordnung unter Druck: Demokratische Dilemmas

Demokratie …

Das Modell der parlamentarischen Demokratie ist von schöner Klarheit. Zwei politische Gruppierungen versammeln sich in einer Kammer. Die eine, etwas grössere, bildet die Regierung, während die andere, kleinere, die Opposition darstellt. Hinter beiden stehen breite soziale Schichten. Eine von diesen ist im grossen und ganzen mit den obwaltenden Umständen zufrieden und sucht diese daher durch vorsichtige Anpassung zu bewahren, während die andere auf die Verbesserung ihrer vielfach misslichen Lebenslage durch Veränderungen hinwirkt. In festgelegten, regelmässigen Abständen finden Volkswahlen statt. Bei diesen zeigt sich, dass am Rande der beiden Gruppierungen Verschiebungen vor sich gegangen sind; für manche hat die Regierung zu viel oder zu wenig getan, und sie geben daher ihre Stimme der anderen Seite. Also zieht die bisherige Opposition auf die andere Seite der Kammer und die bisherige Regierung nimmt ihre Plätze ein. Im Parlament von Westminster tun die beiden das im Wortsinn; die jeweilige Regierung sitzt zur Rechten des Speakers und die Opposition zur Linken.

Soweit das Modell; nur ist die Wirklichkeit immer schon komplizierter gewesen. Fast immer jedenfalls: im Parlament von Malta ist es in den letzten Jahrzehnten genauso zugegangen wie im Modell, und die jeweilige Regierung hatte jeweils nur eine Stimme Mehrheit im Parlament. Selbst in Westminster ist die Sache jedoch nicht ganz so übersichtlich; es gibt dritte, vierte, fünfte Parteien, darunter kleine oder wichtige wie die nordirischen Gruppen, und es gab zumindest in der ersten Hälfte des 20. Jahrhunderts Parteispaltungen und vor allem Koalitionen. Andere institutionelle Arrangements variieren das Bild, vor allem wenn sie dem amerikanischen Modell der Gewaltenteilung folgen, so dass zuweilen *cohabitation* und vor allem Konfrontation von gewählter Regierung und gewähltem Parlament das Bild der Politik prägen.

Wichtiger noch ist die Tatsache, dass in Kontinentaleuropa (und vielfach sonst in der Welt) den politischen Strukturen keine homogenen Zweiklassengesellschaften zugrundelagen. Andere Kräfte haben durchweg die politische Ordnung bestimmt. Das können konfessionelle Gruppierungen sein; die katholische Zentrumspartei war für die Weimarer Republik fast ein Jahrzehnt lang entscheidend. Es können auch regionale Vertretungen sein; die Katalanen verwirren das Bild der spanischen Demokratie. Neuerdings sind Antiparteien-Parteien in Mode gekommen, vor allem in den skandinavischen Ländern und in den Niederlanden. Im Osten und Südosten Europas organisieren sich bedrohte soziale Gruppen wie Kleinlandwirte oder die Überreste der alten Nomenklatura.

Derlei Komplikationen sind nicht ungewöhnlich; sie haben immer schon das klare Bild der Demokratie verwirrt. Darum war es auch immer schon wichtig zu fragen, was denn mit den Institutionen beabsichtigt ist, die in Malta und zuweilen in Westminster so eindeutigen Ausdruck gefunden haben. Es ist, so meine ich, dreierlei. *Erstens* soll Demokratie (in Karl Poppers griffiger Formulierung) es erlauben, Regierungen ohne Blutvergiessen loszuwerden[1]. Sie erlaubt friedlichen Wandel durch den Austausch der Mächtigen. *Zweitens* schafft Demokratie das Forum für die ständige Kontrolle der Mächtigen. Die Gesetze, die diese machen, unterliegen im Parlament sorgfältiger Prüfung. Für alle Aktionen der Regierenden gibt es Gegengewichte – und seien es nur Gegenargumente –, oft auch institutionell verankerte *checks and balances*. *Drittens* ermöglicht Demokratie dem Wahlvolk, den Bürgern, ihre Interessen und Präferenzen in den politischen Prozess einzubringen. Das geschieht direkt bei Wahlen, aber vor allem auch indirekt über die Debatten der Volksvertreter. Das Parlament repräsentiert das Volk.

… und liberale Ordnung

Die Jahre nach der Revolution von 1989 waren in den post-kommunistischen Ländern Europas eine Hochzeit für Modelle. Ökonomen reisten in die Hauptstädte, um dort jenes Modell der Marktwirtschaft umzusetzen, das manche den «Washington Konsensus» nennen, also das von Weltbank und Währungsfonds vertretene Modell des Kapitalismus. Politologen und Politiker folgten ihnen, um das «Westminster-Modell» in die Verfassungen einzubringen. Das Ergebnis solcher Versuche war ernüchternd. Im einen Fall, dem der Wirtschaft, resultierten mancherorts Fehlentwicklungen – Korruption und Mafiabildung zum Beispiel – ohne erkennbaren Ausweg. Im anderen Fall, dem der politischen Verfassung, machte sich Enttäuschung breit. Der Grund dafür ist mittlerweile vielen klar. Die Modelle haben dort, wo sie einigermassen funktionieren, Voraussetzungen, die sich nicht durch hastig eingeflogene Expertenteams schaffen lassen, sondern die über lange Zeit wachsen müssen.

Von der Wirtschaftsordnung ist hier nicht direkt die Rede. Doch lohnt es sich, eine Mahnung zur Vorsicht auszusprechen. Marktwirtschaft und demokratische Ordnung haben gewisse gemeinsame Merkmale. Beide (um noch einmal Poppers Sprache zu verwenden) sind Entwürfe ins Ungewisse, die sich auf Versuch und Irrtum, nicht auf Planung und «wohlwollende» Diktatoren verlassen. Beide gedeihen daher auch auf demselben Boden. Dennoch sind sie zweierlei. Einer der grossen Irrtümer in vielen neuen Demokratien – einer der Irrtümer übrigens in Deutschlands Weimarer Republik – lag in der Erwartung, dass politische Demokratie notwendig, gar automatisch wirtschaftlichen Wohlstand schafft. Das ist tatsächlich nicht der Fall. Beide verlangen je eigene Anstrengungen. Wer sie in seinen Erwartungen miteinander vermischt, kann leicht beide verlieren: weil die Wirtschaft nicht floriert, wird auch die Demokratie preisgegeben. Auch das erinnert an die Weimarer Republik nach der grossen Wirtschaftskrise, während in Ländern, in denen die Demokratie fester verankert war – in Grossbritannien zum Beispiel und den Vereinigten Staaten – auch tiefergreifende wirtschaftliche Einbrüche keine politische Krise hervorriefen.

Demokratie muss, um ihren drei Aufgaben gerecht zu werden, verankert sein in einer liberalen Ordnung. Dazu gehören vielerlei Institutionen und Tugenden. Man könnte über Bürgersinn reden, über politische Bildung, über das Thema, das den ersten Bundespräsidenten Theodor Heuss vor allem beschäftigt hat: die Demokratie braucht Demokraten. Demokratie ist eine Lebensform. Ich möchte vor allem zwei Voraussetzungen der Demokratie wenigstens beim Namen nennen, weil sei zum Kernbestand der liberalen Ordnung gehören: die Bürgergesellschaft und die Herrschaft des Rechts.

Beide sind übrigens in der deutschen Umgangssprache durch einen folgenschweren Irrtum belastet, nämlich durch die Verbindung mit dem Staat. Die Doppeldeutigkeit des deutschen Wortes «Bürger» – als *bourgeois* und als *citoyen* – veranlasst viele, vom *Staats*bürger zu sprechen, während es gerade um den Bürger jenseits aller staatlichen Funktionen geht. Die besondere deutsche Rechtstradition, in der sozusagen am Anfang die Staatsverwaltung und nicht eine Magna Carta stand, hat an die Stelle der Herrschaft des Rechts, der *rule of law*, den Rechts*staat* gesetzt.

Die Bürgergesellschaft ist die Gesellschaft freier Assoziationen. Menschen schliessen sich um ihre Interessen und Vorlieben zusammen. Der gute alte Begriff der Genossenschaft beschreibt das besser als Gesellschaft oder Gemeinschaft. Die genossenschaftlichen Bindungen sind die Lebenswelt; weil es sie gibt, ist der Staat, ist Politik nicht all-wichtig. Politische Demokratie ohne das Netzwerk der Bürgergesellschaft schwebt entweder in der Luft, oder sie wird überfordert. Es ist ein Kernstück der funktionierenden Demokratie, dass die Bürger von ihr nicht alles verlangen. Sie soll einen verlässlichen Rahmen setzen, aber im übrigen die Bürgergesellschaft sich selbst überlassen – so wie die Bürgergesellschaft nicht ständig nach staatlichen Regeln oder Steuergeldern rufen soll. Das ist eine schwierige Aufgabe besonders in Ländern, in denen der Staat immer schon da war und lange Zeit die Assoziationen der Bürger nur als Funktionärs-Veranstaltungen geduldet hat.

Die Herrschaft des Rechts ist eine andere, nicht minder komplexe Voraussetzung der liberalen Ordnung. Auch sie ist keine automatische Folge demokratischer Verfahren. Die Vereinigten Staaten von Amerika waren für viele Jahrzehnte – in Spuren bis heute – eine Demokratie, in der die Herrschaft des Rechts nur bedingt entwickelt war. Preussen andererseits kannte zumindest den Rechtsstaat, in mancher Hinsicht auch die Herrschaft des Rechts, lange vor der Durchsetzung demokratischer Institutionen. Die liberale Ordnung verlangt beide. Mit Recht hat Friedrich von Hayek in seinem grossen Werk *Verfassung der Freiheit* der Rolle des

Rechts besondere Aufmerksamkeit gewidmet[2]. Die folgenden Analysen werden mich sogar zu dem Schluss führen, dass dort, wo die Demokratie versagt, die *rule of law* eine unentbehrliche Rückfallposition darstellt. Denn all die schönen Dinge, von denen bisher die Rede war, sind nicht nur nicht selbstverständlich, sondern stehen am Anfang des 21. Jahrhunderts unter Druck. Im folgenden wird von Entwicklungen die Rede sein, die die Institutionen der Demokratie ernsthaft in Frage stellen und die liberale Ordnung zumindest herausfordern. Für Hörer dieser Vorlesungen sind diese Entwicklungen keine Überraschung; von den meisten war in früheren Zusammenhängen die Rede. Neu ist jedoch der Zweifel, den sie wachrufen an der Fähigkeit, Demokratie und Verfassung der Freiheit zu erhalten; neu ist auch die Notwendigkeit, auf die ersten Grundsätze der liberalen Ordnung zu rekurrieren.

Der demokratische Klassenkampf bröckelt

Die erste Entwicklung, die zu bedenken ist, ist die Auflösung jener Strukturen, die (wie Theodor Geiger es nannte) den demokratischen Klassenkampf trugen[3]. Hinter der klassischen Demokratie des 19. und 20. Jahrhunderts steckte die Spaltung der Gesellschaft in jene Gruppen, die an der Bewahrung des Status quo und andere, die an seiner Veränderung interessiert sind. Konservative und Liberale, später Konservative (einschliesslich vieler früher Liberaler) und Sozialisten führten ihre Auseinandersetzungen zuerst auf der Strasse, später im Parlament. In dem Masse jedoch, in dem die Reformer ihre Forderungen durchsetzten, verlor die Auseinandersetzung ihre Kraft. Das 19. Jahrhundert war das der Liberalen, die im 20. in andere Gruppen aufgingen; das 20. Jahrhundert war das der Sozialdemokraten, die am Ende Teil einer grossen, fast allumfassenden politischen Mitte wurden.

Der Prozess hatte viele Folgen. Die Parteien verloren zuerst ihre Stammwähler, dann ihre Wähler überhaupt. Noch in der Mitte des 20. Jahrhunderts stimmten über 90% der Wähler vieler Länder für eines der beiden klar unterscheidbaren politischen Lager; ein halbes Jahrhundert später sind es allenfalls noch 70%, und deren Stimmen sind für die Parteien keinesfalls eine sichere Bank. Die Mitgliedschaft der grossen Parteien ist geschrumpft. Die Zahl der Wechselwähler ist ständig gewachsen. Selbst in früheren Hochburgen wechseln die Mehrheiten. Es ist Teil desselben Prozesses, dass die Programme der Parteien sich kaum noch unterscheiden. Alle suchen einen «dritten Weg», der umso nebelhafter wird, je weniger es die beiden anderen Wege gibt, die ihn definieren sollen.

Diesem Prozess der Individualisierung folgt der andere einer zunehmend themen- und situationsbezogenen Politik. Gewiss sind manche Themen wie die Rettung der Lebensumwelt zeitlos; aber in dem Masse, in dem sich mehr Menschen ihrer annehmen, rücken sie von der Thematik von Bürgerinitiativen ins Zentrum der politischen Tagesordnung. Ein-Themen-Parteien haben an-

gesichts der Labilität des Parteiengefüges nur eine begrenzte Lebensdauer; denn keine Gruppierung will sich die Chance der um solche Themen versammelten Wählerstimmen entgehen lassen. Die Situationsbeziehung wird also entscheidend.
Damit aber wird Politik, wird vor allem auch die Wahl von Parlamenten zum Lotteriespiel. Was immer in einem bestimmten Augenblick die Leute beschäftigt, kann Wahlen entscheiden. Dabei können reine *show business*-Motive im Vordergrund stehen, wie die Attraktivität von Kandidaten (oder das Gegenteil). Es können auch vorübergehende Trends sei es der Konjunktur, sei es der internationalen Beziehungen, ausschlaggebend werden. Die Intensität der Wahlentscheidung ist ohnehin gering. Mancher würde schon eine Stunde nach dem Verlassen des Wahllokals anders gewählt haben. Er und sie brauchen sich aber nicht zu grämen. Wer immer gewählt ist, wird aufmerksam den Meinungsforschern lauschen, wenn die Gewählten sich nicht gar sogenannte Fokus-Gruppen halten, die in einem ständigen «repräsentativen» Prozess der Gruppen-Meinungsäusserung den Regierenden sagen, was bei den Leuten geht und was nicht. In manchen Ländern spielen bestimmte Medien diese Rolle. Parlamente sind es jedenfalls nicht, die diese Aufgabe wahrnehmen.
Den jeweils Regierenden entgehen solche Prozesse natürlich nicht; vielleicht sind sie gerade wegen ihrer grossen Ohren für die Tagesstimmungen gewählt worden. Alle bekannten Regierungschefs dieser Zeit vernachlässigen ihre Parlamente im Interesse einer direkteren Po-

pularität. Manche spielen dabei mit neuartigen Institutionen, die die schlechte Gewohnheit zum Prinzip machen. Volksbefragungen, ja Volksabstimmungen werden zunehmend beliebt. Steuern gelten nicht mehr als Ausdruck einer Bürgerpflicht, wobei das Parlament nach gründlicher Debatte über deren Verwendung zu befinden hat, sondern werden vielfach zweckbestimmt. Benzinsteuern werden für den Strassenbau, Rentenbeiträge für die Altersversorgung verwendet, bis der daraus folgende Automatismus jede Diskussion erübrigt.

Es gibt Figuren, die meisterhaft auf dem Klavier der neuen Politik spielen können. Präsident Clinton war einer; Premierminister Blair sucht es ihm gleichzutun. Es gibt andere, die dank der neuen Formen der Situationspolitik Wahlen gewinnen, deren Fähigkeit, mit dem Erfolg umzugehen, aber noch unbewiesen ist. Ministerpräsident Berlusconi ist darunter und der Nachfolger Rudolph Giulianis als neuer Bürgermeister von New York Bloomberg. Demokratisch allerdings ist die Klaviatur dieser Neumächtigen nur, wenn man die Grenze zwischen Volksherrschaft und Volksvereinnahmung verschwimmen lässt. Die situations- und stimmungsbezogene Politik an Parlamenten und nachhaltigen Debatten vorbei erlaubt gewiss Veränderung; sie kennt aber nur wenige verlässliche *checks and balances* und macht die Eingabe des Volkswillens so punktuell, dass die Wähler sich zunehmend abwenden von den öffentlichen Dingen. Populistische Herren und verselbständigte Apparate der früheren Parteien verbinden sich zum Autoritarismus einer neuen Nomenklatura.

Noch einmal: Glokalisierung

Derlei politisch-soziale Entwicklungen finden statt zu einer Zeit, zu der die Demokratie auch durch andere Entwicklungen unter Druck gerät. Dabei ist vor allem die abnehmende Bedeutung des klassischen Raumes demokratischer Regierung, des Nationalstaates wichtig. Das grosse Thema hat zwei auf paradoxe Weise zusammengehörende Aspekte: die Auswanderung von Entscheidungen in entferntere, im Grenzfall globale Räume – und die gleichzeitige Inversion auf politische Einheiten, die kleiner, nach Meinung mancher auch intimer, jedenfalls kohärenter sind als Nationalstaaten. Als Glo*k*alisierung ist diese Doppeltendenz hier schon beschrieben worden. Ihre beiden Aspekte stellen bisher unbeantwortete Fragen an die Zukunft der Demokratie.

Auf den ersten Blick stellt die Inversion das geringere Problem. Man könnte sogar behaupten, dass die Wohngemeinde, die Stadt, die Heimat der Demokratie ist. Es ist jedenfalls wahr, dass in der 6500-Seelen-Stadt Bonndorf im Schwarzwald Demokratie im grossen und ganzen funktioniert. Wenn die Leute Veränderung wollen, dann reden sie davon, und im äussersten Fall geben sie dem Bürgermeister bei der Wiederwahl einen Denkzettel oder (was in Nachbarorten geschehen ist) sie wählen ihn ab. *Checks and balances* sind überall, im Gemeinderat, aber auch bei den Vereinen, bei Versammlungen, in den Gasthäusern. Dabei hat das Volk, haben die Bürger das Sagen, und wenn auch nicht alle ihren

Mund aufmachen, bleiben vorherrschende Stimmungen nicht verborgen. Auf ihre Weise finden im lokalen Bereich die Prinzipien der Demokratie also ständig Anwendung.

Das ist zugegebenermassen schon schwieriger in der nächsten grösseren Stadt, Freiburg. Schon die nicht immer glückliche Verbindung von Universität, Industrie und traditionellem Bürgertum stellt die städtische Demokratie auf manche Probe. Es verlangt besondere Talente bei den Stadtvätern, das Gespräch der Gruppen in Gang zu halten und zum Handeln zu kanalisieren. Freiburg hat da eine gute Hand gehabt. Gehen wir aber in die ganz grossen Städte, die Weltmetropolen, dann wird es mit der Lokaldemokratie vollends schwierig. Ich habe mich viele Jahre lang in London engagiert, um die Direktwahl eines Bürgermeisters zu bewirken. Als das vor einigen Jahren gelang und das nötige Gesetz in Kraft trat, begannen indes die Enttäuschungen. Schon die Tatsache einer Wahlbeteiligung von 25% war bedauerlich. Seitdem haben Londoner Bürger von ihrem an sich medienfreudigen Bürgermeister nicht viel gesehen. Andererseits hat Bürgermeister Giuliani in New York sowohl am Anfang seiner Amtszeit (mit der «Nulltoleranz» gegenüber Kleinverbrechen) als auch an deren Ende (mit der symbolischen Bewältigung des für die Stadt traumatischen Terrorangriffs auf das World Trade Center) eine bemerkenswerte Leistung vollbracht.

Städte, die reale Lebenseinheiten für ihre Bewohner darstellen, können also durchaus Orte der lebendigen Demokratie sein. In der Tat ist in vielen Teilen

Deutschlands die Gemeindeautonomie eine der stärksten Stützen der Demokratie. Das gilt jedoch nicht für jene grösseren Einheiten, die heute vielfach im Zentrum von Autonomieforderungen stehen. Es gilt nicht für Regionen, wie ich sie auf die Gefahr hin nennen werde, von den Verfechtern «nationaler» Regionen – wie Schottland und Katalonien, Padanien und Bayern – an den Pranger gestellt zu werden. Es gilt übrigens auch nicht für die Mehrzahl der deutschen Bundesländer, wenn ich das hinzufügen kann, ohne alle Interessierten gegen mich aufzubringen.

Der neue Regionalismus, der oft mit grosser Intensität und nicht selten mit Gewalt verfochten wird, ist im Unterschied zum Lokalismus in aller Regel demokratiefeindlich. Er ist zumeist nicht aus dem Wunsch nach demokratischer Selbstbestimmung sondern aus dem nach ethnischer (sprachlicher, konfessioneller) Homogenität geboren. Sein erstes Prinzip ist die Abgrenzung, nach aussen gegenüber «fremden» Nachbarn, nach innen gegenüber nicht minder «fremden» Minderheiten. Die Triebkraft der Entwicklung ist nicht eine echte Volksbewegung, sondern die Mobilisierung durch Demagogen und das Interesse von Funktionären. Gelingt der Versuch, dann ist daher der Nutzen für die Aktivisten grösser als der für das Volk. Von Demokratie ist nicht mehr viel die Rede; denn nun, da man endlich schottisch ist oder katalanisch, wird alles andere, werden also *checks and balances*, Veränderungen an der Spitze, ja die Teilnahme des Volkes zweitrangig.

Glokalisierung als Regionalisierung hat nicht nur Folgen für die Demokratie, sondern auch für das friedliche Zusammenleben. Das Resultat kann eine neue Form der «Balkanisierung» sein, bei der lauter angeblich homogene Regionen sich nach aussen absichern und nach innen alle, die nicht in das ethnisch saubere Bild passen, unterdrücken. Da sind Grenzstreitigkeiten nahezu unvermeidlich, und angesichts des nicht demokratischen, sondern demagogischen Charakters der Gebilde ist Gewalt in der Durchsetzung der Ziele durchaus wahrscheinlich.

Wenn hier das Lob der Nationalstaaten gesungen wird – und sie sind die Heimstatt der Demokratie und das Gehäuse, in dem die liberale Ordnung gedeiht –, dann ist ein definierendes Element entscheidend. Es ist die Rede von zumindest prinzipiell vielfältigen, ja heterogenen Staaten, also nicht solchen, in denen eine einzige ethnische «Nation» das Sagen hat. Insofern sind die Vereinigten Staaten von Amerika und Indien grosse, modellhafte Beispiele. Nicht überall ist Heterogenität so dramatisch wie in diesen Ländern. Mancherorts ist die Demokratie durch Zuwanderung auf eine späte Probe gestellt worden. Die Rede ist jedoch von Gemeinwesen, die Homogenität nicht zum Prinzip erheben, sondern ihre Bürgerrechte Menschen vielfältigen Ursprungs und vielfältiger Orientierung anbieten. Die liberale Ordnung in solchen Nationalstaaten ist eine der grossen Errungenschaften der menschlichen Zivilisation.

Demokratie in Europa

Doch ist nicht zu leugnen, dass in den letzten Jahrzehnten wichtige Entscheidungen aus den Nationalstaaten in grössere, oft diffusere Räume ausgewandert sind. Für Europäer kommt da der zumindest scheinbar wohldefinierte Raum ins Spiel, der heute Europäische Union heisst. In ihm vor allem sollte sich die Demokratie jenseits des Nationalstaates bewähren. Grundsätzlich könnte eine demokratische Europäische Union sogar ein Muster sein für die Verfassung der Freiheit im Zeitalter der Demokratisierung. Sie ist es jedoch nicht. Larry Siedentop beginnt sein einflussreiches Buch über die Demokratie in Europa mit dem schlichten Satz: «Die demokratische Legitimität in Europa ist in Gefahr.»[4] Viele Europäer müssen den Eindruck gewinnen, fügt er noch hinzu, der Prozess der europäischen Einigung sei entweder das Ergebnis von unaufhaltsamen Kräften des Marktes oder aber das von «Machenschaften von Eliten, die sich demokratischer Kontrolle entziehen».

In der Tat lässt sich nicht leugnen, dass weder die Zielsetzungen noch die Methoden der europäischen Einigung viel mit Demokratie zu tun haben. Kriege in Europa verhindern, die Freiheiten von Handel und Wandel allgemein etablieren, mitreden im Konzert der Mächte – das mögen löbliche Ziele sein, aber Demokratie kommt bei ihnen nicht vor. Eine Entscheidungsstruktur, bei der eine ernannte Kommission das Vorschlagsmonopol hat und ein Rat nationaler Minister (oft vertreten durch Botschafter und andere Beamte) die Entscheidungen trifft – das ist weit entfernt von jenen demokratischen Grundsätzen, die die Mitglieder anderen, darunter den Beitrittskandidaten, predigen. Der bittere Scherz ist nicht von der Hand zu weisen: wenn die EU um Mitgliedschaft in der EU nachsuchen würde, müsste sie wegen ihres Mangels an demokratischer Ordnung abgewiesen werden.

Nun gibt es gewiss mittlerweile so etwas wie ein Europäisches Parlament. Es begann sein Leben als eine «Versammlung», die aus gelegentlich zusammenkommenden Abgeordneten nationaler Parlamente bestand und nicht mehr Einfluss hatte als etwa die Parlamentarische Versammlung der NATO. Inzwischen ist in der EU ein Vollzeit-Parlament mit direkt gewählten Abgeordneten entstanden, die in den meisten Bereichen der europäischen Gesetzgebung ein gewisses Mitentscheidungsrecht haben. Das ist aber auch alles. Über seinen Sitz darf das Parlament nicht entscheiden, über Steuern und damit seinen Haushalt auch nicht, und die Kommission (die im übrigen keine Regierung ist) kann es allenfalls *en bloc* abwählen, worauf die Regierungen das Recht haben, sie erneut zu ernennen.

Das Europäische Parlament verdient den Namen nicht. Seine Funktionen sind ausserordentlich begrenzt und von den Regierungen geborgt. Vor allem aber ist Zweifel an seiner demokratischen Legitimation schwer abweisbar. Es ist kein Zufall, dass mindestens 50 Abgeordnete nie im Parlament erscheinen, viele andere selten, noch ist es Zufall, dass in vielen Mitgliedstaaten weniger als 50%, in manchen nur 25% bei Europawahlen ihre Stimme abgeben. Bis heute gibt es das Staatsvolk nicht, ohne das die Demokratie ihre Grundlage verliert. Demokratische Institutionen ohne *demos* verdienen den Namen nicht, und Europa hat «kein europäisches Volk, keine europäische Sprache, keine europäische öffentliche Meinung, keinen von allen für verbindlich gehaltenen Maßstab der staatlichen Zuständigkeiten.» Das ist wieder Larry Siedentop[5]. Und da manche meinen, dieses alles sei vielleicht «noch nicht» der Fall, würde aber demnächst, zum Beispiel auf Grund der Vorschläge des Europäischen «Verfassungs»-Konvents kommen, sei noch diese Beobachtung von Siedentop hinzugefügt: «Paradoxerweise ist Europa trotz der neuen Rhetorik des Europäertums nie stärker in nationale Kulturen gespalten gewesen als es das heute ist.»

Siedentop schreibt zwar in kritischer, aber nicht in antieuropäischer Absicht. Er würde daher entschiedeneren Europäern wie dem Präsidenten der Europäischen Universität in Florenz Yves Mény darin zustimmen, dass es durchaus Kontrollmechanismen für europäische Entscheidungen gibt[6]. Die EU ist eine Rechtsgemeinschaft, in der der Gerichtshof eine entscheidende Rolle hat. Der Rechnungshof der EU ist zunehmend wichtig geworden. Die Diskussionen des Ministerrates enthalten selbst Kontrollelemente, denn die Ratsmitglieder sind ihren nationalen Parlamenten verantwortlich. Da es die ideale Demokratie ohnehin nicht gibt, hat die EU nur den existierenden Formen eine neue Variante hinzugefügt, und zwar eine, die mehr *checks and balances* enthält als die meisten nationalen Verfassungen.

Das ist vielleicht doch eine zu französische Sichtweise. Die Kontrolle von Entscheidungen ist nur eines der drei Elemente der Demokratie, von denen ich ausgegangen bin. Veränderung ohne Gewalt ist auf der europäischen Ebene sehr viel schwerer zu entdecken. Selbst die Ablösung der Kommission ist in den fünfzig Jahren seit Gründung der Gemeinschaft für Kohle und Stahl nur einmal halbwegs geschehen. Und wie die Meinung des Volkes in den europäischen Entscheidungsprozess eingegeben wird, bleibt eine weit offene Frage, wenn man nicht annehmen will, dass nationale Wahlen im Hinblick auf das europäische Verhalten der Wahlsieger entschieden werden. Die Europäische Union ist keine Demokratie und ist auch nach dem sogenannten Verfassungsvertrag nicht auf dem Wege dorthin. Sie ist eher ein Symptom der demokratischen Dilemmas, die die liberale Ordnung unter Druck setzen.

Globalisierung

Allerdings ist eines nicht zu leugnen: die EU macht die Probleme – und auch die möglichen Lösungen – deutlich, denen wir uns in einer Welt gegenüberstehen, in der immer mehr Entscheidungen jenseits der Grenzen des Nationalstaates fallen. Rasche Bewegungen auf den Finanzmärkten können (wie das Beispiel des englischen Pfundes 1993 zeigt) den Wert auch grosser Währungen beeinträchtigen. An den Investitionsentscheidungen von Weltunternehmen hängen Zehntausende von Arbeitsplätzen und damit Lebenschancen. Die Bereitschaft oder Nichtbereitschaft der internationalen Gemeinschaft (und des Währungsfonds oder der Weltbank), ein Land zu unterstützen, hat weitreichende Folgen. Das gleiche gilt für Abreden in der Welthandelsorganisation. Und doch ist keiner dieser Entscheidungsprozesse in irgendeinem plausiblen Sinn demokratisch.

Globalisierung heisst also immer zugleich Entdemokratisierung. Es gibt keine Verfahren zur Ablösung der Entscheidungsträger. Es gibt keine berechenbaren Kontrollmechanismen, keine *checks and balances*. Es gibt schon gar keine systematische Methode, die Interessen und Meinungen der Betroffenen, geschweige denn des Weltvolkes insgesamt, in die Entscheidungen einzubringen. Und – um das gleich hinzuzufügen – es gibt auch keine Ansätze zu einer globalen Demokratie. Der Enthusiasmus von Organisationen wie der World Democracy Campaign mit ihrem Initiator Troy Davis ist bemerkenswert; aber die Vorstellung eines Weltparlaments und einer Weltregierung gehört einstweilen ins Reich nicht nur der Phantasie, sondern der Utopie, das heisst der ganz und gar unpraktischen Phantasie[7].

Heisst das, dass uns nichts bleibt als das Ende der Demokratie zu konstatieren und mit dem Resultat zu leben? Das wäre doch wohl zu wenig. Eher heisst es, dass wir eine Reihe von zweitbesten Anwendungen der Prinzipien der Demokratie vorantreiben müssen, ohne uns mit dem Ergebnis zufriedenzugeben. Dafür lassen sich Beispiele geben.

Die liberale Ordnung ruht auf zwei Pfeilern, der Demokratie und der Herrschaft des Rechts. Letztere zumindest kann auch international weiter entwickelt werden. Bindende rechtliche Regeln und effektive Sanktionen im Weltmasstab sind noch die Ausnahme. Man kann zweifeln, ob ein im strengen Sinn internationales Recht – ein Völkerrecht – bereits existiert. Aber Anfänge sind zweifellos vorhanden. Sie reichen von der Charta der Vereinten Nationen mit dem dazugehörigen «Gerichtshof» über Anfänge eines internationalen Strafrechts zu den Regelungen, die Handel und Kapitalverkehr in gewissen Schranken halten.

Die Vereinigten Staaten haben in ihrem 22. Verfassungszusatz bestimmt, dass Präsidenten nur einmal wiedergewählt werden können. Sie haben damit die Veränderung ohne Gewalt zum Regelfall gemacht. Es wäre nicht abwegig, eine ähnliche Regelung zumindest für internationale Organisationen zu treffen. In der Tat ist dort oft schon eine Amtszeit genug; jedenfalls sollte die Befristung der Spitzenpositionen institutionalisiert werden.

Es gibt Methoden der Kontrolle internationaler Entscheidungen, die bisher nicht hinlänglich entwickelt worden sind. Formen der Rechnungslegung im weiten Sinn des Begriffs gehören dazu. Regelmässige Prüfungsberichte durch Gegenexperten, also selbst nicht Beteiligte, aber Interessierte, wären eine gangbare Methode. Man könnte auch an einen ständigen, in seiner Mitgliedschaft regelmässig wechselnden Kontrollrat denken.

Eine der Triebkräfte der Globalisierung, die Verfügbarkeit von Information, bietet zugleich eine Chance der Kontrolle. Öffentlichkeit ist möglicherweise die wichtigste Methode der Begrenzung unkontrollierter Globalmacht. Diese kann auch systematisch geschaffen werden; die Organisation Transparency International ist ein Beispiel mit ihrer systematischen Erkundung von Korruption und Betrug im internationalen Bereich. Überhaupt liegt hier eine der Funktionen von Nicht-Regierungsorganisationen (NGOs), die schon aus diesem Grunde nicht vereinnahmt werden dürfen durch Regierungen und Regierungsorganisationen.

Und das Volk? Ich sprach von zweitbesten Anwendungen der Prinzipien der Demokratie; zur wirklichen Demokratie führen diese nicht. Das bedeutet, dass einstweilen mehr oder minder spontane Proteste die einzige Methode sind, in der der Volkswille sich Ausdruck verschafft. Die «Leute von Seattle» nennen manche diesen Volkswillen, also die Protestierenden des Welthandelstreffens in Seattle, die inzwischen in Genua und Washington und Davos und andernorts ihresgleichen gefunden und in der Organisation Attac ein Sprachrohr geschaffen haben. Gewiss ist die Spontaneität dieser Gruppen nicht über alle Zweifel erhaben. Zudem ist ihre Stossrichtung, ja ihre Motivation häufig durchaus unklar, und ihre Methoden sind abwegig. Aber man kann nicht übersehen, dass solche Demonstrationen bei vielen Nichtbeteiligten eine stille Zustimmung finden, an der sich mindestens dies ablesen lässt, dass Menschen den Raub ihrer Teilnahmerechte durch den Prozess der Globalisierung nicht einfach hinzunehmen bereit sind.

Autoritäre Gefahren und liberale Antworten

Die Bilanz dieser Erwägungen ist ernüchternd und in mancher Hinsicht beunruhigend. Weit entfernt von einem Triumph der Demokratie nach der Revolution von 1989 ist die Demokratie überall unter Druck geraten. Will man diesem Druck einen Namen geben, so kann man von einer Grundtendenz zum Autoritarismus sprechen. Autoritarismus ist nicht Totalitarismus. Totalitäre Regimes beruhen auf der ständigen Mobilisierung aller zum Zweck der Stärkung eines Gewaltregimes. Autoritäre Regierung hingegen lebt von der Apathie der Bürger, die ihren eigenen, «privaten» Interessen nachgehen, während eine Nomenklatura das öffentliche Interesse in eines zur eigenen Machterhaltung verwandelt hat. Diese Nomenklatura besteht aus Funktionären, solchen der Parteiapparate, aber auch solchen der internationalen Organisationen. Sie erinnert sehr an die Wärter und Wächter des «ehernen Gehäuses der Hörigkeit», das Max Weber schon vor fast einem Jahrhundert als Produkt der Herrschaft der Bürokratie gesehen hat[8]. Doch sind wir solchen Tendenzen durchaus nicht wehrlos ausgeliefert. Durch diese ganze Vorlesung hin habe ich immer auch Lösungsansätze angedeutet. Da es um die Politik der Freiheit geht, sind vor allem drei solcher Ansätze noch einmal hervorzuheben.

Erstens. Trotz Europa und der Doppeltendenz der Glokalisierung bleiben der Nationalstaat und die parlamentarische Demokratie klassischen Zuschnitts Rückgrat der Verfassung der Freiheit. Vom Ende des Nationalstaates wird oft zu leichtfertig gesprochen. Tatsächlich sind nach wie vor die für die Lebenschancen von Einzelnen ausschlaggebenden Politiken nationalstaatliche Politiken. Das gilt für den ganzen Bereich der Sozialpolitik; es gilt auch für die Bildungspolitik, überhaupt die Kulturpolitik; selbst im Rahmen der wirtschaftlichen Ordnungspolitik haben Nationalstaaten beträchtlichen Manövrierraum. Das heisst, dass Deutschland und Frankreich und Spanien und Grossbritannien, ja Holland und Dänemark und andere hier beträchtliche Spielräume behalten. (Adair Turner hat diese Spielräume für die Wirtschafts- und Finanzpolitik beschrieben.[9]) Damit behalten nationale Parlamente ihre wichtige Rolle. In ihnen muss sich die Kraft der Demokratie auch in Zukunft bewähren. Die «gewählte Diktatur» von Funktionären muss also gerade im nationalen Rahmen verhindert werden.

Zweitens. Noch einmal ist von den zwei Säulen der liberalen Ordnung zu reden. Die Herrschaft des Rechts ist die andere Hälfte der Verfassung der Freiheit. Auch sie ist mancherlei Gefährdungen ausgesetzt. Sie kann ihrerseits zur Funktionärsherrschaft oder zumindest der Herrschaft der Richter werden. Sie kann auch durch die geschilderten Entwicklungen der Glokalisierung ausgehöhlt werden. Mit guten Gründen haben in jüngerer Zeit Autoren darauf hingewiesen, dass ohne Vertrauen (*trust*) das beste Rechtssystem nichts nützt; die Welt ohne Halt aber ist nicht gerade vertrauensfördernd[10]. Es ist also nicht mehr als ein Hinweis, eine Richtungstafel, wenn hier die Herrschaft des Rechts so stark betont wird.

Drittens aber ist dies der Punkt, an dem das Lob der Bürgergesellschaft gesungen werden muss. Die Bürgergesellschaft ist die Welt der freien, in aller Regel freiwilligen Assoziationen, in denen wir uns mit anderen zusammentun, um gemeinsame Interessen zu pflegen. Das kann eine Blaskapelle sein oder ein Verein zur Pflege des Brauchtums, es kann ein Verband zur Fürsorge für kranke alte Menschen sein oder eine Entwicklungshilfe-Organisation in Ruanda – der Fächer ist breit, die Zahl unbegrenzt, und die Assoziationen ergeben keine formierte Gesellschaft. Die Bürgergesellschaft ist ihrer Natur nach ein schöpferisches Chaos.

Das ist vor allem auf dem europäischen Kontinent zu betonen, wo die Assoziationen der Bürgergesellschaft häufig dem Staat sehr nahe, vielleicht zu nahe sind. Das gilt neuerdings in zunehmendem Masse auch in Grossbritannien. Der sogenannte «dritte Sektor» wird teils vom «zweiten Sektor» der Wirtschaft, vor allem aber vom «ersten Sektor» des Staates vereinnahmt. Regierungsprogramme der Beschäftigungspolitik geben freiwilligen Assoziationen feste Aufgaben; im Gesundheitswesen sind Hunderttausende von «Freiwilligen» beschäftigt. Nicht-Regierungsorganisationen verlieren so ihre notwendige Unabhängigkeit und damit die

Kraft, den autoritären Tendenzen der Zeit wirksam Widerpart zu leisten.

Am Ende führt diese Analyse daher zurück zu dem wachen und aktiven Bürger, der wachen und aktiven Bürgerin. Mehrfach schon habe ich in diesen Vorlesungen der tätigen Freiheit das Wort geredet. Sie ist keine Selbstverständlichkeit. Das gilt insbesondere im öffentlichen Raum. Die Demokratie ohne Demokraten zerstört sich selbst. Neues zu suchen und zu versuchen, Falsches aufzudecken und zu beseitigen, das sind Bürgerpflichten, die wir nur um den Preis der Freiheit vernachlässigen. Das ist kein Plädoyer für die Politisierung des ganzen Lebens. Die Bürgergesellschaft ist nur in einem sehr weiten Sinn politisch, oder anders formuliert, politisches Wirken ist nur ein kleiner Teil des bürgergesellschaftlichen Tuns. Es ist jedoch ein Plädoyer für Tätigkeit. Die andere Seite des neuen Autoritarismus ist die Gesellschaft der *couch potatoes*, der Fernsehzuschauer, die ihre Tage Kartoffelchips kauend auf dem Sofa verbringen und auf dem Bildschirm eine Welt passieren lassen, an der sie keinen Anteil mehr haben und bald auch keinen mehr haben können.

6.

Idee zu einer allgemeinen Geschichte in weltbürgerlicher Absicht

Die kosmopolitische Herausforderung

In dieser sechsten und letzten Vorlesung zur Politik der Freiheit in einer haltlosen Welt geht es um mögliche Wege zu fernen Zielen, um die Zivilisierung der Welt ohne Halt, um die Weltbürgergesellschaft und um die tätige Freiheit. Nachdem ich diejenigen, die mir so geduldig und freundlich zugehört haben, durch die Niederungen der Ökonomie und die Halbhöhenlage der Soziologie bis an die Baumgrenze der politischen Wissenschaft geführt habe, hat nun die Stunde der Philosophie – schlimmer noch: der Geschichtsphilosophie – geschlagen. Wohin soll die Reise gehen, für die ich versucht habe, einige Richtungshinweise zu geben? Ich wüsste keine bessere Beschreibung der in dieser Frage liegenden Absicht als den Titel von Immanuel Kants kleiner Schrift aus dem Jahr 1784: «Idee zu einer allgemeinen Geschichte in weltbürgerlicher Absicht».
Das modische Schlagwort der Globalisierung hat meine Erwägungen von Anfang an begleitet. Die Realität der einen Welt ist weder so neu noch so alles-durchdrin-

gend wie Freunde und Feinde der Globalisierung es wollen; doch hat die Verfügbarkeit von Information gleichzeitig und (fast) überall auf dem Globus beträchtliche Folgen. Wirtschaft, Gesellschaft und Politik haben sich im Zeichen der Globalisierung verändert. Eine neue globale Klasse verkörpert die Hoffnung auf ungeahnte Reichtümer; der Ausschluss nicht nur von solchen Hoffnungen, sondern von wirksamer demokratischer Teilnahme schürt ein explosives Ressentiment. Man kann hier (wie Anthony Giddens es tut) den neuen Konflikt zwischen Kosmopolitentum und Fundamentalismus ansiedeln: die Gewinner erheben ihre Erfahrung zum Prinzip einer Gesellschaft der Weltbürger, die Verlierer klammern sich an archaische Absolutheiten, für die sie sogar das Martyrium der Selbstmordattentate auf sich zu nehmen bereit sind.

Es gibt (so habe ich durchweg argumentiert) den Weltgeist nicht, der die Geschichte unwiderstehlich zum einen oder anderen Ende führt. Wir Menschen sind es, die der Geschichte Sinn geben; wir sind es auch, die Lebenschancen erweitern oder zerstören. Die Alternativen sind wahrscheinlich prosaischer, als die dramatische Phantasie es will. Für den, der wie ich eher Kant und Popper als Rousseau oder Hegel oder Marx folgt, ist weder die Utopie eines wie immer gearteten Arkadien noch der Alptraum der Selbstzerstörung der Menschheit ein brauchbarer Leitfaden des Handelns. Wir können uns indes Ziele setzen und diesen, mit einiger Mühe, näher kommen.

Ein solches Ziel nennt Kant «die allgemein das Recht

verwaltende bürgerliche Gesellschaft». In ihr ist die «wilde Freiheit» des Naturzustandes à la Hobbes, also der Krieg aller gegen alle, durch die «gerechte bürgerliche Verfassung» gebändigt und damit die «grösste Freiheit», wie sie nur in Gesellschaft verwirklicht werden kann, zumindest möglich geworden. Globalisierung bringt uns diesem Ziel wenigstens potentiell einen Schritt näher, denn «was hilft's, an einer gesetzmässigen bürgerlichen Verfassung unter einzelnen Menschen, d. i. an der Anordnung eines gemeinen Wesens, zu arbeiten»? Die vollkommene bürgerliche Verfassung setzt eine entsprechende Weltverfassung voraus, und während diese (Kant sagt dies im 18. Jahrhundert!) einstweilen noch ein sehr roher Entwurf ist, gibt es doch die «Hoffnung, dass nach manchen Revolutionen der Umbildung endlich das, was die Natur zur höchsten Absicht hat, ein allgemeiner weltbürgerlicher Zustand, als der Schoss, worin alle ursprünglichen Anlagen der Menschengattung entwickelt werden, dereinst einmal zu Stande kommen werden».

Also doch eine Utopie? Gar die Utopie als Verkündung einer unmittelbar bevorstehenden Zukunft? Dafür gibt es Anzeichen bei Anthony Giddens, der seine Beschreibung der Globalisierung in den Schluss münden lässt, diese «schaffe etwas, das nie zuvor existiert habe, eine globale kosmopolitische Gesellschaft». Wir sind die erste Generation, die in dieser Gesellschaft lebt. Deren Konturen sind noch unklar, auch entsteht sie nicht durch bewusstes Handeln, sondern ungeplant und anarchisch. Wenn wir indes unsere Institutionen den natur-

wüchsigen Trends anpassen, nimmt das Kosmopolitentum reale Gestalt an.
Ulrich Beck hegt die gleiche Hoffnung, drückt sich jedoch vorsichtiger aus; er hat Kant gelesen. Seine «Ideen zu einer republikanischen Moderne in weltbürgerlicher Absicht» beziehen sich allerdings trotz des Titels auf die andere kleine Schrift von Kant, «Zum ewigen Frieden». Er sieht darin «ein in charmant-gedrechseltes Philosophendeutsch verpacktes, radikal-pazifistisches Pamphlet». Zweierlei lehrt ihn diese Schrift: dass Bedingungen der «Friedmöglichkeit» zu finden und dass die «Grundrechte» zu verallgemeinern sind. Das ist die «kosmopolitische Herausforderung nationalstaatlicher Demokratien, die am Ende des zweiten Jahrtausends, 200 Jahre nach der Veröffentlichung von Kants Schrift, aktueller denn je ist».

Kant, nicht Rousseau

Auch wenn man mit solchen Grundgedanken sympathisiert, bleibt ein Einwand, der zurückführt zu Kant. Die meisten Anhänger der kosmopolitischen Hoffnung zeichnen mehr oder minder ausdrücklich das arkadische Bild einer konfliktlosen Welt. Kant tut dies nicht. Ihm geht es darum, «einen weltbürgerlichen Zustand der öffentlichen Staatssicherheit einzuführen, der nicht ohne alle Gefahr sei, damit die Kräfte der Menschheit nicht einschlafen». Im Vierten Satz seiner «Idee zu einer allgemeinen Geschichte» führt Kant diesen Gedanken mit einprägsamen Bildern aus. Es ist der Konflikt, der «Antagonism» menschlicher Anlagen in der Gesellschaft, ja die «ungesellige Geselligkeit» der Menschen, die die Quelle des Fortschritts bilden. Ohne Konflikt «würden in einem arkadischen Schäferleben bei vollkommener Eintracht, Genügsamkeit und Wechselliebe alle Talente auf ewig in ihren Keimen verborgen bleiben; die Menschen, gutartig wie die Schafe, die sie weiden, würden ihrem Dasein kaum einen grösseren Wert verschaffen, als dieses ihr Hausvieh hat; sie würden das Leere der Schöpfung in Ansehung ihres Zwecks, als vernünftige Natur, nicht ausfüllen». Und auch die folgenden Sätze müssen noch zitiert werden, weil sie die Grundlage der Politik der Freiheit sind, wie ich sie verstehe und vertrete:

«Dank sei also der Natur für die Unvertragsamkeit, für die missgünstig wetteifernde Eitelkeit, für die nicht zu befriedigende Begierde zum Haben oder auch zum Herrschen! Ohne sie würden alle vortrefflichen Naturanlagen in der Menschheit ewig unentwickelt schlummern. Der Mensch will Eintracht, aber die Natur weiss besser, was für seine Gattung gut ist: sie will Zwietracht.»

In seiner Kant-Biographie preist Ernst Cassirer die «Idee zu einer allgemeinen Geschichte» als «eine wichtige Grenzscheide in der geistigen Gesamtentwicklung». «Noch spricht Kant die Sprache Rousseaus: aber in der systematischen und methodischen Begründung seiner Gedanken ist er über Rousseau hinaus.» (S. 238)

Lassen wir die Frage der «Sprache Rousseaus» einmal beiseite, so ist sicher richtig, dass sich die über 20 Jahre vor Kants Schrift erschienenen wichtigen Werke Rousseaus – «Der Gesellschaftsvertrag» und «Émile» – aus einer grundlegend anderen Geisteshaltung speisen. Der Traum des für immer unbewegten Arkadien durchzieht sie. Kant hingegen ist Realist und Aktivist. Die Langeweile der unbewegten Welt, in der alle Probleme gelöst sind – das Ende der Geschichte – erscheint ihm nicht nur abwegig, sondern unerträglich und vor allem unverantwortlich: was wir Menschen können, müssen wir auch wollen und zu tun versuchen. Die Idylle «vollkommener Eintracht, Genügsamkeit und Wechselliebe» ist das Ende der Freiheit, ja die Entropie.

Ich bin nicht sicher, dass alle Verfechter des Kosmopolitentums diesen Kantschen Gedanken ganz aufgenommen haben. Eine gewisse Wiederkehr von Rousseau ist bei zeitgenössischen Autoren wie Ulrich Beck, auch Jürgen Habermas unverkennbar. Damit fällt aber ein Vorbehalt, der für Kant entscheidend ist (auch wenn seine Rede von einer «Naturabsicht» ihn zuweilen etwas verwischt). Kant sagt nicht, dass der weltbürgerliche Zustand morgen oder in hundert Jahren oder überhaupt eintreten wird; er spricht von einer «weltbürgerlichen Absicht». Unser Handeln soll geleitet werden von dem Willen, die Weltbürgergesellschaft zu befördern. Wenn wir ernstlich die Freiheit wollen, in der allein unsere Möglichkeiten zur Entfaltung kommen – Kant sagt, sich vollständig und zweckmässig «auswickeln» –, dann müssen wir in unserem Handeln das Ziel der «allgemein das Recht verwaltenden bürgerlichen Gesellschaft» für alle Menschen stets mitdenken.

Lassen Sie mich den Gedanken in meine Sprache übersetzen und dann durch ein paar Anwendungen erläutern. Die Freiheit ist das höchste Ziel der *vita activa*, des öffentlichen Tuns. Sie ist unteilbar. Sie bleibt daher unvollkommen, solange sie Privileg ist. Gewiss waren Aristoteles' «Herren» frei, aber als Herren im doppelten Sinn – also ohne die Damen und zugleich mit ihren Sklaven – genossen sie ihre Freiheit um einen hohen Preis. Sie waren frei auf Kosten anderer, das heisst in einer unfreien Gesellschaft. Die liberale Ordnung ist aber die Ordnung für alle Bürger. Erst wenn diese hergestellt ist, kann man von einer freien Gesellschaft sprechen.

Amerika

Entsprechendes gilt weltweit. Die amerikanische Historikerin (und spätere UN-Botschafterin) Jeanne Kirkpatrick war nicht gerade ein weiblicher Aristoteles, aber ihr berühmter Artikel über «Diktaturen und Doppelmoral» aus dem Jahr 1979 enthält auch eine Privilegien verteidigende These. Demokratie und Rechtsstaat, sagte sie dort, sind für die wenigen Zivilisierten da. Es ist vergebliche Liebesmühe, sie auf alle ausweiten zu wollen. Daher ist es für die amerikanische Aussenpolitik Zeitverschwendung, anderen die Segnungen der Freiheit bringen zu wollen; was zählt, ist nur, wer für Amerika ist und wer dagegen. Die Doppelmoral wird so zum Prinzip erhoben.

Weder zum Zeitpunkt der Veröffentlichung noch heute war diese Doktrin in den USA unbestritten. Es gab viele, die die gegenteilige Meinung vertraten. Das galt und gilt schon aus praktischen Gründen. Mit Amerika sympathisierende Diktatoren sind oft durchaus unsichere Kantonisten, während Demokratien zwar antiamerikanische Demonstrationen dulden, aber keine Kriege anzetteln. Doch ist der zugrundeliegende Denkfehler hier noch wichtiger. Freiheit als Vorrecht bleibt nicht nur bedroht, sondern auch in sich unvollkommen. Es ist sozusagen die Freiheit von Besatzungsmächten. Diese ist nur dann keine unerträgliche Anmassung, wenn sie sich selbst aufzuheben versucht. Was immer die Motive der westlichen Besatzungsmächte Deutschlands nach dem Zweiten Weltkrieg gewesen sein mögen, ihr allmählicher Verzicht auf Vorherrschaft hat dazu beigetragen, die liberale Ordnung im besetzten Land auf stabile Grundlagen zu stellen.

Es liegt nahe, hier den oft als preussisch-herb gescholtenen kategorischen Imperativ von Kant abzuwandeln: Handle so, dass die Maxime eines Wirkens als Prinzip einer allgemein das Recht verwaltenden weltbürgerlichen Verfassung gedacht werden kann. Mit anderen Worten, das Ziel, so fern, ja unerreichbar es sein mag, ist doch immer mitzudenken, wenn wir bestimmte praktische Zwecke verfolgen. Unser Tun darf zumindest den Weg zu einer liberalen Weltverfassung nicht erschweren, geschweige denn versperren.

Der Imperativ ist nicht leicht einzulösen in der Welt am Anfang des 21. Jahrhunderts. Es ist dies eine Welt ehemaliger und vielleicht zukünftiger Grossmächte, aber einer einzigen Supermacht. Wenn man nicht utopischen Träumen der Harmonie durch herrschaftsfreien Diskurs anhängt, stellt die Supermacht USA die entscheidenden Fragen der Weltordnung in der absehbaren Zukunft. Dass sie eine demokratische Macht ist, die zudem den Werten ihrer Gründer – also jener Welt der Aufklärung, die hier durch den Ansatz bei Kant im Mittelpunkt steht – verpflichtet bleibt, ist hilfreich; es ändert jedoch nichts am Ungleichgewicht der Macht in der Welt. Eine unilaterale Politik der einen Weltmacht, also die Anwendung der Theorien von Jeanne Kirkpatrick, ist ein Hindernis auf dem Weg zu der hier vertretenen liberalen Ordnung.

An Beispielen fehlt es nicht. Das Zögern der USA bei der Ratifizierung des Kyoto-Protokolls oder auch des Vertrages über einen Internationalen Strafgerichtshof ist in frischer Erinnerung. Die sogenannte «Kriegskoalition» im Kampf gegen den Terrorismus hat eine eindeutige Vormacht. Das galt schon bei früheren Militäraktionen und es gilt ganz ausgeprägt in der Haltung zum Irak. Was ist angesichts solcher Fakten der Imperativ für uns andere, insbesondere in Europa? Nicht, so würde ich behaupten, die Distanzierung von den USA, gar ein von antiamerikanischen Sentiments geleitetes Handeln. Auch nicht – und das können manche nur schwer akzeptieren – der Versuch, eine Art Gegenmacht aufzubauen. Dieser muss scheitern, weil Macht nicht aus blosser Grösse entsteht, auch wenn die Zahlen der Bevölkerung oder des Bruttosozialprodukts Europas noch so eindrucksvoll klingen. Europa wird sicher nicht eine zweite Supermacht eigener Interessenlage

und vergleichbaren Gewichts sein. Es ist so künstlich wie die Währung, die es sich gegeben hat und auf der kein reales Monument oder gar Gesicht zu finden ist.
Ein Weg voran ist nur realistisch, wenn er damit beginnt, sich auf die USA als rückhaltlos Verbündeter einzulassen. Das darf zudem kein taktisches Handeln sein; es muss aus der Anerkennung gemeinsamer Wertbezüge kommen. Der nächste Schritt ist dann das Ringen mit dieser Macht um die Anwendung der Aufklärung, also die effektive Durchsetzung der gemeinsamen Werte auch unter Hintanstellung unmittelbarer Interessen. Das gilt für die in Guantanamo gefangenen Kämpfer wie für die Gerichtsbarkeit in internationalen Dingen oder die Rettung unserer Lebensumwelt; es gilt aber auch für den Kampf gegen den Terrorismus und den Präventivkrieg gegen aggressive Besitzer von Vernichtungswaffen, also für «Koalitionen» zur Verteidigung der gemeinsamen Werte.
Dieses Sich-Einlassen und zugleich Beeinflussen gilt auch jenseits von Recht und Verteidigung. Es stärkt die eine Supermacht noch zusätzlich, dass sie für eine Wirtschaftsordnung eintritt, die sich in der Zeit der Globalisierung vielfältig bewährt hat. In der Form des sogenannten «Washington-Konsensus» ist diese neoliberale Ordnung zum Leitfaden für internationale Organisationen wie den IWF oder die Welthandelsorganisation geworden. Sie erlaubt tatsächlich mehr Varianten als ihre dogmatischen Vertreter meinen – aber eben Varianten eines Prinzips.
Ich sage das alles mit einer für viele Europäer schmerzhaften Deutlichkeit, weil mir der Kantsche Ansatz in all

seinen Teilen überzeugend scheint. Hinter dem kategorischen Imperativ zur Weltbürgergesellschaft steht eben nicht der Traum eines harmonischen Dauer-Diskurses unter Gleichen. Die Welt, von der hier die Rede ist, ist weit weg von der von Rousseau oder auch von Habermas. Der schon einmal zitierte Satz aus meinem Leittext verdient Wiederholung: «Dank sei also der Natur für die Unvertragsamkeit, für die missgünstig wetteifernde Eitelkeit, für die nicht zu befriedigende Begierde zum Haben und auch zum Herrschen!» Wer oder was die hier beschworene «Natur» ist, mag dahingestellt bleiben, aber noch der Neid ist ein Anreiz zum Handeln, und Besitz und Macht sind Schlüssel zu einer Welt, die den Fortschritt sucht. Wer sich daranmacht, sie abzuschaffen, wird nicht nur scheitern, sondern eher in unkontrollierbarer Tyrannis als in Arkadien enden.

Demokratie bauen

Das ist gewiss nicht alles, was zu unseren Absichten und Möglichkeiten zu sagen ist; es ist noch nicht einmal alles zum Thema Europa. Die Supermacht hat eine Tendenz, ungeduldig zu werden, wenn es nicht mehr darum geht, Terroristen mit Raketen in ihren Höhlen zu ersticken. Sie überlässt das schwierigere und langwierigere Geschäft des Aufbaus von nachhaltigen Institutionen einer rechtmässigen und am Ende sogar demokratischen Ordnung anderen. Das ist keine zweitrangige Aufgabe, auch wenn sie der militärischen Aktion folgt. Am Ende hängt der dauerhafte Frieden daran, dass legitime, von den Bürgern der Länder akzeptierte liberale Ordnungen an so vielen Orten der Welt wie nur irgend möglich existieren. Ich habe durchaus Sympathie mit der von einigen (übrigens nicht zuletzt amerikanischen) Aktivisten ins Leben gerufenen World Democracy Campaign; aber globale demokratische Institutionen scheinen mir kein realistischer Plan. Eine Weltdemokratie ist Utopie, eine Welt der Demokratien ist es nicht.

Hier wie auch sonst ist es vor allem wichtig, Beispiele des Erfolgs zu schaffen. Wer alle Weltfragen auf einmal lösen will, wird am Ende keine Frage lösen. Aus der europäischen Perspektive scheint mir die Zukunft der Türkei der Schlüssel zu einem möglichen Erfolg. Wenn schon nicht Kosmopoliten und Fundamentalisten in der Türkei um Vormacht ringen, so sind es doch aufgeklärte und vormoderne Anhänger des Islam. Zugleich steht die Türkei auf der Kippe zwischen einem modernen Industriestaat und einer von Rückfällen bedrohten entwurzelten Feudalgesellschaft. Für Europa entscheidend ist nicht so sehr die Frage der Mitgliedschaft der Türkei in der EU als solche, sondern die, ob wir in unserer unmittelbaren Nachbarschaft dazu beitragen können, ein Modell erfolgreicher Modernisierung zu stützen, ohne neue Abhängigkeiten zu schaffen.

Es gibt andere Chancen, sich mit der Supermacht einzulassen und zugleich eigene Impulse für eine liberale Ordnung in der Welt einzubringen. Der «Washington-Konsensus» muss nicht das letzte Wort der Wirtschafts- und Sozialpolitik sein. In diesem Entwurf einer

Politik der Freiheit für das 21. Jahrhundert habe ich immer wieder betont, dass Globalisierung nicht Uniformierung heissen muss, ja heissen darf. Es gibt andere Formen der Wirtschaftskultur, als die neoliberalen Textbücher aus Chicago sie vorsehen. Das Verhältnis von wirtschaftlichem Erfolg und sozialem Zusammenhalt unter Bedingungen der Freiheit erlaubt durchaus unterschiedliche Antworten. Italien und Deutschland und Grossbritannien, auch Korea und Japan und manche andere haben je eigene Beiträge zur liberalen Wirtschaftsgesellschaft geliefert, die in den Winden globaler Märkte Bestand haben können. Dass es eine Supermacht gibt, heisst nicht, dass deren Ordnungsprinzipien in allen Dingen und an allen Orten vorherrschen.

Das gilt dann sogar in jenen Kernfragen der Weltverfassung, die es mit der Durchsetzung rechtlicher Regeln und den dazu gehörenden Institutionen zu tun haben. Multilaterale Ordnungen sind immer die Sehnsucht der Schwachen; aber hin und wieder können die Schwachen die Starken dazu bewegen, sich solchen Ordnungen zu unterwerfen. Die Gründung der Vereinten Nationen 1945 war ein wohl unwiederholbares Beispiel; sie geschah zu einer Zeit, zu der die Machtstrukturen der Welt im Fluß waren und sich auch die relativ Mächtigsten Vorteile von multilateralem Handeln versprachen. Heute muss der Appell an gemeinsame Werte die Stelle diffuser Machtverhältnisse einnehmen, wobei es eine Rolle spielen kann, dass multilaterale Arrangements möglichen zukünftigen Konkurrenten um Macht rechtzeitig gewisse Zügel anlegen.

Eine Weltdemokratie wird es nicht geben, jedenfalls nicht im strengen Sinn des Begriffs. Eine Weltherrschaft des Rechts hingegen ist zumindest denkbar. Wir sind noch sehr weit von ihr entfernt; nach wie vor ist internationales Recht moralischen Forderungen näher als geltenden Regeln, deren Nichteinhaltung verlässlichen Sanktionen unterliegt. Aber es gibt Anfänge für die Entstehung oder Schaffung solcher Regeln. Zuweilen suchen sogar die Sünder selbst Wege zur Tugend, weil am Ende nur die Tugend die nötige Verlässlichkeit schafft; ich denke an die Akteure der Weltfinanzmärkte. Auch die Frage des Status der Gefangenen von Guantanamo hat die Geltung von Regeln – in diesem Fall der Behandlung von Gefangenen jeder Art – eher verstärkt. Alles, was die Stärkung weltweit geltenden Rechts – ob des Privatrechts, des Strafrechts oder des Völkerrechts im engeren Sinne – bewirkt, steht jedenfalls im Einklang mit dem hier zugrundegelegten kategorischen Imperativ.

Das alles sind grosse und zum Teil ferne, ja visionäre Aufgaben. In weltbürgerlicher Absicht handeln, beschränkt sich jedoch nicht auf diese. Es ist vielmehr immer dann relevant, wenn wir über die Grenzen der uns vertrauten Gemeinwesen hinausblicken. Asylbewerber und Zuwanderer stellen da besondere Fragen. Behandeln wir sie nach Grundsätzen, die als Prinzip einer weltbürgerlichen Verfassung des Rechts gelten können? Die Antwort darauf ist nicht einfach; auch die Integrität der Kulturen, die in einer entfesselten Welt Halt geben, kann ein Recht sein. Einfacher ist, zumindest in der Theorie, die Frage nach den Grundsätzen des Welthandels. Wenn diese missbraucht werden, um die Reichen auf Kosten der Armen weiter zu bereichern, ist das sicher eine Verletzung des kategorischen Imperativs. Wir sollten das nicht vergessen, wenn vom Handel mit Agrarprodukten oder Textilien die Rede ist. Und dann ist daran zu erinnern, dass es hier keineswegs nur um das Handeln der Regierenden geht. Der kategorische Imperativ der Weltbürgergesellschaft gilt nicht minder für die vielen, gerade auch die kleinen Nicht-Regierungsorganisationen, und für jeden und jede von uns. Ob ich mit Ulrich Beck fordern würde, «Weltbürger aller Länder – vereinigt euch!», weiss ich nicht, aber wie Beck rede ich einem unbequemen Weltbürgertum das Wort, das Konflikte immer mitdenkt. Die Vision Weltbürgergesellschaft ist keine Idylle, sondern eine Welt, in der Konflikte (in Becks Worten) «zugleich anerkannt und nach vereinbarten, institutionalisierten Regeln ausgetragen werden». Nur bei dem Wort «vereinbart» habe ich eine kleine, wenngleich potentiell folgenschwere Anmerkung. Vereinbarungen halten nur, wenn hinter ihnen eine Sanktionsmacht steht. Wir werden die Herrschaft nicht abschaffen, und statt es zu versuchen, sollten wir uns darauf konzentrieren, sie zu bändigen.

Fortschritt ist möglich

Wird uns das gelingen? Werden wir überhaupt vorankommen auf dem Weg zu einer besseren Welt? Am Anfang dieses Zyklus von Vorlesungen standen die Worte von Harold Macmillan aus dem Jahr 1957: «Es ist uns noch nie so gut gegangen.» Seitdem war zumeist von den Wenns und Abers die Rede, die diese Aussage begleiten müssen, wobei die Abers die Analyse und die Wenns die liberalen Hoffnungen betreffen. Jetzt, am Ende der gedanklichen Reise, ist indes noch einmal die Frage direkt aufzunehmen, «ob das menschliche Geschlecht im beständigen Fortschreiten zum Besseren sei».

Auch diese Formulierung stammt von Kant, allerdings aus einer Zeit, in der er etwas skeptischer geworden war als bei der Abfassung der «Idee zu einer allgemeinen Geschichte», denn mittlerweile hatte in Paris die Revolution stattgefunden, von den Hoffnungen der ersten Tage bis zum Thermidor und zur Guillotine, und General Bonaparte hatte mit seinen ersten Feldzügen einen Vorgeschmack des napoleonischen Imperialismus gegeben. Da Kant das «Bessere» immer als die Beschränkung der Macht durch das Recht verstand, war er 1798 nicht mehr so sicher wie 1784, dass der Leitfaden der Vernunft auch eine reale Aussicht auf die Zukunft eröffnet, geschweige denn, dass «der regelmässige Gang der Verbesserung der Verfassung in unserem Weltteile … wahrscheinlicher Weise allen anderen dereinst Gesetze geben wird».

Wir, die wir nicht nur die Peripetie einer Revolution mit ihren Opfern, sondern das 20. Jahrhundert mit seinem unerhörten Morden vor Augen haben, tun uns da aus guten Gründen noch schwerer. Die beiden Weltkriege, vor allem aber der Holocaust, Stalins und Maos Terrorregimes, die völkermörderischen Kriege in Afrika lassen

einen zögern, das Wort Fortschritt überhaupt in den Mund zu nehmen. Jedenfalls werden wir nicht vom «*beständigen* Fortschreiten zum Besseren» sprechen.
Doch haben die Überlebenden ihr eigenes Recht, wozu es jedenfalls gehört, Kants Ideen zu prüfen. Auch 1798 prognostizierte er noch weniger «Gewalttätigkeit von seiten der Mächtigen» und mehr «Folgsamkeit in Ansehung der Gesetze», weniger Zank und mehr Wohltätigkeit, auch mehr von dem, was man heute *trust* nennt, «Zuverlässigkeit im Worthalten usw.», was endlich sich «auch auf die Völker im äusseren Verhältnis gegen einander bis zur weltbürgerlichen Gesellschaft erstrecken» werde. Kant sagt «werde», nicht «könnte», schränkt aber doch sogleich ein, «wir müssen uns von Menschen in ihren Fortschritten zum Besseren auch nicht zu viel versprechen», und macht sich dann über das Bessere sogar lustig. Kant erzählt von dem «Arzt, der seine Patienten von Tag zu Tag auf baldige Genesung vertröstete», und dann von einem Freund gefragt wird, wie es ihm selbst denn gehe. «Wie wird's gehen? Ich sterbe vor lauter Besserung!»
Besserung heisst im Kontext dieser Analyse: mehr Lebenschancen für mehr Menschen. Diese habe ich zunächst als Optionen definiert, also als eine Funktion von Anrechten einerseits und einem Angebot von Alternativen andererseits. Nimmt man die nach vielen Standards erfolgreichsten Gesellschaften der Gegenwart – die Erste Welt sozusagen –, dann haben die Lebenschancen vieler in ihnen ein nie zuvor in der Geschichte erreichtes Mass gewonnen. Daraus folgt zumindest

dies, dass der Reichtum an Lebenschancen in vielen Teilen der OECD-Welt am Beginn des 21. Jahrhunderts Masstäbe setzt. Hohe Lebenschancen für viele sind nicht nur denkbar, sondern zumindest heute real. Sie sind keine Utopie.

Weit schwieriger ist die Frage, wie viele denn diese Chancen geniessen, oder vielmehr, wie viele es nicht tun. Der dänische Statistik-Professor Björn Lomborg rechnet mit Hilfe von Prozentangaben die Realität hoch und voran, wenn er zum Beispiel sagt: «Die Zahl der hungernden Menschen in den Entwicklungsländern ist in den vergangenen 30 Jahren von 35 Prozent auf 18 Prozent gefallen, und im Jahre 2030 werden es noch 6 Prozent sein.» In absoluten Zahlen zeigt dieses Bild durchaus andere Farbtöne, und was in 30 Jahren geschieht, ist selbst dem Statistiker verborgen. Dennoch gibt es Gründe für die These, dass mehr Menschen mehr Lebenschancen haben als je zuvor. Die Revolution von 1989 und die Globalisierung haben vorher verschlossene Türen geöffnet.

Was bei solchen Aussagen allerdings zu kurz kommt, ist die Welt ohne Halt, die mein anderes Thema war. Lebenschancen haben nur dann Sinn, wenn die Optionen eingebettet bleiben in Koordinaten der Solidarität, der Zugehörigkeit und der Zusammengehörigkeit. Wenn die Gesellschaft zerfällt und Anomie einsetzt, werden alle Wahlmöglichkeiten zunichte. Dass alles gleich gültig wird, heisst auch, dass alles gleichgültig wird. In dieser Hinsicht ist die Geschichte der letzten Jahrzehnte weniger ermutigend. Noch das Kosmopolitentum, von dem in dieser letzten Vorlesung die Rede war, stiftet höchst abstrakte Bindungen, von denen nicht sicher ist, dass sie Halt geben können. So gut die Weltbürgergesellschaft klingt, so sehr muss man doch fragen, was für Ligaturen sie stiftet, ja ob sie überhaupt zusammenhält. Ich bin auch in dieser Hinsicht nicht ganz so pessimistisch wie diejenigen, die nach dem Strohhalm absoluter Bindungen und Ansprüche greifen. Kant (um ihn noch ein letztes Mal zu zitieren) glaubt, dass die Kraft des Moralischen, der «Teilnehmung am Guten» auch den «Affekt», ja den «Enthusiasm» von Menschen engagiert und daher als Bindemittel für die vergleichsweise Kühle des Rechts wirken kann. Vielleicht ist es die ungesellige Geselligkeit selbst, die eben immer auch Gesellschaft und sogar Genossenschaft hervorbringt. Anomie dauert nicht, und wenn es genügend Abwehrkräfte gibt, um ihren Umschlag in die Tyrannis zu verhindern, dann werden die Kräfte der Geselligkeit die Strukturen hervorbringen, in denen die ungeselligen Antagonismen für neue Entwicklungen fruchtbar werden können.

Nur: nichts von alledem geschieht von selbst. Es kann auch ganz anders kommen. Insbesondere wenn wir aufhören, Neues auf die Gefahr des Irrtums hin zu versuchen, gerät die Erhöhung der Lebenschancen in Gefahr und mit ihr die Freiheit. Die tätige Freiheit, der ich immer wieder das Wort geredet habe, bleibt also die oberste Maxime.

Anmerkungen

1. Es ist uns noch nie so gut gegangen. Über Lebenschancen

1 Für die Konstruktion des HDI sowie die sonst hier verwendeten Zahlen siehe Max-Stephan Schulze (Hg.), Western Europe. Economic and Social Change since 1945, Longman: London/New York 1999, besonders Tabelle 22.4, S. 384.

2 Mancur Olson, Aufstieg und Niedergang von Nationen. Ökonomisches Wachstum, Stagflation und soziale Starrheit, J.C.B. Mohr (Paul Siebeck): Tübingen 1985.

3 Amartya Sen, Ökonomie für den Menschen. Wege zur Gerechtigkeit und Solidarität in der Marktwirtschaft, dtv: München 2002.

4 Amartya Sen, Poverty and Famines. An Essay on Entitlement and Deprivation, Clarendon Press: Oxford 1997.

5 Für die nähere Erläuterung des Begriffs siehe mein Buch Der moderne soziale Konflikt. Essay zur Politik der Freiheit, DVA: Stuttgart 1992, S. 39–45.

6 Karl Popper, Die offene Gesellschaft und ihre Feinde. Band II: Falsche Propheten, Francke Verlag: München [6]1980, S. 333.

7 Francis Fukuyama, Das Ende der Geschichte. Wo stehen wir?, Kindler: München 1992, S. 82 u. 89.

8 Samuel Huntington, Der Kampf der Kulturen. Die Neugestaltung der Weltpolitik im 21. Jahrhundert, Europaverlag: München/Wien 1996.

9 Michael Oakeshott, Political Education, Bowes & Bowes: Cambridge 1951, S. 7 u. 22.

10 David S. Landes, Wohlstand und Armut der Nationen. Warum die einen reich und die anderen arm sind, Siedler: Berlin 1999, S. 233f.

11 Ralf Dahrendorf, Betrachtungen über die Revolution in Europa, DVA: Stuttgart 1990, S. 74ff. («Vornehmlich von Politik, Ökonomie und den Wegen in die Freiheit»).

12 John Kenneth Galbraith, Die Arroganz der Satten. Strategien für die Überwindung der weltweiten Massenarmut, Scherz: Bern/München 1980.

13 Samuel Brittan, Capitalism with a Human Face, Fontana Press: London 1995; Adair Turner, Just Capital. The Liberal Economy, Macmillan: London 2001; Zitat aus Samuel Brittan, Essays, Moral, Political and Economic, Edinburgh University Press: Edinburgh 1998, S. 24.

3. Kapital ohne Arbeit. Die soziale Rekonstruktion des Lebens

1 Karl Marx, Das Kapital. Kritik der politischen Ökonomie, Band II: Der Gesamtprozess der kapitalistischen Produktion, Ullstein: Frankfurt am Main 1971, S. 765f.

2 Karl Marx/Friedrich Engels, Die Deutsche Ideologie, Dietz: Berlin 1957, S. 30.

3 Kommission für Zukunftsfragen der Freistaaten Bayern und Sachsen [Meinhard Miegel], Erwerbstätigkeit und Arbeitslosigkeit in Deutschland. Entwicklung, Ursachen und Massnahmen. Teil I: Entwicklung von Erwerbstätigkeit und Arbeitslosigkeit in Deutschland und anderen frühindustrialisierten Ländern, Bonn 1996, S. 1f.

4 Hannah Arendt, Vita activa oder Vom tätigen Leben, Piper: München/Zürich 81996, S. 13, vgl. auch Kapitel 16.

5 Jeremy Rifkin, Das Ende der Arbeit und ihre Zukunft, Campus: Frankfurt am Main 41996.

6 Ralf Dahrendorf, Wenn der Arbeitsgesellschaft die Arbeit ausgeht, in: Joachim Matthes (Hg.), Krise der Arbeitsgesell-

schaft? Verhandlungen des 21. Deutschen Soziologentags in Bamberg 1982, Campus: Frankfurt/New York 1983, S. 25–37.

7 Alexander Keyssar, Out of Work. The first century of unemployment in Massachusetts, Cambridge University Press: Cambridge 1986.

8 Manuel Castells, Der Aufstieg der Netzwerkgesellschaft. Teil 1 der Trilogie Das Informationszeitalter, Leske + Budrich: Opladen 2001.

9 Will Hutton/Anthony Giddens (Hg.), Die Zukunft des globalen Kapitalismus, Campus: Frankfurt/New York 2001, S. 12–67.

10 Michael Young, The Rise of the Meritocracy, Thames & Hudson: London 1958, besonders S. 92.

11 Ebd.

12 Adair Turner, Just Capital. The Liberal Economy, Macmillan: London 2001, Kapitel 2.

13 Karl Marx, Lohnarbeit und Kapital, in: Karl Marx/Friedrich Engels, Ausgewählte Schriften in zwei Bänden. Band I, Dietz: Berlin 1959, S. 59–92, hier: S. 78.

14 Castells, S. 17

15 Vgl. Ulrich Beck, Die Zukunft von Arbeit und Demokratie, Suhrkamp: Frankfurt am Main 2000; Ulrich Beck, Schöne neue Arbeitswelt. Vision: Weltbürgergesellschaft, Campus: Frankfurt/New York 2000.

16 Wie Anm. 3

17 Anthony Giddens, Where now for New Labour?, Polity Press: Cambridge 2002, S. 11 u. 79.

18 Arendt, S. 16 u. 18.

19 Wie Anm. 14.

20 Robert L. Heilbroner, The Act of Work, Library of Congress: Washington 1985, S. 22.

21 Ebd., S. 24.

4. Klassen ohne Kampf, Kampf ohne Klassen: Der moderne soziale Konflikt

1 Giovanni Andrea Cornia/Julius Court, Inequality, Growth and Poverty in the Era of Liberalization and Globalization, UNU/WIDER: Helsinki 2001.

2 Adair Turner, Just Capital. The Liberal Economy, Macmillan: London 2001, S. 83.

3 Die folgenden Daten beruhen auf «Pay List 2000», in: The Sunday Times Magazine (London), 19. 11. 2000.

4 Raymond Plant, The Rich, unveröffentl. Manuskript.

5 David Gordon et al., Poverty and Social Exclusion in Britain, York: Joseph Rowntree Foundation 2000.

6 William Julius Wilson, The Truly Disadvantaged. The Inner City, the Underclass, and Public Policy, The University of Chicago Press: Chicago/London 1987. Für die Geschichte des Begriffs «Unterklasse» siehe auch mein Buch Der moderne soziale Konflikt. Essay zur Politik der Freiheit, DVA: Stuttgart 1992, S. 221–228.

7 Wie Anm. 5.

8 Paul Felix Lazarsfeld/Marie Jahoda, Die Arbeitslosen von Marienthal, Suhrkamp: Frankfurt am Main 1975.

9 Fritz Stern, Kulturpessimismus als politische Gefahr. Eine Analyse nationaler Ideologie in Deutschland, dtv: München 1986.

10 Werner Sombart, Warum gibt es in den Vereinigten Staaten keinen Sozialismus, Wissenschaftliche Buchgesellschaft: Darmstadt 1969.

5. Liberale Ordnung unter Druck: Demokratische Dilemmas

1 Karl Popper, Bemerkungen zu Theorie und Praxis des demokratischen Staates, Bank Hofmann AG: München 1988, S. 13.

2 F.A. von Hayek, Die Verfassung der Freiheit, J.C.B. Mohr (Paul Siebeck): Tübingen 1971, XIII. Kapitel.

3 Theodor Geiger, Die Klassengesellschaft als Schmelztiegel, Verlag Gustav Kiepenheuer: Köln/Hagen 1949, S. 182–195.

4 Larry Siedentop, Demokratie in Europa, Klett-Cotta: Stuttgart 2002, S.7.

5 Ebd., S. 198.

6 Yves Mény et al. (Hg.), Adjusting to Europe. The Impact of the European Union on National Institutions and Policies, Routledge: London/New York 1996.

7 Troy Davis, Appel pour une démocratie mondiale, Paris: Desclée de Brouwer 1998.

8 Max Weber, Die Protestantische Ethik I. Eine Aufsatzsammlung, Gütersloher Verlagshaus Mohn: Gütersloh ^{5}1979, S. 188.

9 Adair Turner, Just Capital. The Liberal Economy, Macmillan: London 2001.

10 Claudia von Grote/Meinolf Dierkes (Hg.), Between Understanding and Trust. The Public, Science and Technology, Harwood: Amsterdam 2000; Martin Hartmann/Claus Offe (Hg.), Vertrauen. Die Grundlagen sozialen Zusammenhalts, Campus: Frankfurt/New York 2001; Rainer Schmalz-Bruns/Reinhard Zintl (Hg.), Politisches Vertrauen. Soziale Grundlagen reflexiver Kooperation, Nomos: Baden-Baden 2002. Die BBC Reith Lectures 2002 ‚On Trust' von der britischen Philosophin Onora O'Neill enthalten zahlreiche weitere Hinweise. Die Vorlesungen werden in den BBC Publications erscheinen.

Personenregister

Ralf Dahrendorf
bei C.H.Beck

Über Grenzen

Lebenserinnerungen

4. Auflage. 2003. 190 Seiten mit 25 Abbildungen auf Tafeln. Leinen

«Kurzum: ein hohes Lied auf die Freiheit und die Fairness, ein Dokument des Familiensinns und der Freundschaft – und das ganz ohne Feindschaft. In einem: ein ganz und gar anmutiges Buch, wie ich es zeit meines Lebens kaum gelesen habe.»
Robert Leicht, DIE ZEIT

Liberal und unabhängig
Gerd Bucerius und seine Zeit

2. Auflage. 2000. 304 Seiten mit 47 Abbildungen und auf 16 Tafeln. Leinen

«Jeder, der über diese medialen Phänomene und Raritäten etwas mehr wissen will, sollte das interessante und aufschlußreiche Buch lesen. Zwei nicht gerade alltägliche Hauptpersonen treten auf – Bucerius und Dahrendorf.»
Roderich Reifenrath, Frankfurter Rundschau

Die Krisen der Demokratie

Ein Gespräch mit Antonio Polito

Aus dem Italienischen von Rita Seuß
2. Auflage. 2002. 116 Seiten. Klappenbroschur

«Eine leidenschaftliche außerparlamentarische Lehrstunde in Demokratie. Man sollte sie nicht versäumen.»
Rainer Hoffmann, Neue Zürcher Zeitung

Krupp-Vorlesungen zu Politik und Geschichte
am Kulturwissenschaftlichen Institut
im Wissenschaftszentrum Nordrhein-Westfalen.
Gefördert von der Alfried Krupp von Bohlen
und Halbach-Stiftung

Band 1

Neville Alexander

Südafrika

Der Weg von der Apartheid zur Demokratie

Aus dem Englischen von Christian Grüny
2001. 222 Seiten. Gebunden

«Kluger und gut lesbarer Essay über den Weg Südafrikas von der Apartheid zur Demokratie»
Andreas Eckert, DIE ZEIT

Band 2

Christian Meier

Von Athen bis Auschwitz

Betrachtungen zur Lage der Geschichte

2002. 235 Seiten. Gebunden

Verlag C.H. Beck München